长

篇

小

说

首席智囊

谋事先谋势
成事成于人
4

任振华 / 著

二十一世纪出版社集团
21st Century Publishing Group

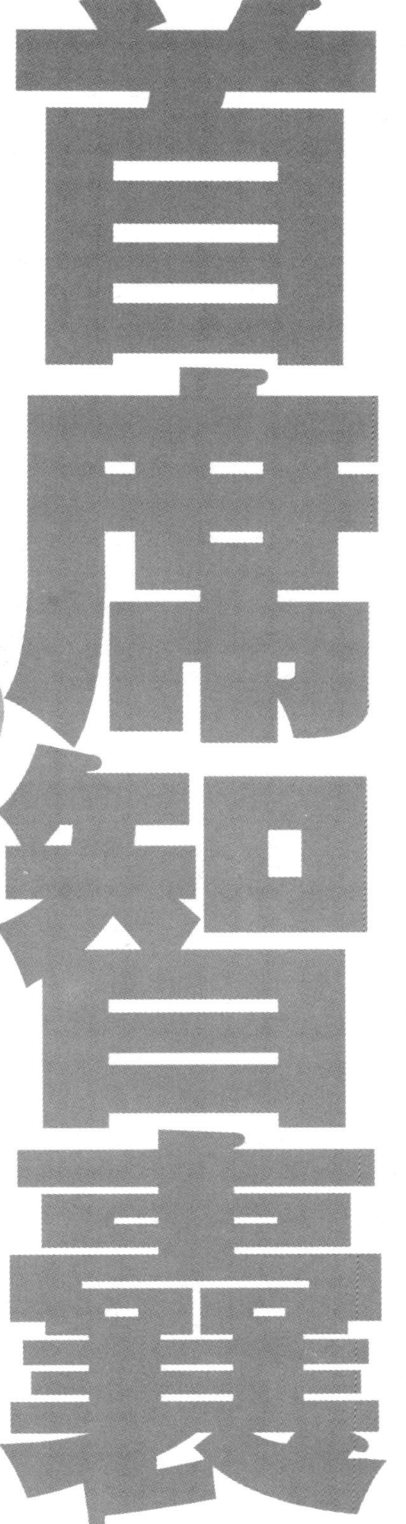

图书在版编目（CIP）数据

首席智囊 . 4 / 任振华著 . -- 南昌 : 二十一世纪出版社集团 , 2015.6

ISBN 978-7-5568-0738-3

Ⅰ . ①首… Ⅱ . ①任… Ⅲ . ①长篇小说—中国—当代 Ⅳ . ① I247.5

中国版本图书馆 CIP 数据核字 (2015) 第 094163 号

首席智囊. 4　　任振华 著

责任编辑 张秋林
出版发行 二十一世纪出版社集团
(江西省南昌市子安路75号　330009)
www.21cccc.com　cc21@163.net
出 版 人 张秋林
经　　销 新华书店
印　　刷 北京建泰印刷有限公司
版　　次 2015年7月第1版　2015年7月第1次印刷
开　　本 710mm × 1000mm　1/16
印　　张 24
字　　数 330千
书　　号 ISBN 978-7-5568-0738-3
定　　价 39.80元

赣版权字—04—2015—304

目　录

第一章　好大喜功，不知脚下是陷阱

利雅达集团如此慷慨，急领导所急，一口答应解决一千多名下岗工人的就业问题，这样的企业遇到了困难，咱们能不帮他们一下吗？常委会上，刘驰和付罡庭坚持拆借社保基金帮助他们。赵长风心里很不踏实，但是孤掌难鸣，反对无效只好弃权，但愿一切顺利，社保基金不出问题。

欧阳应龙来到湖月山庄一号别墅，推开门，看见姐姐欧阳丹凤和付罡庭的爱人王丽君坐在客厅里正聊得热闹。

“王姐好。”欧阳应龙笑着打了个招呼，然后问欧阳丹凤：“姐夫呢？”

欧阳丹凤指了指楼上：“在书房呢！”

欧阳应龙又笑着对王丽君说：“王姐，你们聊。”然后他迈步上楼。

王丽君望着欧阳应龙的背影，对欧阳丹凤夸道：“丹凤，小龙真懂礼貌，在黄金地质公园当副经理吧？前途无量啊。”

欧阳丹凤心里高兴，嘴上却说：“有什么前途，就是一个跑腿的，没有什么实权。哪里比得上你家老付的弟弟付罡川，在利雅达汽车配件制造公司掌握着人事大权，没有他发话，谁也别想进利雅达公司。”

王丽君连忙说：“丹凤，罡川也不过是这时候管一点事而已。对了，你昨天打招呼的那两个人我已经跟罡川说过了，他说没有问题，只要丹凤姐打了招呼，有多少人他都弄进去。”

欧阳丹凤就笑得眼角皱成两朵菊花，说：“看看，还是罡川厉害吧……”

欧阳应龙来到书房门口，轻轻敲了敲门，叫了一声：“姐夫。”

“小龙啊，进来吧。”

听起来刘驰的心情还不错，欧阳应龙笑了，知道今天跟姐夫商量的这件事，姐夫多半是要答应下来的。

欧阳应龙推门进去，见刘驰正在练习书法。刘驰拿着笔蘸了墨，凝神酝酿了一会儿，然后挥毫疾书：“自信人生两百年，会当击水三千里”。欧阳应龙虽然不知道这两句诗的来历，可是也能看出其中蕴含着的意气风发。

“好！姐夫，你的字是越来越漂亮了！”欧阳应龙赞叹道。

刘驰也很满意自己这幅字，他背着手，站在书桌前，从不同角度看了好几遍，这才小心翼翼地把这幅字收起来放在一边，然后指了指沙发说：“有事？坐下说吧。”

欧阳应龙笑嘻嘻地坐在沙发上，对刘驰说：“姐夫，我想请你帮个忙，给我贷两千万出来。”

“两千万？”刘驰的脸色一下沉郁下来，“小龙，你要这么大笔钱干什么？”

欧阳应龙得意地说：“姐夫，当然是收购黄金地质公园。”

“收购黄金地质公园？阳江超愿意？”刘驰的眉头皱了起来。

“阳江超当然不愿意，但是愿不愿意都由不得他了。”欧阳应龙笑呵呵地说。

“哦？怎么回事？”刘驰神色很严肃，“小龙，你又在搞什么名堂？小心引火烧身！”

欧阳应龙摇头道：“姐夫，怎么会呢！我有分寸。我不过是叫几个流氓过去吓唬了一下阳江超，谁知道阳江超当场就软了。”欧阳应龙冷笑一声，“他开着大奔，挂着军牌，看着威风八面，可是一见到几个小痞子，就现了软蛋的原形。”

说着欧阳应龙就把事情的经过讲了一遍，原来那些地痞流氓正是他暗中授意的，就是要吓唬阳江超，逼阳江超从黄金地质公园撤资。

刘驰听完，靠在沙发上久久不语，欧阳应龙知道姐夫在做思想斗争，也不催问，掏出一支软中华，自顾自地抽了起来。

过了十几分钟，刘驰才坐直了身体，望着欧阳应龙说：“小龙，你从来没有搞过旅游业，这公园你接手了能搞好吗？”

欧阳应龙笑了起来，说：“没有吃过猪肉，还没有见过猪跑？姐夫，好歹我也在黄金地质公园里待了几个月。再说，黄金地质公园的前期开拓工作，阳江超都已经为我们做好了，如果现在把公园接手过来，什么都不用做，只要坐在家里数钞票就好了。”

刘驰轻轻摇了摇头，显然还是有所顾虑：“小龙，恐怕没那么简单吧？”

“姐夫，简单得很！”欧阳应龙说，“黄金地质公园除了刚开业的第一个月生意不是很好外，这三个月来，每个月门票收入都超过了八百万。公园主要就是一个建设成本，运营维护几乎不用多少成本。这八百万里至少能有四百万元的纯利润，一年下来，往少里说，也有超过四千万的纯利润。阳江超建设黄金地质公园一期总投资多少？两千万。这个地质公园不到一年就能收回投资，还赚了两千万。这样的生意傻瓜都会做啊！”

刘驰的眼睛一亮，却仍沉稳地问道：“你确定每个月门票收入都超过八百万了？”

欧阳应龙点头道：“我私下里统计过，公园每天游客都有四五千人，一月下来至少有十三四万游客，门票收入突破八百万没什么问题。我请公园财务部经理吃了几次饭，唱了几回歌，开始他还能把持住自己，终于有一次他被我弄过去的女孩子灌醉了，他亲口说，公园每个月门票收入都在八百万以上。”

刘驰沉吟了一会儿，又摇了摇头，说：“这样一棵摇钱树，阳江超怕是不会卖的。”

欧阳应龙又笑了起来：“姐夫，这个你别担心，我有手段，绝对能让阳江超自觉自愿地把黄金地质公园卖了，只是姐夫你要帮我筹集到两千万才行。”

刘驰点燃一支烟，站起来走了几步，却觉得书房里空气很闷，就推开窗户，大口地呼吸着外边的新鲜空气。

欧阳应龙坐在沙发上等了一会儿，见刘驰还没有下定决心，就起身来到刘驰身旁，有些焦急地说：“姐夫，这是我唯一可以翻身的机会啊！”

刘驰摆了摆手，猛然转过身来：“小龙，这件事急不得，要从长计议。”

邙北市书记办公室，刘驰坐在宽大的双人沙发中间，低头喝着茶。付罡庭坐在他侧面，有些期待地望着他。付罡庭是专程过来向刘驰汇报香港利雅达集团需要四千万资金支持的事。要动用社保基金，如果没有刘驰点头，显然是不可能的。

刘驰慢条斯理地喝着茶，故意不看付罡庭，心里却在打着自己的小算盘。他正在考虑如何给欧阳应龙弄来两千万，没有想到付罡庭汇报利雅达集团的事却提醒了他。是啊，银行控制严格，却可以从社保基金入手。以邙北市黄金地质公园的盈利能力，两千万社保基金只要动用半年，就可以完璧归赵。到时候，欧阳应龙手中净落下一个每年可以盈利四千万的黄金地质公园，这对刘驰来说，的确是一个巨大的诱惑。

不过刘驰虽然动了心，却丝毫没有表露出来。这个建议既然是付罡庭提出来的，那么刘驰只要稳坐钓鱼台，付罡庭总会忍不下去的。

果然，付罡庭忍不住了，他看了一下刘驰的脸色，说道："刘书记，利雅达集团的汽车配件制造公司项目现在已经成了我们邙北市对外宣传的一块招牌，万一因为资金问题，这个项目不能按期建成，有可能会对我们邙北市的工作造成不良影响啊。"

刘驰摩挲着茶杯，缓缓说道："罡庭同志，这个项目对邙北市的确意义重大，但是要动用社保基金，还没有先例吧？这个问题一定要慎重啊！"

"刘书记，香港利雅达集团是一家大公司，只是因为摊子铺得太大，临时出现了资金周转问题，需要一些支持。"付罡庭说，"就拿利雅达集团在我们邙北市投资的项目来说，光设备就已经投入了将近五千万元，所以我认为没有必要担心利雅达集团的实力问题。"

付罡庭一边说着，一边看着刘驰的脸色。可是刘驰脸上很平静，既没有赞同的迹象，也没有不耐烦的迹象，付罡庭就继续说下去："香港利雅达集团的项目还牵扯到邙北市矿山设备厂一千多下岗工人的安置问题，这些工人都在接受利雅达集团的培训，憧憬着培训结束后就可以上岗。如果利雅达集团因为资金周转问题，延迟了项目的工期，这些工人的情绪能不能稳定住，还不好说啊。毕竟他们已经一年没有工作了，培训期间又没有工资。"

"这个呀。"刘驰苦笑着摇了摇头，"罡庭同志，你这是在将我的军啊。

这样吧，你让利雅达集团的钱总过来一次，再谈谈。”

付罡庭总算松了一口气，刘驰只要说“再谈谈”，就说明这件事大有希望。

“刘书记，你看什么时候方便？”付罡庭趁热打铁。

“明天吧，明天上午。”刘驰端起了茶杯。

付罡庭就站了起来：“刘书记，那明天上午我就让钱伯斯在我办公室等着，你方便的时候我带他过来。”

“好的，那就这样吧。”刘驰笑着站了起来，“罡庭同志就多辛苦了。”

钱伯斯听付罡庭说，刘驰书记明天让他过去一趟，心里也挺高兴。他虽然是老外，但对国内的规矩也很清楚，只要刘书记听了付罡庭的汇报肯见他，就说明对于资金的问题，刘书记还是会考虑的，其实也就是个数额大小的问题。

钱伯斯第一时间把这个消息向汪主席做了汇报，汪主席听了也很开心：“钱总，很好，今天晚上你要好好考虑一下，看看明天如何一举把刘驰拿下！”

“汪主席，我知道，你放心吧，咱们搭档这么久了。”钱伯斯笑着挂断了电话，他的语气浑然没有平日里在人前对汪主席的尊敬。

钱伯斯坐了一会儿，心里盘算着明天见刘驰时的说辞。这时办公桌上的电话响了起来，钱伯斯拿起电话，里面传来秘书的声音：“钱总，黄金地质公园的欧阳经理找你……”

钱伯斯迟疑了几秒钟，才说道：“转进来吧。”

作为香港利雅达集团驻邙北市的项目负责人，钱伯斯认识欧阳应龙，当然也知道欧阳应龙的背景，这都是他必做的功课。只是在钱伯斯眼里，欧阳应龙只是一个备选而已，他首先要抓牢的是邙北市副书记付罡庭。所以钱伯斯只是和欧阳应龙有些场面上的交往，并没有深交。现在，欧阳应龙忽然打电话过来，究竟是什么事？

电话里传来欧阳应龙爽朗的笑声：“钱总，你好！没有打扰到你吧？”

“哪里哪里，欧阳经理客气啊！”钱伯斯操着带点粤东腔的普通话说，“不知道欧阳经理有什么吩咐啊？”

钱伯斯其实是能说得一口字正腔圆的标准普通话的，但是他知道眼下带粤东腔的普通话吃香，也就学了这么一副腔调。

“钱总，你真会开玩笑啊，你是香港的大老板，我哪里敢吩咐啊。”欧阳应龙打着哈哈。

“客气，欧阳经理客气啊。”钱伯斯的眉头微微皱起，他没有听出欧阳应龙究竟是什么意思，也只好打着哈哈。

“钱总，我这可不是客气，这都是我的真心话，我一直想向钱总拜师，学习现代企业的管理经验，但是我知道钱总日理万机，怕打扰到钱总。钱总，你晚上有时间吗？我想请你吃顿便饭，不知道钱总肯不肯赏小弟这个薄面？”

钱伯斯还是没有弄明白欧阳应龙究竟是什么意思，所以也不知道应不应该赴约，他迟疑了一会儿，问道：“今天晚上啊？我一会儿问一下秘书。欧阳经理知道的，我看着是个总经理，但是行程都是秘书安排好的，身不由己啊！”

“当然，我明白。”欧阳应龙说，“钱总，如果晚上你没有时间，我就和社保局的老岳去吃饭了，他约了我几次，我都推了。”

“欧阳经理，我已经问过秘书了，晚上没有安排。”钱伯斯连忙说，他一听到社保局就明白了，欧阳应龙这个时候打电话给他，肯定是关于社保基金的问题。付罡庭虽然是副书记，但是动用社保基金还需要刘驰点头。刘驰能不能点头，就看能不能过欧阳应龙这一关了。

“没有安排？那好啊，我正好可以向钱总请教呢！”欧阳应龙笑道，“那就定好了啊。邙北是小地方，没啥吃的，晚上干脆我们到天阳市去，钱总看好不好？”

钱伯斯说：“欧阳经理看着办好了，客随主便。”

“哈哈，好好。”欧阳应龙和钱伯斯都心照不宣地笑了起来。

赵长风接到市委办主任张一磊的电话，说刘驰书记有事，请他到市委去一趟。赵长风说声“就去”。放下电话，他摇头暗笑，刘驰这边变化还真是明显啊。

往常，刘驰如果有什么事，都是直接打电话给赵长风，可是最近一段时间，刘驰总是让市委办打电话通知赵长风。这个变化本身就表明一种态度，说明刘驰对赵长风有些看法。赵长风心里非常清楚，没别的事，就是为了邙北市黄金地质公园。

赵长风已经让阳江超演了一场戏。为了配合阳江超的演出，赵长风还专门把公安局局长乔老树叫过来训了一顿，说堂堂邙北市公安局，竟然维护不了地方企业的治安，还要他这个公安局局长有什么用？

要是往常，赵长风作为一个主持市政府工作的常务副市长，还真不好训斥公安局局长，但是邙北市情况特殊。乔老树任邙北市公安局局长七八个月了，还是一个光杆局长，既没有出任政法委书记，也没有进入市委常委，所以赵长风还是可以耍一耍威风的。

训过公安局局长之后，赵长风又大张旗鼓地到邙北市黄金地质公园视察了一番，发表了一通讲话，大概意思就是黄金地质公园是邙北市的重点企业，也是邙北市政府的重点保护对象，邙北市政府有责任为地方企业发展保驾护航。

这些信息从不同渠道传到刘驰耳朵里，他一定会认为赵长风又想插手邙北市黄金地质公园的事，心里肯定会对赵长风产生看法。赵长风也知道，这些天来，欧阳应龙正在抓紧用各种手段逼迫阳江超把黄金地质公园卖给他。

赵长风上到三楼，正好看到市委办主任张一磊，他告诉赵长风，刘书记在小会议室。赵长风点了点头，跟着张一磊进了小会议室。

进门之后，赵长风才发觉，会议室内不光是刘驰在，在家的常委都过来了。赵长风就笑着说："对不起，我有点晚了。"

刘驰点了点头，淡淡地说了声："坐吧。"赵长风看了看，包太龙旁边那张空椅子正是留给他的，他就走过去，拉开椅子坐下。

刘驰等赵长风落座之后，就咳嗽了一声，说："今天召集大家过来，也没有什么特别重要的事。"他停顿了一下，环视了会场一周之后，才继续说，"就是刚才接到天阳市市委办的通知，省委欧阳书记要率领一个考察组，到天阳市考察经济发展工作，我们邙北市也是省考察组这次考察的目的地之一。这项工作很重要，我们一定要做好接待和汇报工作。时间很紧，刚才我和市委办的同志商量了一下，拿出了一个意见，大家听一听，如果没有什么不妥，就抓紧时间落实。"

赵长风低头在笔记本上记着，心里却在想，以欧阳书记与刘驰的关系，恐怕不用天阳市市委通知，刘驰早就提前得到消息了吧？可是刘驰事先竟然一点风声都不透露，保密工作还真是做得好啊。

刘驰让张一磊把这次的接待方案讲了一下，其实这种接待工作已经形成了一套约定俗成的模式，该派什么人接待、按照什么流程，都非常清楚。问题的关键就在于，欧阳书记到邙北市的时候要视察的几个地点，这是最有讲究、也是最不容易统一意见的地方。

张一磊说，欧阳书记的行程安排得很紧，到邙北市只能视察两个地方，经过和刘书记商议，初步定为利雅达汽车配件制造公司和邙北市第一金矿。

利雅达汽车配件制造公司是邙北市引进的第一家三资企业，即使放在整个天阳市来说，项目投资规模也能排在前列。而利雅达公司的大规模招工考试更是让利雅达集团蜚声天阳内外，欧阳书记到邙北市考察这个点在情理之中。而邙北市是黄金生产大县，靠黄金吃饭，第一金矿又是邙北市国有企业改制的试点单位，被安排进考察行程也无可厚非。

可是在场的常委们都感到有点奇怪，这两个项目一个是付罡庭抓的点，一个是钱兆均抓的点。欧阳书记下来考察，竟然没有安排市委书记刘驰抓的点？难道说刘驰真的是高风亮节，一点都不在乎？

赵长风心里冷笑，如果没有欧阳应龙唱的这个插曲，刘驰肯定会安排欧阳书记到黄金地质公园考察，毕竟这个项目是刘驰亲自引进的。但是现在刘驰肯定不会这样安排，万一黄金地质公园的员工见了欧阳书记，说了一些不该说的话，那岂不是弄巧成拙？

赵长风本来想提议，是不是请欧阳书记到邙北市商品批发市场去看看，因为这个项目代表着邙北市经济从资源型向服务型的转变，但是想到刘驰和欧阳书记之间的关系，就把这个想法忍了下去。刘驰书记定下的调子，选的又是付罡庭和钱兆均的点，主持政府工作的赵长风没有异议，其他常委更不会有什么异议——一个异议，得罪三位书记，在座的人当然不会干这么愚蠢的事。

所有人都没有意见，事情就算定下来了，至于具体的接待工作细节，需要另外召开一个会议，到时候参加的不光是市委常委，市委市政府有关职能部门的头头脑脑也要参加。

“那就这样定了。”刘驰扫视了一下会场，“时间很紧，大家回去做一下准备。”

大家知道要散会了，纷纷合上笔记本，等待刘驰书记先走出会议室，然后再鱼贯而出。谁知刘驰却又说道：“罡庭同志和长风同志留一下，其他同志可以先回去了。”

其他人都很自觉地冲刘驰笑了笑，依次离去。赵长风安坐在座位上，心里琢磨着刘驰把他和付罡庭留下究竟是为了什么事。

市委办主任张一磊最后一个站起来，他殷勤地替刘驰的茶杯中添了水，这才侧身退了出去，轻轻地带上会议室的门。

听着身后会议室的门发出轻响，赵长风抬起头，看了看刘驰，又看了看付罡庭，见两个人都是一脸微笑，很是默契，于是他脸上也挂着微笑，静等刘驰和付罡庭开口。

刘驰本来想等赵长风先开口问，谁知道赵长风很沉得住气，只是微笑，并不开口，于是只好看了看付罡庭，示意他先开口。

付罡庭咳嗽了一声，说：“刘书记，我向长风同志先介绍一下情况吧？”

刘驰点了点头，说：“你熟悉情况，向长风同志介绍正好。”

付罡庭的目光就从刘驰脸上移开，看着赵长风说：“长风同志，有这么一个情况。香港利雅达集团在我们邙北市的项目资金上有些吃紧，我向刘书记建议，看能不能动用一下社保基金，给利雅达汽车配件制造公司救救急，只是临时过渡一下，很快就归还。”

赵长风心里一沉，利雅达集团这个举动更是证实了他的感觉：这个企业有问题。他沉吟了一下，看着刘驰问道：“刘书记，您的意思呢？”

刘驰打了个哈哈，很有原则地说：“利雅达项目是我们邙北市的重点项目，欧阳书记还要下来视察，罡庭同志这个提议也是根据具体情况提出来的。总之是一个目的，为了把邙北市建设得更快更好。”

赵长风说：“刘书记，您的意思是，同意付书记的意见？”本来如果是一个机灵的下属，一定能从话里领会刘驰的意思，可是赵长风偏偏要逼刘驰拿出一个明确的意见。

刘驰不情愿地“嗯”了一声，说：“利雅达项目正处于关键时期，不能影响建设进度啊。”

赵长风又问道：“需要动用多少资金？”

刘驰看了看付罡庭，说：“四千万吧，对不对？罡庭同志？”

付罡庭连忙说：“对，利雅达这个项目有四千万的资金缺口。”

赵长风很吃惊，他本来以为利雅达集团也就是需要个一两百万，这么大的金额对邙北市来说可是不小的压力。

“刘书记、付书记，是不是再慎重考虑一下？”赵长风缓缓地说，“这不是一笔小数目，利雅达集团……”说到这里，他有意停下来，看着刘驰。

付罡庭呵呵一笑，说道：“长风同志，你的担心完全是没有必要的，香港利雅达集团的实力我们都看到了，毋庸置疑。况且利雅达集团在邙北市的投资已经将近六千万了，仅仅是购买机器设备都投入了四千多万，这是一家打算扎根邙北市、为邙北市社会发展和经济建设做出长期贡献的爱国港资企业。目前人家周转上出现了一点问题，如果我们不适度地给予扶持，会寒了这些爱国企业家的心啊。”

刘驰也点头道：“是啊，罡庭同志说得很对。我们要为三资企业营造良好的投资环境，不能只停留在口头上，必须拿出实际行动来。”顿了一下，刘驰又说，“长风同志，我看就按罡庭同志说的办，你通知社保局的岳局长，让他把资金办一下，好不好？”刘驰虽然是市委书记，但是按照规定，动用资金必须由主管财政的常务副市长签字。要不刘驰也犯不着跟赵长风绕这么大的圈子，如果他能直接办，早就让人把款转了。

赵长风当然不能答应。这本身就是违反纪律的事，如果香港利雅达集团没有什么问题还好，一旦出了问题，赵长风作为签字人，责任肯定是跑不了的，而刘驰和付罡庭只是口头上说一说而已，不用负什么责任。而赵长风本来就对香港利雅达集团没有什么信心。

略微一沉吟，赵长风说：“刘书记，动用这么大的款项，还是走一个程序吧？上常委会讨论一下，好吧？”

刘驰大笑道：“长风同志，我看没有那个必要了吧？市政府工作由你主持，你有这个权力。”

赵长风知道刘驰说的也是实际情况，地方领导挪用专项资金的事屡见不鲜，也没有什么规定的程序，只要领导签字就行。可是赵长风当然不能这样做，不管刘驰和付罡庭究竟是什么目的，赵长风首先要保证自己没有风险。

“刘书记，还是上常委会吧。有决议撑腰，我签字腰杆也硬不是？”赵长风微笑着坚持。

刘驰看了看付罡庭，手指在桌面上敲了两下，停了两三秒钟，这才说：“也好，就按长风同志的意见办，罡庭同志，你说呢？”

付罡庭觉得上常委会也不错，如果常委会上形成了决议，同意动用社保基金给利雅达集团，那么作为个人，他背负的责任显然要小很多。

“刘书记定吧，我服从您的意见。”付罡庭笑着说。

刘驰摇了摇头，苦笑了两声，说：“长风同志，你呀你呀，真是死板，一点都不知道变通。早知道这样，刚才常委会的时候，就把这件事提出来讨论多好？现在呢，又要再开一次会。”

在召集市委市政府有关部门讨论接待欧阳书记的工作安排会议之前，市委常委特意开了一次临时常委会，讨论动用社保基金的事。

刘驰先大讲了一番利雅达项目对邙北市、对天阳市的重要性，然后让大家发表意见。他虽然一个字没说赞同为利雅达项目动用社保基金，但是在座的常委还能听不出这话的意思？

付罡庭等刘驰宣布完今天的议题后，就接口说道：“同志们都知道，利雅达项目的问题是我向刘书记建议的，所以我也不讳言自己的观点，我支持临时动用社保基金为利雅达集团解决这个困难。利雅达项目是邙北市第一个引进的三资企业，又是邙北市重点建设项目，它的成败意义已经远远超出了这个项目本身。就影响力而言，利雅达项目已经成为邙北市招商引资的一张名片，如果在这个时候我们不支持利雅达项目、帮它顺利渡过难关，那么其他外商就可能对我们邙北市的投资环境产生怀疑，而不会到邙北市投资。所以在这个关键时刻，我们一定要拿出魄力来，表示我们邙北人支持三资企业发展的决心和勇气。”

钱兆均排在付罡庭后面发言，他看了看刘驰，说：“利雅达项目建设确实影响巨大，但是社保基金的动用也同样要慎重，究竟要怎么办，我们一定要统筹考虑。”钱兆均说了这句看似正确却没有任何意义的废话之后，就笑了笑，把发言权交给了白国庆。

白国庆把玩着手里的笔，沉吟了一下，说："这件事关系重大，该怎么办，刘书记定吧，我听班长的。"白国庆这话看似拍刘驰的马屁，其实是把烫手山芋推到刘驰那里。

"我同意罡庭同志的意见，"包太龙的心态很复杂，但是这个时候，他还是要站出来支持付罡庭的，"利雅达项目的成败对邙北市影响巨大，这个时候我们一定要有魄力有决心！"

赵长风一直在盘算他究竟该怎么表态，是随大流还是旗帜鲜明地表明自己的态度？一时间竟忽略了已经轮到他发言了。

白国庆轻轻咳嗽一声，伸手去拿赵长风放在桌上的打火机，赵长风这才醒悟过来，他抬起头，看到刘驰正用期待的眼光看着他。

"刘书记，我这一段时间一直在跟踪煤层气管网项目，对于利雅达项目了解不多。"赵长风终于下定了决心，"所以，在这个问题上，我弃权。"

一时间会场上就安静了下来，每个常委的呼吸声都能听得清清楚楚。按照潜规则，弃权就等于是反对。大家本来猜想以赵长风的行事风格，很可能和白国庆或者钱兆均一样，含糊两句过去，可是却没有想到，赵长风竟然会直截了当地弃权。

刘驰沉默了一会儿，忽然笑了一笑，说："长风同志，你主持政府方面的工作，眼界要宽一些，不能只盯着一两个项目啊。"

"我接受刘书记的批评。"赵长风低头道。刘驰这话说得很重，意思是说赵长风的能力只能盯着一两个项目，而主持市政府工作是需要全面兼顾的。赵长风并不想辩解，他把自己的意见表达出来就够了。

刘驰的目光在赵长风身上停留了一会儿，才移向组织部长路大为："大为同志，你的意见呢？"

路大为立刻答道："我支持刘书记和付书记的意见。"

接下来的场面就是一边倒，有了赵长风的前车之鉴，谁还会不知趣地反对呢？

刘驰环顾了一下会场，问道："大家还有什么意见吗？都可以说说。一磊同志，你要做好会议记录。"

大家都低头看着桌面，没有一个人说话。

刘驰微笑了一下，说："既然大家都没有什么要说的了，那么就开始表决，同意罡庭同志意见的举手。"

会场上举起一片胳膊，赵长风双手捧着杯子，低头看着笔记本——除了赵长风，其他常委都举手同意。

"好，"刘驰点头了点头，"这件事就这么定了，长风同志，你呢？"

赵长风这才抬起头看着刘驰，目光柔和却又坚定："我保留个人意见，但是服从常委会的决议。"

"那会后抓紧时间落实。"刘驰的目光从赵长风身上移开，看着张一磊："一磊同志，可以通知职能部门的同志过来了，我们继续开会。"

社保基金在欧阳书记下来之前就拨付到了利雅达集团的账户上。赵长风签字的时候还是觉得不踏实，可这是常委会的决定，他必须服从。

邙北市精心准备了半个月，但是欧阳书记却只在邙北市待了三个小时，这三个小时包括在利雅达项目工地参观半小时，在邙北市第一金矿视察半小时，用一个小时听取了邙北市领导关于邙北市经济发展情况的汇报，另外一个小时花在路上了。

邙北市很多常委还是第一次面对面接触省委副书记这样级别的官员，内心都有点抑制不住的兴奋。他们本来以为，欧阳书记见了刘驰一定会非常热情，但是欧阳书记见刘驰时表情严肃而冷淡，几乎没有说什么话，这让有些人心中怀疑刘驰到底和欧阳书记有没有传说中的关系。也许只是因为刘驰的爱人恰好也姓欧阳，人们便牵强附会地把刘驰和欧阳书记联系在一起了？

欧阳书记匆匆地来，又匆匆离去，连午饭也没有在邙北市吃，让邙北市精心准备的接待方案全部落了空。邙北宾馆总经理马大海也非常沮丧，因为他在汇龙潭不眠不休忙了两天，才弄到两条黄格牙，他本来指望靠这两条黄格牙攀上欧阳书记的关系，可是现在……失望的不止马大海一个人，很多人都精心做了准备，希望能博得欧阳书记一言半语的夸奖。

刘驰其实早就知道是这个结果，越是上层领导，越懂得避嫌，越是关系密切，越不会表现出来。欧阳书记在这一点上把握得尤其好。欧阳应龙就是因为在中州市动不动就打出欧阳书记是我堂叔的旗号，才被赶到邙北市来的。但是刘驰这边又不能不准备，万一欧阳书记忽然来了兴致，打算在邙北市逗留一下，邙北市却没有做任何准备，岂不是大煞风景？做了准备没用上无所谓，但是如果没有做准备，到时候搞了个手忙脚乱，领导怪罪下来，那可就糟糕了。

刘驰晚上回到家里，欧阳应龙坐在客厅里看电视，见刘驰回来，就笑着问："叔叔走了？"

"走了。"刘驰点了点头，坐在欧阳应龙旁边。

"他就是这个臭脾气，一点都不照顾自己人。"欧阳应龙撇了撇嘴。

刘驰的脸就沉了下来："小龙，不要乱说！欧阳书记那么大的领导，自然有自己的考虑。"

"嘿嘿，姐夫，我就知道你一准会这么说。"欧阳应龙笑了笑，"你口口声声都是欧阳书记，你应该叫他叔叔啊，你对他比我对他亲多了。"

"小龙，你呀，真是被惯坏了！"刘驰哼了一声，站起身准备上楼。欧阳应龙连忙说："姐夫，我还没有跟你说正事呢，那两千万我拿到了。"

刘驰摆了摆手："不要跟我说这些乱七八糟的事，我不知道，也不想知道。"说着提着手包迈步上楼。

欧阳应龙一笑，姐夫真是在外面装惯了，到了家里也习惯成自然了。欧阳应龙拨通了阳江超的手机："老阳，我这边资金已经到位了，你看看是不是这两天下来一趟，把手续办一办？"

这一段时间，欧阳应龙一直在做阳江超的工作，让他把黄金地质公园转手给自己，眼下的情况，只有他欧阳应龙才能搞好邙北市黄金地质公园。毕竟有了市委书记小舅子的招牌，那些地痞无赖再横，也不敢打黄金地质公园的主意。

"阳总，你想想看，如果我是公园的老板，他们肯定会有所顾忌的。但是现在没有办法，即使我出面，他们也知道我只是一个打工仔，又不是我自己的企业，他们又怎么会真的给我面子？但如果是我自己的企业，那就不同了，惹急了我，大家拼个鱼死网破，他们不会有什么好下场的。"欧阳应龙巧舌如簧地劝慰着阳江超。

阳江超早就得到了赵长风的嘱咐，他最后只咬着一点，欧阳应龙想要黄金地质公园可以，必须拿现金来买，价格不能低于两千万。这两千万是公园的投资，不可能少。欧阳应龙试出了阳江超的底线，就没有再纠缠阳江超，想来是筹钱去了，阳江超没有想到，欧阳应龙这么快就弄到了钱。

邙北市市郊，邀月茶楼。

赵长风自从和省政府办公厅综合六处副处长张洪鑫来过一次之后，就喜欢上这个地方了。这次欧阳书记没有在邙北市吃饭，精心准备的接待工作落了空，大家都意兴阑珊，各自散去。赵长风便和经委主任高胜强、检察长韩加森一起到邀月茶楼来喝茶，顺便打打牌，消磨一下时光。

在邙北市领导干部中，很流行打麻将，赵长风却从不碰麻将。因为麻将在官场之中已经变了味道，成为一种变相的行贿受贿工具，赵长风当然不会搞这一套。赵长风是一个把政治生命看得重于一切的人，又怎么会为了这一点利益而断送他的大好前程？

赵长风打牌很简单，就是两副牌的升级，邙北市称这种打法为“拖拉机”，今天韩加森的表妹程苗苗也过来了，和赵长风搭档打对家，高胜强和韩加森搭档，刘俊康就在一旁端茶倒水地服务。

这把轮到赵长风做庄。赵长风起得一手好牌，正准备扣底的时候，他的手机响了起来。赵长风看了一下号码，是阳江超的，就把牌递给了刘俊康：“俊康，来替我打着，这把牌很好，赢定了。”

刘俊康笑着接过赵长风的牌，嘴里说道：“我可没有你的技术。如果输了，可别怪我。”

“哼，如果输了，你替我钻桌子吧。”赵长风拿着电话，去了隔壁。

“阳哥，什么事？”赵长风问道。

“长风，欧阳应龙刚才打电话说，他已经筹到两千万了，要我到邙北市跟他办理黄金地质公园的转让手续。”阳江超说。

“什么，这么快？”赵长风沉吟了一下，心里忽然一动，冒出一个大胆之极的想法，欧阳应龙这两千万会不会和利雅达集团有点什么关系呢？要不社保基金刚转到利雅达集团的账户上，欧阳应龙就也弄到了两千万元？

“是啊，这小子还真有两把刷子。”阳江超说，“看来背后有人啊。”

赵长风笑了笑，没有接阳江超的话：“阳哥，既然如此，那你找个时间过来，把手续和欧阳应龙办了吧。”

“行，就这两天吧！”阳江超说，“这小子急着跳坑，我们就趁早成全他。”

赵长风挂了电话回到包间，发现刘俊康正在钻桌子，他一脸不相信：“俊康，这牌你都能输？”

刘俊康钻过桌子，狠狠地瞪了程苗苗一眼，哭丧着脸对赵长风说：“市长，牌再好也架不住三打傻啊！”所谓“三打傻”，是指升级的另外一种玩法，也是两副牌，却是一家对三家，刘俊康这话显然是指程苗苗临阵倒戈，帮助了高胜强和韩加森。

程苗苗掩嘴一笑道：“小刘，你不钻桌子，就该我加森表哥钻桌子了吧？我不帮我加森表哥，难道去帮你？”

刘俊康嘿嘿一笑，说：“苗苗，你和赵市长搭档的时候，怎么就没有念起你加森表哥？”

程苗苗脸上飞起一抹绯红。赵长风不悦地咳嗽了一声，刘俊康这才知道失言，讪讪地说：“市长，还是你来，我来为大家服务吧。”

邙北市黄金地质公园转让活动进行得无声无息，除了当事人外，几乎没有几个人知道黄金地质公园已经成为欧阳应龙的产业。转让协议签订后，欧阳应龙和阳江超握手而笑。在欧阳应龙的眼里，阳江超肯定是强颜欢笑。

赵长风本来是希望黄金地质公园能够转让到欧阳应龙手里，让欧阳应龙吃一个教训，可是自从心里把欧阳应龙和社保基金以及利雅达集团联系到一起时，赵长风又起了另外一个念头，希望欧阳应龙是吹牛皮，他不可能弄到两千万。赵长风从心底里不希望社保基金出什么事，那可是邙北市老百姓的血汗钱，是老百姓的养老保障。

当阳江超告诉赵长风，两千万元已经到了山水集团账上时，赵长风才丢弃了那些不切实际的幻想，他知道，这一切都成了事实。赵长风想弄明白欧阳应龙这两千万资金究竟是不是和利雅达集团有关系，如果真是如此，那么就进一步佐证了赵长风对利雅达集团的怀疑。

于是赵长风悄悄地把韩加森叫了过来。

“老韩，我交代给你一个任务。”

“什么任务?”韩加森一脸兴奋，赵长风好久没有给他布置任务了。

“是这样的，你去查一查这笔款项的来龙去脉。”赵长风递给了韩加森一个账号，“记住，要从侧面入手，不能惊动任何人。”

韩加森接过账号看了看，笑了起来：“这个任务太简单了，你放心，我保证完成。”

“嗯，你去吧。”赵长风也不多说，看着韩加森离去。韩加森是一个搞刑侦的老手，查一个账号是轻而易举的事。

韩加森回到检察院，把秘书叫了过来：“小张，上次那几封举报信呢?给我找出来。”

小张有些为难地看着韩加森：“韩检，哪几封举报信啊?”韩加森作为检察长，几乎每天都要收到几封举报信，他这样没头没尾的话，小张可理解不了。

韩加森微微摇了摇头，小张还是欠了不少火候，不能顺利领会他的意思。相比之下，刘俊康就厉害多了，韩加森不止一次看到，赵长风甚至不用开口，只是一个眼神，刘俊康就知道要去找什么东西。

“就是那几封反映建设银行内部问题的。”韩加森只好明说。

“韩检，我知道了，您稍等，我马上就来。”小张飞快地跑了出去，不一会儿就回来了，手里拿着一个档案袋。

“韩检，都在这里，一共五封。”小张把档案袋放在韩加森面前。

“嗯，留在这里。”韩加森点了点头，又叮嘱了一句，“这件事不能向任何人说起。”

“是，我明白了!”小张一脸兴奋，很为参与韩检的秘密而高兴。

韩加森抽出一封举报信看了起来，这几封举报信其实他全看过，都是举报建行内部一些领导受贿行为的。其中一封涉及邙北市建行现任行长朱大擎，说他在给某个公司发放贷款时索要了一万元的好处费。对于这个举报，韩加森凭着多年刑侦工作养成的直觉，感觉一定是真的，但他却暂时压下来没有做任何处理。韩加森相信，他只要去查朱大擎，就一定能查出问题。但是韩加森却有一个担忧，怕拔出萝卜带出泥，查一个朱大擎好办，如果带出太多人来，那动静就闹大了。目前邙北市局势还没有稳定，赵长风还是名不正言不顺地主持着市政府工作，韩加森不愿意在这个时候给赵长风添乱。所以这件事他暂时放下了。这其实也很正常，检察院也不可能接到每一封举报信都去调查核实。

不过现在这封举报信就有了用处，朱大擎见了这一封举报信，恐怕是韩加森让他说什么他就说什么。关于那个账号上款项的来龙去脉，朱大擎肯定会一五一十地交代清楚。一个银行的行长要去查一个账号，还不是方便之极？而且韩加森手握着朱大擎的举报信，朱大擎即使有天大的胆子，也不敢向账号的主人通风报信的。

朱大擎心神不宁地坐在办公室，一想起午睡时做的那个梦，就有点心惊肉跳。做什么梦不好，偏偏做了那么个不吉利的梦！朱大擎心中暗自骂着。

朱大擎是粤东人，没有午睡的习惯，这个习惯在中原省显得有些另类，甚至成了别人取笑的对象。朱大擎至今还清楚地记得，当初他刚分配进建行系统时，同事们中午都或趴在桌子上、或倚靠在沙发上酣然入睡，偏偏他一点睡意也没有。没有同事聊天，只好翻来覆去地看着那几张报纸，他甚至连上面的广告都背下来了。在朱大擎看来，中午不睡午觉很正常，可是他没有想到，就是因为他这个在北方显得与众不同的习惯，同事们背后提起他来，竟然说他不正常。

随着地位的变迁，朱大擎这个看起来“不正常”的习惯在众人眼里也渐渐起了变化，当他出任邙北市建行行长时，不睡午觉的习惯在众人眼里就成了“勤奋、敬业”的象征。相应地，在邙北市建行，大小领导们不睡午觉已经蔚然成风。每当朱大擎看着副手和下属们中午痛苦地睁着眼睛在办公桌前正襟危坐看着报表和材料时，他就觉得好笑，不就是一个生活习惯吗？怎么搞得这么复杂？

可是今天中午，也许是早上吃了点感冒药的缘故，从来不睡午觉的朱大擎觉得头脑发困，眼皮发沉，实在是支持不住，就把大班椅靠背往后放了放，躺下来睡了一会儿。偏偏就是这么一小会儿，就让朱大擎做了一个噩梦。

应该说，梦的开头还是很绮丽的，朱大擎梦到他和营业部刚分来的那个漂亮大学毕业生王小楠手牵着手在森林里幸福地漫步，王小楠用漂亮的大眼睛含情脉脉地看着他，嘴角挂着羞涩的微笑。可是忽然，王小楠不知道怎么不见了，朱大擎就在森林里拼命地寻找。终于，他发现一条竹篱笆隔开的小路，王小楠就站在小路的尽头，像个女神般地向他微笑。朱大擎大喜，立刻沿着小路向王小楠奔去。可是这个时候，小路两旁的竹篱笆忽然动了起来，像一条条大蛇缠住了他的身体，而且越缠越紧，朱大擎丝毫动弹不得，感觉马上就要窒息了。他使出浑身力气大叫一声，就从梦里醒了过来，冷汗淋漓。

朱大擎魂不守舍地坐在大班椅上发了一会儿呆，心中不住地安慰自己，不过是一个梦而已。可是不知道怎么的，他越是安慰自己，就越觉得心惊肉跳，总感觉有什么不好的事要发生，否则怎么会做这么可怕的梦？

忽然大班桌上的电话响了起来，平时听起来很清脆的铃声此时竟然有些刺耳，把朱大擎吓了一跳。

朱大擎调匀了呼吸，伸手拿起电话，电话里传来邙北口音的普通话："朱行长吗？我是韩加森。"

"韩检，你好。"朱大擎语气顿时亲热起来，心中却愈发打鼓。不吉利，真是不吉利啊！刚做了一个噩梦，韩加森的电话就打了过来。这年头，金融行业的领导最怕接到两个部门的电话，一个是纪委，另一个就是检察院。

韩加森很客气地说："朱行长，我这里有点情况想向你了解一下，不知道你方不方便安排一个时间？"

朱大擎越发警惕起来，检察院的工作人员向来说话都很冲，如果他们忽然客气起来，那更说明其中有问题。

"韩检，什么情况，能不能先透露一点？"朱大擎的语气故意显得很随便，其实他和韩加森没有什么交情。

"朱行长，还是见面谈吧。"韩加森客气地说，"你定个时间吧，是我过去，还是你过来？"

"这……"朱大擎沉吟了一下，"还是我过去吧。"顿了一顿，他玩笑似的补充道，"韩检，你要是往我办公室一来，别人肯定会以为我有什么问题，被检察院调查了呢。"

韩加森不接朱大擎的话茬，依旧客气地问道："什么时间？"

朱大擎本来是想用这句玩笑话旁敲侧击地套套韩加森的口风，看看韩加森是不是在调查他，谁知道韩加森一点口风都不漏。

这个老狐狸！朱大擎恨恨地想，嘴里却说："半个小时后吧，我处理一下手边的事，就到你办公室去。"

挂了电话，朱大擎闭着眼靠在大班椅上，脑子急速转着，一桩一桩过滤着他办过的事，回想是不是有些地方没有处理干净，落下了手尾。可是他想来想去，却一点头绪都没有。想过自己，他又想了一下行里近一段时期发生的大事，可是依旧没有什么头绪。

朱大擎就决定不想了，这样漫无目的地去猜想，跟大海捞针一样。当务之急，是要提前做好准备，把自己家里和办公室一些见不得人的东西收拾干净。

朱大擎迅速打开抽屉，拿出一部平时很少用的手机，拨通了爱人的电话："你现在立刻回家，把……"

交代过爱人，朱大擎看了看抽屉里的两张银行卡，每张卡里都有钱，这是前两天别人刚送给他的，他还没有来得及处理。想了一下，朱大擎把茶叶罐拿了过来，里面还有大半罐茶叶。朱大擎把茶叶倒出来，把两张银行卡放进去，又把茶叶装进茶叶罐里，然后就把这茶叶罐随随便便地放在饮水机旁边。即使检察院过来搜查他的办公室，也绝对不会把这开了封的茶叶罐倒空了检查的。

放好了茶叶罐，朱大擎又仔细想了想，办公室里没有什么碍眼的东西了。他这才打电话给司机，让司机把车钥匙送过来。

司机是朱大擎的自己人，但是即使是自己人，朱大擎也不想让司机送他去检察院。在没有弄清楚是什么事之前，朱大擎不愿意让任何人知道。

邙北市很小，朱大擎上了车，转了两个弯，才七八分钟，就到了检察院。朱大擎把车停在大院里，脸上挂着微笑，平静地走进了检察院办公楼。虽然天天从检察院门口路过，但是朱大擎从来没有进过检察院，他这个时候才想起，自己并不知道韩加森的办公室在几楼。于是停下来，拦住一个检察院的工作人员问了，这才知道韩加森的办公室在三楼。

朱大擎迈步上了三楼，竟然有些微微气喘，这在以往是不可能的，在邙北市建行，谁不知道朱大擎行长是羽毛球健将，可以连着打三个小时羽毛球都不气喘的？

朱大擎在楼梯口停了一会儿，调匀了呼吸，这才缓步向三楼东侧走去。韩加森的办公室在第三间，门虚掩着，上面挂着“检察长”的牌子。朱大擎轻轻推开办公室的门，看到韩加森检察长正和一个检察官说着什么。朱大擎就笑着招呼道：“韩检，久等了。”

“朱行长啊？”韩加森转过脸来，仿佛才发现朱大擎一般，他站起来和朱大擎轻握了一下手，“请坐。”然后自己也就坐下了。

朱大擎坐了下来，正想说话，韩加森却对那个检察官严肃地说：“好吧，你抓紧时间去办，务必把工作做扎实，要把这伙腐败分子一网打尽，不能有一个漏网！”

“是！”检察官答应了一声，虎虎生风地走了出去。朱大擎坐在旁边听到这话，脸上虽然挂着笑，却是有点心惊肉跳，仿佛韩加森是在布置侦破他的案件一般。

“朱行长，不好意思，耽误你时间了。”韩加森笑了笑，“有个事情，需要你帮一个忙。”

朱大擎听到这句开场白，那颗一直在胸膛里狂跳的心终于安稳下来。就冲这句话，朱大擎知道，今天他没事了，要不韩加森肯定会说“请你配合一下”，这个基本上就可以看做是自己的事还是别人的事的分别。于是朱大擎就爽朗地笑道：“韩检，你客气了。有什么事你说就是，我能帮上忙的一定帮。”

“那就多谢了！”韩加森笑了笑，伸手递过来一张纸条，“朱行长，我想查一下近期这个账户资金的进出情况。”

朱大擎接过纸条扫了一眼，脸一下就僵了，这不是龙腾公司的账户吗？龙腾公司，是欧阳应龙开的公司，欧阳应龙就是用龙腾公司的名义向阳江超买下了黄金地质公园的。龙腾公司的基本账户设在邙北市建行，当初还是朱大擎亲自陪着欧阳应龙去办理的，对于欧阳应龙的背景，朱大擎自然是知道得清清楚楚。

“这……”朱大擎为难地皱了一下眉，“韩检，按照规定，检察院要给我出个手续，我才能让下边的人去把这些资料调出来。”

“呵呵，老朱啊。”韩加森亲热地说，“如果出了手续，我还用请你帮忙吗?”他双目直视着朱大擎,“没有手续,只是想请朱行长帮个忙。”

朱大擎往后一靠,跷了二郎腿,说:“这个不好办啊。韩检,你明白的,没有手续,我去查这个,是违反制度的。”

韩加森目光一紧,似笑非笑地盯着朱大擎,说:“朱行长,不能通融通融?”

朱大擎双眼望着天花板,说道:“韩检,你们检察院有纪律,我们金融系统也有纪律。”

“是啊,纪律。”韩加森用手指在桌面上敲了两下,“朱行长,我这里还有点东西,你看一下吧。”说着韩加森从抽屉里拿出一封信,扔到朱大擎面前。

朱大擎心中升起一种不祥的预感,他拿起信,抽出来一看,脸色就有些难看:“一派胡言!污蔑,完全是污蔑!韩检,写这封信的人一定是别有用心!我朱大擎可向来是清清白白的!”

“是啊,我也相信朱行长是清白的,但是我们检察院也有检察院的纪律啊。既然收到了信,就要调查。”韩加森的语气颇值得玩味,“我相信,朱行长一定经得起调查。”

朱大擎挪了一下屁股,身体前倾着,诚恳地说:“韩检,多谢你相信我。”

韩加森微笑不语,端着茶杯喝茶。

朱大擎看了一下韩加森的脸色,继续说:“我敢肯定,写这封信的人一定是别有用心,想借着这封信破坏我们邙北市建行大好的安定局面。韩检,你们检察院可一定要为我们金融系统的发展保驾护航啊!”

韩加森探身把信从朱大擎手里又拿了过来,展开看了一遍,把信折好装进信封,扔进了抽屉里,抬手看了看手表,说:“朱行长,这件事以后再说,我一会儿还有个会,你看?”

朱大擎见韩加森下了逐客令,只好站了起来,笑着说:“韩检真是大忙人啊!那我就不打扰了。”他看了看韩加森,随口说道,“对了,韩检,你啥时候方便?我好把那个账户的资料给你送来。”

“那就麻烦朱行长了,”韩加森意味深长地笑了笑,这个时候朱大擎是不会再提什么纪律了,“下午四点后我都在办公室。”

“那好，我四点半过来。”朱大擎连忙说。

“行，就四点半吧。”韩加森起身往外走，朱大擎连忙跟在后面，小声地问：“韩检，那封信……”

“朱行长，我们检察院很忙，不会把精力放在捕风捉影上面。”韩加森严肃地说。

“明白，我明白。”朱大擎连连点头，小步跟在韩加森后面。快到门口的时候，韩加森忽然停了下来，转身看着朱大擎：“还有，朱行长，这件事别人知道了，对你不好。”

朱大擎心领神会：“韩检，我知道怎么做。”他明白，表面上韩加森是说举报信的事，实际上是在提醒他，不要让别人知道韩加森调查龙腾公司账户的事。

韩加森走到小会议室，推开窗户，看着朱大擎开着黑色皇冠驶出检察院大门，心中冷笑。有紧箍咒在手，不怕他朱大擎不就范。作为检察长，韩加森何尝不希望把金融系统这些蛀虫们个个都绳之以法，但是韩加森知道不可能。

韩加森记得小的时候曾经看过一个笑话，说一个知县要调任到其他地方，这个地方的老百姓就全部出动，向钦差大人要求不要把这个知县调走。钦差大人惊讶道，你们这么多人都过来挽留这个知县，这个知县一定是个大大的清官了。老百姓们说，狗屁清官，这个知县是个大贪官。钦差大人就纳闷了，说既然是贪官，你们为什么要挽留他啊？老百姓说，这个知县虽然是贪官，但是我们已经把他养肥了，喂饱了，再贪也贪不了多少了。如果换一个新知县过来，他从头贪起，我们如何受得了啊？

除了这一层关系，韩加森主要还是考虑到赵长风，考虑到邙北市的政局。谁都知道，他是赵长风的人，这个时候他如果对朱大擎下手，别人都会把这笔账记在赵长风头上。现在哪一个银行官员身后没有一个错综复杂的关系网？金融系统中、地方上，各种势力错综复杂地交织在一起，一个不小心，不知道会惹出什么人来。韩加森即使不为自己考虑，也得为赵长风考虑。现在争夺邙北市市长的斗争已经进入了白热化阶段。

韩加森只是利用一下朱大擎，得到他所需要的东西。而韩加森相信，只要朱大擎不懂得收敛，总有一天会栽跟头的。

下午四点半，朱大擎准时出现在韩加森办公室，把一个档案袋递给了韩加森："韩检，你要的资料都在里面。"

韩加森接过档案袋，打开一看，只是薄薄的一张纸，龙腾公司在邙北市建行开过户之后，几乎没有什么业务，所有的资金往来数都数得过来。韩加森的目光落在下面，看到十月十一日，有两千万元打入了龙腾公司账户。十月十六日，这两千万元又转了出去。

"朱行长，这笔款项是什么公司转进来的?"韩加森指着那个账号问道。

朱大擎看了一下，低声说道："利雅达汽车配件制造公司。"

韩加森点了点头，把资料收了起来，说道："朱行长，辛苦你了，有空我请你喝茶。"

朱大擎连忙说道："韩检，还是我请你吧。不然让人听到了，检察院请我喝茶，还以为我犯了什么事呢!"粤东人讲究口彩，说什么也不会让检察院、公安局请喝茶的。

送走了朱大擎，韩加森立刻给赵长风打了电话："查清楚了，那笔钱的确是从利雅达公司转过来的。"

赵长风听了韩加森的汇报，心中一紧。一个真正搞项目的港资公司是绝对不会做出这样的事的，只有那些捞偏门的公司才会干出这样的事，把自己好不容易借到的款项分一半给别的企业。香港利雅达集团绝对有问题!

第二章　五雷轰顶，大难临头傻了眼

思来想去，以防万一，赵长风让人暗中调查。不料这一查果然查出了大问题。利雅达集团原来是个濒临破产的皮包公司，他们不但在邙北骗走四千万社保基金，还卷走了下岗工人的押金。这个消息得到证实后，刘驰和付罡庭顿时若五雷轰顶，一筹莫展，邙北市领导班子也是焦头烂额。倒还是赵长风手疾眼快，抢先一步冻结了利雅达的剩余资金。

赵长风坐在皮转椅上想了一会儿，拿起电话拨通了史墨兰的号码。

"赵市长，怎么想起给我打电话了?"史墨兰去过邙北市几次，煤层气管网建设协议已经签订了，过了年就开工。

"史总，有件事想麻烦你。"赵长风直截了当地对史墨兰说。李恩华把史墨兰说得如同神人一般，那么让史墨兰去摸一下这个香港利雅达集团的底应该不是什么难题。

"有什么事你请说，能帮上忙我一定会帮的。"史墨兰略微沉吟了一下，沉稳地说，"不过我先声明啊，你一个大市长都搞不定的事，我也不一定能帮得上忙。"

"史总，我还没有开口，你就要推脱啊。"赵长风呵呵笑道，"放心，我绝对不是请史总做什么违法乱纪的勾当，我是想请史总帮我调查一下一个公司的背景。"

"什么公司?"

"香港利雅达集团，你听说过吗?"赵长风说。

“利雅达集团?”史墨兰想了一想，“以前还真听人说起过这个公司，究竟是谁说的我一下子想不起来了。我想一想办法吧。这事急吗?”

“非常急，我需要尽快知道这个公司的情况。”赵长风说道。

“那……”史墨兰沉吟了一下，“那只好我亲自飞往香港一趟了，香港那边我还有几个过得硬的关系。”

“史总，你那么忙，用不着亲自过去吧?你打个电话让那边的朋友帮忙查一查不就可以了?”赵长风感到有点不好意思。

“赵市长，我不亲自去，怕他们不上心啊。既然你这么着急，我去一趟也没有什么关系。”史墨兰说。

“那……就多谢史总了。”赵长风说，“我代表邙北市人民感谢你。”

史墨兰轻笑了一声：“赵市长，我帮的是你，可不是邙北市人民。”顿了一下，她说，“就这样吧，我这边一有消息马上通知你。”

和史墨兰通过电话，赵长风立即又打电话给韩加森：“老韩，你刚才说，香港利雅达集团的账户也开在朱大擎那里?”

“对，本来是要开在别的银行的，朱大擎通过关系把利雅达集团拉过来了。”

“你让朱大擎查一下利雅达集团账户上还有多少钱，让他先想个办法拖住利雅达集团，不要让利雅达集团账户上的钱再往外转。其他情况等我这边的通知。”赵长风说道。

“是，我马上通知朱大擎。”韩加森回答得干脆利落。他立刻拨通了朱大擎的电话，朱大擎正在听取信贷科科长汇报情况，见是韩加森打来电话，连忙挥手示意信贷科科长赶快出去。信贷科科长点头哈腰地退出去，关上了门，朱大擎这才按下了接听键，轻声说：“韩检，我是老朱。对不起，刚才手机不在身边，我刚跑过来。”

韩加森说：“朱行长，这里有个情况要和你商量一下，香港利雅达集团在你们行里还有多少钱?”

朱大擎说：“一千五百万，我刚查过。”

“好，朱行长，你想尽办法拖住香港利雅达集团，务必不能让他们把账户上的钱转出去。”韩加森说道。

“啊?”朱大擎吃了一惊，小声问道，“韩检，利雅达集团出了什么问题吗?”

“朱行长，不该你知道的情况你就不要问。”韩加森冷冷地说，“你只要记住，想办法拖住利雅达集团就好，而且方法一定要巧妙，不能让他们察觉出来有什么异常。”

“可是，韩检，”朱大擎为难地说，“利雅达集团是港资企业，本身就享受着特殊政策，无缘无故地，我凭什么不让人家往外转款?”

“朱行长，你是银行行长，对于这些比我在行吧?”韩加森说，“我想这对你来说不算是什么难题。好了，就这样了。什么时候利雅达集团账户上的钱能动，我会通知你的。”

“韩检，我……”朱大擎还想说什么，可是韩加森已经挂断了电话。

朱大擎狠狠地骂了一句。可是他能做的也就是暗地里骂上这么一两句，心中虽然不满，对于韩加森的指示他还必须照办，谁让他有把柄握在韩加森的手里呢?眼下当务之急就是要考虑如何拖住香港利雅达集团，对朱大擎来说，拖一两天还好办，如果时间再长，就是神仙也没有办法。

想了一下，朱大擎就打电话给会计科科长：“老吴，最近省行要下来检查工作，企业账户上的钱尽量不要动，多做一下企业的工作，让他们暂时配合我们一下。如果哪一家企业一次性转款超过一百万元的，都要通知我，知道吗?”

“是，行长，我明白。”

朱大擎放下电话，心想目前也只能先以这个借口来稳一稳形势了，这种措施看似是对所有客户的，所以利雅达集团暂时不会觉察到什么异常。朱大擎心中祈祷，希望韩加森那边的事能很快进行完，这样他就不用绞尽脑汁了。当然，最好的情况是，利雅达集团这段时间根本不办转款。

朱大擎正想着，会计科科长的电话就打过来了：“行长，利雅达集团的财务经理过来，说是要转五百万元出去，购买机器设备……”

赵长风听说利雅达集团账户上只剩下一千五百万元了，心中很是焦急。利雅达集团一共从社保基金借了四千万，其中两千万给欧阳应龙动用了，另外的两千万已经转出去了五百万，剩余的这一千五百万随时可以转出。一旦利雅达集团背景有点不干净，那么这两千万元可算是肉包子打狗了。虽然在这件事上，赵长风本人没有什么责任，甚至一旦利雅达集团出事，付罡庭、甚至刘驰都要为此背上责任，虽然这对赵长风来说是一件看似的好事，可是他内心却并不希望这样的事发生。这几千万元都是邙北市老百姓的养老钱、救命钱，社保基金一旦亏空，将来老百姓的养老由谁负责？赵长风不能明知道香港利雅达集团有问题，还眼睁睁看着利雅达集团把两千万社保基金全都转走。

史墨兰已经去香港两天了，还没有什么消息传回来。这两天时间里，韩加森给赵长风打了几个电话，说香港利雅达集团急着转钱要购买设备，而且一次比一次急，数额一次比一次大。据朱大擎说，刚开始利雅达集团说要转五百万元，后来变成了八百万，再后来直接说要把一千五百万全转走，说邙北市建行这种服务态度，把钱放在这里已经没有什么必要。

赵长风越听越觉得利雅达集团有问题，他让韩加森想办法压住朱大擎，一定要拖住香港利雅达集团。韩加森说他这边在竭尽全力地压着朱大擎，但是估计也支持不了多长时间了，因为香港利雅达集团已经把付罡庭书记和刘驰书记搬出来施压了。朱大擎说他这个省行要下来调查各市县支行存款余额的借口最多能再坚持一天。

放下电话，赵长风心中更是烦乱。如果香港利雅达集团仅仅是为了购买设备的话，有必要动用付罡庭和刘驰吗？看样子朱大擎的举动已经引起了香港利雅达集团的警惕，只有心中有鬼的人才会如此警惕。史墨兰那边调查得究竟怎么样了？

终于，到快下班的时候，史墨兰的电话打回来了："赵市长，利雅达集团的情况摸清楚了，这家公司以前还不错，但是近几年却江河日下，已经濒临破产。据可靠消息，利雅达集团已经申请了破产保护……"

赵长风顿时觉得热血上涌，果然如此！放下电话，赵长风立即起身出门。刘俊康看到后连忙追过来问道："市长，干什么去？"

"到市委找刘书记。"赵长风边走边说。

"那，我通知老邢开车过来。"市委大院和市政府大院虽然是门对着门，但是市委市政府领导要到对面大院一般都选择坐车去。赵长风刚来时不懂规矩，步行去了两次，被下边干部议论了多次。终于市政府办主任李长根委婉地提醒了赵长风，赵长风从此后到市委大院才都是坐车过去。

“不用了。”赵长风摆了摆手，大踏步地往前走，等通知老邢，又要多花几分钟，还是步行去快一些。

赵长风穿过马路，走进市委大院，门卫看到市长过来，连忙殷勤地堆上笑脸，嘴里却不敢招呼。大院里来往的干部看到赵长风，也连忙招呼，赵长风根本顾不上点头，两眼只看着前方。看着赵长风远去的背影，这些干部们就小声议论，赵市长看起来更加威严了，连走路都和刘书记一样了。

赵长风来到刘驰办公室，推开门进去，张一磊正站在刘驰对面说话。赵长风率先说道：“刘书记。”然后又说了一声，“一磊主任也在啊。”

刘驰冲赵长风微笑一下，张一磊也站起身和赵长风打了个招呼。

“刘书记，我有事向您汇报。”赵长风省去通常的寒暄，直截了当地说。

“好啊，好啊。”刘驰没想到赵长风这么直接，他看了一眼张一磊，张一磊连忙说道：“刘书记，您和赵市长谈吧，回头我再来向您请示。”

赵长风也不阻拦，就任张一磊退了出去。刘驰指了指面前的椅子说：“坐吧。长风同志，什么事这么风风火火的？”

赵长风拉开椅子坐下，望着刘驰说：“刘书记，香港利雅达集团有问题。”

“什么？”刘驰惊讶地看着赵长风，“利雅达集团有什么问题？”他一边说着一边端起茶杯，想润一下发干的喉咙。

“香港那边有消息传来，利雅达集团已经申请了破产保护。”赵长风说。

“破产保护？”刘驰声音猛地提高了半度，手也一抖，茶杯中的水就泼了一些出来，“长风同志，你从哪里得到的消息？可靠吗？”

“我从香港的朋友那里听说的，”赵长风说道，他并不想把中都公司的史墨兰抛出来，“消息应该有八九成的把握，具体情况如何，我们可以组织人到香港去核查一下。”

“哦，原来是这样。”刘驰点了点头，眉毛皱了起来，沉吟着，过了一会儿，他说，“长风同志，你的朋友虽然可靠，但是毕竟不是有百分之百的把握，我看这件事目前不宜声张，还是派人到香港调查一下，拿到确凿的证据再说。要不万一有个差错，我们不就寒了投资商的心吗？”

“刘书记，我同意你的意见。但是我还有个建议，就是目前暂时把香港利雅达集团的账户冻结起来。毕竟四千万元社保基金在他们那里，万一出了个什么差错，麻烦就大了。”赵长风说道。

刘驰的脸色就有些发黑，显然也考虑到了四千万元社保基金的事，他沉吟了一下，说道：“这样吧，我这边和罡庭同志说一声，派人到香港那边去落实利雅达集团的情况。银行方面，你出面打个招呼，暂时把利雅达集团的账户冻结，等香港那边结果落实之后再做处理，你看怎么样？”刘驰的用意很清楚，赵长风既然说香港利雅达集团有问题，那么封账户的事就由他去负责，如果到香港调查的情况和赵长风说的不一致，影响邙北市重点项目进度的责任就由赵长风来背，利雅达集团有意见也只能是针对赵长风。

“好，我马上和银行方面联系。”赵长风风风火火地走了出去。

刘驰黑着脸坐在皮转椅上，盘算着如何应对眼前的局面。如果香港利雅达集团真的有问题，那么他这边又该怎么办？这个欧阳应龙，真是一个惹祸精，当初要不是他一心要买下黄金地质公园，刘驰又怎么会同意香港利雅达集团动用社保基金呢？

脑海里盘算了十多分钟，刘驰也没有找到一个好的对策，他知道不能再想下去了，当务之急是通知付罡庭。

想到这里，刘驰就拿起了电话，拨通了付罡庭的办公室：“罡庭同志吗？我是刘驰。”

“刘书记，您找我？”付罡庭立刻从刘驰的语气中听出了某种信息，“我马上到您办公室去。”

刚刚惴惴不安地从刘驰办公室出来，付罡庭就接到了钱伯斯的电话：“付书记，你们怎么搞的？我们利雅达集团选择在邙北市投资，一是看中邙北市良好的投资环境，另外一个原因也是觉得付书记够朋友、讲义气，所以最后才在那么多竞争对手当中选中了你们邙北市。可是你们现在竟然处处刁难我们，我们需要资金到德国进口设备，可是邙北市建行硬是卡着不放，这究竟是什么意思？”

听到钱伯斯理直气壮的话，付罡庭本来发虚的心渐渐多了一些底气，如果他听到钱伯斯声音有点发虚，那么对他来说就是致命的打击。谣言，看来是谣言啊！一定是有人嫉妒他在利雅达项目上大出风头，才编造出这样的谣言来诋毁他、诋毁利雅达集团。当然，这个谣言不一定是赵长风编造的，毕竟他处在重要位置上，要为自己说的话负责任的。但是又不好说，毕竟处于这个敏感的关键时期，赵长风只要能影响他付罡庭一时，等市长人选定下来之后，即使发现是谣言，但是政局已定，木已成舟啊。

付罡庭心中胡思乱想着，口中却很有原则地说："钱总，你不要急。我派人到银行去了解一下，看看究竟是什么原因。如果他们真的毫无理由地阻挠你们利雅达集团用款，那么我们一定会严肃处理，追究有关人员的责任！"

"付书记，那就拜托你了。"钱伯斯说，"不过要抓紧，如果多耽误一天，我们就要向德国方面多支付一天的违约金！到时候这些损失谁来负责？"

"钱总，你消消气。我这就去了解情况。今天晚上我请你去牡丹园喝茶，算是赔罪。"付罡庭笑着说。

"赔罪就免了。"钱伯斯悻悻地挂断了电话。

钱伯斯态度虽然不好，付罡庭心中却又轻松了一点，这个时候，钱伯斯态度越是蛮横嚣张，付罡庭心中就越是轻松，这样才说明钱伯斯心里没鬼。

第二天一早，张一磊率几个人组成的调查组前往中州，又从中州乘飞机去香港核查香港利雅达集团的情况。临行之前，付罡庭对张一磊叮嘱了很多，核心就是一定要把利雅达集团的情况弄得一清二楚，不能放过一丝疑点。四千万元社保基金不是小数目，足以改变付罡庭的命运。

送走了张一磊，付罡庭在办公室里怎么也坐不住，他打算到香港利雅达集团项目的工地上去转一转。

利雅达项目的工地在邙北市东郊，靠近天阳市方向，和邙北市商品批发市场一东一西遥相呼应。

付罡庭本想拨钱伯斯的电话，却又停下了。他在电话里要对钱伯斯怎么说？建行那边他还是不敢开口让利雅达集团动用资金，万一赵长风所说的情况是真实的，这个责任付罡庭根本担不起。

付罡庭的车到了利雅达项目工地。下车之后，却没有一个人出来迎接，工地上一个巨大的水泥搅拌机发出轰隆隆的轰鸣声，几十个建筑工人在搅拌机旁忙碌。这种场面让付罡庭看到就踏实，说明利雅达项目还在进展着。

工地的正中央，已经建成了两栋厂房。付罡庭迈步向里走去，一个保安模样的人迎了过来，问道："你们找谁？"

秘书龙临桂踏步上前说："干什么？连市委付书记都不认识了？"

那个保安这才知道犯了大错，连忙结结巴巴地说："对不起，对不起。我，我……"

付罡庭摆了摆手，笑容可掬地说："没什么，你也是为了工作。港资企业管理就是严格。"

保安脸上紧张的神色才稍微缓和了一点。

付罡庭继续问道："钱总在吗？"

保安摇了摇头说："还没有来。"

付罡庭笑着点了点头："那我想先到那个厂房里去看一看。"

保安连忙说："行行行，付书记随便看。"

付罡庭笑了笑，就和龙临桂一起向中间的厂房走去。

已经建成的两栋厂房都是单层门式钢架结构，里面已经装上了机器。机器都是崭新的蓝色，上面喷着德文字母，看着煞是整齐。付罡庭的心又放下了一多半。利雅达集团单单是进口机器设备都花了五千万，还有这些厂房的投资，这是一个打算在邙北市长远发展的企业，又怎么会是要破产的骗子公司呢？赵长风把那些道听途说的消息当真了。

参观过两个厂房之后，付罡庭底气很足，他拨了钱伯斯的电话，准备再安抚对方一番。可是钱伯斯的电话竟然关机。付罡庭就在工地里来回看，却没有发现一个管理人员模样的人。于是远远招手把刚才那个保安喊了过来："利雅达公司的管理人员呢？"

保安刚跑过来，气还没有喘匀，他说："今天没有见他们过来。"

付罡庭心中一沉，问道："往常他们什么时候过来？"

"早上九点准时来。"保安毕恭毕敬地回答。

付罡庭抬手看了看表，已经十点半了。他挥了挥有些发沉的手，示意保安先走开。然后他在工地上徘徊几步，又拿起手机拨了付罡川的号码，谢天谢地，付罡川的手机还能拨通。

“罡川，是我。”

“大哥，好啊！”里面传来付罡川惊喜的声音，“是不是银行同意动用资金了？”

“这个回头再说。”付罡庭说，“你能联系到钱总吗？”

“哦，我打个电话看看。”付罡川说道，他是行政人事部副经理，目前正在天阳市一个武警训练基地对和利雅达集团签订了协议的正式员工进行培训。

过了一会儿，付罡川的电话打了过来：“大哥，钱总他关机。项目部办公室的电话也没有人接。”

“利雅达集团其他管理人员呢，能联系到吗？”付罡庭又问道。

“哪个部门的管理人员？”付罡川问道。

“不管哪个部门的，只要是从香港过来的就行。”付罡庭不耐烦地说。

“好，我试一试。”

在等待付罡川的电话的时候，付罡庭焦急地在工地上来回走着，他不停地抬腕看着手表。终于，付罡川的电话打了过来，这几分钟对付罡庭来说，简直比几年还要漫长。

“罡川，怎么样，联系上了吗？”付罡庭迫不及待地问道。

“大哥，真是奇了怪了，”付罡川说，“香港过来的人我竟然一个都联系不上，电话都关机了！”

听到这句话，付罡庭如五雷轰顶，完了，出事了，肯定是出事了……

张一磊一行人从香港匆匆返回，香港利雅达集团真的破产了。这个消息在邙北市乃至天阳市都引起了巨大的骚动。毕竟，香港利雅达集团在邙北市投资的汽车配件制造公司项目，不但是邙北市第一家三资企业，就企业规模而言，在天阳市所有的三资企业中，也能排进前三位。现在这么一个影响力巨大的企业忽然破产了，所带来的影响是显而易见的。

对付罡庭来说，香港利雅达集团破产使他面临着两个问题，第一个问题，就是香港利雅达集团从邙北市政府套取的社保基金。目前香港利雅达集团账户上只留下一千五百万元，这还是赵长风行动迅速，找人暗中通知了邙北市建行朱大擎行长进行控制，否则这一千五百万元也会被香港利雅达集团转走。对于这个问题，付罡庭觉得他还有点退路，因为毕竟给香港利雅达集团动用社保基金是邙北市市委常委会上的集体决定。他个人虽然投了赞成票，但是除了赵长风，所有的常委都投了赞成票，这个责任不可能让他一个人来承担。

让付罡庭忧虑的是第二个问题，香港利雅达集团已经招收了一千五百多名工人，其中一千三百多名都是邙北市本地下岗工人，这些下岗工人中又以原邙北市矿山设备厂的工人居多。这一千五百多名工人目前正由付罡川率领着进行培训，等待两个月后正式上岗。按照香港利雅达集团的规定，每一个进入利雅达汽车配件制造公司的员工必须缴纳三千元的风险抵押金。因为利雅达集团进口的设备都是非常先进的，生产的产品也是高档的汽车配件，如果工人不服从管理，不按照技术规范要求操作，会给利雅达集团造成巨大损失。所以非常有必要缴纳风险抵押金，否则香港利雅达集团一律不予录取。

对工人们来说，这三千元钱可不是一个小数目，这些被香港利雅达集团录取的员工都想尽办法，就是砸锅卖铁，也凑齐了三千元钱交给利雅达集团。这是因为利雅达集团提供了非常诱人的薪资标准，只要培训结束，在利雅达集团正式上班，一个月顺便干干，也有一千六七，这三千元两个月就赚回来了。况且三千元又是押金，不会不返还的。再说香港利雅达集团可是一家大企业，不是皮包公司。虽然收取了风险抵押金，可不是谁都有交风险抵押金的资格，必须是经过严格的技术考试，符合了录取标准，才能获得这个资格的。那些没有通过技术考试的人，想尽办法求爷爷告奶奶托人找关系往利雅达集团送风险抵押金，利雅达集团根本不要。在这种情况下，被录取的员工又怎么会不兴高采烈、满怀欣喜地把三千元风险抵押金如数奉上？一千五百多人，风险抵押金就是四百五十多万元。这些钱可是工人的血汗钱，不同于社保局套取的社保基金，如果不能把这个问题处理好，付罡庭恐怕就要栽大跟头了。

付罡庭这边愁眉苦脸，不知道如何是好。刘驰那边同样也是忧心忡忡。香港利雅达集团垮了，欧阳应龙从香港利雅达集团借过来的两千万元又如何解释呢？一下子动用了四千万元社保基金，肯定会引起上头领导的注意啊！

欧阳应龙接到电话赶了过来，他进了办公室，见刘驰黑着脸坐在皮转椅上，就笑嘻嘻地说："姐夫，这是跟谁生气呢？"

"小龙，你坐下。"刘驰瞪了欧阳应龙一眼。欧阳应龙拉开椅子，大大咧咧地侧身坐下。

"你看你，成什么样子？这么大的人了，站没站相，坐没坐相！"刘驰严厉地说。

"哟，姐夫，今天吃了枪药还是怎么的？"欧阳应龙扔给刘驰一支烟，"你又不是不知道，我这人随便惯了，就是在叔叔面前也是这样。来，姐夫，抽支烟，消消气。"

刘驰把欧阳应龙伸过来的打火机推开，没好气地说："我哪还有心情抽烟，告诉你，出大事了！"

"姐夫，出什么大事了？"欧阳应龙把玩着打火机，满不在乎地问道。

"香港利雅达集团破产了！"刘驰说。

"什么？破产了？"欧阳应龙说，"不可能吧？利雅达集团那么大的一个企业，怎么可能破产呢？"

"什么不可能！"刘驰伸手重重地敲了一下桌子，"张一磊主任已经到香港核实过了，消息千真万确！"

"真破产了啊？"欧阳应龙问了一句，然后好整以暇地点燃一根香烟，轻描淡写地说，"破产就破产了呗，反正也不是姐夫你引进的。"

"小龙，你少跟我装糊涂！"刘驰说，"破产了，那社保基金怎么办？你可是从利雅达集团那边借了两千万出来。"

"是啊，我是借了两千万。可是，这两千万不是买了黄金地质公园吗？"欧阳应龙说，"黄金地质公园可好端端地放在那里的，每月都能带来巨额利润，只要三四个月，这笔钱我就能还上。姐夫，原来你是为这事生气啊？你应该为这事高兴才对。你想想，如果不是我从香港利雅达集团借两千万出来，这四千万社保基金不是全部被他们弄走了？现在，至少我这里还放了两千万，一下子为你们邙北市减少了两千万的损失，你还有什么不高兴的？"

“道理是这样，可是小龙……”

“可是什么？姐夫，我知道你担心什么，不就是担心利雅达集团的事牵扯到你吗？”欧阳应龙说，“实在不行，我让堂叔说一句话，你为邙北市挽回了两千万元，是有功之臣，怎么能受到牵连呢！”

“小龙，你不懂政治！”刘驰用手敲着桌子，“事情哪有那么简单！”

“是啊，姐夫，我是不懂政治，要不我怎么不去当官，而在生意场上厮混呢？”欧阳应龙嬉皮笑脸地说，“姐夫，放心，没多大事。你如果还是担心，那就先从银行弄两千万贷款出来，把社保基金还上不就拉倒了。”

“小龙，哪有那么容易贷的？”刘驰叹气道，“如果真的容易贷，当初我就直接从银行贷款出来，何必要走这条路呢？”

“姐夫，你真是死心眼！”欧阳应龙说，“按照正规的手续去银行贷款肯定贷不出来，县级银行贷款额度有限。可是我们可以变通一下，先从银行贷出款来还上社保基金，等到月底之前再从社保基金挪出来归还银行，这样月初贷款，月底还款，在银行的贷款报表上是不显示的，这样银行不就能向上级交差，社保基金这边不是也应付过去了？只要这样倒腾上两三个月，黄金地质公园的利润就足够归还这两千万了。”

刘驰低头想了一下，欧阳应龙出的主意也是没有办法的办法，只要运作得当，眼前这一关还是能应付过去的，至于其他，也只能等这场风波过后再说了。

“小龙，眼下也只好如此了。”刘驰微微叹了口气，“这件事你亲自去操作，有什么困难，打电话找张一磊。”

“应该没有多大困难。”欧阳应龙站了起来，笑着说，“两千万也不是什么大数目，几家银行凑一凑也就出来了。在邙北市的地盘上，这几家银行谁不给姐夫几分面子？”

“你少打我的名号！”刘驰狠狠瞪了欧阳应龙一眼，“这个时候，务必要低调。”

邙北市市委召开了临时常委会，讨论香港利雅达集团破产的问题，在会上，刘驰沉痛地说：“同志们，我们一定要深刻吸取这个教训，今后招商引资一定要慎重啊!”

付罡庭脸上挂着微笑，尽管笑容有些僵硬，他说：“事情已经出来了，也没有必要再多说，我觉得当务之急还是要和香港方面多联系，争取在利雅达集团破产金中多争取一些补偿。”

钱兆均拉过烟灰缸，撣了撣烟灰，说道：“我们是招商引资，不是招商引狼！这提醒我们，在招商引资的过程中，不要急于求成，要认真核查投资商的真实背景。不要投资商两句大话一说，我们就忘乎所以，以为这个投资商是天下掉下来的救星！就比如利雅达集团，现在简直成了一个笑话!”

说这些话的时候，钱兆均心中很是得意，在这个关键时刻，出了利雅达集团这件事，付罡庭基本上算是退出了市长位置的竞争。但是钱兆均知道他绝对不能心慈手软，这个时候不打落水狗，万一付罡庭缓过气来，天阳市里又有栾俊杰书记替付罡川说话，到时候市长还可能姓付。

包太龙却说：“我赞同罡庭同志的意见，当前首要工作把利雅达集团破产带来的影响降到最低，而不是追究谁的责任的时候。要说责任，我们认为我们大家都有责任，动用社保基金，是在常委会上讨论过的，大家，当然，包括兆均同志和我都投了赞同票。”

钱兆均的嘴角轻微抽搐一下，这个包太龙和付罡庭还真是穿一条裤子啊!

顿了一顿，包太龙又说：“但是我们要看到，在这件事上，刘书记和罡庭同志是立了大功的。刘书记就对香港利雅达集团保持了足够的警惕，比如他指示银行把四千万元分成两部分，利雅达集团一次只能动用其中的两千万元，当利雅达公司出了问题时，另外两千万元就迅速地转回了社保局的账户上。罡庭同志也针对利雅达集团做了一定的部署，这一段时间，银行针对利雅达集团做了防范，利雅达集团只转走了五百万资金，从而避免了社保基金遭受更大的损失。”

赵长风面容平静，内心却很是诧异。这明明是他指示朱大擎做的事，怎么到了包太龙嘴里，都成了付罡庭的功劳呢?

白国庆发言很简短，八个字：“吸取教训，引以为戒!”然后就低头看着桌子。

赵长风早就打好腹稿，见状接过话头说："我们目前面临着两个问题，一个是五百万元社保基金的问题，一个是一千五百多名工人的风险抵押金的问题，这两笔款加起来有一千万元。这笔资金究竟能不能顺利追回，尤其是一千五百名工人的风险抵押金问题，直接影响邙北市的安定团结。"

付罡庭咳嗽了一声说："这个问题其实不难解决。利雅达集团在邙北市还有固定资产，已经建成的厂房，包括土地使用权，还有价值四五千万元的机器设备，这些足够偿还五百万社保基金和工人们的风险抵押金。"

赵长风轻轻摇了摇头，说道："付书记，利雅达集团的土地出让金还没有交，理论上来说，这块地并不属于利雅达集团。另外市政府这边已经组织专家对利雅达集团的固定资产进行了粗略评估，利雅达集团在厂房上的投资不超过一百万元。至于那些所谓的从德国引进的先进设备，不过是一些老式的机床冲床进行了喷漆翻新，喷上了德文字母，这些设备加起来价值也不会超过一百万元，前提是如果有人要的话。当然，这些只是粗略评估，数字不一定很精确。"

会场上一片沉默。钱兆均斜睨着眼睛，脸上挂着玩味的笑容，把打火机放在手心上转来转去。付罡庭脸色涨红，却低着头专心致志地看着笔记本。刘驰也慢慢地从烟盒里掏出一支软中华，若有所思地放在嘴里，一股烟雾袅袅升起，把刘驰的面容隐藏在烟雾之后。

"情况还是要区别对待的。"组织部部长路大为轻轻推了推面前的茶杯，"我们引进利雅达集团的投资，也是为了发展邙北市社会经济，为邙北市人民造福。由于在此之前，邙北市从来没有过和三资企业合作的经验，所以才会被利雅达集团精心营造出来的假象所蒙骗。好在刘书记和付书记都及时采取了果断的措施，避免了邙北市遭受更大的损失。至于被利雅达集团转走的五百万社保基金和一千五百多名工人四百五十多万风险抵押金，我们一方面可以和香港方面进行联系，争取在利雅达集团破产补偿中多争取一些金额，另一方面也可以对利雅达集团留在邙北市的固定资产进行拍卖。能卖多少就卖多少，这样也可以为工人们挽回一点损失，至于剩余部分，就当我们为自己的不成熟交的学费吧。"

赵长风心中叹气，几百万元的血汗钱，一句轻飘飘的交学费就解决了？

路大为继续说道：“我们也要看到，我们在这件事上并不是没有收获，毕竟通过利雅达集团这件事，我们学会了如何与外资企业、港资企业打交道。这对于我们以后少走错路、弯路有着非常宝贵的意义。”

后面常委的发言纯粹是走走过场，说一些模棱两可的场面话。他们知道，这件事想在邙北市常委会上得到解决是不现实的，究竟如何处理，还要看天阳市委的态度。他们能做的也就是会上和和稀泥，会下发发牢骚而已。

刘驰看大家都说得差不多了，就把烟头摁灭，扫视一下会场，看着付罡庭说：“罡庭同志，我看这件事你还得抓起来啊。你和一磊同志有时间再到香港去一趟，看看从利雅达集团破产清算中能挽回多少，另外利雅达集团的厂房和设备，你也牵个头，挂牌拍卖，争取多挽回一点损失。”

付罡庭艰难地点了点头：“刘书记，我会下就立刻着手安排!”他知道，自己拉的屎，必须自己擦干净，这时候指望别人拉他一把是不现实的。

会后，常委们各怀心思依次离去。赵长风起身时，正看到钱兆均意味深长地向他看来，和他眼神一碰，钱兆均露出一个心照不宣的微笑，移开了眼神。赵长风心中苦笑，他可没有钱兆均幸灾乐祸的心情，他的心思全在一千五百名工人的风险抵押金上，这是工人的血汗钱，必须想办法替工人挽回。

赵长风下了楼，坐进车里，老邢一边发动车，一边说：“市长，刚才有你的电话，叫李昌文，说是你的同学。”

“李昌文?”赵长风微笑起来，真没有想到，这个小子会在这个时候给他打电话。赵长风有三部手机，一部自己带在身上，这个号码不是关系非常亲密的人不知道；另一部手机由刘俊康拿着，这个电话多是公务电话，知道号码的多是上下级同僚；还有一部手机，就是老邢手中的手机了。这个号码是赵长风的私人电话，打电话过来的多是赵长风的亲戚、同学。

正说着，手机又响了起来，老邢看了一下号码，连忙把手机递给赵长风："还是他的。"

赵长风轻轻接过电话放在耳边，里面传来李昌文的声音："喂，请问你们赵市长回来了吗？"

"昌文，是我啊！"赵长风笑着说，"不好意思，刚才有点事。"

"哈哈，长风，你可真难找啊！到底是大市长啊！"李昌文的声音兴奋起来。

"老同学，和我还整这个？什么大市长，不过是一个县级市的副市长罢了。对了，听说你在粤东本田汽车公司那边干得不错啊。"赵长风轻描淡写地把话题扯回到李昌文身上。

"这个，是啊，还行吧。"李昌文支吾了一下，"长风，我和老婆回山阳探亲了，想去邙北市看看老同学，顺便蹭顿饭吃，不知道你欢迎不？"

"啊……"赵长风愣了一下，这个李昌文还真会挑时候，"我欢迎之至啊！"

"那就这么说定了啊！明天上午我们坐火车到天阳市，然后倒车去邙北。"李昌文说。

"行！几点的火车？你提前打个电话，我让司机到天阳市去接你！"

放下电话，赵长风脑海里浮现出李昌文圆圆的笑脸，他微微摇了摇头，唉，李昌文这个时候过来，怕是接待不好了。

李昌文是赵长风的初中同桌，两个人关系很好。上高中时，赵长风进了山阳三中，李昌文则进了山阳一中。高中毕业时，李昌文考上了粤东工业大学，毕业后就留在了粤东，进了本田汽车公司。这么多年来，赵长风和李昌文就在过年回山阳时匆匆见过一面，没想到这个时候李昌文却回来了，还要专程过来看望他。

"栾书记，你看，我……"付罡庭坐在沙发里，全身都深深地陷了进去，他面色苍白，肥胖的手无力地把手机举在耳边。

"罡庭啊，你怎么这么不谨慎啊！"栾俊杰的语气非常严肃，"社保基金是什么？你们说动就动了？"

"栾书记，事情都已经发生了，后悔也没有用了。眼下当务之急就是给我指出一条路，不然……”付罡庭额头上冒着虚汗。

手机里一阵沉默，过了很久，栾俊杰的声音才再度响起：“罡庭，眼下唯一的出路就是想办法把利雅达集团的窟窿给补上，然后表现出一个积极主动的态度，向市委自请处分。”

“栾书记，近一千万的窟窿，怎么补啊？”付罡庭一脸沮丧。

“罡庭，你呀，真是当局者迷，谁说这个窟窿让你一个人去补？去找刘驰啊，他恐怕比你还急呢！”

“刘驰？栾书记，刘驰他……”付罡庭还想说下去，栾俊杰已经挂断了电话。

付罡庭重重叹了一口气，窝在沙发里，想着栾俊杰刚才的话。要不要去找刘驰呢？付罡庭想起利雅达集团那失而复得的两千万元，如果说刘驰没有在这中间动了手脚，恐怕鬼都不信。要不刘驰也不会那么轻而易举就同意动用社保基金了。但现在的问题是，社保基金是常委会集体决议，这一千五百名工人的风险抵押金，可就是他一个人背黑锅了。

但是即使如此，付罡庭也不想主动给刘驰打电话，这个时候形势虽然紧急万分，但越是这个时候，越能看出一个人的素养和风度。此时如果付罡庭打电话给刘驰，就等于把主动权交给了刘驰，付罡庭还不想轻而易举地把主动权交出去。

与此同时，湖月山庄一号别墅里，刘驰正对欧阳应龙面授机宜：“小龙，你现在必须把邙北市黄金地质公园给我转出去！”

“转出去？为什么？”欧阳应龙惊讶地说，“黄金地质公园这十多天每天的门票收入都有十几万啊，这可是一只会下金蛋的母鸡。”

“我看你是财迷心窍！”刘驰一巴掌重重地拍在桌子上，“别说是一只会下金蛋的母鸡，就是一群会下金蛋的母鸡，你这个时候也必须给我转出去！”

欧阳应龙平时虽然不怎么尊重姐夫，但是从内心深处还是比较敬畏这个农村出身的姐夫的，他见刘驰发了怒，连忙说道：“姐夫，你别生气，我转，我转出去还不行吗？”

“好，你马上转，记住，你千万不要跟我玩左手过右手的游戏，你转的人一定要和你一点关系都没有。”刘驰严厉地盯着欧阳应龙。

“这……”欧阳应龙为难地皱了一下眉头，“姐夫，时间这么紧，找一个和我没有关系的人接手谈何容易啊。”

“怎么不容易？”刘驰说，“你去找阳江超，让他重新接手！”

“找阳江超？我才不干呢！”欧阳应龙像被踩了尾巴一样，“我好不容易想尽办法，从这个狐假虎威的家伙手中把黄金地质公园抢了过来，现在又还回去，不是明摆着让人家笑话吗！”

“小龙，你是想别人看你的笑话，还是想别人看我的笑话？告诉你，如果你不把黄金地质公园转出去，就会有人来看我的笑话！”刘驰用力敲着桌子。

“姐夫，我明白了！”欧阳应龙站了起来，“这件事你放心，我会办得干脆利落，不给别人留下任何把柄。”说着他端起桌面的茶杯，去为刘驰加满了水，殷勤地说，“姐夫，你喝茶。”然后才转身出去。

刘驰没有理睬欧阳应龙，他靠在沙发上，双眼望着天花板，心思又转回到利雅达事件上。他本来以为，利雅达集团只是牵扯到社保基金的问题。算起来只有五百万资金漏洞，利雅达集团的厂房加上设备，足以弥补这个五百万资金漏洞。可是他万万没有想到，利雅达集团竟然借招工之名，收取了工人的风险抵押金。这一千五百多名工人大部分都是邙北市矿山设备厂的下岗工人，本来闹过了几次，付罡庭答应解决他们的工作问题，他们才偃旗息鼓了。现在香港利雅达集团破产了，工作没有着落，还另外被骗了三千多元风险抵押金，这些工人岂不是要闹翻天了？如果这些工人闹起来，刘驰就是有天大的本事，也捂不住这件事。所以刘驰面临的就不是五百万资金漏洞，还要加上这些工人将近五百万的风险抵押金。可是赵长风这边派人去评估过了，利雅达集团的厂房和设备加在一起还不足两百万，剩下的八百万缺口该如何弥补？

当然，对于刘驰来说，如果使出浑身解数，动用全部资源，弄来七八百万救救急也是能办得到的。问题是，这件事还牵扯到付罡庭，如果当初不是付罡庭提议，刘驰如何会想到去动用社保基金？而那些工人的风险抵押金的事，刘驰在今天之前更是听都没有听说过，这些烂账都让刘驰来负担，他心里又怎么能平衡？

除了钱之外，还有个责任的问题，事情到了这个地步，肯定是会惊动上级领导的，最起码天阳市这一层就瞒不过去。邙北市私自挪用社保基金，纵然拿着市委常委会的集体决议做挡箭牌，刘驰作为班子的领导，责任肯定是无法逃脱的，除非找一个人出来替刘驰分担一下责任。这个人是谁？只能是付罡庭，也必须是付罡庭，所有这一切都是付罡庭搞出来的。出了事，付罡庭不承担责任，还能让谁承担责任？

刘驰清楚这一点，刘驰相信付罡庭也清楚这一点。刘驰相信，在他难受时，付罡庭一定比他更难受，付罡庭一定也在绞尽脑汁，考虑如何处理眼下的危局。

刘驰静静地靠在沙发上，手机早就从手包里拿出来，就放在沙发旁的茶几上，只要一抬手就可以拿到。刘驰在等，在等付罡庭的电话，刘驰相信，今天晚上，付罡庭一定会打电话过来的，他现在要做的就是等、等、等……

这是一个比耐心的过程，谁先失去了耐心，谁就落在了下风。

第三章　不计前嫌，闻风而动化危机

因为利雅达集团的骗贷事件，刘驰和付罡庭受到了批评。为了挽回损失，市委立即召开会议，一面派人与香港方面联系，争取在利雅达集团破产清算中多拿到一些补偿款，一面与国内汽车配件制造业联系，招商接手。赵长风不计前嫌，闻风而动化解危机。

付罡庭终于没有熬得过刘驰，晚上九点半，他拨通了刘驰的电话。

“刘书记，我是罡庭啊。没有打扰您吧？”

“罡庭啊？我刚躺在床上，怎么现在打电话过来？有事吗？”刘驰在沙发上坐直了身子，嘴角露出一抹微笑。

“啊？刘书记已经休息了啊？”付罡庭说道，“我这里有点事想向您汇报，既然您已经休息了，那我明天早上去办公室找您好了。”

“呵呵，罡庭，我也是刚躺下，有什么事你现在说吧，不碍事。”虽然都知道对方说的是假话，刘驰还是心照不宣地按照套路说下去。

“这事电话里说不太方便，”付罡庭沉吟了一下，“您看……”

“行啊，罡庭，要不你来找我吧，我们见面说。”

付罡庭放下电话，怔怔地想了一会儿，长长地叹了一口气，拿起衣帽钩上的皮衣，推开房门，迎着凌厉的寒风走了出去。今年的冬天似乎来得比往年都早，也更寒冷一些。

付罡庭住的地方距离刘驰的湖月山庄一号别墅不远，走路几分钟就到了。付罡庭走进客厅，刘驰已经换了一身睡衣坐在沙发上，见付罡庭过来，刘驰笑着起身："罡庭来了？走，上书房说去。"

无须太多客套，付罡庭跟着刘驰来到了书房，两个人并排坐了下来，付罡庭身体微侧，对着刘驰。

欧阳丹凤跟了上来，泡了一杯茶水，送到付罡庭跟前："付书记，喝茶。"因为利雅达集团招工的事，欧阳丹凤和付罡庭的爱人王丽君走得比较近，和付罡庭之间也不陌生。虽然她怨恨付罡庭拉过来的利雅达集团让他们夫妻俩都惹了一身麻烦，但是面子上的功夫还是要做到的。

"哎呀，欧阳主任太客气了，我自己来就好。"付罡庭起身从欧阳丹凤手中接过茶杯。

"付书记，你们聊吧，我下去了。"欧阳丹凤微笑了一下，退了出去，把书房的门带好。

刘驰靠在沙发上，脸上挂着微笑，矜持地抽着烟，一直不说话。付罡庭等了一会儿，如坐针毡，于是他轻轻咳嗽一声，说道："刘书记，我是想和您谈一下利雅达集团的事。"

"啊，利雅达集团。"刘驰的脸一下子就严肃起来，"老付，这件事很棘手啊！"

"刘书记，我是过来向您检讨的，在利雅达集团的问题上，我不够慎重，给您和市委添了不少麻烦。"付罡庭说。

"老付，现在不是做检讨的时候！"刘驰说，"当务之急，是要解决利雅达集团遗留下来的问题。那些工人现在怎么样？"

付罡庭说："他们现在还不知道这个消息，还在基地继续接受培训。"

"还好，交代罡川同志，继续稳住工人，现在千万不能让工人知道这个消息，否则一切都乱套了。"刘驰轻轻地敲着沙发扶手。

"刘书记，我明白。这个问题我已经提前向罡川交代过了。"付罡庭轻声说。

"那就好。"刘驰点了点头，又不说话了。

从侧面看去，刘驰脸色平静如常，付罡庭一边佩服刘驰的涵养，一边暗叹，如果他此时背后撑腰的是省委副书记，而不是天阳市副书记，说不定他也能像刘驰这般笃定。

付罡庭望着刘驰，小心翼翼地开口道："刘书记，现在我们该怎么办？

这样一直拖着，怕也不是办法。”

刘驰这才叹了一口气，用一种悲天悯人的语气对付罡庭说：“老付，很难办啊！这件事怕是要惊动上头了。”

“刘书记，您是班长，这时候就靠您来掌舵，无论如何，您得想一想办法啊!”付罡庭心中一横，既然做了低姿态，就把姿态做得足一些。

“老付，其实道理你也懂，要解决这个问题，首先我们必须马上筹集资金，把利雅达这个窟窿堵上。没有这个大前提，一切都免谈。”刘驰旋转着手中的茶杯说。

付罡庭连连点头，这个问题栾俊杰已经说过，不把窟窿堵上，这个问题就无法从根本上得到解决。

“第二，在这个关键时刻，我们邙北市班子一定要团结，行动一致，不能有杂音。如果有人在这个时候揪住这个问题不放，上面恐怕也不好办。”刘驰说着瞟了付罡庭一眼。

会揪住这个问题不放的人还有谁？无非就是钱兆均和赵长风这两个付罡庭竞争市长位子的对手。付罡庭当然明白刘驰话里的意思。他没有接过这个话茬，继续问道：“还有呢?”

“还有就是，主动向天阳市委汇报，自请处分!”刘驰把手中的茶杯放下，目光紧紧盯着付罡庭。

湖月山庄的供暖系统效果太好了，付罡庭额头上微微冒汗。刘驰的说法和栾俊杰的没有多大差别，唯一不同的是，刘驰多加了一条班子里的团结。刘驰比天阳市市委副书记栾俊杰更清楚付罡庭和钱兆均、赵长风之间的竞争关系。

“刘书记，利雅达集团的窟窿，不是一笔小数啊。”付罡庭本想擦汗，可是又觉得不好，于是伸出去的手半途折回来，搓了搓手。

“数目的确不小。”刘驰说，“老付，你是邙北市土生土长的干部，人脉熟，关系广，你要多想想办啊。”

“刘书记，我能有什么办法，八九百万啊。”付罡庭苦笑了几声，把双手摊开。

“老付，没有办法也得想办法!”刘驰说，“事到如今，你就别藏着掖着了，有什么关系，都拿出来吧。”

“刘书记，我试一试吧，尽力而为!”付罡庭抹了一把额头上的汗，“您也帮着想一想办法，这不是我推卸责任，而是我的能力实在有限。”

刘驰点了点头，说道：“好，我这边也想一想办法。不过我说老付，你至少要把工人的风险抵押金给解决了啊。”

“我，我尽力。”付罡庭虚弱地点了点头，他知道自己的能力。他一直是抓组织工作的，和企业界并没有多少联系，这个节骨眼上让他去筹集四百多万，简直是比登天还难。但是即使比登天还难，付罡庭都要去试一下，这一关如果不能过去，他的整个政治前途都要被断送了。

“好，这个问题先这样定了，必须要抓紧时间!”刘驰看了付罡庭一眼，又说，“老付，下面一件事，你恐怕要劳动栾书记出马了。”

付罡庭略一沉吟，就答应下来：“刘书记，这个问题不难办，就交给我吧。”刘驰虽然没有说明是什么事，付罡庭却已经明白了，刘驰的意思是想让栾俊杰出面做钱兆均的工作。钱兆均是邙北市分管政法的副书记，栾俊杰是天阳市分管政法的副书记，正好是钱兆均的顶头上司。让栾俊杰出面做钱兆均的工作，应该不会有太大难度。

刘驰点了点头，说：“其他人的工作我会去做的，总之我们邙北市的班子一定要团结一致，齐心协力地应对眼前的困难局面。”赵长风一直都很尊重刘驰，刘驰相信他出面做赵长风的工作，问题应该不大，赵长风还是一个很重大局的好干部。

“您是班长，您说一句话，比什么都管用。”付罡庭连忙说道。

“老付，还有第三个问题。如果我们把前面两个问题顺利解决了，那么向天阳市市委自请处分的事……”刘驰停了下来，眼睛一眨不眨地盯着付罡庭。

“刘书记，这是常委会集体做出的决议，由哪一个同志具体负责都不好吧?”付罡庭心中还抱着一丝幻想，“能不能把具体情况向天阳市委反映一下，我们集体承担这个责任。”

刘驰心中冷笑了一声，集体承担责任?所谓集体承担，就是他这个市委书记承担，如果真的可以如此简单，他还有必要和付罡庭坐在这里商量吗?

“是啊，是要集体承担。”刘驰摸了一下头顶，把话题扯开，“对了，老付，你回去给罡川同志一个电话，让他写一个材料，回忆一下当初利雅达集团招工的具体经过。”

付罡庭身体明显地僵了一下，刘驰说这句话，就代表着前面说的那些都不算数了。刘驰固然要为挪用社保基金承担领导责任，但是付罡庭这边要承担的东西就太多了。在风险抵押金上，付罡川扮演着不光彩的角色，如果往下查，可能会牵扯到很多。付罡庭身为市委副书记，负责着利雅达的项目，却让自己亲弟弟到利雅达集团任职，谁能相信这里面没有猫腻？事情一旦闹到这个地步，刘驰受到的处分最多就是调离邙北市市委书记的岗位，换一个地方继续做处级干部。可是付罡庭要付出的代价就大多了，如果付罡川做的那些事被查实，付罡庭的下场必然是开除党籍、开除公职，甚至是移交检察机关，追究刑事责任。

“刘书记，我分管利雅达项目，对利雅达事件负有主要领导责任。”付罡庭艰难地说，“请刘书记向天阳市委汇报时，务必要说明这一点。”

“老付，这件事上我也有责任，我没有及时发现问题，也要向天阳市市委检讨啊！”刘驰摇头道，“这真是一个沉痛的教训啊。”顿了一顿，他又说，“老付，这次就委屈你了。你放心，我们是不会忘记那些为大局做出了牺牲的同志的。当初蔡国洪制订了很多政策，别的不说，其中有一条政策我就很赞同，凡是为了邙北市的利益受到上级处分的，市里一定会给予丰厚补偿的。”

“刘书记，我相信您、相信市委！”付罡庭下了决心，神态反而轻松起来。既然别无选择，那么这次他就承担主要责任，只要过了这一关，刘驰能忘记他今天做出的牺牲吗？刘驰背靠着欧阳书记，肯定会帮他运作，还有亲家翁栾俊杰也会帮着运作，他只不过是短暂地蛰伏一下，然后东山再起。这样的结果总胜过他被双开，甚至去承担刑事责任吧？

“我也相信，市委不会辜负你的信任的。”刘驰放下一桩心事，神态也轻松起来，“不过老付，眼下我们还得抓紧时间解决资金的问题。还有栾书记那边，你盯紧一点，嗯？”

“我明白，回去我就和栾书记联系。”付罡庭说。

刘驰抬眼看了一下墙上的挂钟，付罡庭知道他该走了，就连忙站了起来：“刘书记，时间不早了，我就不打扰您休息了。”

“也好，老付，你回去也早点休息。”刘驰站起来亲热地和付罡庭握了握手，一直把付罡庭送到楼下。

出了门，又是一阵寒风袭来，付罡庭打了个冷战，他紧了紧皮衣：那四百五十万风险抵押金，他该从什么地方筹措呢？

老邢赶到天阳市的时候，距离李昌文火车到达天阳市还有半个小时。老邢本来想直接开到火车站出站口去等，可是李昌文一个电话让老邢改变了主意。李昌文在电话里上来就说：“喂！你是老邢吧？我是赵市长的同学。你现在到哪里了？不要误了我的火车啊！”

老邢连句话都没有回就挂断了电话，李昌文的腔调狐假虎威。老邢是市长的司机，可不是市长同学的司机。再说了，老邢跟了赵长风这么久，见过赵长风不少同学和朋友，人家个个开着奔驰宝马，还态度和蔼可亲，哪里像这位李昌文，坐着火车来，架子还大得要命？

老邢没有去火车站，而是直接把车开到一个相熟的茶楼，平时赵长风来天阳市开会的时候，老邢就在这个茶楼里打牌等候。

进了茶楼，一个清爽利落的小服务生笑着迎了上来：“哟，邢哥，又送领导来开会啊？到楼上去？”

老邢摆了摆手道：“我就在一楼坐一下，你给我上壶茉莉花茶就行了。”在市委办小车班十多年了，老邢还是喜欢喝茉莉花茶，什么龙井碧螺春铁观音，他都喝不惯。

服务生送来了一壶茉莉花茶，又端上来两只盘子，一只盘子里放了两只红彤彤的邙北产的苹果，另一只盘子里盛着老邢最喜欢吃的原味葵瓜籽：“邢哥，这是送您的。”

老邢大气地笑了笑，用手指轻轻叩了两下桌面。自从跟了领导之后，老邢的举止越来越像领导。

老邢悠闲自得地喝着茶，电话响了两次，他看了看号码，都是那个李昌文的，就又把手机放在茶桌上，任那手机震耳欲聋地响着。

不久，第三个电话打过来了，却是赵长风的：“老邢，在什么地方？人早到了，在出站口等了很长时间了。”

“市长，车出了点问题，我在修车，刚弄好，马上过去。”老邢说着才招手让服务员过来，懒洋洋地走出茶楼，上了车，向不远处的火车站开去。

车刚进火车站广场，老邢的手机就响了起来。老邢懒洋洋地把车靠好，拿起手机，里面传来李昌文的声音：“老邢，你在哪里?”

“就在火车站广场，大广告牌下。”老邢说。

“哦，看到了，看到了，是辆黑色的车吧?”

“对，黑色的桑塔纳。”老邢挂断了电话。

很快，就看到两个一身情侣装的男女，女的背着一个小挎包，男的左手拉着一个小旅行箱，右手拿着手机，两个人依偎着向这边走来。随着两人逐渐走近，老邢看清了两个人的长相：右边的女人看起来也就二十三四岁，属于小家碧玉型的，还算漂亮。再看旁边的男人，老邢心中大吃一惊，这难道就是老板的同学李昌文？怎么看起来这么苍老，像是小四十岁的人了？高瘦的身形，两条深刻的抬头纹，一副苦大仇深的面相。和旁边的女人站在一起，简直就是父女俩，偏偏两个人穿的是情侣装。

“老邢吧？怎么才来？车出问题了?”高瘦男人果然是李昌文，他一开口老邢就听出他的声音了。

“是啊，小毛病。”老邢按下车窗玻璃，对李昌文一歪头，“上车吧!”

李昌文本来想等老邢主动下车来开车门，替他们装行李，看样子没有这个待遇了，于是他只好说道：“老邢，我的行李……”

“放后备厢吧。”老邢又按下一个按钮，后备厢应声而开。李昌文只好把旅行箱放进后备厢里，然后过来打开车门，和老婆并排坐进后座。

老邢不紧不慢地打着火，熟练地调转车头，往火车站广场外开去。李昌文摸了摸后座，说道：“老邢，你是赵市长的司机吗?”

“怎么，不像?”老邢往后视镜里瞟了一眼。

“那你为什么不把长风的专车开过来?”

老邢心中一笑，一句话立刻把赵市长变成了长风，把自己变成和市长平起平坐的大人物了。他冷淡地说：“这就是我们赵市长的专车。”

“什么？这就是长风的专车?”李昌文深刻的抬头纹里写满了问号，“堂堂一个市长，就配一辆桑塔纳?”

“这有什么奇怪，我早说了，内地很落后，一个小副市长，能有啥权力?”小家碧玉用着粤东口音的普通话低声对李昌文说道。

“是啊，邙北市小地方嘛。”老邢接了一句，就立刻紧紧闭上嘴巴，再也没有兴趣和这对夫妇说一句话。

李昌文仿佛也知道自己说的话有点失礼，他立刻伸手掏出一盒三五，掏出一支递给老邢：“来，抽支烟。”

“我抽不惯洋烟。”老邢一手握着方向盘，另一只手从前面摸出一盒软中华，递到后面，“李工，还是试一下咱国内的烟吧。”

李昌文没想到老邢一个司机竟然抽得起软中华，这一支就差不多顶他的一盒三五了。于是他讪笑着从老邢手中接过软中华，抽出一支塞进嘴里，脸上全然没有了刚才的嚣张。

一路上李昌文再也没有大声说过话，而是和老婆靠在一起窃窃私语。看得出来，虽然两个人外表不怎么协调，但感情却是很深厚的。

老邢乐得不说话，他专心致志地开着车，三十分钟后就到达了邙北市。按照赵长风的吩咐，老邢径直把车开到了市委招待所，对李昌文夫妇说了一句：“待会儿你们别说话，我来安排。”就带着李昌文夫妇到了总服务台。女服务员看到老邢进来，笑着迎了上来问道：“邢哥，上边来人了?”

老邢敲了敲柜台，问道：“马总呢？忙什么呢?”他心中不忿李昌文看低赵长风，所以要替赵长风摆一摆威风。

服务员连忙拨通了总经理马大海的电话。几分钟工夫，马大海就从里面出来，他看了李昌文夫妇一眼，就轻轻地把老邢拉到一边，轻声问道：“老邢，这是……”马大海是邙北宾馆的总经理，每天迎来送往的都是官场上的人，眼光很毒，是不是官场上的人一眼就能看出来。李昌文虽然看起来很成熟很有阅历，但是那飘忽不定的眼神，一看就不是官场中人。

老邢淡淡地说道：“省里来的。”

这几个字其实很有学问，听起来普通，但是意味深长。省里来的，可能是一介布衣、平民百姓，也可能是省里的干部。究竟是哪一种，马大海你自己揣摩去。

马大海脸上堆着笑容，眼珠子向李昌文夫妇瞟了一眼，又问道：“跟你的车来的？他们没有车?”

老邢不耐烦地说："赵市长安排的，你去问他。"

马大海见老邢搬出了赵市长，纵使是满腹疑问，也不敢继续问下去了。他主要是担心这一对男女是老邢的什么朋友亲戚，过来蹭房的。如果真的是赵长风的客人，即使不是省里下来的，马大海也要热情招待。他换上一副灿烂的笑脸，转身迎了过去："两位领导一路辛苦了，欢迎来我们这里视察工作。我这就安排，对不起啊！"然后转身对服务员说："还不快拿行李？"

服务员连忙奔过来从李昌文手中抢过行李，李昌文从来没有享受过这样的待遇，他尚未反应过来，旅行箱已经被服务员热情地抢走。于是李昌文的虚荣心得到极大的满足，他得意地向老婆看了一眼，意思是说，怎么样，我同学在这里混得还不错吧。

老邢陪着他们一起上楼，房间很不错，是按照接待处级干部的标准安排的。至少在住房标准上，李昌文和赵长风实现了平起平坐。

老邢看都安排好了，就握手和李昌文告别，说你们先休息，下午赵市长下班后会过来看你们。李昌文还是有点疑惑，他看着老邢问道："不用登记身份证吗？我们这样算不算冒充省里领导？会不会给长风添麻烦？"

听到最后一句话，老邢对李昌文的印象改观了一点，他笑着说："李工，这里不是宾馆，当然不用登记了。还有啊，我是说你们是省里来的，可没有说你们是省里来的干部。你们就放心住下吧！"

付罡庭推开刘驰办公室的门，刘驰正在整理文件，看到付罡庭过来，点头道："老付，来了？"

付罡庭点了点头，说："我刚才接到了栾书记的电话，说那边没有问题了。"

刘驰感叹道："栾书记一向关心邙北市的发展，老付，有机会邀请栾书记来邙北市看看。"

付罡庭嘴角露出一抹讥诮的微笑，他倒是想请栾俊杰过来，只是不知道还有没有机会。他反问道："刘书记，赵市长那边……"

"哦，我已经和长风谈过了。"刘驰说，"他没有什么意见。"刘驰看了看手表，"不早了，老付，还需要准备什么吗？"

付罡庭摇了摇头说：“我都准备好了。”语气中有一种决绝。

刘驰从办公桌后面走出来，用力握住付罡庭的手摇动了两下，说道：“老付，不要有什么包袱。你以大局为重，为邙北市做出的牺牲，同志们都记在心上，上边的领导也会体晾你的苦心的。我向你保证，等这个风波过后，我一定想办法让你官复原职，保证不会影响以后的提拔。”

“拜托刘书记了。”付罡庭叹了口气，“我们现在就走吗？”

“现在就去吧，我们要抓紧时间，越主动越好！”

一辆黑色的公爵王和一辆黑色的蓝鸟一前一后驶出邙北市市委大院，向天阳市方向开去。熟悉邙北市领导的人都认得这两辆车，一辆是邙北市的一号车，一辆是邙北市的三号车，分别是市委书记刘驰和党群书记付罡庭的座驾。不过现在付罡庭并没有坐在三号车里，他和刘驰并排坐在一号车里，面色沉重。他们现在就要到天阳市去向魏新强书记和张培伦市长自请处分，但究竟会是什么样的结果，刘驰和付罡庭都无法预测，虽然他们已经通过不同的渠道向魏新强和张培伦打过招呼。

到了天阳市委大院，司机小黄把车停好，刘驰和付罡庭分别从两侧下了车，两个人对望一眼，并排向市委办公楼走去。三楼并不高，两个人上去竟然微微气喘，两个人在楼梯口歇了一会儿，这才又向魏新强书记的办公室走去。

魏书记的办公室门虚掩着，刘驰在前面推开门，见魏新强正坐在办公桌后面看文件。他和付罡庭走到魏新强办公桌前，轻声叫道：“魏书记。”

魏新强抬头看了看，说：“等一下张市长也要过来听你们的汇报。我已经派人去请张市长了，你们先等着。”说着就低下头看手中的文件报告。

刘驰和付罡庭顿时觉得口干舌燥，偏偏面前连一杯茶都没有，只好忍着。办公室安静得让人窒息，连魏新强翻阅文件时发出的轻微声音也比平常放大了数倍。刘驰和付罡庭连眼色都不敢交换，他们低着头，默默地想着心事，心头越发沉重。

时间一分一秒地过去，好不容易听到脚步声，张培伦市长推门进来，刘驰和付罡庭连忙从沙发上站起身来招呼道：“张市长。”他们正好借着这个机会活动一下僵硬发麻的身体。

张培伦板着脸没有理睬他们，却笑着对魏新强说：“魏书记，我有点事，来晚了。你久等了。”其实魏新强的秘书早就去请张培伦了，但是张培伦故意拖延了一阵子才过来。在天阳市，张培伦虽然是副班长，但是说话远比魏新强这个班长要管用。

“张市长，来，快请坐。”魏新强亲热地握住张培伦的手，两个人一起来到长沙发上，分左右坐开。在他们对面，刘驰和付罡庭愣愣地站着。

“你们也坐啊！”魏新强往下招了招手，刘驰和付罡庭这才小心翼翼地坐下。

魏新强看了张培伦一眼，对刘驰说：“老刘，我和张市长都在，有什么情况，你说吧。”

刘驰就把利雅达集团的情况汇报了一遍，当然，中间有什么情况能说，有什么情况不能说，刘驰都做了很有技巧的处理。付罡庭在旁边听着，觉得刘驰不愧是市委一把手，水平确实比他高，这样的事让他来汇报，绝对表达不出这样的效果来。

“恶劣，性质恶劣啊！”魏新强听完汇报，看了看张培伦，用手指用力敲着沙发，“社保基金都能挪用，你们胆子也太大了吧？”

付罡庭连忙站起来作检讨：“魏书记、张市长，利雅达项目是我负责引进的，现在出了这种事，我负有很大责任，请领导严厉处分我！”

刘驰也连忙站了起来，虽然说付罡庭站起来揽过了主要责任，但是他身为市委一把手，肯定要做出一个姿态来：“魏书记、张市长，我是市委书记，班子的班长，邙北市出了问题，我第一个要作检讨。”

魏新强面容严肃地说：“你们都有责任！不管是什么理由，你们都应该明白，社保基金是一道红线，是动不得的。一旦动了，哪怕你们的动机再高尚，再伟大，都是违纪！”

张培伦连连点头，开口说道：“魏书记的话很值得你们深思啊！你们都是邙北市的主要领导，也都是老同志了，怎么连这一点都搞不清楚？怎么能犯下这样幼稚的错误呢？”

刘驰和付罡庭被批评得如芒刺在背，两个人站在那里，再次做深刻检讨。

等两个人再次检讨完毕，张培伦问道：“邙北市现在采取了什么补救措施？”

刘驰连忙说："我们一方面派人和香港方面联系，争取在利雅达集团破产清算中多拿到一些补偿款，另一方面积极和国内汽车配件制造企业进行联系，看有没有企业愿意出面接下利雅达集团留下的厂房和设备，把这个项目继续下去。"

"你们要抓紧时间！"张培伦说，"第一，必须把工人的风险抵押金全部追回，交还到工人手中，把工人们的情绪稳定住，防止出现群体性事件。第二，必须把社保基金全额追回来，把所有缺口补上。第三，你们邙北市全体干部一定要加强学习，积极反思，避免今后再犯类似的错误。"说到这里，张培伦扭头看着魏新强，问道："魏书记，你看呢？"

魏新强宽厚地笑道："张市长说得很好，很好。你们一定要牢牢记住，认真反思。至于你们究竟该负什么责任，这个要天阳市常委会讨论之后才能决定！"说着魏新强话锋一转，又说，"刘驰同志、罡庭同志，你们也不要背什么包袱，你们回去后抓紧时间落实补救措施，尽最大努力挽回损失。"

张培伦又教育了几句，就准备离开。刘驰说："张市长，我还有点工作要向魏书记汇报。"张培伦笑着站起身来，对魏新强说："魏书记，没其他事了吧？我就先过去了。"

付罡庭知道不方便留下来，就站起身来，跟着张培伦身后走了出来。到了外边，付罡庭紧追了两步，赶到张培伦的身侧，轻声说道："张市长，我……"

张培伦扭过头来叹了一口气，说："罡庭同志，你怎么这么糊涂啊？"

付罡庭的眼睛就有些湿润，他低着头说： "张市长，我，我对不起你。"

张培伦伸手轻轻拍了拍付罡庭的肩膀："你啊！好了，我这边没有啥事，你到俊杰书记那边去看看吧。"栾俊杰原来是副市长，和张培伦关系极好，这次栾俊杰提前在张培伦面前为付罡庭说了不少好话。

付罡庭又轻声道了一声谢，看着张培伦身影远去，这才摇了摇头，转身向栾俊杰的办公室走去。

与此同时，刘驰正端着茶杯，斜坐在魏新强对面，神态比方才轻松多了。

“来，抽支烟。”魏新强摸起茶几上的帝豪国风，磕出一根，递给刘驰。刘驰受宠若惊地用双手接过来，看了一眼魏新强的神色，小心翼翼地说：“魏书记，这次给您添了大麻烦，我辜负了您的信任，我对不起您。”

“老刘，你是需要好好反省一下啊。”魏新强吐了一股浓烟，靠在沙发上，用眼睛瞄着刘驰。

“是，魏书记，我一定牢记您的教导。昨天晚上欧阳书记也打电话给我，狠狠地剋了我一顿。”刘驰用手捻着香烟，面容沉痛地说。

魏新强心中冷笑，如果刘驰总是这么不长进，欧阳书记能给他擦几次屁股？这次欧阳书记或许管用，下次呢？不能总指望着欧阳书记出来当挡箭牌吧？不过这话魏新强不能、也不会对刘驰说出来。他心里甚至有些后悔，当初也许不该照顾欧阳书记的面子，同意把刘驰调过来任邙北市书记……

栾俊杰的办公室门虚掩着，付罡庭敲了几下，里面没有声音，他就轻轻推开了办公室的门，却发现里面空无一人。付罡庭迟疑了一下，正想转身出去，身后传来了脚步声，栾俊杰从外面回来了。

“栾书记。”付罡庭脸上露出讨好的笑容，“你回来了？”

栾俊杰的眉头轻轻皱了一下，淡淡地说：“罡庭啊，站在门口干什么？进去吧。”

付罡庭捕捉到栾俊杰的不快，心中猜想是不是这次过来的时机不对？他就像一个做错事的孩子，手足无措地跟着栾俊杰进了办公室。

栾俊杰进了房间，就站在一旁，等付罡庭进来之后，栾俊杰立刻上去把门关上，然后才扭过身对付罡庭严厉地说：“老付，你怎么能这个时候来我这里？就不知道避避嫌？”

付罡庭脸一下红了，他低声说：“栾书记，我刚才向张市长检讨来着，是张市长嘱咐我来你这里看看。”

栾俊杰摇了摇头，哼了一声，说：“老付，怎么正反话都听不出来了？”

付罡庭低头想了一想，可不是么，他在走廊上跟张培伦检讨，旁边人来人往的，张培伦一定觉得不舒服，所以急于撇清自己，就信口敷衍了一句。谁知道他竟然这么傻，把张培伦的话当真了。这时候付罡庭心中涌出一阵悲哀，好歹他还是邙北市的党群副书记，是堂堂的副处级干部，现在却成了一泡臭狗屎，人人都绕着走，生怕沾上一点味道。这个利雅达集团，真是让自己万劫不复啊！

“老栾，那我也不影响你了，我这就走！”付罡庭梗着脖子，转身就走。栾俊杰赶了一步，一把拽住付罡庭的手：“老付，几十岁的人了，还要小孩子脾气？既然来了，还走什么？坐，坐下来说！”说着硬把付罡庭按到沙发上。

付罡庭也是一时负气，知道这个时候即使走了，影响也已经造成了，还有什么用，于是他长长地叹了一口气，闷头坐下。

栾俊杰亲自为付罡庭泡了一杯茶，端到付罡庭面前，拍了拍付罡庭的肩膀，说：“亲家，来，喝杯茶，消消气。”栾俊杰对付罡庭的称呼一会儿是老付，一会儿是罡庭，一会儿又是亲家，但是却传递着不同的信息。

付罡庭端起茶杯，却顾不上喝，他抬头沮丧地看着栾俊杰，道：“老栾，你说，我现在该怎么办？”

栾俊杰和付罡庭并排坐下来，拍了拍付罡庭的大腿，说：“老付，先不要急，把你今天见魏新强和张培伦的情形给我说说。”

付罡庭感觉眼泪几乎都要涌出来了。这个时候他就像是一个被父母抛弃的孩子，正茫然无助之间，忽然看到父亲转身过来寻觅他了——关键时刻，什么都靠不住，还是这层儿女亲家的关系牢靠啊。

栾俊杰微笑着看着付罡庭唏嘘，这正是他要造成的效果。官场上要想看两个人之间的关系，只要看两个人落座时候的位置就明白了。最亲密的关系就像栾俊杰现在这样，不避嫌疑地和付罡庭并排而坐，所谓促膝而谈，就是这种姿态；其次就是两个人互相侧坐，一般是地位高的坐双人沙发，地位低的坐侧面的单人沙发，这种情况下说明两个人之间关系尚好，但又所节制；再次就是两个人相对而坐，基本上这样坐的，要么是领导刻意在营造自己的威严，要么就是两个人关系极其疏远。当然，还有一些人，在领导面前根本连坐下的资格都没有，只能站着，而即使站着，连站的方位和距离都有讲究。

栾俊杰和付罡庭是儿女亲家，两个人是天然的政治盟友，再加上这次付罡庭虽然闯了大祸，但是并不等于在政治上判了死刑。先不说别的，就单说刘驰也被牵扯了进去，对这件事的追究就会适可而止，否则，省里某些人就坐不住了。儿女亲家，加上付罡庭也有翻身机会，栾俊杰此时当然要送上千百倍的温暖，这样当付罡庭将来翻过身时，肯定不会忘记当初栾俊杰给予他的这一切。栾俊杰虽然地位比付罡庭高，但是年龄也比付罡庭大了七八岁，谁知道将来付罡庭会不会站在比他更高的位置上呢？

付罡庭感激地看着栾俊杰，张口就要说话，栾俊杰却笑着指了指茶杯，说道："老付，不急，喝口茶，润润喉咙再说。"

付罡庭这才觉得喉咙又干又涩，几乎要冒出烟来。刚才在魏新强的办公室他就想喝水，可惜因为犯了错误，没有享受到这个待遇。后来因为心情紧张，竟然把喉咙干渴给忘了，现在经栾俊杰一提醒，干渴的感觉就又冒了出来。于是付罡庭也顾不得仪态，他低头捧着茶杯猛喝了几口茶水，那还有些烫的茶水顺着干涩的喉咙落下去，把付罡庭的内心熨烫得很是妥帖。

滋润过喉咙，付罡庭把茶杯放下，把今天在魏新强办公室里的情况讲了一遍，栾俊杰听后沉吟了一阵，微微摇头一笑，说道："罡庭，看来不光是你心里发慌，刘驰也不比你好不了多少。"

付罡庭有些疑惑地看着栾俊杰，不知道他是从什么地方看出来的。

栾俊杰笑了笑，说："当着张培伦市长的面，刘驰就说要留下来向魏新强书记汇报工作，这不是给自己上眼药吗？张培伦当时不说什么，心里肯定是极不舒服的。"

付罡庭一想，可不是吗？其实这些情况别说是刘驰，就是他平时也会注意到的，但是偏偏刘驰今天这样做了，而他在一旁看着竟然也没有察觉出来有什么不妥。所谓事不关己，关己则乱啊！他当时只觉得不能留下来碍事，另外也想跟出去向张培伦市长解释两句，竟然没有察觉到张市长内心的恼怒。怪不得张培伦应付他两句，就借着栾俊杰把他支开了呢！

"真想不到啊，刘驰这么聪明的人也能犯下这么愚蠢的错误。"栾俊杰摇头道，"以后刘驰在张培伦那里恐怕要打上一个问号了。"

张培伦一向比魏新强强势，所以非常注意干部对他和魏新强之间的态度。刘驰背后又站着欧阳书记，刘驰这样做，是不是意味着欧阳书记比较偏好魏新强呢？张培伦肯定会仔细琢磨一下。这样一来，刘驰这个邙北市市委书记的日子，恐怕再也不会像以前那么舒坦了。一旦领导对你产生了看法，就是有天大的本事也白搭。

“好了，不管他刘驰了。”栾俊杰说，“老付，你这边款筹得怎么样了？工人的风险抵押金可有什么眉目？”

付罡庭苦笑着摇了摇头：“老栾，我是一点眉目都没有啊！我一直抓政法工作，对经济这条线不熟，仓促之间，真不知道到什么地方去筹这些钱……”

“这样啊！”栾俊杰缓缓地点了点头，靠在沙发上。其实栾俊杰早就料到是这个结果，只是他心中还存在一丝幻想，看看付罡庭是不是还隐藏有什么实力，能够在这个时候发挥作用。但是现在看来，他还是太高估付罡庭了。这样就麻烦了，如果付罡庭不能够及时筹措到资金，把工人的风险抵押金还了，即使天阳市委有心放他一马，恐怕也要顾忌到民愤。这一千五百多下岗工人闹起来，动静绝对不会小。

付罡庭点燃一根烟，默默地抽着，一根烟抽完，见栾俊杰还不说话，就伸手把烟头在烟灰缸里摁灭，扭头对栾俊杰说：“老栾，你忙吧。我先回去了。”

“老付，不忙，先等等。”栾俊杰伸手在付罡庭腿上拍了拍，示意他少安毋躁，“我这不是正为你想办法吗？不过五百万不是个小数目，有难度啊。”

说这话时，栾俊杰其实是打了埋伏的。他在天阳市干了几年副市长，在天阳市还是有些人脉的，要是出头替付罡庭解决这五百万元，未必解决不来。只是栾俊杰心中还是有顾虑。这五百万并不是付罡庭拿去救急，而很可能是肉包子打狗，扔出去就再也回不来了，那么这笔账就要记到栾俊杰的头上。付罡庭虽然是栾俊杰的亲家，栾俊杰也不能为了亲家就背上这么沉重的包袱。不过能坐到天阳市副书记的位置上，栾俊杰也不是普通人，他还真为付罡庭想到一个主意。

“老付，我想来想去，觉得你要想解决这件事，恐怕需要去找一个人。”栾俊杰缓缓地说。

“谁？”付罡庭立刻眼睛一亮，像抓到救命稻草一般。

“赵长风。你要放下架子，去找赵长风。”栾俊杰说，“如果他肯帮忙，你这一关还是能过的。”

“赵长风？他有那么大的本事吗？”付罡庭有点不相信地看着栾俊杰，“再说了，你也不是不知道，我和赵长风之间不大搭调，我这个时候去找他，恐怕只会惹他嘲笑，他是绝对不会帮我的。”

“赵长风怎么不会帮你呢？”栾俊杰笑道，“世界上没有永恒的朋友，也没有永恒的敌人，只有永恒的利益。只要利益足够大，不共戴天的仇人也会变成亲密的战友。赵长风会不会帮你，不在于你和他有没有恩怨，而在于你能不能向他开出足够有诱惑力的筹码。这是其一。”

“其二呢，如果我没有估计错，赵长风是绝对有能力帮你的。”栾俊杰说道，“赵长风的背景你也了解。他原来在省直机关事务管理局的时候，就是省直资金管理中心的负责人，把资金管理中心搞得有声有色。后来又到省商业厅企业处，直接负责天外天集团，硬是把一个快要破产的天外天集团拉上正轨，重新成为一个炙手可热的企业。这说明赵长风在商界和金融界都有足够深广的人脉。”

“其实从赵长风到邙北市之后干成的几件大事就可以看出来。首先邙北市黄金地质公园，虽然被刘驰摘了桃子，这个项目是赵长风最先拉过来的吧？其次邙北市商品批发市场，建设资金也是赵长风跑过来的。还有就是邙北市煤层气管网建设，赵长风把省里最有影响力的民营企业中都集团都拉过来了，这更能说明问题了。老付啊，对于赵长风的能力来说，这五百万元不算是一个大数目，如果他肯出手，一定能帮你解决这个问题。”

付罡庭不得不承认，栾俊杰分析得很有道理，以赵长风的能力来说，这五百万元应该不算什么大问题。不管是中都公司还是山水建设集团，都能筹措到这笔资金。关键是，赵长风为什么要帮他，他能给赵长风什么样的利益？

“呵呵，老付，这更不用发愁了，利益就在眼前摆着。”栾俊杰像是看穿了付罡庭的心事，“邙北市市长啊。只要赵长风帮你过了这一关，在邙北市市长的事上，我可以为他说说话。好歹我也是天阳市市委副书记，在常委会上还是能说得上话的。”

付罡庭眼睛一亮，对啊，为什么他就没有想到这一层呢？他原来一直想争邙北市市长的位置，可是现在，他连副书记的位子能不能保住都难讲，更别说是邙北市市长了。现在何不顺水推舟，给赵长风一个人情呢？

还有就是他在邙北市有着庞大的势力。如果赵长风和他结盟，这些势力就成了赵长风的助力，赵长风在邙北市的势力岂不是大增，做事再也不用束手束脚了吗？

“栾书记，领导毕竟是领导，站得高，看得远。”付罡庭的心情开朗了很多，“如果没有你的点拨，我还是找不到方向呢！”

“老付，我是旁观者清嘛。”栾俊杰轻描淡写地说，语气中隐含着一丝得意。

付罡庭讨到了主意，头脑也灵活了许多，他又问道：“栾书记，钱兆均那边怎么样了？”

栾俊杰轻轻哼了一声，说道：“老钱这个人很复杂，想法很多。不过他想法再多也不要紧，只要我还在这个位子上，由不得他不听我的招呼。”

“钱兆均野心很大，他也盯着市长这个位子。”付罡庭有些担心地说，“栾书记，你如果支持赵长风，钱兆均会不会……”

“他也得有这个胆子！”栾俊杰又哼了一声，“自己的屁股都没擦干净，就想乱咬，世上哪有这么便宜的事？”

“栾书记，你是说钱兆均他……”付罡庭询问地看着栾俊杰。

栾俊杰轻轻一笑道：“老付，我可什么都没有说，你也别胡思乱想了。”顿了一顿，他又说，“好了，你快回去找赵长风吧。记住，姿态放低一些。这不丢人！”

“栾书记，我懂了！”付罡庭站了起来，“我这就回去！”

“好，你去吧！”栾俊杰站起来拉着付罡庭的手用力握了两下，“你放心，天阳这边有我。”

付罡庭心领神会：“亲家，那就拜托你了！”

告辞出来，付罡庭下楼来到大院，见刘驰的一号车还在，于是就走过去。这是非常时期，所以刘驰的专职秘书郭和强哪里也不敢去，乖乖地在车里等候。见付罡庭过来，郭和强连忙下车迎了出来：“付书记，汇报完了？”说着眼光往付罡庭身后瞅。

付罡庭知道郭和强明着是问候他，实际上是问刘驰，于是就笑着点了点头，说道：“刘书记还有点事，一会儿就下来。我有事先回去一步，等一下刘书记下来，你替我转告一声。”

付罡庭哪里有心情去理会郭和强的心思？他向郭和强交代过，转身回到三号车里，交代司机：“马上回邙北！”

赵长风坐在办公室，正在批示政府办李长根主任送来的几份急件。赵长风一边批示，一边随口问道：“下面情况怎么样了？”

李长根知道赵长风问的是利雅达集团的事，就答道：“很多人听到了一些风声，议论很大。”虽然利雅达集团破产的消息只限于常委会常委知道，但事情就是这么奇怪，往往这边常委会还没有结束，外面就有消息灵通人士接到了消息。这次常委会讨论利雅达集团的事，虽然刘驰在会上三令五申要严格保密，但是会议结束后，各种消息还是不胫而走，市委市政府大院很多中下层干部都知道了利雅达集团破产的消息。

赵长风苦笑着摇了摇头，对于这种情况，他也无能为力。“老李，你要多关注一下情况，现在是非常时期。”赵长风最担心的就是那一千五百多名工人。如果再闹出群体性事件，邙北市就热闹了。

“市长，我会密切跟踪的。”李长根露出一个心领神会的笑容。赵长风知道李长根误解了他的意思，但是他也懒得解释，低头继续批示文件。

“哟，长根主任也在啊！”门口传来一个洪亮的声音，付罡庭笑呵呵地走了进来。

赵长风抬头看是付罡庭，就起身相迎，笑着说：“付书记。”李长根也跟着问好。

付罡庭说：“我路过，顺便过来看看，没什么事，你们先谈正事。”说着就往沙发上一坐。

赵长风知道付罡庭是无事不登三宝殿，要不以副书记之尊，怎么顺路也顺不到常务副市长的办公室来。他看了李长根一眼，李长根连忙说：“付书记，我的事办完了，正要走。你们谈吧。”说着把手中的文件夹放在赵长风办公桌上，侧身走了出去。

赵长风亲自泡了一杯茶，端到付罡庭面前说：“付书记，喝茶。”

付罡庭接过茶，伸手递给赵长风一根金芒果：“长风市长，来一根。”他以前称呼赵长风要么是“长风同志”，要么是“赵市长”，“长风市长”还是第一次叫出口。

赵长风注意到了付罡庭称呼上的细微变化，他伸手接过烟，侧身坐在旁边的单人沙发上，摸出打火机给付罡庭点烟，付罡庭虚推了两下，就接受了赵长风这份热情。赵长风回手又为自己点燃了香烟，抽了一口，感觉还是不习惯金芒果的味道。付罡庭和蔡国洪都喜欢抽这种金芒果。

“付书记，外面很冷吧?”赵长风心中揣度着付罡庭的来意，随口寒暄道。

“是啊，冷得很。今天冬天冷得特别早。”付罡庭说，“前一段还有几个专家大肆鼓噪今年是暖冬。”

赵长风笑了笑说：“现在的专家，有几个说话有准的?”

付罡庭端起茶杯喝了一口茶，称赞道：“长风市长，你的茶真不错啊。我上午在栾书记那里喝的也是信阳毛尖，那味道也算不错了，可是不知怎么的，感觉和老弟的信阳毛尖总差一点味道。”转眼之间，赵长风又从“长风市长”变成“老弟”了。

“付书记，我的茶怎么能比得上栾书记的呢？这茶我这里还有两筒，付书记如果喜欢，待会儿拿走一筒。”赵长风笑着说。心中却想，付罡庭一开口就抬出栾俊杰来，究竟是什么用意？难道和刘驰一样，是劝我在利雅达集团的事情上把紧口风吗?

“那就多谢老弟了。”付罡庭笑道，“老弟人真不错。上午栾书记还跟我说，长风市长年轻有为，觉悟高，党性强，大局观好，说这样的干部必须得到重用。”

赵长风心中一动，口中却说：“感谢栾书记关心，我很惭愧，来邙北市一年多没有做出什么成绩，当不起栾书记如此夸奖。”

付罡庭抬手捋了一下头发，笑道：“长风市长，你这可是谦虚了。你在邙北市做出了很大成绩，上边的领导都看在眼里呢!”顿了一顿，他侧身往赵长风这边靠了靠，压低声音说，“不过，我还是要说一句实话，希望老弟不要见怪。”

赵长风笑道：“付书记，你这可是批评我了。能听你的指示，是难得的学习机会。”

付罡庭往门口处望了望，收回目光，压低嗓子说：“我一直觉得长风老弟是一个干大事的人，只是所处的位置低了一些，做起事来有人掣肘，很多事都不能按照自己的心愿去做，所以成绩和能力与长风老弟付出的努力不成正比啊!”

赵长风心中又是一动，口中却淡淡地说：“付书记高看我了。我还年轻，能力和经验都有所欠缺，需要多向你们老领导学习啊。”

“呵呵，老弟你太谦虚了。”付罡庭笑道，“像你这样既有能力又谦虚的官员真不多见，怪不得栾书记说，你是邙北市市长最合适的人选。”

赵长风心脏急剧地跳了两下，喉咙有点微微发干。付罡庭前面那些话，赵长风也差不多听出意思了，但是毕竟比较隐晦，赵长风也只好打打太极拳，虚应两句，生怕自己理解错了，闹出什么笑话来。现在付罡庭直接挑明了，赵长风就知道他前面的理解没有错，付罡庭的确是想推他到市长的位置上去，虽然都是借着栾俊杰的口表达出来的。但栾俊杰是什么人？是付罡庭的政治盟友兼后台。栾俊杰的意思就是付罡庭的意思，而且比起付罡庭来，栾俊杰作为天阳市副书记，无疑在邙北市市长的人选上是有发言权的。赵长风在天阳市里一直没有一个为他说话的强力人物。副市长陈风笑虽然和他有些关系，但是陈风笑毕竟只是一个非党副市长，在天阳市说话声音很弱。现在如果栾俊杰副书记肯为他说话，那么至少在天阳市常委会里，赵长风也有自己的声音了。

不过赵长风旋即又想到，付罡庭今天过来传达这个信息究竟是什么意思？是试探他？不可能。付罡庭虽然以前也盯着市长的宝座，但是利雅达集团事件一爆发，付罡庭已经无条件地退出了市长的竞争，别说是邙北市市长，付罡庭能不能保住他副书记的位子都很难说。

那么说付罡庭过来就是示好来了。可是无利不起早，付罡庭平白无故地为什么要向他示好呢？为什么要送给赵长风这份大礼呢？更何况因为杨金花的事，赵长风和付罡庭之间还有很深的隔阂，付罡庭绝对不可能平白无故地把这一份重礼送给政治对手吧？

赵长风想了很多，其实就是一瞬间的事。赵长风心里已经打定了主意，静观其变，继续装糊涂，看付罡庭下边还会来点什么。如果付罡庭另有目的的话，那么下面他就该说出他的目的了。

“多谢栾书记的关心。”赵长风说道，“我实在是惭愧啊。”

“惭愧什么？不过栾书记的确很关心你，”付罡庭笑道，“长风老弟，以后要多向栾书记汇报一下工作。”

“啊，一定，一定。”赵长风低头喝茶。

“好了，不扯这些了。其实谁当市长谁不当是市长，都是上边定的，咱们兄弟议论也是瞎议论，是不是长风?”付罡庭话锋一转，叹了一口气，说道，“其实老兄我今天是过来向你求助的。”

赵长风心中说道，正题来了，口上却说：“付书记，你这是说什么话啊？有事你尽管开口，只要我能办到，一定会办的。不过话说回来，连付书记你都搞不定的事，我怕也不行啊。”

付罡庭摆了摆手道：“长风老弟，你就别谦虚了。这件事放在别人那里可能算是个事，放在你这里根本就不算个事了。”

“付书记，你可是太抬举我了。先说说看，什么事?”赵长风苦笑着说。

“那个，就是利雅达遗留下来的汽车配件厂项目。”付罡庭脸色微红，有生以来，他还是第一次向比自己小十几岁的年轻人求助，“利雅达集团这一破产，可把那些下岗工人坑苦了。长风老弟，你是省城下来的，又是抓经济的行家里手，在省城金融界商界都有着广泛的人脉，你看看能不能找一家企业接下利雅达集团的摊子，给这些下岗工人一口饭吃，这些工人不容易啊!”

赵长风心中微微一笑，原来付罡庭是打这个主意啊，怪不得要拿市长的位子过来交换呢!

可是利雅达集团这个摊子太烂了，社保金的亏空加上工人的风险抵押金，差不多近千万，这个摊子谁接下来谁就是冤大头。纵然市长的位子再吸引人，赵长风也不能去当这个冤大头。

他沉吟了一下，说道：“付书记，利雅达集团的事件发生了之后，我一直在考虑。利雅达汽车配件制造公司项目的资产肯定要进入拍卖程序，到时候我会和省城的企业界朋友联系，让他们过来竞拍。至于最终结果如何，我可不敢保证。毕竟商人唯利是图，如果注定要赔本，恐怕他们也不会做的。”

付罡庭笑容一滞，知道他的筹码还没有打动赵长风，又或者赵长风还需要时间考虑一下他的筹码。政治交易本来就是一个要价出价的过程，只是现在留给付罡庭的时间不多，付罡庭不能够像以往那样从容地讨价还价，也不能给赵长风太多时间考虑。他必须在工人们得到利雅达集团破产的消息前把这个问题解决掉，否则，问题就大了。

“长风老弟，破产拍卖的程序还需要时间，企业界的朋友你可以慢慢联系。”付罡庭把姿态又放低了一些，“当务之急是要想办法筹集到资金，先把工人的风险抵押金解决了。长风老弟在省城人脉广，能不能想办法联系一下，先贷笔款子出来应应急？”

“付书记，我联系一下看吧。”赵长风沉吟了一下，“有消息我会第一时间给你回话的。”

“那就拜托老弟了！”付罡庭满面诚恳，“今天晚上有时间吗？我叫上太龙书记、大为同志，我们一起去吃顿便饭？”

赵长风心中又是一动，知道这是付罡庭又抛出来的一个筹码。包太龙副书记和组织部部长路大为都是付系人马，是常委会中不可小觑的一股势力，如果因为这件事，赵长风能和这一股势力结成盟友，那么以后在常委会中，赵长风要做什么事就少了很多掣肘的力量。

“付书记，还真不巧，我有个同学从粤东过来看我。今天晚上我要招待他。下次吧，下次我请付书记和包书记吃饭。”赵长风抱歉地笑笑。

付罡庭苦笑了一下，还真是不巧，该他背运。不过他能抛出的筹码都抛出来了，现在能做的就是等赵长风考虑吃不吃下这些筹码。

“长风老弟，那就不耽误你时间了。”付罡庭站了起来，“贷款的事，拜托你抓紧时间联系一下，无论成不成，都尽快给我个话。”

赵长风站起来握住付罡庭的手说：“付书记，我这边会抓紧的，不管是什么情况，我都会及时通知你的。”

“多谢，多谢了。”付罡庭用力摇动了两下赵长风的手。赵长风一直把付罡庭送到办公室门口，看着付罡庭远去的身影，那背影竟然有些蹒跚的感觉。

赵长风本来不打算在市委招待所宴请李昌文夫妇，一是赵长风觉得兴师动众，他要宴请同学，那帮人不知道要忙成什么样子；另一个原因是赵长风一直以为，这里的菜虽然不错，但都是以粤菜、湘菜为主，体现不了中原菜系的特点。李昌文的爱人是粤东人，如果用粤菜招待她，有失中原人的体面，好像偌大一个邙北市，连个像样的菜都拿不出来。在谢雨琼来说，肯定也会觉得有些失望，就好比出国到美国纽约旅游，买了一件工艺品，等回到家里才发现是国内制造，那岂不是大煞风景？

可是最终赵长风还是决定把晚宴就安排在市委招待所，这样安排最节省时间。因为利雅达集团的事，邙北市上下肯定是一片混乱。虽然这中间牵扯不到赵长风多少事，但是他也要守在邙北市，做好随时被领导召见的准备。毕竟他是主持市政府工作的常务副市长。

到了市委招待所，敲开了门，李昌文很夸张地扑了上来，紧紧地抱住了赵长风。赵长风浑身一僵，在官场他已经习惯了把感情隐藏起来、含含蓄蓄的那一套礼节，乍一见李昌文这种奔放的感情表达方式，还有点不习惯。不过他旋即热血沸腾，想起了少不更事却意气风发的中学时代，想起了那段敢爱敢恨的纯真时光。

刘俊康站在后面看着李昌文夸张的表情，心中暗自好笑，还从来没有见有人让领导如此尴尬过呢，今天也算开了眼界。心中这样想着，却扭头望向别处，跟在赵长风身边锻炼了一年多，刘俊康已经很识趣了。

热血沸腾的感觉在赵长风心头只是一闪而过，他马上恢复了正常，双手一拍李昌文的肩膀，借机从李昌文的拥抱中挣脱出来，口中说道：“老文，几年没见，怎么还是一副排骨身板？嫂子整天给你煲汤，也没把你养胖一点？”粤东人以煲汤闻名天下，谢雨琼是粤东人，自然是煲得一手靓汤。

李昌文咧嘴笑了一下，说道：“长风，如果阿琼能够把我养胖，大概就可以去抢刘大好的生意了。”刘大好是希望集团的老板，以生产猪饲料闻名，当时最著名的广告语就是“养猪希望富，希望来帮助。”

“油嘴滑舌！”谢雨琼在后面说道。

赵长风看一下谢雨琼，扭头对李昌文说：“这位就是嫂子吧？”李昌文是在粤东举办的婚礼，赵长风没有参加，他还是第一次见到谢雨琼。

“哈，我都忘记介绍了。长风，这就是我的太太阿琼。”李昌文一把搂着谢雨琼，笑着介绍道。

“嫂子是大美女啊。老文，你小子祖坟上冒青烟了，有福气啊。”赵长风笑着恭维道。

谢雨琼笑着伸出白嫩的小手，对赵长风说：“长风，你好，我家阿文天天在我面前念叨你，我可是久闻你的大名了。”

“嫂子，你好。你们大老远从粤东过来，我没能亲自过去迎接，失礼失礼啊。”赵长风礼貌地握了一下谢雨琼的小手。李昌文第一次带太太过来，赵长风自然要给足死党的面子，“这房间还住得惯吧？”

“太感谢了！这里条件很好，非常满意。”谢雨琼笑着说，“就是我们这次过来，给你添麻烦了。”

“去去去，啰里啰唆的。”李昌文在一旁冲谢雨琼说，“长风是我的死党，不麻烦他麻烦谁啊？跟他还讲什么客气。”

谢雨琼低眉顺眼地笑了一笑，不再言语。粤东女人很贤惠，非常注意维护男人的面子。在粤东，夫妇俩出去买东西，通常都是女人大包小包地拎着，男人空着手大摇大摆地在前面走着，威风十足。而在北方，通常夫妻出去买东西，都是男的做牛做马大包小包地拎着，女的则像骄傲的公主一样在一旁闲庭信步。所以北方人到粤东去看到这样的场面很不理解，说粤东男人不懂得疼老婆，而这时不用粤东男人说话，粤东女人就会振振有词地回答道：“男人是做大事的，如果帮女人干一些拎包的小事，岂不是很没面子？”

现在，谢雨琼虽然心中恨恨的，但表面上还是很维护李昌文的面子。

李昌文把赵长风让进了房间，赵长风看了一下，就知道老邢在安排房间时搞了点名堂，这房间仅仅比那几间专门招待上级领导的豪华套间低了一点点档次，怪不得谢雨琼说很满意呢。

宾馆总经理马大海闻风而至，他进了房间，讨好地叫了一声“市长”，脸上堆着殷切的笑容。马大海虽然只是一个小小的宾馆老总，但是消息灵通程度绝对不亚于市委常委。刘驰和付罡庭在利雅达项目上栽了跟头的事，他早就知道了，其他常委多少都有所牵连，唯独常务副市长赵长风在这次事件中独善其身，很可能会借着这个机会再进一步。官场上都讲究烧冷灶，趁现在赵长风还没有上位，马大海先提前做足工夫，将来赵长风高升了，岂能不对他马大海另眼相看？

“市长，你看看，这样的安排还行吗？”

“不错，很好。”赵长风微微点了点头，他从内心深处来说，不怎么喜欢马大海这种善于钻营的人。

马大海听到了表扬，笑容就更灿烂了，他看到赵长风面前还没有茶，就连忙说："市长，还有两位领导，我给你们泡茶。"说着就抢步过去拿起了桌上的茶叶桶。李昌文和谢雨琼面面相觑，他们不是官场中人，何曾见到过如此周到细致的服务？

马大海打开茶叶桶一看，脸色顿时大变，他大呼小叫地把服务员叫过来，绷着脸说："谁让你们用这样的茶招待客人的？把最好的茶叶拿来！"其实这房间里配的茶也挺好，比起外面茶楼中所谓的特级茶还要好上一些。

服务员唯唯诺诺地不敢吭声，心中却暗自抗议，明明是你马总定下的规矩，最好的茶叶只能用于那几个特定的套间。

"马总，对不起，我这就去换。"服务员拿着茶叶桶，飞快地跑了出去。

马大海又转身向赵长风道歉："市长，不好意思，服务员素质差，怠慢了省里的领导。我以后一定要加强教育。"

李昌文和谢雨琼脸上就有些讪讪之色，仿佛是他们故意在马大海面前冒充省里的领导一般。

赵长风觉得马大海有点大惊小怪了，但是当着李昌文和谢雨琼的面，他又不好说什么，只好"嗯"了两声，点了点头。

服务员换了茶叶回来，马大海一把夺过来，泡了四杯，除了赵长风和李昌文夫妇，刘俊康面前也送了一杯。

赵长风觉得马大海在眼前碍事，正要开口把他支走，马大海却招手把服务员叫过来，风风火火地说："去买两瓶最好的沐浴液和洗发液给两位领导送过来。还有，等一会儿领导下去吃饭，你去领新的过来，不，去买几套新的过来，把领导房间里的床单毛毯，还有毛巾浴巾地巾，都换上一遍，记住，一定要跟其他客房的不一样，这是领导房间专用的。"其实这事马大海早就可以交代，但是他偏偏要在赵长风面前交代服务员，以显示他的忠诚和体贴。

李昌文就有点不好意思，看着赵长风说："长风，不用那么麻烦了吧？"

赵长风就说："老马，算了，不用了，别的客房怎么样这个客房就怎么样吧。"

"那怎么行？不能怠慢两位领导。"马大海脸上堆着笑容，挥手让服务员快去买。县官不如现管，赵市长的话显然没有马总经理的话管用，服务员飞快地跑去执行马总经理的指示了。

"马总，那就这样吧。有什么需要，我再叫你。"赵长风有点厌烦马大海在这里咋咋乎乎地，就下了逐客令。

"好好，赵市长，我这就去安排菜。好了过来请你们。"马大海堆着笑出去了。

等马大海的背影消失在门口，李昌文长长地出了一口气，不可思议地说道："长风，怪不得人人都想当官，原来当官之后能享受到这么周到的服务啊！说句笑话，这个马总我看不像是宾馆的总经理，倒像是古代皇宫里的太监。"

赵长风莞尔一笑，虽然李昌文年龄比他大一岁，但是由于所处的环境不同，阅历见识有相当大的差距，从李昌文口中说出这样的话来倒也不奇怪。

"老文，你说话可注意点。小心让马总听到了，把你们赶到街上去。"赵长风很久没有毫无心机地说话了，今天乐得轻松一把。

"哼，他敢！好歹我也是省里下来的领导。"李昌文洋洋得意地扬起了头。

又说了一会儿话，马大海满脸堆笑进来了："两位领导、市长，菜都准备好了，你们看……"

"那咱们就下去吧？"赵长风笑着征询李昌文的意见。

"好，下去吧。"李昌文拉着谢雨琼站了起来。

晚宴准备得非常丰富，应该是接待省领导的标准。用邙北市的话来说，马大海总经理眼里有水啊，知道赵长风市长很可能又要上一个台阶，自然要卖些力气。唯一遗憾的是，没有准备邙北市的特产黄龙汤。

"两位领导，你们来晚了两个月，如果十月初你们过来，我还能到汇龙潭里给你们弄上两条黄格牙。"马大海站在一旁颇为遗憾地说。

李昌文虽然不知道"黄哥鸭"是什么东西，但是看马大海郑重其事地说出来，想来也是一种非常珍贵的“鸭子”，于是就笑着说：“没关系，等什么时候有机会了，我们再来邙北市，品尝马总亲自为我们逮来的鸭子。”

赵长风看了一眼马大海，说：“马总，要不你也坐下喝两杯？”

马大海连忙说：“不了，不了，市长、两位领导，你们忙，那边还有两桌天阳市下来的客人，我过去接待一下。”

少了马大海在一旁唧唧歪歪，赵长风的心情顿时好了起来，他举起酒杯冲李昌文夫妇说：“老文，嫂子，这是为你们摆的接风宴，欢迎你们来邙北市视察工作。”

李昌文立刻举起杯子，笑着说：“长风，少给我整这一套。什么视察工作？我就是过来跟你喝酒的。阿琼不会喝酒，就免了，今天咱们弟兄喝个痛快。”

“阿文，第一次和长风喝酒，我怎么也要把见面酒喝了吧？”谢雨琼端起杯子，瞟了李昌文一眼。

“对，这见面酒是一定要喝的。”赵长风笑着说，“来，我们干杯。”

老同学聚会非常轻松，大家都知根知底，所以谁也不用伪装，该怎么喝彼此都清楚。赵长风和李昌文几杯酒下肚，更像是一对冤家，赵长风拼命在谢雨琼面前诋毁李昌文的形象，说一些李昌文上初中时追女孩子的糗事。而李昌文也不甘示弱，也拼命揭着赵长风上学时的老底，根本不顾忌赵长风的秘书刘俊康就在一旁坐着。

倒是刘俊康，听了几句，觉得不能再坐下去，他瞅了个机会，起身溜走，到下面找老邢去了。

没有了秘书在场，赵长风自然更是超常发挥。而李昌文在自家老婆面前，自然不愿意失去大男人的面子，于是和赵长风就战了个难解难分。一边喝李昌文还一边纳闷，自己的酒量极大，赵长风上学的时候滴酒不沾，从来没见他喝过酒，怎么今天酒量这么好？难怪人家说官员都是酒精考验的好干部，看来不假，官场果然锻炼人，至少锻炼人的酒量。李昌文却不知道，赵长风身体特殊，对酒精没有反应，真要是放开喝，李昌文又怎么会是赵长风的对手？

第一瓶茅台喝完，第二瓶茅台喝了一半，赵长风估计李昌文喝得差不多了，就主动提出休战。李昌文不依不饶，还想乘胜追击，被谢雨琼偷偷掐了大腿根子一把，立刻清醒过来，讪讪地说：“好，中场休息，暂时停战。”

“老文，什么中场休息？应该是终场休息才对。你酒量那么大，我怎么能喝得过你？你知道的，我上学时可是滴酒不沾的。”赵长风苦笑着告饶，给足了李昌文面子。

“好，今天就放过你。”李昌文打了个酒嗝。

“呵呵，多谢多谢。”赵长风拱了拱手，笑着说，“咱们兄弟聊聊吧。老文，你还在本田汽车公司？”

李昌文摇了摇头，说：“别提那个恶心人的公司，我早就出来了。”

赵长风听李昌文的话里对本田汽车公司意见极大，知道中间肯定有什么缘故，不过李昌文既然没有说，估计是有什么苦衷，就没有往下问，只是接口问道：“出来了也好。现在你搞哪一行呢？”

“哪一行？失业！”李昌文话刚一出口，谢雨琼就狠狠地掐了他一下，恨他说得这么直白，一点都不懂得掩饰。

“阿琼，你掐我干啥？长风是我的死党，我说出来怕啥？这有什么丢人的。”李昌文一嚷嚷，谢雨琼立刻面红耳赤，她尴尬地冲赵长风笑了笑，桌子底下的手又狠狠地掐了李昌文一把。

“好了，不要闹了！我和长风谈点正事！”李昌文伸手抓住谢雨琼的手，扭头对赵长风说：“长风，不瞒你说，我这次过来是向你求助的。”

“老文，自己兄弟，何必客气。你说吧，需要我帮什么忙？能帮得上的，我一定帮。”赵长风笑呵呵地说。

“看看，阿琼，看看，我早就说了，长风虽然当上了市长，但还是我李昌文的兄弟，我没有骗你吧？”李昌文嚷嚷道。谢雨琼脸红得像一块红布似的，低着头也不说话。

赵长风微笑不语，静静地看着李昌文，等李昌文说出要求。

李昌文已经有了七八分醉意，他教训过谢雨琼，扭过头来对赵长风说：“长风，我想请你帮我从银行贷一笔款出来，我想办厂。”

“哦？办什么厂？”赵长风一下子来了兴趣。李昌文是粤东工业大学毕业，又在本田汽车公司工作了六年，要理论有理论，要实践经验有实践经验，他打算办厂，肯定是经过深思熟虑的。

“汽车配件厂，生产汽车滤清器。”李昌文说，“我看好了，这个项目肯定赚钱，只是手里没有启动资金。”

赵长风心中一动，汽车配件？他沉吟了一下，问李昌文道：“大约需要多少启动资金？”

“三百万到四百万吧。”李昌文说，“如果没有这么多，两百万也勉强够用，只是起步的时候艰难一些而已。”

赵长风盘算了一下，三四百万对他来说不算是什么大数目，李昌文和他又是从小玩大的死党，如果李昌文这个项目真的可行，赵长风调四百万给他也不算什么。当然，赵长风这四百万肯定不是无偿给李昌文的，他要当成投资，占一定的股份。施大恩如结大仇，这种道理赵长风早就明白。如果赵长风不想失去李昌文这个好兄弟，那么拿资金换股份无疑是最明智的选择，只有这样，李昌文才会觉得他不欠赵长风什么，以后见了赵长风不会觉得受人太大的恩惠，一辈子都还不起，抬不起头。

“昌文，你有可行性分析报告吗？”赵长风问道。

“有，我早就做好了！”李昌文连忙说。谢雨琼伸手拿起李昌文的公文包，拿出一沓资料，交给李昌文，李昌文翻看了一下，就伸手递给了赵长风：“长风，你看一下。”李昌文离开本田汽车公司之后，花了几个月时间，把他调查研究的结果精心制作了这份投资可行性分析报告，然后拿着这份可行性分析报告到处找合作伙伴。可惜的是，他在粤东找了两个月，都没有找到一个愿意投资的人。这让李昌文非常失望和沮丧。最后李昌文实在没有办法，就想到了在邙北市当副市长的老同学赵长风，也许赵长风有办法帮他联系到贷款，让他把这个汽车配件厂办起来。

赵长风接过可行性分析报告，仔细地阅读起来，他搞经济出身，虽然对工程技术方面不太懂，但是报告的其他部分阅读起来还是没有问题的。赵长风静下心来，仔细读了一遍，感觉这份可行性分析报告并没有什么出奇之处，重点解释了汽车滤清器的生产技术储备情况和国际国内的市场前景，其他方面都比较简单。

赵长风略微有点失望，他抬起头来，正寻思该如何开口，李昌文就带着几分醉意笑道：“长风，是不是觉得这份报告有点简单？缺乏说服力？”

“是！”赵长风点了点头，没有什么可讳言的。

“哈，我知道你会这么想。”李昌文走过来坐在赵长风身边，拿过分析报告说，“其实，汽车滤清器的生产技术极为简单，所需要的生产设备也只是普通的冲床、铣床和数控机床而已。由于汽车滤清器是易耗品，市场前景又非常广阔，无论是国内市场还是国外市场，都蕴藏着巨大的需求量。”

赵长风点点头，示意李昌文继续说下去。

“国内生产汽车滤清器的厂家不多，有几个大厂，多是给几大汽车公司做配套生产的，真正生产自有品牌滤清器的厂家并不多。而且生产出来之后，由于价格和原装汽车滤清器价格相差无几，所以销路非常有限。所以，自有品牌的汽车滤清器要想打开市场、占领市场的关键就在于降低生产成本、压低销售价格。只有和原厂生产的汽车滤清器质量几乎一样，而价格相差很大，才会刺激消费者购买的愿望，从而占领市场。而在国外市场，尤其是东南亚、中东、北非等汽车配件市场，又是对汽车配件价格反应非常灵敏的市场，这些国家和地区所需要的汽车配件多数是到我国采购，只要我们的汽车滤清器价格能低到一定程度，这广阔的国外市场大门也为我们敞开着。”李昌文说这番话时双目炯炯有神，根本不像是一个有了七八分酒意的人。

赵长风沉吟半天，问道：“昌文，你有办法降低生产成本吗?”

“当然，我当然有办法，而且还是大幅度地降低生产成本。要不我怎么有信心来办汽车滤清器厂呢?”李昌文自信满满地说道。

“哦？什么办法？说来听听?”

李昌文满是酒气的嘴凑近了赵长风耳边：“长风，你听我跟你说，我的办法就是……”他的声音逐渐低了下来，赵长风听得连连点头，满眼都是惊喜。等李昌文说完，赵长风捶了李昌文一拳，说道：“老文，真有你的。这种办法都被你想了出来。”

李昌文嘿嘿笑着，歪着脑袋问道：“那，长风，你现在肯帮我联系贷款了?”

“不，我不能帮你联系贷款。”赵长风轻轻摇了摇头。

李昌文一脸失望：“如果四百万太多，你帮我联系个一两百万也行，大不了开头小打小闹，慢慢积累资金。”

“银行贷款不好办啊，你没有固定资产做抵押，又没有担保人。”赵长风说，“不过我可以帮你找一个投资人，他以资金入股，你以技术入股，具体股份比例你们双方见面了再互相协商，行不行？”

“好啊，这样更好了！”李昌文大喜道，“银行贷款还有还款的压力，如果是投资入股，那么就不用考虑还款的压力，赚到的利润可以用于自身滚动发展，这样企业发展就更快了。因为我这种办法别人很快也会知道的，到时候就不灵光了，所以我必须抓紧时间把企业发展壮大。到时候有了规模上的优势，就不怕别人和我抢了。”

“嗯，联系投资人并不难。不过我还有一个要求。”赵长风微笑着说，“这个企业能不能办在邙北市？邙北市政府可以给予一定的政策优惠，并可以提供大量熟练的技术工人。”

“邙北市？这个我还没有考虑过。”李昌文怔了一怔。

“昌文啊，邙北市交通发达，有高速公路直通中州海关，铁路可以通到云连港、黄岛港，地理环境上的优势并不比粤东差多少。而且粤东那边只能为你提供没有经过产业训练的农民工，而我们邙北市却有在矿山设备厂工作了十几二十年的熟练技术工人，而且工资成本并不比粤东那边的农民工高。”赵长风说道，“甚至我们邙北市还有现成的厂房和机器设备提供给你。”

说这话的时候，赵长风脑海里浮现出利雅达公司那两栋修好的厂房和厂房里的生产设备。那些设备虽然不是从德国进口的，但是却都是货真价实的冲床、铣床和数控机床。这些设备生产高精尖产品可能困难，但李昌文也讲了，汽车滤清器不是什么高精尖产品，生产工艺非常简单，重点就在于成本控制。

“如果你愿意，我明天就可以带你先去看看厂房和机器设备。”赵长风笑眯眯地说。

“不是吧？”李昌文吃惊地瞪大了眼睛，“长风，我怎么感觉你是早就挖好了坑，等着我往里跳呢？难道说你派人到粤东调查过我，知道我要搞汽车配件？”

赵长风哑然失笑道：“你小子就臭美吧，我哪里有心情去调查你。”他看了看手表，“好了，时间不早了，你和嫂子先上去休息吧。我明天过来找你，再具体谈一谈办厂的事。”

“也好！”李昌文也斜着眼睛说，“长风，我得回去先醒醒酒，省得现在头脑不清醒，你把我卖了我还替你数钞票呢！”

把李昌文夫妇送回房间，赵长风兴奋地回到湖月山庄七号。李昌文的出现太是时候了，那一千多名下岗工人的工作问题正好迎刃而解，血汗钱也有了着落。一个影响邙北市社会稳定的隐患问题就此得到解决。

这时，赵长风的手机响了起来，他拿起电话一看，是付罡庭打过来的。

“长风老弟，我是老付啊，还在忙？”电话里传来付罡庭的声音，听起来有一丝沙哑。

赵长风笑了，他刚进门，付罡庭的电话就来了，能把时间拿捏得这么好，说明付罡庭对他的行踪一清二楚。

“付书记，我刚从同学那边回来，怎么，您有事？”赵长风的语气还是很恭敬。

“啊，那正好，我也刚从外边回来，想找你聊一聊，马上就到。”付罡庭甚至不给赵长风回绝的机会，就挂断了电话。

赵长风笑着摇了摇头，看来付书记是真着急啊。那就聊一聊吧，各取所需。几分钟后，付罡庭出现在湖月山庄七号门口，他和赵长风都住在湖月山庄。当付罡庭出现在别墅门口的同时，赵长风也恰到好处地从楼里出来，走下台阶，笑着迎了出来。

寒暄了几句，赵长风把付罡庭让进了房间，紧紧地关上了门，两个多小时后，门重新打开，付罡庭步履轻快地走了出来，频频含笑地向送到门口的赵长风挥手。

第二天早上，付罡庭满面春风地出现在办公室。秘书龙临桂虽然不知道是什么事让昨天还满腹心思的领导变得满面春风，但他知道一定是好事。

付罡庭坐在皮转椅上，拿起办公桌上刚送过来的报纸，心情愉快地读了起来。龙临桂则用热水烫了两遍茶杯，才泡上茶叶，端到付罡庭身边。

站了一会儿，见付罡庭没有别的吩咐，龙临桂转身正要回他的办公室，付罡庭办公桌上蓝色的电话响了起来，龙临桂就站住了，看看领导接过电话后有没有什么事吩咐。

付罡庭等铃声响了两边，才不慌不忙地去伸手去拿电话，视线仍留在报纸上。

“大哥，我是罡川啊!”电话里传来付罡川慌里慌张的声音，“大事不好了!”

“你慌什么?”付罡庭对弟弟的大惊小怪很是不满，“说吧，什么事?”

“大哥，今、今天我来基地，只有几个工人来基地参加培训，其他工人都不见了。”付罡川结结巴巴地说。

“什么? 都不见了?”付罡庭把报纸扔在桌面上，一下子坐直了身体，“那些工人都去哪里了，你弄清楚了吗?”

“大哥，我听那几个过来的工人说，工人们听到了风声，知道利雅达集团破产了，他们现在都回了邙北市，要向市领导讨个说法。”

“什么? 罡川，你这个混蛋，为什么晚上不和工人们住在一起，看着他们?”付罡庭咆哮道，“你知不知道，你坏了大事!”

“大哥，对不起……”

“现在说对不起有个鸟用!”付罡庭破口骂道，“你赶快去追那些工人，告诉他们，不管利雅达集团破产不破产，他们的风险抵押金一个子都不会少，市里会负责赔给他们的。”

“是，是，大哥，我立刻就去!”

放下电话，付罡庭急火攻心，他昨天刚和赵长风谈好条件，赵长风会联系企业家过来收拾利雅达项目的烂摊子，除了负责赔偿风险抵押金外，还负责消化吸收这批工人的就业问题。可是没想到，那边工人却得到了消息，要回邙北市来讨说法。这些工人一旦回来，就是群体性事件，必须向上报告，想遮掩都遮掩不住。天阳市的领导即使以前还有心护着邙北市，如果发生了这件事，也不得不下重手处理几个人，好向省里交代!

“乱套了，全乱套了!”付罡庭恶狠狠地骂道，本来以为掌控在手里的局势竟然会急转之下，真是没想到。他站起来就向外走，打算去向刘驰汇报。

龙临桂看领导面色大变，知道发生了不妙的事，就小心翼翼地跟在后面问道："发生了什么事？我要做点什么？"

"你马上打电话给公安局乔局长，让他们集合公安干警，做好应对突发事件的准备！"付罡庭撂下一句，就大步出去了。这时付罡庭已经顾不得副书记的分工权限了。

"什么？"刘驰一下子站了起来，"工人们都从基地跑了？什么时候的事？"

"我刚得到的消息。"付罡庭站在刘驰办公桌前，又是着急，又是羞愧，又有一些忐忑。不管怎么说，这都是他闯的祸，亲弟弟在基地负责，还让工人跑了出来，"我已经让秘书通知了公安局乔局长，让他们做好准备。"

刘驰瞪了付罡庭一眼，又知道眼下不是发脾气、追究责任的时候，眼下要做的就是想办法立即化解这场危机，不能让这些工人闹起来。

"和强，去把一磊主任请过来。"刘驰压下对付罡庭的不满，对一旁的郭和强说。

郭和强立刻撒腿跑出去，两三分钟后，张一磊气喘吁吁地跟着郭和强跑进了刘驰的办公室。

"刘书记、付书记，什么事？"张一磊喘着气问道。

"一磊主任，你立刻和乔局长一道带人往中天高速公路方向去，只要见利雅达集团的工人出了高速路口，立即把他们拦截下来，务必不让他们到市里来。"刘驰果断地布置道。

"是！刘书记，我马上去办！"张一磊应了一声，转身就要出去。虽然不知道发生了什么事，但是张一磊知道，现在不是他问问题的时候，现在要做的就是无条件地不折不扣地去执行刘书记的命令，至于其他，等这个任务完成后，再做详细了解也不迟。

就在这时，市委办王副主任疾步跑了进来："刘书记，不好了，刚才门卫打电话过来，市委大门被利雅达集团的工人堵住了。"

“什么?”屋里的人都大吃一惊。刘驰、付罡庭快步走向窗户，张一磊有意落后半步，跟在两位书记身后。到了窗户口，张一磊透过刘驰和付罡庭的肩头望去，只见市委大院的自动钢闸门外，黑压压地挤满了工人，有些工人手里还举着大幅的标语，虽然距离很远，张一磊还是模糊地看到上面写着“还我血汗钱”之类的话。

刘驰脸色非常难看，他背着手踱了两步，转身对王副主任交代：“你给乔局长打电话，让他带人过来配合你维持秩序。”

这不是一个轻松的差事，王副主任暗恨自己多手，为什么要去接这个电话。他听到电话里门卫的汇报就后悔了，知道自己惹下了大麻烦。但是这件事他既然知道了，又不能不向刘书记汇报，刘书记肯定会指示他到外面先维持秩序。张一磊主任是市委常委，肯定要参加市委常委会，所以基本上是谁过来汇报情况，谁就暂时担任救火队员，到外面去维持秩序。这些工人愤怒起来，那可不是闹着玩的。一个处理不好，挨骂受气不说，这边还要被市领导批评。这是个出大力、受大气，偏偏两头都不讨好的差事。

“是，刘书记，我这就去!”王副主任干脆利落地应了一声，毫不犹豫地走了出去。

“一磊同志，你马上通知所有在家的常委，召开紧急常委会。”刘驰又对张一磊交代道。

“是!”张一磊应了一声，却又张口轻声问道，“刘书记，赵市长那边……”

刘驰不满地看了张一磊一眼，说道：“长风同志就不用过来了，让他在市政府那边等候。”

“是，我知道了。”张一磊这才转身出去，他知道他刚才的问话很蠢，工人既然堵了大门，赵长风在市政府那边，是没有办法过来开会的。但是这话他还是必须要问，亲口得到刘书记明确的指示后才去执行。否则，万一刘书记在召开常委会时问一句，赵市长怎么没有过来？张一磊又该如何回答？让领导以为他愚蠢不要紧，让领导认为他自作主张，那就不妙了!

张一磊出去后，付罡庭面露赧色，对刘驰说：“刘书记，我工作失职，给市委添了大麻烦，你批评我吧。”

刘驰双眼望着窗外大门处黑压压的人群，一手背在后面，另一只手抬起来轻轻摆了摆，说道：“罡庭同志，这也不完全是你的责任。”

又往窗外看了几眼，刘驰才收回目光，转身离开窗口，付罡庭小步跟在刘驰身后。刘驰走了几步，坐在沙发上，又指了指旁边的沙发，示意付罡庭坐下，随口问道：“罡庭，你说工人们怎么会知道这个消息的呢？”

付罡庭有句话在心里掂量了一下，却没有说出口，他叹了一口气，换了另外一种说法：“刘书记，常委会的纪律要抓一抓了，有很多常委会决议，我们这里刚拍板定下来，会议还没有结束，外面就有人知道了。”

刘驰伸手抚摸了一下下巴，点头道：“这种情况确实存在。不过利雅达集团破产的事不同，如果没有人通风报信，工人们是不会知道的。”

付罡庭刚才就猜到了刘驰这个意思，但是他只能等刘驰把这句话说出来，虽然说在利雅达集团的事上，两个人成了同一条战壕的战友，但这只是临时性组合，远远没有到可以推心置腹的地步。

“刘书记，听了您的分析，我也觉得很有这个可能。”付罡庭说，“只是这个人究竟是谁？这么做对他究竟有什么好处呢？”付罡庭技巧地把话题往他心中猜想的那个人身上引。

刘驰缓缓地点头道：“是啊！这件事谁获益最大，谁就最有这个可能！”按照刘驰的推测，偷偷向工人报信的人很可能是赵长风和钱兆均两个人中的一个，这两个人都是和付罡庭竞争市长位子的对手。但究竟是这两个人中的哪一个，刘驰却又拿不准。

从获益上来说，赵长风是最有可能的，尤其是当初动用社保基金的时候，赵长风在常委会上发表了反对意见，投了唯一的弃权票，在这件事上，赵长风是底气最硬的。但是刘驰前天把赵长风叫过来谈过话，谈话时刘驰既向赵长风做了利益许诺，又不露声色地敲打了赵长风。从赵长风当时的态度来看，他是不大可能做出这件事的。赵长风是个聪明人，知道这样做的后果是什么。

如果不是赵长风，那么就可能是钱兆均。但是钱兆均在常委会上也投了赞成票，如果事情闹大了，他肯定也是要承担责任的。上级的板子举起来，谁知道最后会落到谁的屁股上？万一钱兆均捎带承担上了责任，那么在以后竞争邙北市市长的过程中，岂不是要便宜了赵长风？钱兆均犯得着去冒险，干一件为他人作嫁衣裳的事吗？

刘驰心中权衡着，付罡庭心里却很清楚，这件事绝无可能是赵长风做的。因为昨天晚上他刚和赵长风达成了协议，以赵长风找人接下利雅达项目为代价，来换栾俊杰和付罡庭在邙北市市长的竞争中支持赵长风。这对赵长风来说是一举两得的事，根本用不着去鼓动工人闹事。工人一旦闹开，把付罡庭牵扯进去，付罡庭还会支持赵长风吗？根本不可能啊！所以付罡庭断定，这件事很可能是另外一个竞争对手做的，而这个竞争对手是谁，那还用说吗？

“刘书记，想知道这个人是谁很简单，可以让人在工人中间调查一下，看看利雅达集团破产的消息是最早从谁的嘴里传出来的。一千五百名工人，又不是很多，如果下点工夫，不难查出结果。”付罡庭说。

刘驰点了点头：“这倒是不难。不过我们还要渡过眼下的难关啊。罡庭同志，现在工人都过来了，你那边准备得怎么样了？”

付罡庭叹了一口气，说道：“刘书记，我这边正在想办法，还没有多少眉目。”

刘驰知道现在必须和付罡庭做一个切割，不然单单是一个工人的风险抵押金，他就会被付罡庭拖累死，于是他说道：“罡庭同志，不能再拖延了。工人们既然来了，必然是要一个说法的。这样吧，社保基金这一块就继续由一磊同志负责，香港那边破产清算后拿回的资金都用来填补社保基金的窟窿。利雅达集团留在邙北市的厂房和设备就由你来处理，想办法变卖了，把工人的风险抵押金弄回来，给工人们一个交代，怎么样？”

刘驰这边也找人去初步评估了一下利雅达集团留在邙北市的厂房和设备，正如赵长风先前所言，这些东西加起来还不值两百万元。这一点资金无论是偿还社保基金还是工人的风险抵押金，都是远远不够的。而香港那边通过利雅达集团的破产清算，究竟能拿回多少钱，更是一个未知数。其实刘驰心里也清楚，所谓破产清算，无非就是镜中月、水中花，留下一个想头而已，真正能拿回钱，想都别想。

但是刘驰现在却当机立断，把利雅达集团留在邙北市的资产给了付罡庭，以换取付罡庭对工人风险抵押金的承担。这件事眼看要闹大了，刘驰想让付罡庭承担责任，必须表现得大度一点，给一个说得过去的理由，才能堵住付罡庭的嘴巴。

至于社保基金这边五百万元缺口，刘驰已经下定决心，暂时自己承担起来，如果香港那边破产清算能够拿回一部分，当然更好，如果真的拿不回来，那么刘驰也就吃了这个哑巴亏。

刘驰之所以能有这个底气，是因为邙北市黄金地质公园。刘驰本来是让欧阳应龙去找阳江超重新接手邙北市黄金地质公园。谁知道欧阳应龙硬是舍不得，竟然转了几道弯，不知道从哪里弄来两千万把银行里的短期借款还上，又找了一个看似毫无关系的傀儡来担任邙北市黄金地质公园的法人代表。欧阳应龙对刘驰说，不是他不听刘驰的吩咐，而是黄金地质公园的利润太大了，一个月门票收入几百万，一年下来好几千万纯利润，这样的好生意到什么地方去找？这样不偷不抢的，挪用的社保基金也都补上了。即使上边来人调查，也查不出黄金地质公园和刘驰有任何关系，这岂不是比把黄金地质公园还给阳江超更好？

刘驰见欧阳应龙已经这样做了，他还能说什么？更何况他现在也需要钱来贴补利雅达集团留下的社保基金窟窿。黄金地质公园能赚这么多钱，那么拿出一部分来填补社保基金的窟窿，刘驰也不心疼。毕竟当初如果没有利雅达集团，欧阳应龙也没有办法从阳江超手中把邙北市黄金地质公园拿过来。

付罡庭听刘驰这么大方，心中暗喜。他已经和赵长风达成了协议，工人的风险抵押金当然是没有问题。只是赵长风表态，他找的企业家最多也就是出四百五十万元接手利雅达汽车配件制造公司项目。

“付书记，你知道的，利雅达集团留下的东西连两百万都不到，这样算下来，我的朋友要亏两百七八十万元，这已经是他们的底线了，他们纯粹是帮忙，如果再多，我也不好张口啊！”其实赵长风之所以愿意出四百五十万元，很简单，就是为了解决工人们的风险抵押金，至于社保基金的窟窿，赵长风根本没有兴趣去填补，那是刘驰和付罡庭要考虑的事。

付罡庭内心估算了一下，如果香港那边拿不到一点破产清算资金的话，那么香港利雅达集团遗留下的就是厂房和设备这样一百八九十万了。按照他和刘驰的分工，一个负责社保基金，一个负责工人风险抵押金，那么这一百八九十万元就要平均分开，付罡庭这边只能拿到九十来万。但是赵长风介绍的企业家出四百五十万元是要拿到利雅达集团留在邙北市的全部资产的，付罡庭必须自己再筹集九十来万，补偿刘驰用于社保基金的那一半。四百五十万元付罡庭没有办法，但是九十万元付罡庭挤一挤，再借一借，还是能凑齐的。可是现在刘驰这么大方，直接把利雅达集团在邙北市的资产全部给了付罡庭，付罡庭当然是乐得接受。这样，他一分钱不用损失，就可以把工人的风险抵押金补上了。

“刘书记，我尽力而为。”付罡庭无奈地说，“利雅达集团是我负责引进的，工人这一块我来负责，我不能再给市委添麻烦了！”

门外传来急匆匆的脚步声，张一磊推门进来：“刘书记，付书记，常委们都到齐了。”

刘驰点了点头，轻轻拍了拍付罡庭的胳膊，说：“老付，我们过去吧。”

第四章　煽风点火泼脏水，忍无可忍酿反击

利雅达骗贷事件终于走漏风声，工人们得到消息，再次围堵市政府。出了这样的群体性事件，立即惊动了省里。到底是谁走漏了风声？到底是谁别有用心？接下来事情更加荒唐，说走漏风声、煽动工人围堵市政府的人就是赵长风。赵长风终于怒不可遏，决定展开反击。

会议室的气氛很凝重，常委们接到张一磊的通知就匆匆忙忙地赶了过来，他们不像平时那样说说笑笑，大家进来都只是礼节性地点了点头，但是点头的含义很微妙，有一种说不清道不明、也不方便说清和道明的意思。

钱兆均背靠在沙发上，专心致志地研究着手中精致的打火机。刘驰在付罡庭和张一磊的陪同下进了会议室，等付罡庭和张一磊在各自的座位上坐好，刘驰宣布会议开始。

“事情就不用说，大家都清楚了。大家都说说，怎么办。”刘驰的开场白简单利落，这可能是他就任邙北市市委书记以来最简短的开场白。

“这些工人太无法无天了，上次堵过市委一次，这次竟然又来堵了！”钱兆均声色俱厉地说，“真是胆大妄为！如果再这样放任他们，那么邙北市其他群众都会跟着效仿，有什么事不寻求正常的解决途径，只要集合人马来堵市委市政府的大门就好了！”

说到这里，钱兆均有意顿了一顿，给常委们一个思考他的话的时间，然后才说道：“我建议市委一定要采取措施，从严从重处理这件事，必要

时动用警察，对这些闹事分子给予严厉打击！”

常委会发言本来有着天然的顺序。按照党内排名，刘驰提出议题之后，应该是付罡庭跟着发言，但是钱兆均今天表现得非常积极，竟然打破了潜规则，迫不及待地抢先发言。当然，钱兆均这种表现也可以理解为他是分管政法的副书记，公检法系统归他领导，抢先发言也无可厚非，毕竟是职责所在。这从另外一个角度也说明钱兆均对工人闹事的行为是如何深恶痛绝。

付罡庭当然不会这样想，在他看来，钱兆均这样的表现很反常。钱兆均这样做，正说明他心中有鬼，这也从另外一个角度证实了付罡庭先前的推断——工人们得到消息很可能与钱兆均有关。

刘驰看到了钱兆均的表现，不由得心中也是一动，留心上了。

钱兆均继续说：“除了对闹事工人采取措施之外，我这里还有一个建议，要向大家提出来，那就是常委会的保密问题。这次利雅达集团破产的事，刘驰书记在上次常委会上已经再三强调，消息只限于市委常委知道，希望大家一定要保守秘密。可是现在，外面的那些工人却知道了这个消息。在这里我想问一问，这个消息究竟是怎么传出去的？又是怎样传到那些工人耳朵里的？同志们，那些工人远在三十公里外的武警训练基地，没有人通风报信，他们能知道这个消息吗？”

钱兆均义正词严地说着，眼睛却往刘驰那边看去，却见刘驰端着茶杯，似笑非笑地往他这边看，钱兆均不由得一阵心虚，暗想他这个贼喊捉贼的把戏是不是玩得太过火了？

其实付罡庭估计得没错，工人们能够知道利雅达集团破产的消息，的确与钱兆均有关。本来钱兆均接到栾俊杰副书记打的招呼，满口答应下来。钱兆均心想，这件事不用他出面，就会有人捅到天阳市委那边的。他相信一定有人比他更急，所以就打算坐收渔翁之利。

可是钱兆均没有想到，刘驰和付罡庭两个人竟然会当机立断，立刻到天阳市市委去承认错误，自请处分。而且更令钱兆均想不到的是，魏书记和张市长听了刘驰和付罡庭的汇报后，并没有什么大的举动。

钱兆均分析了一下，可能有几个原因。一方面是因为刘驰和付罡庭身后都有人在支持。无论是省委的欧阳书记还是天阳市栾俊杰副书记，都有相当的势力。魏新强书记和张培伦市长如果要处分刘驰和付罡庭，肯定会顾忌到欧阳书记和栾俊杰的面子；另一方面，利雅达集团的情况尚未明朗，这件事的最终结果还没有出来，天阳市市委即使想处理，也必须等到最终结果出来之后，才好斟酌究竟做什么样的处理合适；当然，还有第三方面的原因，那就是挪用社保基金的案子影响巨大，虽然是邙北市领导犯下的错误，但是作为上级领导，天阳市市委市政府领导监管不严、督察不力的责任肯定是推卸不掉的。所以魏新强和张培伦一定也在观察，看看能不能慢慢把这件事的影响压下来，降到最低。这件事如果最后能够不了了之是最好的。如果问题暴露出来，或多或少都会影响到魏新强和张培伦在省委领导那里的形象。

钱兆均最怕的就是第三种结果，如果魏书记和张市长有心让这件事不了了之，那么意味着付罡庭还可能有机会站出来和他争夺市长的位置。虽然按照常规推断，付罡庭闯了这么大的祸，天阳市市委不会再给付罡庭这样的机会。但是通过这一件事，付罡庭可能和刘驰结成利益联盟，钱兆均所要做的就是一定要把这唯一的可能性扼杀在摇篮里，让付罡庭彻底失去竞争市长的机会。

于是钱兆均安排了一个绝对不会出问题的心腹，到中州市火车站附近买了一张神州行的卡。

钱兆均暗示心腹去做这件事，还有另外一个目的，就是给赵长风下眼药。大家都知道，在利雅达集团动用社保基金的事上，只有赵长风投了反对票，也就是说，如果上级领导要追究责任的话，只有赵长风可以全身而退，其他常委都投了赞成票，多多少少都要承担点责任。所以工人们过来闹事，大家猜测消息是从什么地方走漏的话，赵长风是第一个被怀疑的对象。偏偏这些话大家都闷在心里，不会说出来，赵长风即使想解释也无从解释。大家都没有说是赵长风指使的，赵长风却要解释，岂不是此地无银三百两吗？

而工人们这么一闹，刘驰和付罡庭受到的处理肯定会加重，他们会把这件事记在谁的头上？赵长风啊！这是最大的嫌疑人。这下可就热闹了，班子的班长对他产生了看法，而班子其他成员又视他为另类，那赵长风在邙北市还有什么搞头？

今天的常委会上，钱兆均第一个跳出来对工人堵大门的行为发表意见，进行定性，又借口常委会保密的问题，把大家的心思有意往设计好的方向上引，让大家觉得这次工人这么快就得知利雅达集团破产的事绝不是偶然的，是某些有心人特意设计的。这种贼喊捉贼的把戏，钱兆均胸有成竹，可是当他看到刘驰似笑非笑的眼神时，心中猛然一虚，有点后悔，他这种表演会不会太过火了呢？

不过这种念头在心中只是一闪而过，钱兆均很快就调整了过来。他目光坚实地和刘驰的目光一碰，旋即收了回来，扫视了一下会场，说道："所以，我认为有必要再强调一下常委会的纪律，甚至有必要给某些同志提个醒：常委会会议内容只能通过正常渠道发布出去，小喇叭小广播是绝对要不得的！我们要时刻记得自己的身份。"

付罡庭听着钱兆均道貌岸然的话，心中冷笑，他点燃一根烟，低头看着面前的笔记本，仿佛与己无关。

其他常委自然明白钱兆均的发言是有所指的，但是他们却不愿意轻易蹚入这滩浑水。赵长风虽然没有过来参加会议，但是会场上的发言他肯定会知道的。如果他们附和了钱兆均的话，肯定会得罪赵长风；如果不附和，又势必会得罪钱兆均。所以这个时候最好的办法就是装糊涂，保持沉默，看看别人是什么态度，尤其一把手刘驰是一个什么态度。于是小会议室内不时传来打火机清脆的响声，袅袅青烟很快在整个会议室里弥漫开来。

刘驰当然不能让会议冷场，外面还有一千多工人堵着市委大院门口，这里的常委会却在虚耗时间，怎么能行？他看了看付罡庭，说道："罡庭同志，你说说吧？"

付罡庭咳嗽一声，抬起头来，说道："我认为兆均同志扯远了。当前主要问题是如何疏导外面的工人。我不赞同兆均同志对工人采取措施的提议，这在目前情况下，这样做只会激化矛盾，恶化事态的发展。"

钱兆均放下手中的茶杯，接口说道："罡庭同志，那你说说看，究竟该怎么办？现在工人们可就堵在大门口，不采取点强硬措施，他们会离开吗？"

"只要疏导措施得力，我认为工人是会离开的。"付罡庭说，"上次这些工人因为矿山设备厂的事也堵了市委市政府的大门，不就是长风同志出面做工作解决了的？”

“那么罡庭同志的意思，这次让哪位同志出面做工作？”钱兆均看着付罡庭。

“这个要刘书记定。”付罡庭轻飘飘地卸了钱兆均的问题，“听刘书记的安排。”

钱兆均轻笑了一下，没再说话。付罡庭把皮球踢给刘驰也好，看刘驰有什么办法，安排谁出去做工人的工作。

正在这时，小会议室的门被轻轻敲了两下，郭和强推门进来，走到刘驰身边，俯身低声说了两句。刘驰面色大变，说了一句：“你们大家先讨论，我出去一会儿。”

在座的人见刘驰的脸色，知道一定发生了更糟糕的事。刘驰一出门，常委们就三三两两交头接耳地小声议论，猜测究竟发生了什么事。

几分钟后，刘驰铁青着脸走进了会议室，他坐下来后，用严厉的眼光扫了会场一眼，说：“刚才我接到魏书记的电话，魏书记和张市长都已经知道了今天发生的事。魏书记指示我们，一定要妥善处理好这件危机，控制好局面，不能使事态继续发展下去。”

常委们心中都是一沉，魏书记和张市长远在天阳，怎么这么快就知道了这个消息？肯定是有人通风报信。那么这个通风报信的人是谁？首先可以肯定，不是在座的常委。他们没有时间、也没有机会给天阳市打电话。

“罡庭同志，我看这样吧，你就先出去做一下工人的说服工作，一定要让他们先散了，我们这里继续开会研究。”刘驰望着付罡庭。

付罡庭心里非常沉重，他想尽办法想控制好局面，没想到最后还是闹大了。现在魏书记和张市长已经得到这边的消息，这件事看来是没有办法善终了。而这一切，让他昨天和赵长风做的交易变得毫无意义。

“刘书记，我去。”付罡庭合上笔记本，望着刘驰说，“不过，是不是让长风同志也出来一起做一下工作？”

刘驰点头道：“市委市政府领导一起出面，也好。一磊同志，你去给长风同志打个电话。”

张一磊立刻站了起来，陪着付罡庭一起出去，几分钟后，他返回会议室，向刘驰报告：“刘书记，我已经通知了赵市长。”

“好，那我们继续开会。”刘驰点了点头。

其实说是开会，不如说是焦急地等待更为合适，不管是出于什么目的，所有人都在等待付罡庭和赵长风这次出马和工人们见面的结果。而毫无疑问，无论结果是什么，这都将在极大程度上左右邙北市各个政治势力的走向……

十分钟过去了，外面没有消息。

二十分钟过去了，外面还是没有消息。

半个小时过去了，外面依旧没有消息。

这个付罡庭，外面是什么情况，也不知道派一个工作人员过来汇报一下？刘驰看了看手表，付罡庭出去差不多有四十多分钟了。他抬头看了一眼张一磊，正准备叫张一磊出去，这时外面传来一阵急匆匆的脚步声，会议室的门被推开，付罡庭和赵长风两个人出现在会议室门口，模样狼狈不堪：头发凌乱、满头大汗，衣服皱巴巴的，不少地方还有些污迹，显然是被人推搡过。

“情况怎么样?”刘驰控制好那股想站起来的冲动，让自己的身躯稳稳地安坐在沙发里，不慌不忙地问道。

“刘书记，经过我和长风市长努力说服，工人们答应暂时撤离市委市政府，但是却推举了几个工人代表留在外面，等候市委市政府给他们一个答复。具体情况请长风市长向您和大家汇报。”付罡庭一边说着，一边不顾礼貌地端起茶杯大口喝水，他的嗓子都快冒烟了。

听说工人们离去了，刘驰心里松了一口气：“罡庭同志、长风同志，你们辛苦了。坐下说吧。”

赵长风坐在他的位置上——虽然刚才他没有过来开会，但是按照惯例，他的座位是空着的，没有其他人来坐。一般来说，除非是主持会议的领导发话，否则大家都会按照平时开会的惯例坐各自的座位，而没有过来参加会议的同志的座位就空在那里。他接过会议服务员递过来的茶水，顾不得开水滚烫，轻轻喝了一小口润了一下干渴的喉咙，这才沙哑着声音说：“刘书记，工人们一共提了两个要求。第一，要求市委市政府立即解决他们的风险抵押金问题。第二，要求市委市政府解决他们的工作岗位问题。”

“胡闹!”刘驰哼了一声，脸色极为难看。如果说风险抵押金的问题是由于这届领导班子引进的利雅达集团造成的话，那么工作岗位问题与这届领导班子有什么关系？邙北市矿山设备厂的改制是上届班子遗留下的问题，凭什么让这届班子为他们擦屁股？

扫视了一下会场，刘驰说道：“大家都说说看，对工人们提出这两个要求怎么看?”

大家都低下了头，没有人愿意说话。一把手的态度在那里放着，认为工人们是在胡闹，谁还敢和一把手唱反调？可是如果顺着一把手的态度说，那些工人会答应吗？这一千五百多人如果在邙北市没有得到满意的答复，会不会继续闹下去？会不会闹到天阳市去？谁敢保证！常委会上的发言是要记录在案的。如果事态扩大了，上边肯定会追究责任的，板子会打到谁的屁股上，很难讲啊！这时候如果在常委会上进行了不当表态，不就是等于主动送把柄给别人吗?

“长风同志，你怎么看?”刘驰见没有人说话，就把目光落在赵长风身上，刚才开会的时候赵长风缺席，现在让他发言也在情理之中。

赵长风正低头小口小口喝水，听刘驰点名让他发言，就放下水杯，抬头说：“我认为要控制事态发展，就必须考虑工人们的要求。否则工人们好不容易稳定下来的情绪再度激动起来，就不好收场了。”

钱兆均虽然在闷头抽烟，实际上却一直在注意赵长风的动静，见赵长风说了话，便接口说道：“考虑他们的要求，谈何容易啊！四百五十多万风险抵押金不是个小数目，从哪里弄过来？还有解决一千多名工人的工作岗位问题，按照邙北市的现状，去哪里解决？难啊!”这话既迎合了刘驰态度，也从某种程度上说出了在座常委们的心声。钱兆均对时机和心态的把握非常巧妙。

“是啊，是难。”赵长风摇了摇头，“可是再难不是也得找出一个解决方案吗？不然这始终是一个影响邙北市社会稳定的因素。”

会场上又是一片沉默。这是一个两难的命题，谁都不知道该如何解决。

刘驰知道必须由他来做决定了，而他所能做的决定就是把压力给付罡庭，这也是他和付罡庭事先达成的默契。

“罡庭同志，利雅达项目是你具体负责的，你有没有什么比较好的想法？”刘驰望着付罡庭。

付罡庭读懂了刘驰目光中的含义，他低头看了看手中的笔记本——笔记本上一片空白——抬起头说道：“刘书记，我看只有先抛售利雅达项目遗留下的资产来偿还工人的风险抵押金，把工人的情绪稳定住。至于工作岗位问题，这是上届班子遗留下来的问题，即使要解决，也需要一个过程。我相信不管是上级领导还是外面的一千多名工人都会理解我们的。”

刘驰点了点头，说道：“其他人呢？还有什么想法没有？”

没有一个人说话。利雅达集团的遗留下来的资产有多少大家心里都有数，靠这一点资产想偿还工人的风险抵押金是不可能的。

“那好，就按照罡庭同志的建议办吧。”刘驰说，“罡庭同志对利雅达项目熟悉，我看这件事就由罡庭同志负责，大家说呢？”

“同意刘书记的意见。”

“刘书记的意见很好。”

包太龙书记和路大为部长面色凝重，紧闭着嘴巴，不发表意见。他们知道大势已去，即使发表意见，也不能改变这个事实。利雅达集团的事件本来就是付罡庭引发的，现在交给付罡庭收拾残局，这个安排从场面上看，是很合情合理的，他们如果发表不同的意见，得罪了刘驰不说，还触犯了众怒。但是如果让付罡庭背，他能背得起吗？作为付罡庭的政治盟友和老部下，包太龙和路大为只能选择不发表意见。

“罡庭同志，你表个态吧。”刘驰等会场上静下来之后，微笑地看着付罡庭。

“我服从刘书记的决定。”付罡庭面色严肃地说。他内心其实非常沉重，要不是他昨天及时行动，和赵长风达成了协议，单单是眼前这一关，他就过不去。

“那好，工人代表那边就由你负责了。”刘驰当即拍板，“要把常委会的精神传达给他们，让他们知道，风险抵押金的事市里正在着手解决。”

“那好，我现在就去。”付罡庭站起身来，“不过，我还是需要长风同志协助一下。”

刘驰就把目光投向赵长风，赵长风立刻站起来："我陪付书记过去。"

刘驰点了点头说："要讲究方式方法，务必要让工人相信市里解决利雅达集团遗留问题的决心。"然后他又扫了一眼会场说，"在散会之前，我再次强调一下常委会的组织纪律，会议精神只有通过正常途径传达，在座的都是邙北市的领导，绝对不能犯会上不说、会下乱说的毛病！"

常委们都面容严肃，知道刘驰这次动了真怒。等这阵风波平息之后，刘驰肯定会派人去调查工人们是如何得到消息的。看来，又会有一阵风波啊！

郭和强在会议室门口接过刘驰手中的杯子，小心翼翼地跟在刘驰后面回到了办公室，顺手把门给带上。

刘驰没有往办公桌后面走，反而是坐在了沙发上。郭和强就跟了过来，把茶杯放一旁的茶几上，然后侧身站在一旁。

刘驰背靠在沙发上，闭着双眼，手指不停地敲着扶手。郭和强站了一会儿，见他没有什么吩咐，正准备转身回自己的办公室。刘驰却忽然睁开了眼睛，问道："你怎么看？"

郭和强略一寻思，就明白了刘驰的意思："一定是有心人为之。"

"你认为是谁？"刘驰继续问道。

郭和强凝神想了一想，说："不好说。从表面上看，南边的可能性较大。但是这道理我都能想明白，所以反而又最不可能。"

刘驰满意地点了点头，他并不是满意郭和强的分析，而是满意郭和强的态度。做秘书的就是要忠心耿耿。刚才郭和强的话已经牵扯到另外两名市领导，但是他却依旧毫不避讳。所以从刘驰的角度来说，郭和强未必是一个聪明的下属，但却是一个忠诚的秘书。有这样的人在身边最放心。

郭和强偷眼看了一下刘驰的神色，见刘驰还算满意，于是胆子又大了一点，微笑着说："其实究竟是谁，领导心里已经很清楚了，哪用得着我多嘴？"

"你呀你啊，"刘驰伸手虚指郭和强，"竟然学会了揣摩我的心思。这种苗头可要不得！"

这话听着是批评，实际上却是一种表扬，所以郭和强很受用，他恭敬地说："我一定牢记你的批评。"

刘驰笑了笑，有些疲倦地闭上了眼睛，靠在了沙发上。

郭和强就轻轻地退了出去。

半个小时后，付罡庭推开了刘驰办公室的门。

“刘书记。”

“罡庭，请坐。”刘驰把付罡庭让到沙发上，“都办妥了？”

“是啊，工人们都回去了。”付罡庭坐在刘驰对面，“我答应他们，就是倾家荡产，也要一周内帮他们解决风险抵押金的问题。长风同志又在一旁跟着做说服工作，他们终于答应给我一周时间。”

“一周？”刘驰坐直了身体，“老付，你有把握吗？”

“刘书记，没有把握也得答应啊。工人们不肯给我再多的时间。”付罡庭叹了一口气，“我只有试一试，看看一周之内能不能找到企业愿意购买利雅达集团遗留下来的资产。长风同志也答应帮我联系一下省城的企业，看看有没有人会对利雅达的厂房和设备感兴趣。”

“啊，长风同志。”一抹复杂的眼神从刘驰双目中一闪而过，“好啊，长风同志在省城企业界还是有些人脉的。”

“是啊。所以我昨天晚上就拜访了长风同志，让他帮忙联系一些企业界的朋友。我想以长风同志的能力，只要有一定的时间，肯定能找到有实力的企业过来的。”付罡庭说，“可是没有想到，今天却发生了这样的事。打了我们一个措手不及。”

“老付，这么说来，你昨天就和长风同志联系过了？”刘驰说这话的时候，眼睛并没有看付罡庭。

“刘书记，我昨天是和长风同志联系过了。但是因为长风同志只是答应帮忙联系一下，并没有确切的答复，所以我暂时也没有向您汇报。”付罡庭知道刘驰有些不悦，“我想等长风同志那边有些眉目了，再来向您汇报。”

刘驰没有说话，内心却有些震惊。他知道付罡庭和赵长风之间的关系。要是付罡庭向赵长风求助，从某种意义上来说，就是向赵长风低头。但是政治上的事远远不是低头这么简单，还会牵扯到利益交换。赵长风能够答应帮忙，付罡庭一定是付出了足够的代价。看起来付罡庭足够聪明，也很清楚自己的处境。那个位子既然自己得不到，那么不如送给赵长风，换取一个可以解决眼前危机的机会。

同时，刘驰内心更加肯定了自己的判断。如果赵长风已经和付罡庭达成了协议，那么赵长风的确没有理由去暗中向工人通风报信。这中间除了赵长风解决付罡庭的问题也需要时间，他不会傻到把自己逼迫到角落里的原因之外，还有一个更重要的理由就是，工人们如果把事情闹大了，甚至可以断送付罡庭的政治生命。如果付罡庭的政治生命被断送了，赵长风还能够从付罡庭这里获取什么利益吗？

“既然如此，那我就这么向魏书记汇报了。”刘驰语气有些沉重，“罡庭啊，你可要做好准备，事态可能比我们原来设想的要严重。”

“刘书记，我明白。”付罡庭又叹了一口气，“当我听到工人们过来的消息时，我就做好了思想准备。这件事情我没有处理好，我有责任。”

“老付，你也不要有什么心理负担。”刘驰宽慰道，“工人们的风险抵押金能够解决，事情就还有转圜的余地。退一步说，即使是转圜不了，等避过这场风波之后，我们再运作一下，还是海阔天空。”

付罡庭苦笑着点了点头，说道：“刘书记，你在上面是能说得上话的，就拜托你了。”

刘驰伸手过去拍了拍付罡庭的膝盖，说道：“老付，咱们是一根藤上结的瓜，还用说这些？只是这次，我恐怕也逃不过去啊。”

一时间两个人都有些唏嘘。

停了一会儿，刘驰站起来说：“我先向魏书记汇报一下。”付罡庭连忙站了起来，跟着刘驰来到办公桌前。刘驰拿起红色的电话，拨通了魏新强书记办公室的电话，在等待电话接通的时候，刘驰的呼吸不由得急促起来，连手心都微微出汗。电话接通之后，刘驰调匀了呼吸，用尽可能平缓的语气轻声说：“魏书记，我是刘驰，向你汇报一下情况。”

“嗯！”电话那端传来一个威严的声音。刘驰心头不由得微微一颤。在一旁的付罡庭也屏住了呼吸，竖起耳朵用力捕捉着话筒里传来的微不可闻的声音。虽然付罡庭什么内容都听不清楚，但是只要能听到一丝丝响声，心中总是觉得踏实一点。

“情况是这样的……”刘驰把情况汇报了一遍，在汇报情况的过程中，他不停地伸手擦着额头上的虚汗。这让旁边的付罡庭也觉得有些口干舌燥，脖颈处也有些虚汗冒了出来。

“哦，我知道了。”魏新强书记听完汇报后，撂下一句话，就挂断了电话。

刘驰呆呆地站在那里，拿着电话，听着里面传来“嘟嘟”的忙音。付罡庭看了刘驰的神色，急得又是一阵冒汗，他连声催问道：“刘书记，魏书记怎么说?”

过了很久，刘驰才无力地把电话扣了上去，摇头道：“魏书记只说了一句，他知道了。”

“什么？就一句?”付罡庭当场愣在那里，这种根本让人无从琢磨的话语，远比一阵急风暴雨的严厉批评杀伤力要大得多啊。

刘驰又愣了一会儿，忽然一掌拍在桌子上，说道：“一定要查一查，工人们究竟是如何知道利雅达破产的消息的!”

有了邙北市黄金地质公园的招牌，欧阳应龙就变得神通广大起来，不但顺利地弄到了两千万把银行的短期借款还上了，还另外弄了五百万元交给了刘驰，把社保基金的窟窿给补上了。

与此同时，赵长风那边也有了结果。中原省最大的典当企业银泰典当行的老板林东风同意承担利雅达集团拖欠工人的四百五十多万风险抵押金的债务，来换取利雅达集团遗留下来的厂房和设备的所有权。同时林东风宣布以这些厂房和设备为基础，成立银泰汽车配件制造有限公司，原来利雅达的工人如果愿意留在银泰汽车配件制造公司工作，那么三千块钱风险抵押金先退一半，剩余一半风险抵押金会分三个月退还。如果工人不愿意在银泰汽车配件制造公司工作，那么三千块风险抵押金当场退还。一千五百多名工人多数选择了在银泰汽车配件制造公司工作，只有少数当初托关系进利雅达公司的人选择了把风险抵押金全额拿回，放弃了在银泰公司工作的机会。

可是郭和强奉命前去调查谁向工人通风报信的工作却毫无结果。根据移动公司的记录，那个手机号码只发了两个短信就神秘地消失了。而收到这两个短信的，又恰恰是利雅达集团工人的家属……

在弥补利雅达集团留下来的窟窿的同时，刘驰和付罡庭也在诚惶诚恐地关注着天阳市的动静。不光是刘驰和付罡庭，钱兆均、赵长风以及其他邙北市的大小领导，都在关注着天阳市的动静。所谓牵一发而动全身，无论是天阳市给一个什么样的处理结果下来，都会在邙北市引起一连串的连锁反应，进而影响政治势力的此消彼长。

本来，这件事如果控制得好，天阳市那边可能静悄悄地就给处理了。但是现在闹出了群体性事件，肯定会惊动省里。这个时候天阳市已经不可能再把这件事压下来了，他们必须旗帜鲜明地亮明自己的态度，拿出一个处理意见，以向省委交代。

惴惴不安中，刘驰拨通了欧阳书记的电话，他哈着腰拿着听筒站在办公桌前，仿佛欧阳书记就在他面前一样。电话一接通，刘驰的腰哈得更低了："叔，我是小驰啊……"话还没有说完，里面传来欧阳书记的怒喝声："简直是乱弹琴！"

刘驰的手不由自主地一哆嗦，每次和欧阳书记说话，哪怕只是对着电话，刘驰都能感受到欧阳书记的官威透过长长的电话线扑面而来。而现在欧阳书记的雷霆之怒，更是让刘驰心惊肉跳、双腿发软。

"叔，我辜负了您的期望，老是给您捅娄子、找麻烦，我对不起您。这次的事其实是这样的……"刘驰硬着头皮向欧阳书记承认错误，然后把情况汇报了一遍，当然中间掺了不少对自己有利的话。刘驰说完之后，就屏住了呼吸，等待着欧阳书记对他的宣判。电话那边悄无声息，想来欧阳书记也在斟酌。

过了一会儿，电话里传来欧阳书记不耐烦的声音："自己捅的娄子自己收拾，我没心情管你们那些烂事！"

刘驰浑身一僵，仿佛掉进了没底的冰窟窿里，在刺骨的寒冷中身子不断往下沉着，周围一片黑暗，见不到一丝亮光。如果欧阳书记也抛弃了他，那么这次他的下场就不难想象了。

正在又惊又惧之间，电话里又传来欧阳书记的声音，却温煦了很多："对了，小驰，你婶子说，好久没有见小凤了，怪想念的，有时间让她过来串串门，陪你婶子说说话。"

刘驰好像是在十八层地狱里忽然听到一声佛吟禅唱，一下子驱散了满天乌云，在佛光普照之中，地狱忽然变成了天堂。我就知道，我就知道叔叔不会不管我的，刘驰心中狂喜着叫道。

“叔，我马上就给丹凤打电话，让她下午就动身去陪婶子。”刘驰哈着腰，脸上挂着惊喜的神色，语气却越发恭敬。

听那边欧阳书记挂断电话之后，刘驰长长地嘘了一口气。像叔叔这样的大领导向来说话含蓄，而且又是在电话里，更不会承诺什么。但是让丹凤过去，就含着另一层意思了，侄女对婶娘，在自己家，还都是女人，在絮絮叨叨的拉家常中就把需要办的事定下来了。所以刘驰立刻答应让欧阳丹凤去省城看望婶娘，到时候有什么信息，透过欧阳丹凤就传过来了。

赵长风坐在办公室里看李昌文交上来的利雅达集团遗留职工安置方案，银泰汽车配件制造公司里，林东风这个出资方是大股东，但是不负责具体经营。李昌文以技术入股，负责银泰汽车配件制造公司的经营管理。这份职工安置方案就是李昌文负责起草的。

办公室的门轻响了几下，传来一个声音：“赵市长在吗?”

赵长风听出来了，是后河乡乡长霍乙路的声音。

“进来。”赵长风说了一声，低头继续看安置方案。

霍乙路推开虚掩的办公室房门，又转身把门轻轻关上，轻手轻脚地来到赵长风办公桌前：“市长。”

“坐吧。”赵长风头也没抬地说了一句。

霍乙路看了看，就拉开椅子，坐在办公桌对面，等着赵长风。

赵长风又花了十多分钟把材料看完，这才放到一旁，抬头微笑道：“老霍，有段时间没有过来了吧?”

一股暖流从霍乙路心头涌起，赵市长还是对他那么亲切，他连忙恭敬地答道：“这段时间我一直在乡里搞土地复耕，准备重振后河乡的林果业，所以就没有时间过来向市长汇报工作，请市长批评。”

“你这个老霍，说话越来越滑头啊！你在后河乡带领乡亲们重振林果业，这是好事，我应该表扬你才对，怎么能批评你呢?”赵长风笑着递给霍乙路一支烟。

霍乙路接过烟，在鼻子下面嗅了嗅，笑道：“市长的烟就是好啊！只是不能经常抽。”

赵长风一笑，把大半包软中华推到霍乙路面前，说道：“你这个老霍，就知道惦记我这点家底。拿去吧。”

“谢谢市长！”霍乙路灿烂地笑着，毫不客气地拉开公文包，把大半包软中华塞了进去。

“下边情况怎么样？”赵长风问道。

“很好，有了市长的支持，乡里的干部群众干劲很大，争取用三年时间把毁掉的果园全部恢复起来，重振后河乡苹果之乡的美誉！”霍乙路说。

“老霍，应该说是市委市政府的支持。”赵长风严肃地说，然后继续指示道，“这个目标很好，后河乡，乃至整个邙北市，都要坚持多元化发展，切忌把经济发展的希望只寄托在某个单一产业上。”

“是，我一直牢记市长的指示，除了恢复林果业、紧抓黄金开采业外，我们还依托黄金地质公园发展了农家宾馆。只是最近这段时间，黄金地质公园的游客急剧减少，村民们开的农家宾馆几乎没有什么生意，村民们的积极性大受打击。”霍乙路汇报道。

“一定要让村民继续坚持下去。”赵长风沉吟了一下说，“过了眼前的这个难关，以后会好的。农家乐、农家宾馆这种旅游经济的新模式代表着一种发展方向。”

“我明白了，回去我就向村民们传达赵市长的指示。”霍乙路立刻说。

赵长风沉吟了一下，说：“你们私下里多做一些工作就好，不要大张旗鼓，也不要提到我。明白？”

“是，我懂了！我知道该怎么做！”霍乙路虽然不明白赵长风这样交代是什么意思，却毫不犹豫地答应道。

“嗯，那就好。”赵长风笑了笑，伸手拿起一份文件，低头又看了起来。

要是在往常，霍乙路就明白这是个信号，知道他该走了。可是现在霍乙路却坐在座位上没有动，似乎还有什么事。他抬眼看了看赵长风的脸色，犹豫再三，还是开口说道：“市长，我还想向您汇报一件事。”

“哦？”赵长风拿着文件，抬起头来，“有事你就说，怎么变得吞吞吐吐的？”

霍乙路的脸猛然红了，他支支吾吾地说：“可是，我又不知道这件事该不该跟您说，我害怕说出来，惹您不高兴。”

赵长风放下文件，靠在座椅里，说道：“有什么事尽管说，我这人只喜欢听实话、真话，只要是实话、真话，我都不会不高兴的。”

霍乙路说：“这件事我也没有去具体调查，只是听到一些说法，关于市长的，很难听。”

看着霍乙路欲言又止的模样，赵长风也不催他，只是毫无表情地看着他。霍乙路就有点发急，后悔自己是不是多嘴了，耳朵后面就冒出了汗，却又不得不说下去：“有人在外边说，这次利雅达的工人出来闹事，是市长派人向他们通风报信。还说什么当初利雅达集团的事，就是市长一人投了弃权票，所以如果事情闹大，其他市领导都会受到处分，市长就可以获得上级领导的重用……”

见赵长风的脸色越来越黑，霍乙路就知道自己可能闯下了大祸，这种事自己听听也就罢了，怎么能够说给赵市长听呢？这不是摆明了给赵市长添不痛快吗？

“市长，我知道这些话都是那些人在胡说八道，满嘴喷粪，不该学给您听。但是我又怕您不知道这些事，被那些小人阴了，所以，所以就……”霍乙路期期艾艾地说。

“老霍，你别说了，我明白。”赵长风摆了摆手，他也知道这是霍乙路向他表忠心。上次在常委会上，自己提名霍乙路出任后河乡党委书记，虽然被否决了，但是这份赏识之情霍乙路却记下了，从内心把自己划到赵长风一派中去了。“嘴长在他们身上，他们爱怎么说就怎么说去。只要我行得端、坐得正，还怕这些闲言碎语？”

霍乙路见赵长风没有怪他，就松了一口气，稳了稳心神，霍乙路又说道：“市长，您虽然大人大量，但是那些人竟然敢诋毁领导，这股歪风邪气一定要刹一刹啊！”

赵长风没有再说话，低下头继续看文件。霍乙路就轻声说：“市长您忙，我先回去了。”

赵长风抬头冲霍乙路微笑了一下，让霍乙路有些忐忑的心安定了不少。

霍乙路走后，赵长风再也看不下文件，他点燃一根烟，在办公室里走来走去，觉得浑身燥热无比。虽然这传言拙劣得有点可笑，但是也架不住传的人多啊。所谓三人成虎，谎话说的人多了，也就变成了真理。这话传到邙北市那些领导耳中，谁知道他们会怎么想呢？如果那些领导聪明还好说，万一遇到不开窍的，岂不是要把这笔账记到他赵长风头上？

赵长风走到窗户前，伸手推开了窗户，一股凛冽而清新的寒风灌了进来，赵长风打了一个寒战，人却清醒了很多。

这个传言是谁放出来的，赵长风心里已经基本有数了。所谓贼喊捉贼，赵长风本来还以为那些工人们是偶然获知利雅达集团破产的消息的。但是有了现在这个传言，再结合常委会上某些人的表现，赵长风深信，那绝对是一个有预谋的事件，为的是打击刘驰和付罡庭，顺便再搞臭他赵长风。

一支烟抽完，赵长风也下定了决心，他回到办公桌前，拨通了韩加森的号码："老韩，是我。"

"市长，你有事啊？好，我马上就到。"韩加森也是玲珑之人，一接到赵长风的电话，不用他开口，就知道该怎么办。

十多分钟后，韩加森风风火火地出现在赵长风办公室。

刘俊康闻讯过来替韩加森泡了一杯茶，赵长风抬眼看了一眼刘俊康，刘俊康连忙说："你们谈，我在外边。"说着自觉回到自己的办公室，打开办公室门，准备替赵长风挡驾。领导这个时候把韩检叫过来，肯定是有重要的事，是不能让人过来打扰的。

韩加森心中暗自佩服刘俊康的眼色，他拉开椅子坐到赵长风对面，轻声问道："市长，你有什么吩咐？"

赵长风沉吟了一下说："你有没有听到什么反映？"

"我听说了，但是怕影响你的心情，没有敢向你汇报。这边我已经派人去悄悄查了。"韩加森连忙说道。

赵长风瞪了韩加森一眼，说道："糊涂！这事能查吗？本来就是捕风捉影的事，你这一查，岂不是更让人猜疑吗？"

"我就是看不过那些人的小人嘴脸，这样污蔑你！"韩加森说道，"再说，我也有分寸，让人侧面打听一下，不会留下什么把柄的。"

"老韩，这事还用查吗？即使真的查出来，也不过是验证了我们的推断而已。没有这个必要。”赵长风摆了摆手。

“这么说，你也认为，这个风声是那个人放出来的?”韩加森低声说道。

赵长风笑了笑，没有说话。

韩加森又说：“我就是纳闷，钱兆均为啥要和你作对?”

“老韩，没有根据的话可不要乱说。”赵长风意味深长地说。

韩加森说道：“我这可不是乱说。外边都有人说，钱兆均这是想陷害你!”

“陷害我？人正不怕影子斜！我这个人怎么样，也不是别人说几句话就能陷害的。”

韩加森偷眼看了看赵长风的脸色，试探着问道：“市长，你应该还击他一下。”

赵长风板着脸说：“老韩，你把我想成什么人了？我如果这样做了，和那些人还有什么区别?”

韩加森梗着脖子说：“我不管你怎么想，我是你的人，我不能就这么看着你被那些人诋毁！我必须帮你出这口气。”

赵长风摇了摇头，说道：“老韩，邙北市这个时候已经够乱了，你如果去做什么，岂不是乱上加乱？再说了，大家都知道你和我的关系，即使你通过调查抓住什么把柄，别人也会说是我赵长风趁机打击报复，根本不顾全邙北市安定团结的大局啊!”

这话是赵长风的心里话。如果是在平时，赵长风还可以利用韩加森检察长的身份，对钱兆均或者他身边的人进行调查，只要抓住他们的把柄，下面的工作就好办了。但是现在，邙北市刚出了利雅达集团的事，如果赵长风再和钱兆均斗起来，先不说邙北市这些常委们会怎么想，单单是天阳市的领导们，可能就会给赵长风扣一个多事的帽子，把他视为邙北市的不安定因素，把他打入冷宫。基于这样的考虑，赵长风才会觉得进退两难，不知道用什么手段反击钱兆均才好，但是又不甘心就这样让钱兆均把脏水全扣到他的头上。

“你放心，绝对不用我们去调查他。我这里有个绝妙的法子，肯定能对付得了钱兆均这种人。”韩加森脸上露出狡黠的笑容。

对北方钓鱼爱好者来说，冬天是最为难熬的，天寒地冻，河面湖面全部覆盖了一层厚厚的冰，这个时候要想找到一个能够钓鱼的地方就太不容易了。所以大多数钓鱼爱好者一到冬天，只好憋在家里。

但是对天阳市的钓鱼爱好者来说，冬天还不算太难熬，因为在天阳市还有一个绝佳的冬季钓鱼去处——天阳市热电厂。天阳市热电厂发电之后排出的热水被人利用起来养鱼，到了冬天，这里就成了天阳市钓鱼爱好者的圣地，虽然门票比起其他季节要高出很多，但是钓鱼爱好者闲得手痒痒，就是花高价也要来过一下瘾。

可是今天，天阳市的钓鱼爱好者即使花高价也没有办法到天阳市热电厂的鱼塘钓鱼了，那些兴冲冲赶来的钓鱼爱好者在鱼塘外面都被挡了驾，说鱼塘关闭，不对外开放，要想钓鱼，改日再来。

有些钓鱼老手自恃与老板关系相熟，上前觍着脸说些软话，想套个近乎，却不想热脸蛋碰着个冷屁股，被冷冷地回绝了。有一些大款仗着自己财大气粗，拿出一迭厚厚的钞票塞给老板，老板摆手道："对不起了，今天就是给我搬一座金山来，我们这里也不开放。"还有一些天阳市实权部门的领导，也是钓鱼爱好者，他们打着官腔说："老板，你的鱼塘还想不想开了？"老板的态度倒是很谦虚，他说道："各位领导，我的鱼塘当然想开下去，只是……"说着他低声在几个实权部门的领导耳边说了几句话。这几个领导脸色一变，互相看了一眼，一句话也不多说，脸上挂着尴尬的笑容，各自回到座驾里，灰溜溜地离开了。这几位领导一走，那些大款们和普通的钓鱼爱好者们也知道今天是没有戏了，都骂骂咧咧地走了。

鱼塘老板站在后面，看着这些人的背影，冷笑着自语道："魏书记也是你们这些人惹得起的吗？有眼无珠！"

不错，天阳市市委书记魏新强此刻正在热电厂的鱼塘里钓鱼。热电厂的鱼塘很大，足有五十多亩，能够容纳数百人钓鱼。可是现在这偌大的鱼塘里冷冷清清的，只有三个人的身影。魏新强书记、魏新强书记的专职秘书田刚、还有天阳市市委罗秘书长。

鱼塘西北角有一块地方被钢栅栏隔开，里面临着鱼塘修建了两所小屋子。小屋子不大，十几平方米，里面却装了五匹功率的柜式空调，另外还摆放了两个十三片的电暖气。

小屋里临水这一面是一扇卷闸门，卷起来之后，临水这一面就显得很开阔，摆放着两个真皮沙发也一点不显得局促，两个沙发之间还摆着一张矮桌，上面摆着一壶刚沏好的信阳毛尖、一盘美国进口的蛇果、一盘菲律宾的山竹，还有粤东的芒果和龙眼。另外还有两个盘子，上面是干果拼盘，有开心果、山核桃、南瓜籽和葵瓜籽。

魏新强和罗秘书长一左一右坐在沙发上，在他们面前摆放着两杆鱼竿，伸向不远处的水面。田刚则拉了一张凳子，坐在魏新强的侧后方。虽然外面天寒地冻，但是这小屋里却温暖如春，加上外面鱼塘里升起的腾腾水雾，看起来就如同人间仙境一般。

“老罗，你怎么看啊?”魏新强半靠在沙发上，目光向下，盯着在水雾中乍隐乍现的浮漂，随口问道。

罗秘书长则端坐在沙发上，身子向魏新强的方向倾斜着，说道：“魏书记，要全面考虑，防止有人拿这件事做文章。”

魏新强没有说话，眼睛依旧盯着前面的浮漂。

罗秘书长知道魏新强的习惯，他不置可否，就是想继续让自己说下去。罗秘书长沉吟了一下，继续说道：“所以调查组的人选一定要选好，这个是关键啊!”

罗秘书长虽然名义上是市委常委，也算是天阳市主要领导，但是罗秘书长知道，他这个排名最末的常委其实就是一个大管家，是为市委、或者更准确地说，是为市委书记魏新强服务的。四年前，魏新强把他从市委副秘书长提到秘书长的位置上的时候，他就想明白了这个道理。所以这几年来，他无时无刻不殚精竭虑、忠心耿耿地为魏书记服务。虽然说在天阳市，市长张培伦更强势一点，魏书记在很多事情上都是失声的，但是罗秘书长知道，这不过是魏书记的一种策略而已。有的时候，表面上强势，并不等于真正的强势。最起码罗秘书长知道，在一些关键问题上，魏书记对张培伦向来是寸步不让的。

今天早上，魏书记一早就把他叫过来钓鱼，罗秘书长就明白了魏新强书记的意思，魏书记肯定是有事要和他商量，借钓鱼做幌子而已。至于商量什么事，罗秘书长心里也猜了个八九不离十，除了邙北市那件事外，还会有别的事让魏新强书记如此烦心吗?

果然，到了鱼塘之后，魏书记就说起邙北市的事来。事情现在闹得这么大，天阳市必须对邙北市的事件拿出一个处理意见，否则就无法向省委交代。要拿出处理意见，就需要派一个调查组下去，调查清楚情况，向天阳市市委汇报，然后天阳市委再根据调查组的汇报召开常委会，拿出具体处理意见。所以这个调查组组长官职虽小，但却是一个至关紧要的角色。调查组会拿出什么样的报告，直接关系到市委将会给出什么样的处理。

问题的关键就在于，派什么人担任这个调查组的组长。如果邙北市挪用社保基金的案子只牵扯到一般人，那么派谁担任调查组组长都无所谓，但是这件事偏偏牵扯到了刘驰和付罡庭两个人。

在天阳市还有另外一些势力，总巴不得把事情闹大，好实现他们的目的。邙北市的事件出来之后，天阳市某些领导就开始在不同场合强调社保基金的重要性，呼吁一定要加强对社保基金等专项资金的管理，对于那些挪用社保基金的人一定要给予严惩，以儆效尤。

一般来说，往下面派个调查组组长，魏新强书记作为班子的班长，就可以拍板把这件事定下来，但是这次情况有所不同。事情闹得这么大，如果处理不当，上面怪罪下来，魏书记很可能为此背上黑锅。所以他必须拿到常委会上讨论，决定调查组的人选，集体决定是最安全最稳妥的办法，只有这样做，才不会有人说魏书记有私心。

但是事情一到常委会上讨论，就复杂了。如果魏书记和张培伦市长两个人一条心，倒还好说，能够顺利控制常委会。但是张培伦市长强势惯了，什么事都喜欢和魏书记争一争，这种局面，正好给了一些有不同想法的人可乘之机。

调查组组长的人选问题看起来很复杂，但并不是没有解决之道。其实这个问题在见魏书记之前，罗秘书长就想到了一个办法。作为市委的大管家，罗秘书长就是为市委书记服务的，所以很多事根本不用领导开口，秘书长就要提前去考虑、去安排、去寻找解决办法。如果等领导问到了具体意见时再去考虑，那就晚了。罗秘书长之所以能够在市委秘书长的位置上干这么久，就是因为魏新强觉得用他很顺手，舍不得换人。换了另外一个秘书长过来，谁又能像罗秘书长那样细致周到地以想领导之未所想的态度来为领导服务呢？

但是罗秘书长又不会蠢到一见到魏书记，就说出自己的意见来，所以试探了一下，见魏书记并没有定下来人选，这才装模作样地思考了一下，说道："魏书记，我有一个不成熟的想法，您参考一下？"

魏新强微微点头，目光却依旧注视着水面。

"我想，如果派陈风笑副市长担任调查组组长，这些矛盾是不是就迎刃而解了？"罗秘书长小心翼翼地说。

"陈风笑？"魏新强的眉头微微皱了一下，旋即展开，大笑起来，"老罗，难为你能想出这么一个人选啊。陈风笑，好，好，就是他了！"

天阳市市委召开了临时常委会，会议的议题只有一个，就是讨论派遣调查组到邙北市调查社保基金违纪的案件。这个议题的核心问题当然就是由谁来出任这个调查组的组长。

这次常委会的最后决议是：派副市长陈风笑率领调查组到邙北市，对利雅达集团的事件进行调查。

说实话，这个结果真的是出乎所有人的意料，不但邙北市没有想到，甚至连天阳市大多数领导都没有想到——陈风笑，一个无党派人士，不但是天阳市排名最末的副市长，而且到天阳市才仅仅半年。邙北市挪用社保基金的问题这么严重，不派市委常委下来调查，至少也要派一位实权副市长下来吧，怎么最后会让一个无党派副市长牵头呢？

政治就是妥协，是权衡，是各种力量互相角力的结果，就如这次陈风笑副市长率领调查组到邙北市，就是天阳市各股政治势力互相角力的一个结果。对于天阳市治下邙北市发生了挪用社保基金的严重违纪案件，天阳市上层领导反应是各不相同的。痛心疾首者有之，幸灾乐祸者有之，扼腕叹息者有之，推波助澜者有之，冷眼旁观者有之，蠢蠢欲动者更有之……一个小小的邙北市，把天阳市各种政治势力都牵扯进来，形成了一潭混得不能再混的浑水。

这中间有主张对邙北市有关领导严肃处理的，有主张大事化小、小事化了的，还有表面上充当老好人不发表意见和稀泥、暗地里却互相调唆希望事情闹得越大越好的。

当然，从表面上看，天阳市这些领导们只是在一件具体的事情上有着不同的处理意见，实际上彼此都明白，醉翁之意不在酒。邙北市的那些人只是个引子，其实都是冲着这些引子背后的人去的。

比如栾俊杰副书记，他在会上的意见是派市委张秘书长带队下去。其他领导当然明白栾书记的意思，如果说罗秘书长是魏新强书记的管家，那么张秘书长就是栾俊杰的影子，他下去调查当然要贯彻栾书记的意图。而这次牵扯进挪用社保基金的主角之一，就是付罡庭，至于付罡庭和栾俊杰的关系，在天阳市已经是公开的秘密。

张培伦市长和栾俊杰关系还算不错，但是这次却唱起了反调。说市政府钱秘书长曾经长期在经济战线工作，熟悉经济事务，去调查社保基金问题比较合适。

栾俊杰一听张培伦开口，心里就明白了，张培伦必定是对刘驰上次的行为不满，这个时候就要显示一下能量。当然，张培伦的目的不仅仅是针对刘驰，也许还隐含有针对魏新强的意思。

魏新强当然听得懂其中的信号。在这个问题上他绝对不能让一步，虽说按照张培伦的意思，让市政府钱秘书长带队下去，老钱也未必敢搞什么名堂，但是魏新强一向谨小慎微惯了，这件事又牵扯到省委的欧阳书记。如果是老钱下去，就等于张培伦掌控了局面。而张培伦习惯不按牌理出牌，万一弄出个新花样，他魏新强不也被牵连进去？这么重大的事，还是掌控在自己手里比较放心。于是魏新强就云山雾罩地说了一番话，表达了一下自己的意思。

话很含混，但意思却很明白。常委们都是聪明人，谁听不出魏新强不同意让老钱带队呢？党政一把手掰开了腕子，中间又夹一个主管政法的副书记，其他人最好的选择就是噤声，但是又无法噤声。

眼见双方争论不下，一直保持沉默的常务副市长古西风忽然提出一个建议，让纪委书记李江山带队下去调查。李江山是何许人？他原来是省纪委的干部，以前的邙北市公安局局长柴刚川在双规期间跳楼自杀，天阳市市纪委书记被调走，李江山就从省纪委空降下来。由于长期在纪委系统工作，李江山养成一副特殊的脾气，往好里说，是刚正不阿，往坏里说，是又臭又硬。如果让他去调查邙北市社保基金违纪的案子，不知道会闹多大。

魏新强和张培伦惊讶地对了一下眼神，他们都没有想到古西风竟然会提出这么一个建议。他究竟是想干什么？两个人毫不犹豫地都反对古西风的建议，说事情还没有一个清晰的调查结论，这个时候派纪委下去，会给人先入为主的印象。

对于魏新强和张培伦的意见，李江山却颇不以为然，发表了一通自己的看法。显然，他对带队到邙北市去很有兴趣。

局面就微妙起来。

这就像是一场政治角力秀，你否决我的提名，我否决你的人选。然后双方再联合起来，一起否决第三方提出的人选。总之，不管派谁下去，总有一方不满意的。

会议的气氛胶着而沉闷。最后，一直很少在常委会上发表自己意见的市委常委、天阳市军区司令员王铁锤开口了："我提一个人选吧，陈风笑市长，大家看怎么样?"

会场上响起一片议论之声。大家都很惊讶，王司令员真是大智若愚啊。平时他很少在地方事务上发表自己的意见，都是服从市委的决议，听从市委的安排。大家都在想，王司令员是不是只熟谙军队事务，对地方上的事务一窍不通。现在看来，王司令员一直在装糊涂啊。比如今天，谁又能够想到，王司令员会提出这么一个恰当的人选呢。

陈风笑副市长刚调到天阳市半年，平日里独来独往，不属于天阳市任何政治派系，和各方都没有什么瓜葛，如果派他去调查邙北市社保基金的案子，肯定能够不偏不倚，应该是一个各方都能接受的人选。

对于王司令员提名陈风笑，张培伦还是比较满意的，不管怎么说，陈风笑都是市政府的人，是他的副手。虽然看起来和各方面都没有瓜葛，但是自己是市政府的一把手，陈风笑总要给予足够的尊重吧?

果然，陈风笑这个人选一提出，会上的争论立刻停止。张培伦首先表示支持，魏书记也表态支持，党政一把手同时表态支持，其他常委不管基于什么样的考虑，都得顺水推舟，否则同时否定正副班长的意见，岂不是不识时务?

栾俊杰和陈风笑素无来往，对这个人选虽然有所不甘，但是他也知道，再也找不出一个比陈风笑更能让各方都接受的人选，也只有表示支持，心中却在盘算该如何去找老陈打个招呼。

陈风笑虽然是无党派人士，排名最末的副市长，但是由于有具体分工，也算是有点实权。现在被任命为调查组组长，那权力就更不容小觑。市委处理邙北市挪用社保基金问题的依据，就是调查组组长提交的调查报告。

最后结果就像魏新强事先导演好的一样，常委会一致同意，决定任命陈风笑同志为调查组组长，率领调查组到邙北市调查挪用社保基金事件。

消息随着常委会的结束迅速传了开来，出乎所有人的意料。这个结果陈风笑也没有想到，当他听到市委罗秘书长通知他这个消息时，也愣住了，这个烫手的山芋怎么就落到他手里了？

调查组组长位高权重，对市委处理邙北市挪用社保基金事件有着至关重要的影响，要不然也不会在常委会上引起那么激烈的争论。但越是这样，越是说明这个任务棘手，不管最后是什么样的处理结果，注定要得罪某一方面的人，甚至会得罪好几个方面的人。说白了，坐在这个位置上，就是老鼠掉进风箱里——两头受气，是一件出力不讨好的差事。从这个意义上，陈风笑又有点像是纪委办案的人员，通风报信吧，注定没有好下场；但是如果坚持原则，又要得罪一批人，树一大片敌人——难啊！

陈风笑本来是一个无党派副市长，分管着文教卫工作，只要不出什么大纰漏，就可以逍遥自在。现在忽然掉下这么一个烫手的山芋来，一下子让他从天阳市权力的边缘卷入了核心，怎么能不让他苦恼呢！

除此之外，陈风笑内心更有一层担心，那就是社保基金牵扯这么广，赵长风究竟有没有涉及进去？没有常务副市长的签字，社保基金是不可能动的。那么在这个问题上，赵长风究竟有多大责任？陈风笑很是拿不准。陈风笑怕就怕赵长风真的牵扯进去了，如果是那样，即使这个调查组组长再难干，陈风笑也要接下这个担子。以陈风笑和程路同的关系，他怎么着也要给程路同的小老弟赵长风留一个机会。

正是出于这个考虑，陈风笑在接到罗秘书长的电话之后，没有立刻表态，而是关上办公室的门，悄悄拿出手机，拨通了赵长风的电话。

“长风，我是陈风笑。”

“陈市长，您好！”电话里传来赵长风热情又不失恭敬的声音。

“你在哪里？”陈风笑问道。

赵长风这时正在办公室听刘俊康汇报工作，他听陈风笑这样问，立刻明白了对方的意思，他挥了挥手，示意刘俊康出去，然后轻声说：“陈市长，我在办公室。就我一个人。”

“那好，我问你一件事，你必须跟我说实话。”陈风笑严肃地说，“那个社保基金的事，你究竟有没有问题？”

赵长风微微一怔，旋即笑道：“陈市长，天阳市委派你担任调查组组长了？”他也是玲珑的人，听陈风笑问社保基金的事，立刻想通了是怎么回事。他心中不由得暗自叹服，上级领导手腕确实厉害，竟然能够想到把陈市长派下来。这个人选真是既出乎意料，又在情理之中。

“你不要管这个！”陈风笑说，“我是很信任你的。你今天给我撂下一句实话，你究竟有没有问题！”

赵长风立刻收起笑容，认真地回答道：“陈市长，这话我没办法向您说。但是我也有一个强烈的要求，请求市里对我展开认真的调查。如果在社保基金的事情上我有任何违法乱纪的行为，请市领导立即将我移交司法部门，对我采取法律措施！”

陈风笑松了一口气，但依旧严肃地问道：“你觉得你没有问题？”

赵长风坚定地回答道：“我以人格向您保证，我没有任何问题！”他本来想说“以党性和人格”，话还没有出口，就想起陈风笑是无党派副市长，连忙收口，把“党性”两个字省掉了。

“好，我要的就是这一句话！”陈风笑高兴地说，“长风啊，老程没有看错人，我也没有看错人。你大胆地干吧。我这边还有点事，回头再联系。”

挂了电话，陈风笑摇头轻笑了一下，真是一场虚惊，看来长风这个年轻人还是能把握住自己的，这下好了，不用再疑神疑鬼了。

看了看手表，离罗秘书长通知他已经过去五分钟了，魏书记和张市长还在市委小会议室等着他呢。陈风笑不敢再耽搁，立即起身出门。

几分钟后，陈风笑气喘吁吁地出现在会议室，魏书记、张市长还有罗秘书长三个人都等在会议室里。

“书记、市长、罗秘书长，久等了。”陈风笑抱歉地说道。

魏新强和张培伦坐在那里没有起身，只是点了点头，倒是罗秘书长站了起来，和陈风笑握了握手，说道："老陈，坐吧。"

等陈风笑坐下，魏新强脸上这才浮现出一抹笑容，说道："陈市长，罗秘书长通知你了吧？"

"通知了。"陈风笑看了看魏新强的脸色，迟疑了一下，说道，"书记、市长，调查组组长责任重大，我来邙北市时间短，不熟悉情况，以前也没有类似的工作经验，这个工作我恐怕不能胜任。书记、市长，您二位看看，能不能另选一个人过去啊？"

魏新强一听就有点不高兴，脸上却还是微笑着："陈市长，你这可是撂挑子啊！市委决定派你去是经过慎重考虑的。"

"撂挑子"这三个字从市委一把手口中说出来可是有点重，陈风笑有点担不起。他脸色微微一变，连忙解释道："魏书记，我、我不是这个意思，我是怕……"

"怕什么？"张培伦在一旁笑呵呵地开口说，"老陈，你到天阳市虽然只有半年多，时间不长，但是你的工作能力是有目共睹的，也干出了不少令人瞩目的成绩。这次我们决定让你担任调查组组长，也是给有能力的同志压一压担子，我知道你是不会辜负我们的期望的。"张培伦心里还是期望陈风笑能够过去，毕竟是自己的副手，所以言语态度就和蔼多了。

两位党政一把手一个唱红脸一个唱白脸，让陈风笑无法再推辞下去，纵然邙北市是刀山火海，他也只有硬着头皮应承下来。没办法，只有先答应下来，至于到邙北市究竟该怎么办，看看具体情况再说。

"既然市领导这么信任我，那我就接受这个任务。"陈风笑说，"有您二位班长在后面给我撑腰，我想我一定能够胜利地完成这次任务！"

"这就对了嘛！"魏新强点了点头，说道，"只要放手干、尽力干，没有过不去的火焰山嘛！"顿了一顿，他看着张培伦，"培伦同志，你看还有什么要向陈市长交代的？"

张培伦笑了笑，说道："班长交代了就行，我这里没有什么事了。"

谈话结束后，魏新强回到办公室，关好了门，拨通了欧阳书记的电话。

"欧阳书记，有件事向您汇报……"魏新强就把邙北市的情况掐头去尾地简略一说，然后紧张地拿着电话，等欧阳书记表态。

欧阳书记沉吟了片刻，说："既然派了调查组下去，那就等结论出来了再说吧，我还有个会，先这样?"

"好，欧阳书记，您忙，我不耽误您时间了。这边有什么情况，我会及时向您汇报的。"恭谨地放下电话，魏新强想了一会儿，重重地靠在了椅子上。

罗秘书长来到书记办公室门口，伸手在门上轻轻敲了两下，就停下来，侧着耳朵听里面的动静，直到里面传来魏新强书记特有的用鼻子哼出的"进来"两字，才"吱呀"地推开了门，脸上堆着笑说："书记，忙呢?"他向前弯了弯身子，这才慢慢地在魏新强对面的椅子上坐下。

魏新强并没有抬头，他的目光落在手里的文件上。罗秘书长看了看魏新强，等了一会儿，才说道："魏书记，调查组那边已经安排好了，老陈刚才打电话来问您什么时候方便，他要过来向您请示。"

"哦，这样啊?"魏新强放下了文件，沉吟一下说，"那就现在吧。"

"好，我这就通知他过来。"罗秘书长立刻小跑了出去。可是刚一出门，离开魏新强的视线，罗秘书长的步伐一下子就慢了下来，旁人看到就觉得罗秘书长步履沉稳、从容不迫，很有大领导的风范。

罗秘书长刚走，秘书田刚就拿着几封信过来，上面都是注明魏新强书记亲启的。

魏新强本想让田刚拿走，却又担心这是邙北市寄过来的信，这个时期很敏感，他必须详细掌握邙北市的动态。陈风笑的调查组要下去，如果真的还有什么情况，提前了解一下，也方便对陈风笑交代。

这么一想，魏新强就从田刚手里接过这几封信，拿在手中一看，果然都是从邙北市寄过来的。魏新强看了田刚一眼，心想小田不错，果然用着顺手，知道什么时候该做什么。

他伸手拿了一封最厚的信出来，拆开一看，很让魏新强吃惊的是，原来这不是什么上访信，也不是什么举报信，而竟然是一封表扬信。信的内容是表扬邙北市副书记钱兆均的。

信中写道：

尊敬的魏书记：

您好，很抱歉在百忙之中打扰您。我是印北市市委机关的一名普通干部，在市委机关工作十几年了，见过各式各样的领导。但是我从来没有见过像钱兆均同志这样的好领导。钱兆均同志是一位刚正不阿、为人正派、两袖清风的好领导、好干部。他对工作高度负责，一丝不苟，对人民群众有一颗赤子之心，深受印北市广大干部群众的爱戴。同时，钱兆均同志还具有杰出的领导才能，高瞻远瞩，大局观极强。他能够统筹全局，创造性地开展工作，他的工作成绩是有目共睹的。

……

时下，官场中贪污成风、腐败盛行，钱兆均同志刚正不阿、清正廉明的个性就显得更加难能可贵。在钱兆均同志担任印北市市委副书记期间，他一再强调了反腐倡廉的重要性，先后拒绝大小贿赂十余次，在公检法系统中树立起一股清新之风，从而有效地制止了不正之风，让公检法系统成为印北市各行各业学习的榜样。

……

尊敬的魏书记，我可以凭一个普通共产党员的良心说，像钱兆均书记这样的优秀领导应该提拔重用。平时和同志们闲聊时，大家也都说，钱兆均书记这么出色的领导，只担任分管政法系统的副书记太屈才了，这样德才兼备的优秀领导干部，应该走上更重要的领导岗位。请尊敬的魏书记、尊敬的天阳市领导们考虑一下我们印北市普通机关干部的心声！

此致

敬礼！

印北市市委一位普通机关干部

信的内容和信封上的地址都是用打印机打印的，没有留下任何笔迹。

“更重要的领导岗位?”魏新强哑然失笑，哼了一声，把信扔到一边。又拿起下面一封信拆开，竟然又是一封表扬信。信的内容和上一封大同小异，只是写信的人变成了一位普通工人。

魏新强脸色微微一变，懒得细看，把信扔到一边，又打开了一封，竟然还是表扬信，依旧是表扬钱兆均的，是以一位教师的口吻写的。难不成这几封信都是表扬信不成？

“小田，把它们都给我拆开。”魏新强有些恼火。

田刚连忙拿起裁纸刀，把剩下的几封信都打开，抽出来一看，全部都是表扬钱兆均的信。都是用打印机打印的，更可笑的是一个落款是山区老农民写的表扬信，难道现在的老农民已经站在时代的前沿，知道用打印机写信了？

“胡闹！”魏新强把茶杯重重地蹾在桌面上，茶水泼溅出来，把满桌子摊开的表扬信都弄湿了。田刚连忙拿过抹布来擦拭。

魏新强靠在桌椅上，一言不发地看着田刚忙碌，他心中一阵冷笑，现在就迫不及待了？聪明反被聪明误啊！

田刚这边刚收拾好，罗峰强秘书长就陪着陈风笑副市长进来了。魏新强对田刚轻轻敲了一下桌面，田刚立刻会意，把那几封表扬信收在一起拿在手里，转身对罗峰强笑了一下，招呼道：“秘书长来了？”陈风笑和罗峰强肩并肩走进来，田刚愣是像没看到陈风笑一样，和罗峰强招呼过，转身回他的办公室去了。

陈风笑淡淡一笑，这种场面他司空见惯了。他这个排名最末的副市长一年半载也不见得有机会单独来市委书记办公室一次，受到这种待遇很正常。

“魏书记，我们来了。”只要一进魏新强办公室，罗峰强挺拔的腰身就不由自主地放软下来，身子就有点往前哈。陈风笑的脸上虽然也堆出了微笑，态度却是不卑不亢。

魏新强坐在桌椅上没有动，等罗峰强和陈风笑快走到办公桌前的时候，他才站起来说：“风笑同志辛苦了，坐吧。”伸手一握，把陈风笑让到了沙发上，罗峰强侧身坐在陈风笑的旁边，身体却微微前倾，正好越过陈风笑的胸前，望着魏书记威严的脸。

“风笑同志，精神面貌不错啊。”魏新强笑着说。

“都是向魏书记学习的。”陈风笑得体地回答道，“听说魏书记每天早上练习太极拳，我也跟着一个老师学了一段，这不，天天早上练习，果然精神好了很多。”

魏新强笑着点了点头：“好，好，身体是革命的本钱，只有养好本钱，才能更好地干革命，是吧？风笑同志很好地领会了这一点啊。”和陈风笑说话的时候，魏新强还不忘看上罗峰强一两眼，让罗峰强不至于觉得自己受到了冷落。

“是啊，还是老陈深刻地领会了魏书记的精神，这一点我要向老陈学习啊！”罗峰强知机地接上魏新强的话。

魏新强笑了笑，又说道：“老罗，你是需要向风笑同志学习，风笑同志在工作上很有一套，天阳市的文化教育卫生工作都走在了全省的前列。上次武卫平省长在全省卫生工作会议上，还点名表扬了天阳市，对吧？”

陈风笑连忙道：“这都是在市委市政府的领导下取得的成绩，我个人可不敢居功。”

“风笑同志，这就不对了。成绩是集体的，也是个人的。虽然说市委做了正确部署，但是还有一个具体执行的问题，个人的成绩也是不容抹煞的。”魏新强故意板着脸说。

陈风笑讪讪地笑了一下，难道说今天是来开个人表彰大会的？

又闲扯了两句，魏新强端起茶杯看了罗峰强一眼，罗峰强立刻站起来，说道：“魏书记，我那边还有点事，先过去处理一下。”

魏新强低头喝茶，等罗峰强出去后，这才放下茶杯，对陈风笑说：“风笑同志，都准备好了？”

“都准备好了。”陈风笑知道正题来了，就坐直了身体说，“不知道魏书记这边还有什么指示？”

“风笑同志，我党的方针一贯是惩前毖后、治病救人，党培养一个领导干部，相当不容易啊。”魏新强抚摸着头发，缓缓地说。

陈风笑沉吟了一下，小心地问道：“魏书记，您的意思是……”

魏新强敲了敲桌面，说道：“总有那么一些人，喜欢捕风捉影，唯恐天下不乱，我们当领导干部的，对此要有清醒的认识。我们要坚持调查原则，一是一、二是二，要实事求是，不捕风捉影，不节外生枝。”顿了一顿，魏新强又说，“人无完人，金无足赤，市委的意思是，对待一个干部还是要看主流，要看他对人民群众有没有贡献。”说完，魏新强就意味深长地看着陈风笑。

陈风笑立刻说道：“魏书记，我会牢记市委的指示。”

魏新强点了点头，微笑着站起来和陈风笑告别，他一手握住陈风笑的手，另一只大手合在陈风笑的手上："风笑同志，我信任你！"

要是在平常，陈风笑听到魏新强对他说这些话，说不定心中一阵暖流涌过，要感动非常，但是现在却又是另外一回事。

心中这样想着，陈风笑口里却毫不犹豫地答道："我绝对不会辜负市委的信任。"

陈风笑回到市政府办公楼，上了三楼，正要回自己的办公室，不想却迎面碰到了市长张培伦。

"老陈，你回来得正好，到我那里坐坐。"张培伦亲热地招呼道。

陈风笑跟着张培伦进了市长办公室，暗想自己成了香饽饽了？

坐下之后，张培伦就望着陈风笑说："去向新强书记汇报过了？"

"是，刚从魏书记那边回来。"陈风笑对张培伦知道他的行踪毫不奇怪。

张培伦笑了笑，没有继续往下问，而是说道："老陈啊，咱们也是老伙计了，你我一向配合默契。我对你出任调查组组长深有信心。"

陈风笑连忙说："市长，您是政府班子的班长，我到天阳才半年多，工作上还需要您多多帮助和大力支持。"

张培伦递给陈风笑一支烟，缓缓说道："老陈啊，我知道你是一个很讲原则的人。就拿这次到邙北市调查社保基金的工作来说吧，一定要保持清醒的头脑，牢记办案原则。"一边说着，一边伸手去摸打火机。

陈风笑连忙摸出打火机为张培伦点上。张培伦点了点头，示意陈风笑自己也点上，抽了一口烟，又继续说："改革开放，给我们经济注入了新的活力，也使我们社会有了新的发展契机。可是，既然打开了窗户，必然飞进来苍蝇和蚊子，怎么办？那就需要扫帚了。老陈啊，党员干部的廉洁自律一定要提高到战略角度来看，不能冤枉一个好人，但是也绝对不能放过一个坏人！"说完话，张培伦手掌用力地向下一劈，做了一个非常干净利落的手势。

"市长，我明白。"陈风笑说。

"明白就好，明白就好！"张培伦笑着说，"那好，下午就要出发了吧？不耽误你时间了。去准备吧，等你凯旋，我为你庆功。"

中午，陈风笑回到家里，妻子李亚娟正在厨房里忙着，见陈风笑回来，就出来笑着埋怨道：“老陈，你还学会了保密啊！办了这么大的事，也不提前跟我说一声。”

陈风笑有点莫名其妙，问道：“什么事我对你保密了？”

“小磊的事啊。”李亚娟白了陈风笑一眼，笑吟吟地说，“你到现在还跟我装糊涂啊？告诉你，小磊打电话都告诉我了。”

“哎，究竟是什么事？你跟我说明白？小磊怎么了？我又怎么瞒着你了？”陈风笑拉着李亚娟问道。

“小磊进了南丰市公安局啊！”李亚娟说，“怎么，不是你交代人给他办的吗？”李亚娟口中的小磊是李亚娟哥哥的独生子，也是老李家的独苗，家里人疼得跟宝贝疙瘩似的。他去年中专毕业，一直想进南丰市公安局，陈风笑在南丰市那边没有过硬的关系，就卡在那里。为了这事，李亚娟没少埋怨陈风笑。可是今天上午，李亚娟忽然接到小磊的电话，说南丰市公安局已经正式同意调他进去，手续都办好了，说等忙过这两天了，就来天阳市当面向姨夫道谢，这可把李亚娟高兴坏了。

李亚娟高兴之余，心想这个老陈，看着闷声不响的，也学会打埋伏了，给娘家侄子办了这么大一件好事，竟然把她蒙在鼓里。

“南丰市公安局？”陈风笑一下子愣住了，“小磊进去了？”

“老陈，你到这个时候还给我装？”李亚娟嗔怪地瞪了陈风笑一眼，用手狠狠地在陈风笑的腰里拧了一下，“不是你出面，还能有谁帮小磊解决？”

“哎呀，你干什么！”陈风笑皱眉把李亚娟的手拨开，转身坐在沙发里，心里在琢磨，究竟是谁办的事？天上绝对不会无缘无故地往下掉馅饼，既然有人替他做了这件事，必然是想从他这里换回某些东西。想到这里，陈风笑心里就有一个大致的轮廓了，但究竟是谁，却又不大能肯定。

“哼，你就装吧！”李亚娟心里高兴，也不和陈风笑计较，转身进了厨房。

陈风笑还在沉思，手机却响了起来。一看是李亚娟哥哥的号码，陈风笑接通了电话，里面传来有些讨好的声音：“妹夫，忙啥哩？”

陈风笑淡淡地说："刚到家，怎么，大哥有事？"

"妹夫，小磊的事，太感谢你了！到底是自家人，不声不响就把小磊的事办好了。你嫂子让我给你打电话，让你有空的时候多回南丰来看看，她给你做上一桌地道的南丰菜。"

"大哥，小磊的事我真的没有帮什么忙！能进南丰市公安局是他自己争气。嫂子不怪我就行。"陈风笑的语气依旧是淡淡的。去年李小磊毕业时，陈风笑没有找到过硬的关系把李小磊安排到南丰市公安局，他们夫妇说话就有些难听，说某某的叔叔只是一个刑警队长，就把某某安排进公安局了。妹夫是个堂堂的副市长，竟然没有办法把小磊弄进公安局，说出去都让人笑话。

陈风笑当时也懒得解释。他是副市长不错，但只是天阳市的副市长。如果李小磊愿意到天阳市公安局来上班，陈风笑虽然是排名最末的副市长，但是也可以想想办法。但是他们夫妇不愿意让独生子离开自己，非要进南丰市公安局，这不是给陈风笑出难题吗？陈风笑心里也很惭愧，过年去南丰市看望岳父岳母的时候，他们夫妇就在旁边冷言冷语地挤兑他。现在，李小磊进了南丰市公安局，他们夫妇的态度立刻就变了过来。这样的亲戚，唉！陈风笑暗自摇头。

"妹夫，我知道你还生我俩的气。"李亚娟的哥哥可怜巴巴地说，"你是堂堂的大市长，能跟我们这些平头百姓一般见识？尤其是你嫂子，头发长见识短，说了一些过头的话，你不要放在心上。"

陈风笑拿着电话，一言不发。

"这次进南丰市公安局，没有你的帮忙，小磊能进去？大哥心里清楚着呢！小磊回来告诉我，他听公安局里的人说，天阳市有一个栾书记，和南丰市公安局王局长是老战友，这次小磊能够进公安局，是那个栾书记帮着说话了。要不也不能这么快就办好了手续。"

陈风笑浑身一震，果然和他猜想的一样，是栾俊杰办的事。

"妹夫，你是副市长，和栾书记肯定关系不一般，要不栾书记怎么能帮小磊说话？以后小磊在公安局还想追求进步，栾书记如果能再帮着说几句话，那么小磊在公安局里还不跟坐上火箭似的？妹夫，还得拜托你多费费心，让栾书记说上几句话。小磊就你这么一个姑父，不找你找谁呢，是不是?”

陈风笑没有心思继续听他唠叨，他冷冷地说了一句：“我这边还有事，回头再说吧!”就挂了电话。

把手机扔到茶几上，陈风笑深深地窝在沙发里，有些发怔。栾俊杰办事太厉害了，不能不让陈风笑佩服。在短短的两天时间内，不但打听出来陈风笑的老婆有个娘家侄子想进南丰市公安局，而且还把这件事给办好了，这该是怎么样的心思、怎么样的速度？更让陈风笑佩服的是，栾俊杰办这件事的时候，竟然一点口风也没有漏出来。事情办好之后，依旧是默不作声。要不是这个电话，陈风笑最多只能是猜测，又如何能肯定是栾俊杰办的呢？不管怎么说，陈风笑都欠下了栾俊杰一个人情。天大地大，人情最大，官场上最怕的就是欠别人的人情。陈风笑又该如何去还栾俊杰这个人情呢?

所有人都在关注陈风笑如何完成这次到邙北市调查社保基金事件的调查工作，邙北市、天阳市、甚至中原省，都在紧张地等着陈风笑拿出调查结果。也有人等着看陈风笑的笑话，这个出力不讨好的差事，看他陈风笑究竟该怎么完成?

陈风笑在邙北市的调查活动却很短暂，调查组首先调取了书记办公会和常委会的会议记录，然后又和相关领导干部进行了约谈，接着进行了一些相关的调查。调查组下到邙北市前后不过三天，就结束了调查工作。

其实邙北市社保基金事件的来龙去脉非常简单，事实也很容易就能核查清楚，问题是如何写这份调查报告，得出什么样的调查结论。调查活动只进行了一天半，写这份调查报告也耗费了一天半。

最后上交的调查报告分为两部分，一部分是阐述基本事实，这一部分陈风笑可是花了大心思的，论述的虽然都是事实，但是陈风笑巧妙地替刘驰和付罡庭消减了很多责任，使整个过程看起来像是认识不足造成的工作失误，而没有别的因素。另外，陈风笑也强调了赵长风在这次事件中的突出表现，根据书记办公会和常委会的会议记录，只有赵长风同志在这件事过程中明确表示过不同意见。而且根据邙北市建行提供的有关材料，更是赵长风及时下了指示，才避免了社保基金遭受更大损失。报告的另一部分是处理意见，在这一部分，陈风笑提出了两个处理意见供天阳市市委参考：

第一个处理意见中，考虑到邙北市擅自挪用社保基金造成的恶劣影响，市委应该严肃处理相关责任人，以挽回这个事件的恶劣影响，对上级领导、对人民群众都有一个交代。而另一个处理意见是，鉴于邙北市挪用社保基金是出于发展地方经济的考虑，相关领导干部出发点还是好的，只是由于认识上和能力上的不足，好心办了坏事，事后相关人员能够及时认识到自身的错误，迅速采取了弥补措施。被挪用的社保基金已经全部追回，工人的风险抵押金问题也已经得到初步解决。这些干部都是组织上选拔培养的优秀人才，能走到今天这个领导岗位上实属不易，希望市委能够本着保护干部积极性的原则出发，酌情予以处理。

调查报告最后写到，这两种意见只是调查组的建议，究竟做什么样的处理，相信市委会有一个英明的决定，能取得天阳市广大干部群众的支持和拥护。

这份调查报告交上去之后，魏新强和张培伦都暗自苦笑。陈风笑这样做无可厚非，毕竟调查组只是一个建议权，最后该如何处理，还得在常委会上决定。

第五章　坏小子明抢暗夺，赵长风请君入瓮

欧阳应龙眼红黄金地质公园经营得红红火火，想办法抢了去，却发现抢来的不是金蛋蛋，而是一块烫手山芋。无奈之下，他又要求山水建设集团把黄金地质公园赎回去，等客源稳定、规模形成了他再拿走。天下哪有这等好事啊？赵长风技高一筹自有盘算，正打算请君入瓮。

天阳市市委的决定终于下来了，邙北市市委副书记付罡庭承担主要责任，被调离邙北市，到另外一个县担任政协副主席。市委书记刘驰负有领导责任，给予党内严重警告处分。

结果出来后，刘驰终于松了一口气，这一关总算过去了。刘驰知道，这次付罡庭能够替他堵枪眼、分担责任，他的问题在天阳市市委常委会上争论还是比较激烈的。这说明天阳市某些领导已经对他产生了看法，这是一个很危险的信号，值得警惕。

张培伦市长就明确指出，付罡庭、钱兆均两位副书记负责招商引资和邙北市第一金矿的改制，这是在插手政府工作，有明显的越位嫌疑，希望以后不要再出现。

刘驰耳边似乎还响着张培伦市长的警告：你们邙北市市委首先要管好自己的事，不要把手伸得过长，要把政府的权力还给政府！

相比之下，魏新强书记的话就要含蓄得多：刘驰同志，党委要管好人事，做好领导监督工作就可以了，财政、行政工作主要还是政府部门的事，就让政府部门搞。有市委在一旁监督，出不了事。

看来，风向要变了。刘驰抹了一把额头上的细汗，自语道。

付罡庭的心情糟糕透顶。虽然他心里已经做好了最坏的打算，但是当处理结果出来时，内心还是受到了巨大震撼。他也知道，现在这个处分还是栾俊杰做了大量的工作、才争取来的，要不然，可能连行政职务也保不住。可是，从一个炙手可热、分管组织工作的党群副书记调到政协副主席这样放屁也不响的闲职上，中间的落差也太大了。

更让付罡庭难受的是，他虽然心情极为糟糕，脸上还要挂着笑脸，一副宠辱不惊的样子——他已经够背的了，决不能让那些有心人看他的笑话。这笑脸挂多了，就成了硬壳子，僵僵地挂在脸上，即使付罡庭独处时也只能保持这副面孔。

官场上讲究跟红顶白，付罡庭从周围人对他的态度就看出来了。那些邙北市的干部见了他虽然还客客气气地叫上一声“付书记”，但是眼神已经敢轻佻地和他平视，根本不把他当成从前那个可以决定干部命运的党群副书记了。

最可恨的就是钱兆均，一副小人得志的模样，在付罡庭面前拿出一副悲天悯人的态度来安慰他，但是那背后隐藏的幸灾乐祸的兴奋总是遮掩不住。

刘驰对付罡庭却是很客气。付罡庭承担了大部分责任，刘驰心中也有些过意不去，给了付罡庭足够的尊重。刘驰对付罡庭说，老付啊，你对邙北市是做出巨大贡献的，现在要走了，有什么要求尽管提，市里能解决的一定解决，不能解决的想办法也要帮你解决。

付罡庭笑了笑，说多谢刘书记了，我愧对邙北市人民，还有什么资格提要求？我也没有什么困难，有困难那边也会帮我解决的。

刘驰就动了感情，眼睛有些湿润，拉着付罡庭的手，语重心长地说，老付，这次委屈你了。你是邙北市的功臣，邙北市人民是不会忘记你的。等这个风波平息下来，我就帮你运作，你尽管放心吧！

到了这个地步，即使是一个空头支票，付罡庭也得当成真金白银去听，他连声说那就拜托刘书记了。

既然去处已经定下来了，付罡庭就决定尽快离开，在邙北市待的时间越长，越是给人当成一个笑话来看。

调令下来的第二天，付罡庭早早来到办公室，开始整理物品。秘书龙临桂对领导的突然离去没有做好足够的心理准备，怅然若失地在一旁帮着付罡庭整理。付罡庭看不惯龙临桂那副半死不活的模样，就找了个理由，让龙临桂去外面办事了。

龙临桂刚离开，赵长风就推门进来了："付书记，怎么一个人忙着呢？小龙呢？"赵长风本来想说安排两个人过来帮付罡庭收拾，但是话到嘴边，却又咽了下去。这个时候人都敏感，赵长风怕刺激了付罡庭。

"长风来了？坐，你看我这里乱的。"付罡庭把手中的纸箱放下，拿毛巾擦了一下手，把赵长风让到沙发上，"我刚派小龙出去办点事。我的东西只有我自己清楚，让他在一旁帮忙，只有越帮越乱。"

赵长风坐在沙发上，却不知道如何开口，坐了一会儿，才说道："付书记，真没想到啊。"

付罡庭苦笑着摆了摆手，说道："有啥没想到的？事情既然出来了，总有人要承担责任的。"语气虽然苦涩，但是也有一种豁达。他伸手让给赵长风一支金芒果，"长风，以后邙北就看你的了。"

赵长风一边伸手给付罡庭点烟，一边说道："付书记，别这么说，你是邙北市的老领导，即使我要在邙北市做一些事，也要按照你定下的方针亦步亦趋啊。"言语间给足了付罡庭面子。

付罡庭摇头道："长风，你就别谦虚了，谁不知道你抓经济有一套？只是在邙北市，事情不好办啊。掣肘的总比干事的多，长风，你要有足够的心理准备啊！"

"是啊，困难是很大。所以我才来向付书记请教来了。你是邙北市的老领导，在干部群众中威望很高，工作起来很有一套办法。这次你要离开邙北市了，大家都舍不得呢！付书记，你可得把你压箱底的工作办法传授给我，不要藏私啊。"赵长风说。

"长风，给我戴这么多高帽干啥？"付罡庭叹了一口气，感慨了一阵，才说道，"你到邙北市也一年多了，对邙北市的情况应该也很清楚。邙北市最大的问题是什么？是派系，某些领导热衷于拉帮结派，搞小圈子。"说这些话的时候，付罡庭浑然忘记了自己也是热衷于拉帮结派的领导中的一个。

“邙北市的干部就个体而言，素质都不错，但是整合力却总是上不去，这说明很多领导干部没有把精力放在如何发展邙北市的工作上，而是热衷于内耗。”付罡庭一边说一边比划着，情绪有些激动，“长风，邙北市这个局面如果不改变的话，想要搞好工作，难，很难啊！”

又扯了一会儿，赵长风就说：“付书记，你定下来了吗？什么时候走？我过来为你送行。”

付罡庭一笑，说道：“送行就不必了，来日方长，咱们之间不需要那些俗套。只是这两天你要是有空，我把太龙和大为约过来，我们去喝茶，行不？”包太龙副书记和路大为部长都是付罡庭圈子里的人，付罡庭这样交代，有些移交人马的意思。只是赵长风现在还只是一个市委常委，比包太龙还低一些，这在某种程度上或许会影响两个人之间的默契。

赵长风心照不宣地和付罡庭碰了一个眼神，说道：“付书记，你看着安排吧。我随时有空。”

付罡庭离开邙北市不到一周，邙北市又发生了一件轰动全市的大事。

这天早上八点半，钱兆均心情愉快地来到办公室，拿着新送过来的《天阳日报》看了起来。市委办公室给领导订了很多报纸，按照钱兆均的习惯，首先要看的就是《天阳日报》，多了解一些天阳市的动态，这对紧跟上级领导的脚步很有帮助。然后是《国家日报》、《中原日报》，接着是《参考消息》，其他报纸钱兆均多数是不看的。

打开《天阳日报》，钱兆均仔细浏览了第一版的新闻，正要翻开去看第二版，办公桌上的电话响了起来，钱兆均伸手拿起电话，里面传来刘驰的声音：“兆均同志，我是刘驰，这里有点事，你来一趟。”

“刘书记，我马上去。”钱兆均心中很得意，自从社保基金事件发生之后，刘驰对他说话越来越客气，有很多事本来该是市委办主任张一磊通知他的，现在都改成刘驰亲自通知了。

放下电话，钱兆均步履轻快地来到刘驰办公室，推开了门，却没有想到刘驰办公室的沙发上还坐着两个人。钱兆均瞟了一眼，这两个人他都不认识，面容非常严肃。钱兆均也没有往心里去，笑着和刘驰打招呼：“刘书记，有客人啊？”

刘驰没有说话，只是看着那两个陌生人。钱兆均正在诧异，坐在左边的那个陌生人就开口问道："你就是钱兆均？"

钱兆均是抓政法工作的，很敏感，这时候已经感觉有一些不妙，但是又不知道什么地方出了问题。他脸色苍白，有些哆嗦地答道："我就是。"

那个人就说："钱兆均，从现在开始起，你被'双规'了。"

钱兆均额头上冒汗，脸色惨白。

这两个人就站了起来，右边的那个人说："你跟我们走一趟！"

钱兆均怯生生地看了一下这两个人，忽然扭头对刘驰恳求道："刘书记，这是怎么回事？他们一定是弄错了！刘书记，您是了解我的，您替我跟他们说两句公道话啊！"

刘驰叹了一口气，坐在椅子上，一句话都没有说。

那两个人来到钱兆均身边，一左一右夹着钱兆均，说："有什么话到地方再说，组织上会给你说话的机会的。"

钱兆均知道大势已去，他怨恨地盯了刘驰一眼，就被两个人带了出去。

下了市委办公楼，一辆不起眼的面包车停在那里，钱兆均被带上了面包车，他打量了一下，发现车的内部装饰得很豪华，车窗上贴的是反光的太阳膜，里面能够看清楚外面，外面却看不到里面。司机立刻发动了汽车，面包车驶出了市委大院，绝尘而去。

钱兆均刚被带走，天阳市纪委书记李江山就出现在刘驰的办公室，刘驰连忙站起来握手："李书记。"

李江山和刘驰握了握手，说道："你马上安排通知一下，四套班子中的党员领导干部都过来，我们开一个会。"

刘驰立即拨通了市委办主任张一磊的电话，说："一磊同志，你马上通知市委、市政府、市人大、市政协处级以上党员领导干部，十一点钟准时在市委二楼大会议室开会，不得缺席！"

差十五分钟十一点，刘驰陪着李江山来到二楼，先到会议室旁边的领导休息室休息。张一磊跟了进来，叫了一声"李书记好。"然后目光就望着刘驰。

刘驰问道："四套班子的党员领导干部都通知到了吗？"

张一磊说道："大部分都通知到了，基本上都到了会议室。只是……"说着张一磊迟疑了一下，看了李江山一眼。

李江山靠在沙发上，眼睛望着休息室墙壁上的字画，不理会张一磊。刘驰知道张一磊是顾忌李江山，就假装不悦地说："只是什么？说呀！"

张一磊又看了李江山一眼，低声说道："不知道怎么回事，就是联系不到钱兆均书记。连钱书记的秘书和司机都不知道他去了什么地方。"

"先不管他。"刘驰说，"还有谁没到？"

张一磊说："其他人都联系到了，刚才我在办公室看了一下，只有政协的刘副主席还没有来。"

"那就去催一下。"刘驰说。

"是，我刚催过了，刘副书记刚才说已经下了高速路口，算算现在就该到了。"张一磊说。

刘驰点了点头，回头对李江山说："李书记，那我们进会议室吧？"

李江山在刘驰的陪同下进了会议室，里面四大班子的领导见了就有些纳闷。天阳纪委书记李江山怎么会忽然过来了？难道说社保基金的案子还没有完结吗？可能性不大啊。如果不是这个原因，难道说邙北市又出什么大案子了？一时间人们的注意力全都集中起来了。

赵长风坐在一旁，看到李江山过来，又见钱兆均到现在还没有出现，心中一动，莫非钱兆均的事这么快就办了？也有其他领导注意到钱兆均副书记没有出现，心中就开始猜测，会不会是钱兆均出问题了？不然也用不着天阳市纪委书记李江山亲自下来啊。

这时政协的刘副书记气喘吁吁地进来，连声向刘驰道歉："刘书记，对不起，路上耽误了。"

刘驰淡淡地说："坐下吧，会议就要开始了。"

这时那些领导干部就更有几分肯定，可能是钱兆均出了问题，要不刘书记怎么不等钱兆均呢？

刘驰扫了会场一眼，全市处级以上干部中，无党派副市长张志林和政协一位非党副主席两个人没有资格参加，不算缺席，其他干部都到了。于是他就宣布会议正式开始。虽然大家都认识天阳市纪委书记李江山，刘驰还是按照惯例向下面的干部们介绍了李江山书记，然后宣布李江山书记要作重要讲话。

李江山扫视了一眼会场上的领导干部，这里市委市政府几位领导他还算熟悉，政协和人大的领导多数就比较陌生了。他清了清喉咙，用一种沉痛的语气说：“邙北市各位领导，在这里，我很痛心地告诉大家一个消息，经过天阳市市委的批准，原邙北市市委副书记钱兆均从今天起正式被‘双规’了。‘双规’意味着什么，我想在座的各位都非常清楚。天阳市纪委根据人民群众的举报，进行了多方面的调查和走访，做了大量的调查工作，根据我们掌握的大量证据，钱兆均在担任邙北市市委副书记期间，尤其是主持邙北市第一金矿改制工作期间是存在着严重问题的，他严重地违反了党的纪律，收受他人贿赂，情节相当严重。”

“同志们，钱兆均是党多年培养起来的一位领导干部，由于受拜金主义的影响，放松了对世界观、人生观、价值观的改造，生活腐化、道德堕落，在物欲横流的时代逐渐迷失了自己，而贪念更是让他滑向了犯罪的深渊……钱兆均的教训是深刻的，在改革开放和社会主义市场经济的大潮中，每个领导干部都要经得起考验，不被腐朽的生活俘虏，不当逃兵……关于钱兆均的问题，天阳市纪委将在查清楚全部犯罪事实之后，按党纪国法严肃处理！”

李江山讲过话，刘驰又接着沉痛地说：“钱兆均同志走到今天，邙北市市委负有教育不严、监督不力的责任，我们要记住这个深刻的教训。但是，钱兆均同志走到这个地步也不是偶然的，他平时恃才傲物，对同志和领导的批评和建议听不进去，现在落到了这个下场，只能说是咎由自取！我们邙北市广大干部群众坚决拥护天阳市委对钱兆均同志的处理决定。同时，对钱兆均同志的处理，也给我们邙北市领导干部敲响了警钟。”

“钱兆均同志的教训告诉我们，一定要恪守党的纪律，保持一个领导干部应有的节操，这样才能避免重蹈钱兆均同志的覆辙。另外在这里我也告诉那些与钱兆均有牵连的干部，要对组织说真话、讲实话，主动向党交代问题，不能抱有侥幸心理，更不能去做傻事，把自己陷入尴尬的境地。同时，同志们也不要人人自危，要坚守自己的领导岗位，以一颗从容的心去面对这一切。”

刘驰这话说得很重，让在座的一众干部心中惶惶不安。尤其是一些人在付罡庭倒台之后看好钱兆均会出任邙北市市长，提前烧了冷灶，下了赌注，现在钱兆均忽然被带走，这些人脊背上就冒出了冷汗，生怕被牵连进去。

刘驰严厉地扫视了会场一圈，话锋一转，强调道："当然，我们邙北市的干部队伍总体上是好的和比较好的，就像是一棵大树，在修剪掉病枝之后依然是生机勃勃、健康向上的。"

下面的干部个个面容严肃，比起李江山书记来，刘驰虽然对钱兆均一口一个"同志"，但是话里却对这两个字定了性，看来钱兆均"同志"要想翻身，几乎是不可能的了！

会议结束后，李江山书记没有在邙北市吃午饭，直接返回了天阳市，他还要回去针对钱兆均的案子进行一些部署。

赵长风收起笔记本，跟在大家后面正要出去，张一磊却小步来到赵长风身边，凑在赵长风耳边说道："赵市长，刘书记让您去一趟。"

赵长风微微迟疑，这是他第一次听到张一磊对他用敬词"您"。

进了书记办公室，刘驰正在沙发上坐着，赵长风就感叹道："真是没有想到啊。"

刘驰也有些感慨："是没有想到啊！长风同志，坐吧。"赵长风听到从刘驰口中吐出"同志"两个字，不由得脊背一阵发凉，刚才在会议上，刘驰就是这样称呼钱兆均"同志"的。

"事先没有什么迹象啊。钱书记很沉稳的，怎么会……"赵长风有些惋惜。

刘驰笑了笑，说道："再狡猾的狐狸，在猎人眼前都会露出尾巴的。纪委那帮人是干啥的？个个都是火眼金睛啊。"

刘驰笑了笑，说道："聪明反被聪明误。"顿了一顿，他望着赵长风说，"长风，你这点上就做得很好。"

赵长风心头一跳，笑着说："我可当不起刘书记的表扬，我们当下级的就是要踏踏实实把工作做好。"

刘驰的目光就有些深邃："长风，你呀……"顿了一顿，他又说道，"这次多亏你引进了银泰汽车配件制造公司，不然，真的没有办法向上面交代。"

赵长风谦逊地笑道："刘书记，我只是做了一个领导干部应该做的事，没有什么。"

刘驰又笑了笑，忽然把身子往赵长风这边一凑，有些神秘地说："昨天下午我到天阳市去，组织部的王部长把我叫了过去，详细了解了你在邙北市的表现。"说到这里，刘驰就停了下来，用那种特有的深邃目光看着赵长风。

赵长风的心头就有些发热，一股气息在胸膛之间涌动。来邙北市一年半了，他一直在等着这一天，现在看来，机会就要来了。

可是表面上赵长风却做出一副很淡然的模样，笑吟吟地望着刘驰。刘驰本来想等赵长风追问，但是看到赵长风如此高深莫测地笑着，心中暗忖说不定赵长风已经接到消息了，于是就继续说了下去："长风，咱俩共事也快一年了，说实话，我对你还是很欣赏的，你搞经济工作很有一套。王部长他们了解得很细，我也全面客观地介绍了你这一年多来在邙北市的情况，重点介绍了你在金矿资源整改、商品批发市场建设、煤层气管网建设，当然还有这次银泰汽车配件制造公司上的突出成绩。"

赵长风一脸真诚地说："刘书记，这些都是在市委的领导下取得的成绩，我个人可不敢居功。"

刘驰满意地点了点头，说道："长风，我很欣赏你谦虚谨慎的工作态度。所以一直向上面建议，要求天阳市委考虑到邙北市的具体情况，要大胆启用年轻的、有开拓意识的干部。长风啊，这次组织上可能要给你加担子了。"

赵长风见刘驰这样说，知道事情基本上是定下来了，就认真地说："不管是在什么岗位上，我一定会在市委的正确领导下干好工作。"

刘驰脸上的笑容微微一滞。"市委的正确领导"，这话可有点刺耳啊。难道说市委还有"不正确的领导"吗？这说明赵长风还是有自己的想法的，不会任他摆布。

"我这里也是提前给你透个风，说起来也是违反组织纪律的。"刘驰用力拍了拍赵长风的肩膀说，"长风，好好干吧。"

赵长风明白，谈话到这里就要结束了，于是就站起来："刘书记，该回去吃饭了，我就不耽误您了。"

刘驰站起来伸手和赵长风握手告别，口中却笑着说："还早，还早。"

又进入新的一年，过完元旦，天阳市委的文件下来了，任命常务副市长赵长风同志为邙北市市委副书记，继续主持市政府的全面工作。任命文件下来之后，邙北市市委召开了书记办公会，明确了赵长风分管党群工作，实际上接替了以前付罡庭分管的组织工作。

这个任命让赵长风有些微微失望，没有想到他还是没有能够走到市长的位置上。不过党群副书记分管组织工作，掌握着干部的任命大权，可以说邙北市干部的命运都掌握在在赵长风手中，这就让赵长风在主持市政府工作时顺利了很多。

对邙北市的干部们来说，赵长风虽然不是市长，但是权力其实比市长还大一些，市长只掌握财政大权，但赵长风现在却是财政大权和人事大权一把抓，不管是谁在面对赵长风时都要掂量一下，不然日子就不好过了。

升任党群副书记后，赵长风终于可以按照自己的意图进行人事布局了。后河乡乡长霍乙路顺利地升任为后河乡党委书记。本来按照赵长风的本意，是想把霍乙路调到市里来，霍乙路却坚持要留在后河乡，实现他重振后河乡全省著名苹果基地的理想。政府办的方中海，赵长风也顺利地把他提到了副科长的位置上。

同时，刘俊康也解决了正科级待遇，在政府办秘书科挂了一个虚职。司机老邢兢兢业业地跟了赵长风一年半，赵长风要给老邢安排一个好去处，只是这件事赵长风还想再等一下，不能让别人说他一朝权在手，便把令来行。

利雅达事件虽然过去了，但是带给邙北市的影响却远未平息。付罡庭被调走，钱兆均被双规，赵长风出任邙北市党群副书记，这一切，都意味着邙北市的政局在发生着显著的变化。这一切对邙北市的普通百姓或许没有什么影响，但是对邙北市的官员来说，这些变化已经足够影响他们在站队时的选择。

今年春节来得特别早，往年一月底春节的钟声还没有敲响，可是今年一月底，就已经过了农历新年，开始上班了。

春节过后，邙北市人事布局上发生了一些变化，其中重点需要解决的是两件事。第一，要决定一个政法委书记的人选，报请天阳市市委批准。自从前邙北市政法委书记、公安局局长柴刚川出事之后，天阳市虽然任命了乔老树担任邙北市公安局局长，但是不知道基于什么考虑，一直没有正式任命邙北市政法委书记。当时由于邙北市副书记钱兆均分管着政法工作，所以虽然没有政法委书记，邙北市政法系统工作还是有条不紊、按部就班地进行。但是随着钱兆均被天阳市纪委双规，邙北市的政法系统就出现了权力真空，公检法系统之间的工作协调就出现了一些问题。所以当务之急，就是要解决政法委书记人选。按照任命干部的惯例，在政法委书记的人选上，天阳市市委首先要征求邙北市市委的意见，这也是从尊重地方党委权威的角度出发，除非是天阳市市委已经有了自己的考虑，那就另当别论。

按照刘驰的意思，邙北市政法委书记最好由公安局局长乔老树出任。乔老树也是外调来的干部，在邙北市没根没底的，所以在日常工作中就把市委书记刘驰当成他的主心骨，这对增强刘驰在利雅达事件之后被削弱的权威很有帮助。

可是事情远没有刘驰想得那么简单。在书记办公会上，赵长风就邙北市政法委书记提出了另外一个人选，就是检察院检察长韩加森。更让刘驰吃惊的是，副书记包太龙和白国庆都一致支持赵长风的意见，所以在书记办公会上，就形成了一比三的局面，刘驰支持乔老树出任邙北市政法委书记，三位副书记却一边倒地支持韩加森出任政法委书记。

这种局面是刘驰担任邙北市领导班子班长以来出现的最大危机，他自然是不能退让的。他明白，在官场上向来不是东风压倒西风，就是西风压倒东风，他退让这一次不要紧，要紧的是他这次如果退让，恐怕赵长风会得寸进尺，在以后的问题上更加会和刘驰讨价还价，不给自己留任何余地。

所以刘驰不能退让，虽然书记办公会他处于劣势，可是把问题放到市委常委会上讨论，究竟会是什么结果，就不好说了。关于各种可能性，刘驰已经分析过了，他在书记办公会上输了，到常委会上大不了也是个输，对他来说，并没有失去什么，反而多了一次机会。

于是政法委书记的人选问题，就放到了春节后第一次常委会上进行了讨论，最后在全体常委中进行了表决。表决的结果出乎刘驰的意料，除了人武部部长郝大明和市委办主任张一磊外，其他常委一致支持赵长风的意见，认为检察院检察长韩加森出任政法委书记是最合适的人选。这个表决结果对刘驰打击不小，他实在是没有想到，赵长风在常委会中影响力竟然会这么大，不就是刚从常委升任为分管党群工作的副书记吗，赵长风为什么会有这么大的能量呢?

刘驰对这个问题想不明白，赵长风也有点想不明白，他完全没有想到，他支持韩加森的建议会在常委会上得到这么多的响应。

副书记包太龙和白国庆支持赵长风，这一点他是事先就想到的。包太龙和付罡庭关系不错，付罡庭临离开邙北市之前，邀请包太龙、路大为和赵长风一起到茶楼喝茶，这还是赵长风第一次私下里和包太龙和路大为在一起聚会。在这次聚会中，付罡庭说了赵长风很多好话，赵长风明白，付罡庭这其实是在撮合包太龙与路大为和自己站在一起。对于路大为来说，他是一定要把握住这次机会的，除了他和付罡庭私人感情不错，对付罡庭这个老领导言听计从，知道老领导不会害他之外，还有一个因素，就是他看准了赵长风是一支潜力股。与邙北市其他领导相比，赵长风的年龄优势太突出了，将来发展前途不可限量。年轻干部现在看起来虽然没有什么，谁知道将来会是一个什么样的发展呢?所以当付罡庭把线拉好，路大为立刻靠了上去。事实也证明路大为的选择没有错，没几天，天阳市市委就下达了任命文件，赵长风出任副书记，成为路大为的上司，分管党群工作。也就是说，路大为未来的命脉是捏在赵长风手里的。

包太龙虽然是副书记，但是心理却和路大为差不多，看重的是赵长风的发展潜力，他尤其看重赵长风的眼光和智慧。在利雅达事件中，赵长风处理问题的能力暴露无遗，让包太龙看到，赵长风不光是有年龄上的优势，更重要的是有能力上的优势。尤其是当包太龙看到，赵长风对付罡庭这样曾经的政治对手都能如此宽宏大量，那么对自己的政治盟友当然只会更好。

包太龙和路大为原来是属于付罡庭一系的人马，现在跟着赵长风走。分管城建的副书记白国庆和纪委书记秦晓明则是敬佩赵长风的为人，平时在常委会上就若明若暗地支持赵长风，现在形势变了，当然更不会掩饰自己的观点，公开支持赵长风。而宣传部长任文生，一直是个墙头草，谁势力大就支持谁，这种情况下肯定是选择随大流。当然，付罡庭的前车之鉴，对任文生的教训也是非常深刻的，任文生可不希望自己成为第二个付罡庭。

邙北市常委会上的表决结果让刘驰大失所望，检察院检察长韩加森以绝对优势成为政法委书记的人选。刘驰本来还想在向天阳市市委报告的时候，把自己的意见亮出来，毕竟他是邙北市领导班子的班长，天阳市市委在任命干部的时候，还是要尊重他这个班长的意见的。但也是乔老树不争气，偏偏赶上邙北市发生了两起无头命案，查都无从查起，乔老树受到了上级公安机关的批评。这个时候刘驰提名乔老树出任邙北市政法委书记显然不合适，所以最终赵长风的意见取得了胜利，检察院检察长韩加森被任命为邙北市市委常委、政法委书记，掌握了邙北市的政法系统的领导大权。

到邙北市一年半之后，赵长风终于在邙北市扬眉吐气，有了掌控局面的感觉。

在常委会上还要讨论另外一件事，就是要确定一个副市长的人选。副市长党向国在副市长的排名中仅次于赵长风，他一直希望赵长风能够升任邙北市市长，他好顺理成章地接任常务副市长。党向国为了实现这个愿望，完全放下一个老资格副市长的架子，在市政府的工作中全力配合赵长风，为的就是想推赵长风前进一步，他也能跟着动一下位子。

可是天阳市市委也有意思，不知道基于什么考虑，一直没有确定邙北市市长的人选。以前还有在党校学习的刘光辉可以拿来当托词，毕竟刘光辉还挂着邙北市市长的名头。可是两个月前，刘光辉已经明确不再担任邙北市市长，党校学习结束后，到省林业厅出任某处处长。党向国听到这个消息，以为好日子就要来了，邙北市不可能一直没有市长，赵长风在邙北市的表现有目共睹，这次升任邙北市市长应该没有什么问题。

社保基金事件发生之后，党向国再一次坚定了自己的判断，赵长风在整个事件中表现可圈可点。尤其是解决了利雅达集团遗留下来的一千五百多名工人的风险抵押金问题，又替他们中绝大部分人解决了工作岗位问题，阻止了群体性事件的再度发生，可以算得上力挽狂澜。加上赵长风又以常务副市长的身份主持市政府工作长达一年，在这种情况下，天阳市市委领导只要不是瞎子，都会任命赵长风为邙北市市长。

但是，结果又出乎党向国的意料，赵长风仅仅升任为副书记，虽然说赵长风人事财政一把抓，手中的实权甚至比正式担任市长还要实惠一些，但是，赵长风毕竟没有上到市长这个台阶。没有上到市长这个台阶就意味着常务副市长的位子没有空出来，党向国想挪一挪位子的想法就成了泡影。

到了这个时候，党向国已经明白，他在邙北市短时间内是不可能有什么大的发展了，赵长风始终是横亘在他面前的一座大山。只要赵长风不动，他是休想再动了。而赵长风想要动，恐怕也不乐观。从任命赵长风出任党群副书记就可以判断出天阳市市委的意图，天阳市市委对赵长风出任邙北市市长态度上应该是有所保留的，否则就应该让赵长风一步到位，眼下是多么好的机会啊！没有必要多一道手续，让赵长风先成为副书记，然后再出任市长，这不是给自己设置障碍吗？

而且还可以进一步看出天阳市市委的意图，那就是邙北市市长的人选非但不属意赵长风，邙北市其他副书记、副市长也没有什么希望。先不说这些副书记、副市长中没一个人比赵长风能力更突出、成绩更显著、在邙北市干部群众中呼声最高。单单就眼下的局势来说，如果天阳市市委有意从邙北市内部提拔，那么就应该借着这次调整干部的机会一次性解决。

综合所有的信息判断，党向国已经明白，天阳市市委很可能会从别的地方调任一位市长，或者直接从天阳市直接空降一位市长下来，邙北市这些副职市领导们谁都没有希望。党向国想往前动一动的希望完全破灭了。好在党向国也深谙官场的精髓，知道退一步海阔天空。邙北市没有希望，那就跳出邙北市这个框框，到别的地方去看看，不能总在邙北市这棵歪脖树上吊死。

于是党向国经过一系列运作，调到另外一个地方任副县长了。从某种意义上来说，党向国这也算是为邙北市干部做了一件好事，他的离去空出了一个副市长的职位，这就意味着，邙北市某些希望前进一步的干部有了机会。

当然，邙北市出现一个副市长的空缺，不见得就一定要从邙北市内部提拔，也可以从外面空降。但是对邙北市市委来说，当然不愿意从外面空降一个人下来，他们更希望是从内部提拔。因为一个萝卜一个坑，某个部门的领导升任副市长了，就空出一个职位，这个职位同样可以再提拔一个干部。依次类推，这在邙北市官场上会引起一系列连锁反应，而这些连锁反应会使很多人从中受益——那些得到升迁的干部以及安插这些干部的某些领导。

所以春节过后的第一次常委会中，也把这个副市长的人选拿到会上进行了讨论，这个人选要尽快决定下来，上报到天阳市市委，以免夜长梦多，如果天阳市市委有了自己的安排，那就破坏了邙北市大好的一盘棋局。

拿到常委会上讨论的副市长人选有两个，一个是刘驰提出的财政局局长苏长江，另外一个就是组织部部长路大为提出的经委主任高胜强。当然，明眼人都知道真正提名高胜强的人究竟是谁，路大为不过就是一个传声筒。否则以路大为一个组织部部长，还真没有胆量在常委会上公开和市委书记唱反调、掰手腕。

常委会上讨论的最后结果又是以刘驰失败告终，高胜强获得大多数常委的支持。平心而论，这中间固然有赵长风在背后支持的因素，更重要的是高胜强在经委主任的位子上表现突出，尤其是经委牵头搞的邙北市商品批发市场，让邙北市一举成为西原省、方川省和中原省三省交界的商品集散中心，改变了邙北市经济增长只能依靠黄金采掘业的单一局面。

不过刘驰在常委会上也不是没有收获，赵长风好像是洞悉了刘驰的心思，所以在确定下来提名高胜强为副市长人选之后，转而支持刘驰提名的经委主任的人选，给刘驰这个班长保留了一分脸面。

在接下来的人事问题的讨论中，各个常委都有所斩获，不过无关大局。

到了二月份，一个周末，鲁东省黄海市海滨忽然出现了一拨奇怪的人，从装束上来看，这些人肯定不是本地人，更像是外地的游客。但这个时候天寒地冻的，海边风大，连黄海市本地人都不愿意到海边来，怎么会有游客过来呢？看海的季节还没有到啊。这群游客中大部分都是女性，在她们身边，两个身材高大、外表俊朗的青年男子正指手画脚地为她们讲解着什么。

“黄金海岸濒临黄海，这里年平均气温十四度，气候宜人。黄金旅游季节从每年四月份开始到十月底结束，长达七个月。金色的沙滩沿着海岸绵延十多公里，水质清澈透明，沙滩平坦，沙粒金黄、细致如粉，可以说是黄海沿岸综合环境最好的地区之一。以我们中原省山水建设集团在中原省旅游市场上的龙头老大地位，倾尽全力来打造黄金海岸这个景区，其前途必定是一片光明。别的不说，单单是中原省那些渴望看到大海的游客的钱我们就赚不完。”

“这次我们中原山水建设集团依托着黄金海岸景区修建了数十套无敌海景别墅和十数栋海景公寓，随着旅游市场的逐步火爆，这些别墅和海景公寓升值的潜力巨大，是绝佳的投资对象……”

这一群女性游客中有一位漂亮的姑娘，正是刘俊康的爱人英语老师李雅帆。这一群太太看房团，向海边漂亮的别墅群走去。

与此同时，中州市郊雁鸣水库一栋优雅的别墅里，赵长风正穿着睡衣懒洋洋地靠在宽大的真皮沙发上跟阳江超说话。

“阳哥，这别墅装修得不错。不知道黄海市那边的别墅比起这别墅如何？”赵长风随口问道。

“长风，那边的别墅比这里更好。”阳江超坐在沙发里，脸上堆着笑，身体斜向赵长风，“这里毕竟是中州市郊，要避人耳目，不好搞得太豪华。”

赵长风微微点头，没有说话。

阳江超起身为赵长风的茶杯里加了点水，这才坐下来继续对赵长风说：“长风，说实话，那几栋别墅按照那样的价格给他们，我实在有点舍不得，如果放在手里，不出两年，价格能翻两倍。”

赵长风看了阳江超一眼，笑着说：“阳哥，有什么舍不得的？你又没有亏，只不过赚得少一些而已。”

阳江超笑了笑，说道：“亏是没亏，就是……”顿了一顿，他又说，“长风，我知道你是在下一盘大棋啊。”

“什么大棋？”赵长风摆了摆手说，“没那么复杂。只是他们几个人也不容易，天天守着死工资吃饭，给他们一个机会。但是他们也得敢于下赌注，有战略眼光才行啊！"

"老板，你从来不会让跟着你的人吃亏！我就是一个现成的例子！"阳江超动情地说，"当初如果不是你……"

"好了，别向我汇报思想工作了。"赵长风笑眯眯地说，"还是说说你对黄海市的黄金海岸景区的长远规划吧……"

阳江超主持的中原山水建设集团随着自身的发展壮大，已经不再满足于中原省旅游市场的开发，开始把业务的触角伸出中原省，向全国迈进。开发鲁东省黄海市黄金海岸就是中原山水建设集团的一次大手笔的尝试。

而且阳江超已经吃透了旅游市场的精髓，他定位于旅游市场，但是又不局限于旅游市场本身，着重开发旅游市场上下游相关产品。比如黄金海岸的开发，阳江超除了投入巨资进行景区建设外，还在景区周围购买了大量土地，进行海景别墅和海景公寓的开发。这些荒僻的海滨土地价格极为便宜，海景别墅和海景公寓建筑成本也极低廉，但是随着黄金海岸景区的建成投入使用，加上国内旅游市场的逐年升温，这些海景别墅和海景公寓有着巨大的升值空间。

海景别墅和海景公寓去年十一月份就已经建成并且内部装修完毕，除了一部分留作山水集团自用之外，其余部分阳江超打算到四月份黄海旅游市场开始热起来的时候分批推向市场。阳江超相信，在这些房地产上赚的钱，不会少于他开发的黄金海岸景区。赵长风对于阳江超这些计划当然是了然于胸。他本来不打算干涉阳江超的运作，可是自从邙北市政局发生了一些变化后，赵长风忽然产生了一些想法，要阳江超拿出几栋别墅和若干间公寓，到邙北市销售。

当赵长风产生这个想法时，第一时间内就想到了"利益"，只有切实的利益，才能够让他们融合在一起。然后赵长风就想到了黄金海岸的别墅和公寓，这些房产有着巨大的升值空间，很有投资价值。于是赵长风就让阳江超联系了这几个人的家属，邀请她们到黄海市去看房，当然价格给得极有诱惑力。如果她们能够下决心购买，将来绝对获益颇丰。

当然，虽然阳江超给的价格很优惠，但还是有利润在里面，不是亏本生意。加上阳江超又没什么事有求于邙北市的几位领导，绝对不属于行贿受贿。而且能不能吃下这些海景别墅和海景公寓，还是要有一定的眼光和魄力的，毕竟黄金海岸还属于一个建设中的景区，将来发展前途究竟如何，谁也不可能百分之百地打包票，就看个人的眼光了。

而且阳江超在当初建设这些别墅和公寓的时候，已经提前做了一些工作，这些别墅和公寓是以另外一个独立的公司建设的，从表面上看，和中原山水建设集团毫无关联。这是当初阳江超为了税务筹划而采取的合理手段。没有想到，到最后也方便了这些海景别墅在邙北市的销售，因为从表面上看，这些海景别墅都是鲁东省一个房产公司开发的，和远在千里之外的中原省邙北市没有任何关联，邙北市这些领导的家属能够到那边去购买海景房，只能说人家运气好，有投资眼光。

赵长风一边听着阳江超的规划前景，一边点头。对于中原山水集团的建设，他多数情况下都是听听汇报，很少发表自己的意见，整个公司运营都是以阳江超为主，赵长风真正成了甩手掌柜。

正在说话，赵长风的手机忽然响了起来。赵长风一看，是方天雷的电话。他连忙按下按键，恭敬地说："天雷哥，我是长风。"

"长风，你小子在哪里？告诉你一个好消息，我现在是师参谋长了！"电话里传来方天雷爽朗的笑声。

"啊，恭喜天雷哥！"赵长风喜出望外，"天雷哥这样年轻有为的军官早晚会被重用的！"

"长风，你小子就是会说话！怪不得佳怡被你骗得死心塌地的。"方天雷说了一句，然后感慨道，"什么年轻有为，老了！三十七岁了，才混了个副师级。别说是在军队，就是在地方上，三十六七岁的正厅级一大把啊！"

"天雷哥，你要是肯到地方上来，恐怕早就是正厅级了，只是你自己舍不得军队。"赵长风笑着说。

"是啊！在军队待的时间长了，习惯了，如果到地方上，反而不知道该怎么生活和工作了。"方天雷又感慨了一句，然后说，"长风，你小子还没有说在哪里呢？我等着你回来喝酒庆祝呢！"

"我就在中州市，在老阳这里。"赵长风笑着说，"天雷哥也在中州？那正好，我和老阳过去一起为你庆祝！"

赵长风嘴角挂着笑意，放下了电话，阳江超在一旁知趣地说道：“老板，有什么喜事，说出来让我也分享一下。”

“嘿嘿，阳哥，这次你恐怕要破财了。”赵长风虚点着阳江超，“天雷哥刚升了师参谋长，你说是不是要备上一份厚礼啊?”

“应该的，那是绝对应该的!”阳江超笑道，“大喜事啊!”顿了一顿，他望着赵长风偷乐起来。赵长风很是纳闷，问道：“阳哥，你笑得这么古怪，肯定有什么问题。给我老实交代!”

阳江超嘿嘿笑道：“长风，我即使备上再贵重的厚礼，都是你破财啊。山水集团的老板是你啊!”

赵长风眼珠一转，板着脸说：“那好办！老阳，这份厚礼花的钱就从你的分红中扣除!”

“啊，不会吧!”阳江超哭丧着脸叫了起来。

“废物，你就是个废物!”

“哐啷”一声巨响，刘驰把手中的茶杯重重地摔到地上。上了蜡的高级橡木地板顿时一片狼藉，混了茶叶的水迹和碎瓷片到处都是。

欧阳应龙一哆嗦，双手紧紧地贴着裤缝，连大气都不敢出。他平时虽然看不起这个农村出身的姐夫，但是姐夫一旦真正发起怒来，欧阳应龙却不敢轻易撄其锋芒。

欧阳丹凤应声赶过来，她推开书房门，看到满地狼藉，又看到弟弟脸色苍白地站在一旁，就知道丈夫在发脾气。她心疼弟弟，连忙说道：“老刘，你这是干什么？有什么话不会好好说？就知道对小龙发脾气，他还是个孩子!”一边说一边拿起扫把，扫地板上的碎片。

“孩子!”刘驰冷笑起来，“都三十出头了，还是孩子？赵长风比他还小三岁，看看赵长风现在是做什么的，他又是做什么的?”

“老刘，你说这些干什么?”欧阳丹凤用力蹾了蹾扫把，“你别拿小龙和赵长风比，你自己和赵长风比一比，你三十岁的时候，是在干什么?”

刘驰被欧阳丹凤的话噎得面色发紫，他咬了咬嘴唇，暴怒道：“不管我那时候在干什么，至少我没有捅下一个大窟窿！”

他用发抖的手指着欧阳应龙说：“你看看你们家小龙，他说黄金地质公园一定赚钱，一个月就能赚八九百万，硬是想办法把阳江超逼走，花了两千万把黄金地质公园买下，可是现在倒好，公园一个月门票连十万块钱都没有。别说赚钱，连公园里工作人员的工资都不够发……”

欧阳丹凤自知理亏，她偷偷望了刘驰一眼，说道：“老刘，小龙是错了，但是他出发点是好的，想为咱们多赚点钱啊。你名义上是个市委书记，但是每个月工资能有多少？这边要应酬，那边要打点，还有乡下的亲戚们过来，哪边不需要钱？单靠你的工资能够用？小龙买下黄金地质公园，还不是为咱好！”

刘驰气哼哼地不说话。

欧阳丹凤看着刘驰的脸色有些放缓，就继续说：“有了窟窿，我们想办法把窟窿弥补上就行，而不是在这里发脾气，自己就是把肺气炸了，也没有用啊！”

“补上？两千多万的窟窿，我到哪里去补上？”刘驰像是被踩了尾巴的猫，浑身的毛都炸了起来，“你问问小龙，他是从哪里弄过来的钱？他是找省城黄公子借的钱。小龙啊小龙，你谁的钱不好借，为什么要借黄公子的钱？你也不想一想，黄公子的钱是能够碰的吗？”

欧阳应龙小声道：“姐夫，我也不想碰啊。当时不是没有办法？再说了，当时我想，黄金地质公园每个月门票都有八九百万元，黄公子的钱利息虽然黑一点，但是以黄金地质公园的收入，偿还过去不在话下。你也知道，当时黄金地质公园真的是游客盈门，每个月都收入几百万，谁又能想到，我们接手后会变成现在这个样子？”

刘驰黑着脸，背着手来回走动。欧阳丹凤把垃圾收拾好，缓步来到刘驰身边，拉着他的手轻声说道：“老刘，小龙说的是实情啊。当时黄金地质公园是赚钱，那些开农家乐的农民都赚翻了。这说明黄金地质公园是有前途的。当时阳江超既然能搞好，那么我们现在应该也能搞好，只要我们想想办法，就一定能够恢复到以前火爆的局面的，是不是？所以我们现在最主要是想办法去解决这个问题，这样生气也不是办法！”

刘驰发了一通脾气，内心的火慢慢消退下来，此时听欧阳丹凤的话也有些入耳，的确，现在确实不是发脾气的时候，当务之急，还是要想办法解决眼前的问题。不然黄公子翻了脸，恐怕堂叔欧阳书记也帮不了他们。

挥了挥手，刘驰缓缓地说："你们先出去吧！"

"姐夫……"欧阳应龙看了看欧阳丹凤，又看了看刘驰，还想说话。欧阳丹凤连忙上去拉了欧阳应龙的手，小声说："小龙，出去，让你姐夫静一下。"欧阳应龙这才跟着欧阳丹凤蹑手蹑脚地走了出去。

刘驰背靠着沙发，过了很久，他拿起了电话，拨通了一个号码："和强，给我找一下旅游局的范局长。"

"我马上打电话给他。"郭和强连忙说道，停了一下，他又问道，"是让他到家里去吗？"

刘驰摆了摆手，说道："凯旋宫吧。半个小时后，让他去凯旋宫找我。"

"好，我马上办。"郭和强轻声说，"另外我通知一下小黄，让他马上去接您。"

刘驰没有说话，挂断了电话。他的思绪已经进入到即将和范局长展开的谈话上，现在唯一的希望，就是希望范局长能够调动旅游界的资源，拉动客源过来，解决邙北市黄金地质公园的游客危机。

当然，这只是刘驰做的第一步努力。下一步，他还要去拜访天阳市旅游局局长。天阳市是一个旅游大市，旅游局局长在中原省旅游界也是举足轻重的，如果他肯伸出援手，邙北市黄金地质公园还是有救的。

二月底，天阳市常委会同意了邙北市上报的市委常委、政法委书记和副市长的人选，正式下文任命韩加森为邙北市市委常委、政法委书记，同时提名高胜强为邙北市副市长候选人。这就意味着邙北市市委常委、政法委书记和副市长职位之争尘埃落定。虽然说高胜强比起韩加森来，还要多经过一道邙北市人大常委会表决任命的程序，但那仅仅是一个程序而已。没有特殊情况，人大常委会是不会轻易驳回上级市委的提名人选的，更何况，高胜强背后站着赵长风、包太龙两位副书记和组织部部长路大为、政法委书记韩加森两位市委常委呢。

中午的时候，高胜强和韩加森都把电话打了过来，争着要请客。赵长风就说，不着急，谁都跑不了。今天晚上就老韩先来吧。高胜强自然没有话说。他也知道，不管从哪个方面来看，都应该是韩加森来请。一来韩加森是市委常委、政法委书记，地位肯定比他这个副市长要高些，另外他这边也只是获得了提名，毕竟邙北市人大常委会还没有表决任命。所以排在后面也是正常的，之所以争着请客，不过就是向赵长风表明一个姿态而已。

韩加森就问赵长风晚上安排在哪里。赵长风说沈峰路不是开了一家巴江水食府吗？味道不错，就定在那里吧。

沈峰路就是那个退休的派出所所长，韩加森的老上级，天阳市皇城分局刑警大队沈小强队长的父亲。当初扳倒公安局局长柴刚川，沈峰路父子是出了大力的。后来随着邙北市商品批发市场的火爆，邙北市商气人气大旺，沈峰路就开了一家巴江水食府。

韩加森听赵长风这么说，连声说好。他知道这是赵长风念旧，凡是帮赵长风做过事的人，他总是会想办法给予回报的，更别说那些跟在赵长风身边的人。

“那包书记、路部长那边?”韩加森又问道。

“呵呵，老韩，你亲自出面去请啊!”赵长风说道，“你现在也是市委常委、政法委书记，包书记和老路肯定是要给面子的!”

“是，是，我明白。”韩加森嘿嘿笑了两下，又问道，“对了，刚才后河乡的老霍打电话向我道喜了，他晚上可能要到市里来，你看?”

“那就一起叫上吧，老霍人不错。”赵长风笑了笑。霍乙路向他靠拢的意图很明显，但是也许因为赵长风刚到邙北市，就去查出了后河乡金矿污染的事，霍乙路见到赵长风总是有点畏首畏尾，放不开自己，所以这次才会采取曲线救国的方式去接近韩加森。

“好，我一会儿就给老霍打电话，他听到肯定高兴。”韩加森顿了一顿，又问道，“你看，还要请谁?”

“老韩，是你请客，又不是我请客。”赵长风又乐了起来，“该请谁，你还不知道啊？自己定吧。”

“那我明白了！”韩加森说，“我这就打电话订包间，晚上我在巴江水恭候。”

下班后，赵长风又在办公室里坐了一会儿，看看快六点了，这才和刘俊康一起下楼，往巴江水食府开去。车刚出了市政府大院，就看到对面市委大院驶出一辆黑色的蓝鸟，正是包太龙的专车。包太龙的司机轻轻冲赵长风的桑塔纳鸣了一声喇叭，主动把赵长风的车让到前面去了。赵长风微微一笑，想拿捏好这个时间，还真不容易。

两辆车一前一后驶到了巴江水食府，韩加森、路大为、高胜强几个人都站在外面等候。赵长风和包太龙几乎同时下车，两个人相视一笑，包太龙大步赶过来，伸出双手和赵长风紧紧握了一下，口中笑道：“两天没见，长风书记越发意气风发了。”

赵长风笑道：“让太龙书记见笑了。有点工作拖住了，没有早点过来迎接太龙书记，真是抱歉。”

“哎呀，长风书记客气。我那边也是忙，要不我应该早到一步，恭候长风书记呢。”

两人客气着，韩加森、路大为、高胜强还有霍乙路以及沈峰路等人都毕恭毕敬地站在一旁，脸上赔着笑容。好容易等两位副书记客气完，韩加森这才跨前一步，伸出双手对包太龙道：“包书记，感谢您的光临。”

包太龙用力摇晃着韩加森的手笑道：“不好意思，来晚了一点，工作实在太忙。”

韩加森笑道：“包书记公务繁忙，今天能够在百忙之中抽出时间来参加这个便宴，就是对我们政法系统最大的支持。”

包太龙笑道：“本来确实是来不了，已经定下来要陪省农业厅下来的客人。可是我听说长风书记要来，就硬是推了农业厅的客人。”包太龙这话既彰显了自己的身份，又给足了赵长风面子。

韩加森就转身伸出双手对赵长风说道：“赵书记，太感谢了！”

赵长风一手握住韩加森的手，另一只手拍着韩加森的小臂，笑道：

"老韩，今天是你大喜的日子，还是到酒桌上用酒说话吧。"

旁边的人都哈哈大笑，附和道："对，用酒说话。"

这时旁边路大为、高胜强和霍乙路分别上来和赵长风、包太龙握了手，尤其是霍乙路，身边陪着路大为、韩加森两大常委，又一下子见到了两位副书记，更是激动得不知道说什么好了。

韩加森最后拉着站在一旁的沈峰路向赵长风和包太龙介绍说："这是我原来在城关派出所的老领导，也是这间巴江水食府的老板，沈所长。"

沈峰路连忙上来说道："赵书记好！包书记好！两位书记光临小店，真是蓬荜生辉啊！"

赵长风紧紧握住沈峰路的手，笑着说："沈所长，你客气了。沈队长还好吧？这段时间忙，也没有空和他联系。你告诉他，啥时候有空回邙北一趟，我们叙叙旧。"

沈峰路激动得两眼都是泪花，赵长风现在是堂堂的市委副书记兼任常务副市长，给足了他面子，他连声说道："一定一定，只要你不怕他影响你的工作，我就让小强回来。"

"怎么会呢？我和沈队长是什么关系？欢迎之至啊！"赵长风笑呵呵地说。

包太龙见沈峰路不过是一个已经退休的派出所所长，小人物而已，本来想点点头就算了。见赵长风和沈峰路如此热情，就改变了主意，也热情地伸出手来，握住沈峰路的手道："老所长，好啊！巴江水食府很不错啊！"

沈峰路在不同场合见过包太龙多次，都是远远地望上一眼，连凑近说话的机会都没有，更别说握手了。当然，包书记是不会记得这些了。包书记眼里怎么会有他这么一个已经退休了多年的小所长呢？此时见包太龙如此热情，知道是沾了赵长风的光，所以倒也不怎么激动，口中笑着说："多谢包书记赏光。这次我已经安排好，让重庆过来的总厨亲自下厨主理。"

包太龙口里说道："沈所长真是太客气了。"眼睛却看着赵长风。

赵长风笑了笑说："咱们都上去吧，堵着门口，影响沈所长做生意。"

沈峰路连忙说道："赵书记，你和包书记以及诸位领导肯光临小店，是我们的福气，你们就是小店的活广告，别人见了羡慕都来不及呢！我巴不得你们在门口多站一会儿呢！"

"呵呵，那包书记可要收广告费了！"赵长风笑着说。

沈峰路好歹也在派出所干过几年领导，眼皮子多活，他立刻说道："应该的，应该的。这次饭就算我的。"然后又掏出两张卡，给包太龙和赵长风一人塞了一张："这是小店的至尊贵宾卡，持卡过来，所有酒水和菜金打两折，不敢冲抵广告费，算是小小的意思。"

"那就却之不恭了。"赵长风当然不会在意这么一张卡，但是要给包太龙一个台阶，所以他就笑着收了起来。

包太龙见赵长风收了，自然也不推辞，笑着说："多谢沈所长的美意。"也把卡装了起来。

沈峰路又伸手掏了几张卡，分别塞给路大为、高胜强、霍乙路，连刘俊康和包太龙的秘书都一个人塞了一张："几位领导，这是小店的钻石贵宾卡，持卡到小店消费，所有酒水五折，菜金四折。"

路大为、高胜强、霍乙路都笑纳了。

韩加森看着手中的卡笑着说："老所长，卡我可以收下。不过我先声明一点，今天这饭是我请的，老所长可别和我抢啊。您要是有心，改天再请几位领导过来吃饭就行了。"

说说笑笑中，大家就上了三楼，进了皇上皇包间。这包间很是宽敞，装修得古色古香，很得传统文化韵味，只是天花板上巨大的水晶吊灯和吹着暖风的空调以及包间一角用来唱卡拉 OK 的大尺寸彩电流露了奢华的现代气息。沈峰路投资这个巴江水食府可是下了大本钱的。

到桌子前，赵长风抢先侧身一边，拉着包太龙往首席上让。包太龙如何肯坐？虽然说赵长风刚升任为副书记，但是赵长风分管组织工作，按照惯例，这就是第一副书记，在党内排序是高于包太龙的。又加之赵长风还以常务副市长主持着政府工作，无论从实权还是排序，都比包太龙这个分管农业的副书记要大上许多。

"长风书记，你坐，你坐。"

“太龙书记，长者为尊，你年龄比我大，还是你坐。”赵长风还是要谦让一番。

“长风书记，你既是副书记，又是副市长，今天有市委的干部、也有市政府的干部，所以你坐这里是名正言顺的。”包太龙当然明白，这不过是赵长风给他面子，如果他真的去坐首席，那才真的是不识相呢！包太龙一边说着，一边硬把赵长风按在了首席上。

赵长风苦笑着，仿佛很无奈地坐到了首席上。赵长风这一坐，就意味着，以后这个小圈子就确定了赵长风为首的地位。下次再有这样的聚会，就不会再有这个过程，赵长风自然而然地就会坐在首席。

赵长风和包太龙坐下之后，其他人都纷纷落座，虽然没有人在座位上标上姓名，但是每个人都知道自己应该坐在哪里，井然有序。

韩加森拿着菜谱，恭敬地说：“请两位书记点菜。”

赵长风笑着说：“太龙书记，你请。”

包太龙摆了摆手，说道：“还是长风书记点吧。”

两个人又推让了一番，赵长风最后大手一挥，说道：“干脆也别点了，这里有什么特色菜、拿手菜，只管上来就好。”大家说还是赵书记这个办法好。

沈所长在服务生耳边交代了一下，服务生飞快地跑了下去，沈所长又笑着问道：“各位领导，今天喝什么酒？”他的眼睛还是瞄着赵长风。

赵长风笑着说：“太龙书记，你是咱们邙北市有名的酒仙，你定吧？”

“什么酒仙，纯粹是误传。”包太龙笑着摆了摆手，“那就五粮液吧，茅台的酱香我不习惯。”

沈所长见赵长风笑眯眯的，就应了一声，退了出去。

酒菜很快就上齐了，大家都举着杯子，把目光落在赵长风身上，赵长风一笑，拉着包太龙说：“一起吧？”

包太龙笑着和赵长风一起站了起来，举着酒杯对大家说：“为了友谊干杯！”

“来，为友谊干杯。”赵长风含笑举杯。

路大为、韩加森、高胜强、霍乙路，再加上秘书，九只酒杯碰到了一起。

与此同时，在天阳市某酒楼，刘驰也举起酒杯和一个富态的中年人碰杯：“张局长，今天我是向你求教来了，你可得好好帮我出出主意。”

张局长笑着摇头道：“刘书记，你就别拿老兄开涮了。你是邙北市市委书记，你都搞不定的事，我如何能搞定啊？”

“张局长，你这可是跟我打埋伏啊。”刘驰笑眯眯地说，“别的事或许有难度，但是说起旅游，谁不知道张天南局长是中原省响当当的老大？”

“刘书记，你说的是以前的老黄历了。”张天南放下酒杯，摆手道，“早个五六年，在中原省旅游界，我张天南虽然不敢自吹是老大，但是前五位还是排得上的。那时候不管是国内游客还是国际友人，只要一到中原省，必然要到天阳市，九朝古都的地位在这里摆着呢。不来天阳，就不算是到过中原省。可是现在不同了……”

“现在怎么不同了？”刘驰等服务员为张天南加满了酒，举起酒杯说，“来，张局长，咱哥俩过一个。”

张天南和刘驰碰了一下，把杯中酒一饮而尽，这才继续说道：“现在旅游市场比起几年前有了很大的变化，游客都喜欢亲近自然，所以旅游市场都以山水游为主，天阳市的景观却是以历史人文景观为主，当然就落后了，如果不是有一些国外的游客来天阳瞻仰悠久的历史文明，恐怕天阳市旅游局连工资都开不下来。”

“不会吧？”刘驰有点不敢置信，“张局长，我看天阳市每年一度的牡丹国际花会还是非常火爆的，天阳市大小宾馆甚至连招待所都挤满了游客。”

“那样的好日子一年就那么一回。”张天南苦笑道，“牡丹花期就那么短短几天，过去之后就冷冷清清的，全靠国际旅游团和国内一些散客支持。你看报纸上铺天盖地都是南丰市伏牛山景区和山阳市云台山景区的广告，天阳市这些历史古迹，都被挤到夹缝里去了。”

刘驰示意服务员给张天南倒酒：“张老兄，不管怎么说，你都是天阳市旅游局局长，在中原省有着深厚的人脉关系。邙北市怎么说也在你的管辖范围之内，现在我们邙北市黄金地质公园人气惨淡，你可要帮忙想想办法啊！”

张天南苦笑道：“刘书记，你这可是给我出了一个大难题。来天阳市的游客都是来看历史古迹人文景观的，和邙北市黄金地质公园的主题不搭调。我看要想搞好黄金地质公园，还是需要多做广告，多和全国各地、尤其是省内各地市的旅行社搞好关系。”

刘驰摆手道：“和旅行社怎么拉关系啊？邙北市旅游局的老王去和旅行社拉关系，谁知道出去跑了十多天，却灰溜溜地回来了，说什么旅行社根本不看好黄金地质公园，无论给多优惠的折扣，都没有旅行社愿意往邙北市发团。”

张天南心中一阵冷笑，谁敢往邙北市黄金地质公园发团？阳江超的中原山水建设集团控制着中原省百分之八十以上的优质山水旅游资源，只要有旅行社敢往邙北市发团，那么这个旅行社就自动失去往山水建设集团旗下几大山水景区发团的资格。那些旅行社又不是傻子，怎么会去干这样的蠢事？不过这些话张天南是绝对不会告诉刘驰的。他这个天阳市旅游局局长，还需要阳江超的山水建设集团多往天阳市介绍旅游团呢。

“张老兄，你总要给我出一个主意吧？总不能看着投资几千万的邙北市黄金地质公园就这样垮掉啊。到时候传出去，对你这个天阳市旅游局局长的名声也不好。”刘驰没有办法，只有彻底放低了身段，对张天南说着软话。这在以前是完全不可想象的，虽然说张天南和刘驰都是处级干部，但是张天南管理的旅游局不过是一个清水衙门，如何比得上刘驰管理着天阳市第一经济大市邙北市的位高权重？如果没有黄金地质公园这档子事，刘驰面对着张天南时总是一副高高在上的样子。刘驰心里真是窝囊之极，窝火之极，可是他偏偏没有其他办法，谁让欧阳应龙为了这个邙北市黄金地质公园，从黄公子那里高息拆借了两千多万呢？黄公子是什么人？一旦闹起来，就是欧阳书记出面，也不一定能收拾得了残局啊。

“刘书记，不是我不给你出主意，而是这件事难啊！”张天南长吁短叹，“这里就咱们兄弟两个，说起来不是外人。我可以跟你说几句老实话，当初你们就不该把阳江超逼走。”

刘驰脸一红，尴尬地说：“张局长，阳江超是被逼走的吗？我当时听说是阳江超怎么也不愿意干下去啊。”他严肃地说，“如果他真的是被逼走的，那我回去要好好调查一下。”

“呵呵，”张天南笑了笑，没有接这个话茬，却又说道，“邙北市黄金地质公园确实是一只会下金蛋的母鸡，但前提是一定要把这只母鸡喂熟。如果换一个聪明人，他应该等阳江超把邙北市黄金地质公园完全培养起来了，在省内旅游市场、国内旅游市场上创立了响当当的牌子，游客群体都固定下来了，到时无论阳江超在不在，无论中原山水集团在不在，都不会影响黄金地质公园的客源时，那时再把阳江超弄走，这样黄金地质公园照样天天下金蛋。可惜那些人下手早了一点。黄金地质公园刚开始营业几个月，那些人就迫不及待了。”

刘驰听到这里暗骂欧阳应龙蠢材，如果能多给阳江超一些时间再下手，又如何能弄到今天这步田地？他心中也暗自懊悔，当初欧阳应龙说起这件事的时候，他怎么没想到来天阳市请教一下张天南这个老旅游呢？现在酿下的苦酒，只有自己吞下去了。

“张老兄，你想想办法，看还有什么办法能把邙北市黄金地质公园搞活？”刘驰问道，“我也是受人之托啊。邙北市黄金地质公园现在的老板甚至可以拿出百分之十的股份来买一个主意。”

世界上没有免费的午餐，有的只是利益交换，刘驰咬了咬牙，下了狠心，他就不相信，在这百分之十白送的股份这么巨大的利益面前，张天南还能不动心。

张天南眼中闪过一丝亮光，旋即熄灭。百分之十的股份，张天南不动心是假的。可是即使再动心，也得有本事拿下。

“我只能多谢黄老板的美意了。”张天南很遗憾地说。黄金地质公园名义上的老板姓黄，是欧阳应龙推在台前的傀儡。他看着刘驰说：“我确实是没有什么好办法。只能在天阳市这些旅行社发出一些倡议，让他们想办法多拉一些团到邙北去。”

刘驰还想说话。张天南伸手拦了下来，说：“刘书记，你从邙北市过来，算是客人。今天这一桌就算我的。待会儿我们找个好地方，进行下一场节目，今天晚上一定要尽兴！”

邙北市黄金地质公园的事不解决，就好比是一根芒刺扎在刘驰心头，他又如何能够尽兴？他摆手强笑道：“张局长，你可别和我争，说好了的，今天算我的。我还有点事，急着回邙北处理一下，晚上就不陪张局长了，改日张局长抽个时间到邙北去，我一定陪张局长尽兴！”

张局长还要争，刘驰已经打电话把郭和强叫来，给他递了个眼色，郭和强就夹着手包跑出去结账了。

临出门的时候，刘驰转身紧紧握住张天南手，说道：“张老兄，天阳市旅行社这边就拜托你多做做工作了。”虽然他明知道张天南这种承诺像镜中花、水中月，但是也聊胜于无。刘驰现在就像是溺水的人，伸手乱抓，迫切希望能抓住点什么救自己，哪怕是一根稻草。

张天南点头笑着，嘴里喷着酒气说：“一定，一定！刘书记的交代，我一定会放在心上。”

中原山水建设集团在距离中州市十几公里外的黄河滩地上，修建了一座巨大的狩猎场，里面放养着各种飞禽走兽供人狩猎。狩猎场建成之后，生意非常火爆，中州市的达官贵人成群结队地来狩猎场狩猎，让中原山水集团赚了个盆满钵满。

今天是周一，狩猎场不对外营业，而是进行内部休整，补充一些猎物，清理隐蔽在角落没有被发现的受伤猎物和死掉的猎物。

可奇怪的是，狩猎场里却有两个人大模大样地拿着双管猎枪在场中打猎，原来正是邙北市副书记兼常务副市长赵长风和身材魁梧的方天雷。

“奶奶的，这双管猎枪真是不习惯，还是小口径步枪好用。”方天雷骂骂咧咧地推上一发子弹，“如果这是小口径步枪，那只野兔早就挂了，又怎么会逃走。”

赵长风笑着挖苦道：“天雷哥，我看你是当惯了领导，枪法生疏了吧？上次你的警卫员小刘拿着双管猎枪打兔子，还不是一枪一只？”

“嘿嘿，那是他运气好。比枪法，他比我差远了。不信待会儿回去问问他，看他上次在靶场和我比赛，究竟是谁赢了。”

“行了，天雷哥。还好意思说。以为我不知道啊？那叫首长枪，战士们和首长比试，都会让着首长的，谁敢赢了首长啊？还想不想进步了？”赵长风继续挖苦道。

“长风，你小子给我留点面子好不好，今天吃了枪药了？我不就是比你多打了两只兔子吗？”方天雷洋洋自得。

正说话间，一辆奔驰车开进了狩猎场，阳江超从车里跳下来，快步往这边走来。“方参谋长、赵市长。”只要有外人在场，阳江超一直称呼赵长风职务。

“阳总，回来了？什么情况？”赵长风笑着招呼道。

阳江超看了一眼靶场的工作人员，笑着说：“我们回场部细说吧。”

“好，不玩了。”赵长风把猎枪递给旁边的工作人员。

方天雷则把子弹退出来后，把猎枪扔给猎场的工作人员：“老阳，你这靶场不过瘾啊。下次别弄什么猎枪了，弄些小口径步枪过来，那才刺激。”

阳江超对方天雷说：“那就拜托方参谋长多费心了。”

“老阳，态度不对吧？我只是提一个建议，怎么又把任务落到我身上了？”方天雷笑骂了一句。

阳江超了解方天雷的脾气，也不多说，笑嘻嘻地陪着赵长风往场部走去。

到了场部，漂亮的服务员连忙从冰箱里拿出上好的信阳毛尖，为三个人泡好，然后就自觉地退了出去。

“什么情况，说说吧。”赵长风端着茶杯，轻轻嗅着茶杯中散发的清香。

“欧阳应龙找到了我，说可以帮我弄一个天阳市政协常委的位子，代价是以两千五百万元购回邙北市黄金地质公园。”阳江超简单地把情况介绍了一遍。

“哦，好大的口气啊。”赵长风笑了一下，问道，“你怎么说？”

“我说邙北市黄金地质公园让我伤透了心，实在不愿意再搞下去了。可是欧阳应龙一直软磨硬泡。旁边又有省旅游协会的一个副秘书长做说客，我最后只好答应考虑一下。”

赵长风点了点头，扭头征询方天雷的意见：“天雷哥，你看呢?”

方天雷说道，“倒是可以考虑一下。反正黄金地质公园只要回到老阳手里，那就是一台印钞机，而且还可以捞一个天阳市政协常委的职务，这买卖可以干。”

赵长风点头道：“天雷哥，我也是这个意思。可以考虑把黄金地质公园收回来，但是价格必须要压。”他又把目光移向阳江超，“老阳，你应该知道，当初我让你建设黄金地质公园的目的是什么。当然赚钱很重要，但是除了赚钱，我还有另外的想法，那就是通过黄金地质公园，带动邙北市第三产业的发展，给邙北市山区那些贫苦百姓寻找一条新的致富道路。现在黄金地质公园不景气，固然害惨了刘驰，但是公园周边那些从信用社贷款修建了农家乐、小饭店的山民们也活得艰难啊。当初可是我让人下去做工作鼓动他们贷款修建农家乐、农家宾馆、小饭店的，现在必须给他们一条活路。”

“赵市长，我听你的，你让我接下来，我就接下来。”阳江超毫不犹豫地说。

“阳哥，接下来之后，你就是天阳市政协常委了。”赵长风说道。

“什么政协常委，我还真不稀罕。”阳江超笑着说，“有方参谋长和赵市长罩着，我要那些头衔干什么?”

阳江超也不再在这个问题上纠缠，他把话题转移开，问道：“赵市长，我还是有个担心。这次我如果把邙北市黄金地质公园收回了，他们暂时可能不会有什么想法。等再过一两年时间，黄金地质公园的市场规模被培育出来了，到时候他们再搞鬼抢了去……”

赵长风微微一笑，拿嘴往方天雷那边一努，说道：“阳哥，不是有现成的人在吗，你找他啊!”

“长风，你小子真会使唤人啊!”方天雷连连摆手道，“老阳，担心什么？刘驰是市委书记不假，但长风也是市委副书记兼常务副市长，到时候就能任由刘驰胡来？放心吧!”

赵长风摆了摆手，说道：“天雷哥，你这个说法很不负责任啊！这不是逼着班子不团结吗？我可不能给上级领导留下这么一个印象，送上这么一个辫子，有时候，侧面解决比正面硬来效果要好得多啊！”

方天雷苦笑了两声，说道：“长风，我看出来了，什么今天天气不错，请我来打猎。你纯粹是和老阳合谋，把我绕进去。对不对？”

赵长风耸耸肩膀，笑着说：“天雷哥，你是我哥，我不找你帮忙找谁？你如果不愿意帮，我回去跟佳怡说去。”

方天雷连忙道：“好了好了，长风，我帮，你别回去跟那小祖宗说。”

阳江超看着赵长风和方天雷斗嘴，在一旁嘿嘿直乐。

方天雷瞪了阳江超一眼：“你乐什么？恐怕长风的鬼主意你当初也有参与吧？是不是，老阳？”

阳江超连忙摆手道：“参谋长，您这可误会我了。我连什么主意都不知道，又如何能参与呢？”

方天雷哂笑道：“还能有什么主意啊？长风这小子既然找上我，还不是打部队的主意。让我想一想啊。”

他点燃一根烟沉思了一会儿，拍了一下大腿：“这样吧，这黄金地质公园收回来之后，就辟出一块地方，搞一个国防教育基地，我再派人过去和黄金公园签订一个军民共建协议，把黄金地质公园建成军民共建公园，有了军队这个招牌，看谁还敢打公园的主意？”

“好，太好了！”阳江超眼睛一亮，他还真没有想到这个主意。阳江超再看赵长风，一点都不惊喜，成竹在胸地笑着，看来赵长风是早就打好了这个主意，要不然也不会让他去找方天雷。

方天雷掸了掸烟灰，又说道：“老阳啊，但是也不能便宜你。你也得为我做点事。”

“参谋长这是批评我啊！”阳江超笑着起身为方天雷和赵长风的茶杯里都续了点水，“参谋长有啥事只管吩咐，能办到的我一定办到，不能办到的我创造条件也要办到。”

“长风，你看看这个老阳，说话就是中听。”方天雷哈哈大笑，“老阳，有这么一个情况。前一段时间部队合并，我原来的部队里有一批特种兵复员了，他们家都是农村的，回去也没有什么机会，就想在外面谋一个工作。可是这些人除了打打杀杀外还真没有别的本事，我一时也没有想到什么地方能安置。你收回邙北市黄金地质公园之后，不是也需要保安维持公园的正常秩序吗？给我消化几个人，工资也不需要太高，够他们养家糊口就行，怎么样？”

“参谋长，太好了！”阳江超喜出望外，“你这是帮我解决了大问题啊。有这些特种兵在黄金地质公园巡逻，邙北市那些青皮流氓算什么问题？没说的，工资上我绝对不会亏待这些兄弟的！”

“那好，这两天我安排他们过去，你看一看，挑几个人吧。”方天雷说。

“参谋长，不用挑，你有多少人需要安排，都弄过来吧。”阳江超说，“中原山水建设集团不光是邙北市黄金地质公园，有很多景区都需要人手。这些特种兵可是不可多得的人才，有多少我要多少！”

“老阳，有你这句话我就放心了！”方天雷哈哈大笑，“改天我如果转业了没地方去，就到你的山水集团去。”

“参谋长，你这可是取笑我了！”阳江超讪讪地说，“参谋长前程远大，岂能是我这小庙能养得起的。”

赵长风在旁边听着，心思却忽然一动，他一直在考虑司机老邢的问题。老邢跟在他身边一年半了，人很勤快，又忠心耿耿，眼看年龄也不小了，赵长风觉得应该给老邢一个交代，帮老邢安排一个去处。

一般来说，领导身边的秘书和司机都不会干太长时间。秘书呢，领导是要放出去任职的，等将来这些秘书们成长起来，那都是领导自己的势力。即使领导将来退下来了，到这些秘书那里，还是能享受到应有的待遇。而那些司机，领导放出去明着的理由是犒劳身边人，实际上却是防着司机。司机和领导的关系在某种程度上甚至比秘书和领导的关系更亲密。领导干的一些事，可以背着秘书，却瞒不过司机，尤其是在很多领导不会开车的情况下，更是离不开司机。所以领导每隔一段时间就要换一下身边的司机，这样就可以防止司机掌握太多自己的秘密。当然，对于换掉的司机，领导一般会安排一个比较好的去处，这样才能够让司机心满意足，守口如瓶，不去发领导的牢骚。

赵长风打算安排老邢还没有那么复杂的考虑，他主要是看老邢已经过了四十岁，再不安排就不好安排了。另外也是觉得，别的领导的司机都有个好的去处，老邢这么忠心耿耿的，赵长风也得给老邢一个交代。至于说秘密，赵长风还真没有多少。在金钱和情人方面，赵长风绝对是个不粘锅，没有什么好保密的。

如果以前要换老邢，赵长风在邙北市还没有完全掌握话语权，现在赵长风要换老邢根本不用考虑这些。邙北市常委会里赵长风这一系的势力最大，举手投足就足以影响常委会的决定，给老邢安排个去处还是很容易的。赵长风现在考虑的是，换了老邢之后，要找一个什么样的人来接替老邢。最起码在邙北市政府小车班里，赵长风还没有找到合适的人选。听了方天雷的话，赵长风忽然想到，如果找一个退伍的特种兵当自己的司机，岂不是两全其美。首先方天雷自己的兵，在忠诚方面没有什么问题，其次特种兵掌握很多技能，开车对他们来说只是小儿科，更重要的是，这些特种兵都身手不凡，赵长风带在身边，名义上是司机，却又可以兼任保镖。虽然说赵长风是一个市委副书记，平时不一定用得上，但是带着这么一个人等于多上了一道保险，将来一旦有什么问题，就能派上了用场。

心里想着，赵长风就对方天雷说："天雷哥，我这边想要换一个司机，能不能在你的老部下中帮我物色一个？"

方天雷道："长风，我就等着你开这个口呢！一个堂堂的市委书记，身边必须有一个得力的人啊。人选我早给你物色好了。"

"天雷哥，我的想法总是逃不脱你的法眼啊。"赵长风说道，"这个人现在在哪里？"

方天雷说道："这个兵叫方忠海，是当初全军比武大赛的尖子……"

"方中海？"赵长风叫了出来。

"怎么，你认识？"方天雷问道。

"真是巧了，我们政府办就有一个副科长叫方中海的。"赵长风说道，"他是中间的中，海洋的海吗？"

方天雷摆了摆手道："差了一个字，他是忠诚的'忠'。是我们老家村里出来的兵，算起来和我家有点远房亲戚的关系。"

“哦，那就更是自己人了。”赵长风点头道。

方天雷说道：“人是绝对靠得住的，没有问题。方忠海是当年全军比武大赛第一名，只是运气不好，赶上裁军。去年年底复员之后，地方上还没有安置，目前关系还挂在县里。”

“这个人我要了!”赵长风立刻说，“天雷哥，你让他直接去找我，那些手续我找人帮他办理。“

四月份，经过一个月的谈判，中原山水建设集团以两千两百万的价格购回了邙北市黄金地质公园。接手之后，中原山水建设集团立即宣布黄金地质公园进行停业整顿，又经过将近一个月的紧张筹备，邙北市黄金地质公园终于赶在五一黄金周重新开业。

五月一日开业当天，邙北市黄金地质公园就迎来了将近两万游客，仅仅是门票收入就突破了一百多万元。

黄金周过后，人民解放军某部忽然宣布，和邙北市黄金地质公园签订协议，把黄金地质公园建立成军民共建公园，同时还在黄金地质公园里开辟了国防教育基地。紧接着，黄金地质公园忽然来了十几个保安队员，这些队员个个身材魁梧、身手敏捷。曾经有几个不开眼的小痞子去捣乱，被一个保安队员轻易就收拾了。

第六章　赵省长大胆提拔唯才是举，赵长风为民谋利赴汤蹈火

赵长风是赵强省长的得力干将，赵省长把他安排到邙北市，就是希望他能够大胆工作，做出成绩。赵长风也没有辜负赵省长的重托，认认真真做人做事，时刻牢记为人民谋福祉，把事情做得风生水起，终究闯出了一番天地，被省委组织部推荐到粤海县当县长。这个消息传来，立即震动了邙北。

李长根端着茶杯站办公室的窗边，若有所思地望着下面的大院。副主任王建军悄悄地在李长根身边站了一会儿，忽然笑着说："李主任，真是想不到啊！"

李长根好像这才发现王建军进来似的，"哦"了一声，说道："建军来啦？"又问道，"想不到什么？"

王建军指了指政府大院，又指了指马路对面的市委大院，笑道："真想不到，咱们大院会比北边更热闹啊！"

可不是，这一年来，市政府大院越来越热闹，下面各乡镇、市直各部委局办领导以前都是到市委大院去汇报工作，今年却像约好了一样，一窝蜂地都跑到市政府大院汇报工作了，原来显得空旷的市政府大院连个停车位都不好找。而对面的市委大院，就显得有些门前冷落了，进去的车稀稀拉拉的，多数还是刚从政府大院开过去的。

李长根摩挲着手中的茶杯，点了点头，没有说话。转身回到了办公桌前。

王建军又跟了过来，笑道："李主任，我有个想法。"

"哦?"李长根停了下来，转身望着王建军。

王建军笑了笑，说："你看来咱们大院的车，公爵王、蓝鸟、红旗，什么都有，哪一辆不比市长的高级？即使同样的桑塔纳，也比市长的车新许多。咱们是不是提个建议，给小车班再添一辆公爵王?"

李长根看了一眼王建军，想说什么，话到嘴边，却变了一个调子："建军，你这个提议很好。我看就由你去向市长建议一下，好不好?"王建军这种想法，李长根早就有，并且不止一次地在赵长风面前提过，但是每次都被赵长风毫不留情地堵了回来，现在王建军愿意去碰这个钉子，也就由他了。

"我是想先征求一下你的意见啊。"王建军道，"你是政府办的大当家啊。"

"建军，其实用不着这么复杂。"李长根手里继续拧着茶杯盖，"按照分工，你是专职跟着市长的，你可以直接向他提建议。"

"那是，不过我的建议也得征求你的同意。"王建军依旧笑容满面，"李主任，你如果没有意见，那我就去向市长汇报去了。"

王建军出了门之后，李长根轻轻地摇了摇头，他和王建军之间的定位还真是别扭，王建军是专职为赵长风服务的副主任，理论上要服从他的领导，实际上他又领导不了。赵长风虽然处处维护他这个政府办主任的权威，但是一直这样下去，也不是办法。

王建军来到赵长风办公室门口，看到走廊外面周庄镇田书记和白庄乡李乡长都在外面站着，时不时瞄着赵长风办公室的门，就知道这两位也在等候向赵长风汇报工作。

田书记和李乡长看到王建军过来，连忙殷勤地迎上来，口中亲热地叫着王主任，争着给王建军递烟。

"里面有人?"王建军指了指赵长风的办公室，伸手接过了田书记手中的烟。李乡长脸上就有些不好看，田书记心中却得意洋洋的。王建军是赵长风身边的人，他接谁的香烟不接谁的香烟，很有讲究，往深里说，这其实代表了赵市长的态度。

"财政局苏局长刚进去。"田书记说道。

王建军点了点头，说："要不两位到我办公室坐一坐？"

田书记和李乡长连忙摆手道："多谢王主任，不用了，我们就在外面等着。"

王建军笑了笑，知道这两位是怕有人插队抢在他们前面，现在见赵长风一次不容易。他又招呼了一声，这才回到自己的办公室。看看手表，估计要下班了，王建军这才起身往外走，见走廊里已经没有人，王建军暗道，今天市长终于可以按时下班了。

推开赵长风的办公室门，赵长风正在冲刘俊康发脾气："俊康，我交代多少次了，这些人的问题都去找主管市长汇报。不能都弄到我这里来吧？"

"我拦不住啊！"刘俊康低声解释道，"他们都是部门和乡镇的领导，硬要过来，我总不能往外架吧？"

赵长风正要说话，却看见了王建军，就说道："老王，你来得正好。政府办要搞一个办法出来，制止一下这种不正常的现象。大事小事都往这里跑，还要不要工作了？"

"市长，我下去就和李主任讨论一下，搞一个办法出来。"王建军立即回答说。

赵长风这才"哼"了一声，放过了刘俊康。刘俊康感谢王建军给他解了围，说道："王主任，我去给你倒茶。"王建军连忙伸手拦住："刘科长，不用了，我刚在办公室喝饱。"

刘俊康也不勉强，说："王主任有工作要汇报吧？"就退回了他的小办公室。

王建军拉开椅子坐到赵长风对面，看了一眼赵长风的脸色，这才说道："市长，我有个想法要向你汇报一下。"

赵长风一边收拾着桌上的文件，一边"嗯"了一声。

王建军就说："同志们都反映，市长的专车都开了好几年了，太过老旧，和邙北市大好的经济形势不相符，市长你看，是不是该换一辆新车了？"

赵长风停了下来，抬头说："没这个必要吧？那辆桑塔纳车况很好。还是把有限的资金用在发展邙北市经济上去吧。"

王建军说："市长，邙北市现在经济形势一片大好，也不差一辆小车的钱。给市长换一辆新车，速度又快又安全，就提高了市长的工作效率，邙北市的经济发展不是更快了吗？再说市长的专车也代表邙北市的形象。你到天阳市汇报工作、到外面和别的县市领导交流，还有要接待外来的投资商，这车的形象直接影响他们对我们邙北市的第一印象啊！"

"老王，刘书记才代表邙北市的形象呢。他那辆公爵王开出去就行了。我的车就不用换了，桑塔纳挺好，再开两年没问题。"

"可是市长……"王建军还要坚持。

"老王，这个问题以后再说吧。如果没有别的事，那就先这样了。"赵长风又低下头整理文件。

王建军嘴巴动了动，终于没有再说。虽然在赵长风这里碰了个钉子，王建军却一点也不尴尬，心里反而特别舒畅。赵长风同不同意他的建议不要紧，重要的是，他已经让赵长风知道，他王建军是关心赵市长的，这就足够了。眼见这段时间李长根跟赵长风越来越近，王建军就有一种危机感。他必须采取措施来改变眼前这个局面。今天他到李长根办公室去商量这件事，表面上看是尊重李长根的主任权威，实际上却是向李长根委婉地提醒，他王建军虽然是个副主任，但是按照分工，他就是赵长风赵市长的"大秘"，而不是李长根。

王建军又坐了一会儿，见赵长风不说话，就起身要走。赵长风却忽然抬起头说："老王，你……"王建军立刻站住，眼睛殷切地望向赵长风。不料赵长风却又摆了摆手道："算了，回头再跟你说吧。"

"市长，我随时听候你的吩咐。"王建军赤裸裸地表了一句忠心，这才退了出去。

下班后，老邢把赵长风送到湖月山庄七号别墅，正要离开，赵长风忽然说："老邢，你跟我来一趟。"

老邢连忙拔掉车钥匙，跟赵长风进了别墅。

"坐吧。"赵长风指了指身旁的单人沙发，老邢连忙小心翼翼地坐下。赵长风手指在大腿上敲了两下，和蔼地问道："老邢，你跟我多长时间了？"

老邢心中一阵热血上涌，有些结巴地说："一年、一年零九个月了。"

"时间过得真快啊！"赵长风感慨了一句，"都快两年了。"

老邢紧张地屏住呼吸，大气也不敢出。

赵长风又说："老邢，说起来耽误你了。你跟我这么长时间，一点进步都没有啊。想不想换个地方？"

老邢眼泪都快出来了："市长，我是不是做错什么事了？你说出来，我改行不？你不管怎么罚我都行，千万不要把我赶走，我还想跟在你身边为你服务。"

赵长风没有想到老邢会这样想，他有心吓唬一下老邢，看看他究竟有没有私下里搞过什么小动作，就板着脸说："那你先说一下，你究竟做了哪些错事。我可事先声明，就这一次机会。"

老邢哭丧着脸说："我跟你这么久，就做错了一件事，就是去年去天阳火车站接李昌文李总的时候，不该怠慢他们。"

"哦，还有这件事啊？"赵长风笑了起来，"其他还有什么事？"

老邢拼命摇头道："老板，真的没有了，我老邢如果还做了其他什么对不起你的事，就让我们老邢家断子绝孙。"

赵长风吓了一跳，本想和老邢开个玩笑，没有想到老邢发这么重的誓。"老邢，你发这么重的誓干什么？你跟在我身边快两年了，我还能不了解你？"赵长风说道。

"老板，我……"老邢又哽咽起来，"那你为什么要赶我走？"

赵长风笑了一下，问道："老邢，你今年多大了？"

"四十五了。"老邢答道。

"都四十五了，你总不能开一辈子小车吧？"赵长风说道，"得考虑考虑将来啊！"

"我跟老板开车，就是最好的将来。"老邢梗着脖子说，"你不要赶我走，我要一直为你服务！"

"老邢，不替我开车，就不能为我服务了？为我服务的方式有很多种啊，不要局限于开车这一件事，眼界放宽一些。"

老邢垂下头来，搓着粗大的双手说："我，我只会开车，不开车，我不知道还能干什么。"

"不会干可以学。就像开车一样，谁也不是天生就会开车的，都是后来学会的。其他工作也一样，只要肯学习肯钻研，没有翻不过的火焰山！"

赵长风语重心长地说，“老邢，你年龄不小了，也得为以后考虑考虑了。如果我继续让你为我开车，那就是对你不负责啊。”

“市长，我、我……”老邢眼里含着泪，不知该说什么。

“老邢，我知道你的心意。你什么都不用说。”赵长风摆了摆手，“我这里替你想了两个去处，你听听看，一个是去邙北市交警大队，一个是去邙北宾馆。职务暂时也不能安排得太高，交警大队副大队长或者邙北宾馆副经理。当然这个最后还得由组织决定。”老邢为人老实，又是自己人，所以赵长风说话也没有什么顾忌，很直白地把话都说清楚了。如果不交代清楚，老邢太老实，容易钻牛角尖，以为赵长风不过是想找个借口把他赶走而已。

“我，我干不来！”老邢红着脸连连摆手，“我真的不是那块料，我怕去了，给你丢人！”

“老邢，怕丢人就好好学习，好好钻研业务！只要虚心好学，没有太大难度。”顿了一顿，赵长风又说，“这两个地方究竟哪一个适合你，你现在也不必急着答复，可以回去考虑一下，什么时候考虑好了，什么时候给我答复。当然，这两个地方只是我的初步想法，你如果有什么自己的想法，也可以提出来。”

“这两个地方就很好，不管什么地方都行。”老邢脸涨得通红，“只是，只是，我不能走啊。我走了谁替你开车啊？小车班里那几个人，我不放心。”

赵长风笑着拍了拍老邢的肩膀道：“新司机的事好说，关键是你的安置问题。你现在首要问题就是要考虑好交警大队和邙北宾馆，你究竟去哪边。至于其他问题，暂时不用考虑，行吧？”

老邢哽咽着站了起来，冲赵长风深深鞠了一躬，说：“市长，我是个粗人，不会说话。有什么事，只要你撂下一句话，刀山火海我都往里闯。”

赵长风连忙站起来把老邢扶起，批评道：“老邢，我们可不能搞这一套啊。那你回去好好考虑一下？”

老邢说：“不用考虑了。你替我决定，你说让我去哪儿我就去哪儿。但是我有一个要求，在你没有找好司机之前，我还留在你身边开车，行不？”

“老邢，你呀！”赵长风摇头苦笑道，“好吧，我答应你！”

老邢不好意思地笑了起来，这才和赵长风告别。

第二天早上，李长根来汇报工作，等赵长风指示完毕，李长根夹着文件要走，赵长风忽然抬头说道：“老李，等一下。”

李长根连忙站住，双手抱住文件夹望着赵长风，轻声问道：“市长，什么事？”

赵长风沉吟了一下，说：“有这么个事，省里的老领导介绍了一个退伍军人，条件很优秀，关系挂在外县，还没有安置，你看咱们小车班……”

李长根连忙说道：“小车班正好缺一个司机，我正发愁没有合适的人选呢，市长你这个建议太及时了。”

赵长风笑了笑，说道：“那就给他办了？”

“马上办！”

赵长风打开抽屉，拿出一份材料递给李长根：“那这件事就交给你了，这是他的材料。”

李长根双手接过材料，翻看了一下，惊讶道：“还是特种部队的，这下我们小车班可捡到宝了。”

赵长风笑了一下，低头看文件。李长根见赵长风没有什么指示，就出去了。

方忠海身高一米七五，体型瘦瘦的，如果不是一脸冷酷的表情，真不敢让人相信他是特种兵出身，不过随后的一件事让人对方忠海的经历再没有什么怀疑。方忠海到小车班报到一周后，正好赶上全市职工篮球比赛，方忠海被选入了市直机关代表队。方忠海一上球场，就来了两个凶猛的扣篮，一下子场上的队员和场下所有的观众都惊呆了。在邙北市职工篮球比赛的历史上，还从来没有见过有人能扣篮呢，更何况扣篮的是一个身高一米七五的小个子？

老邢最后去了邙北市交警大队任副大队长，这是赵长风替他选的。赵长风考虑后觉得老邢这个人太实在，在宾馆这种迎来送往的地方还真不容易适应，老邢是司机出身，到交警大队也算是专业对口。

这天，赵长风接到史墨兰的电话，说要到邙北市来一趟，视察一下煤层气管网建设的进度。

“当然，这不是主要目的，主要目的是要给你一个惊喜。”史墨兰在电话里神秘地笑着。

“惊喜，什么惊喜？”赵长风一头雾水，“史总，莫非决定免掉我们邙北市欠中都公司垫付款项的利息吗？”

“休想！”史墨兰笑骂道，“你一个堂堂的大市长，就那么抠啊？邙北市又不是你自己家开的，省下的钱能归你自己？别说那么多了，晚上一定给我安排个好地方，如果怠慢了，我让你吃不了兜着走！”

放下电话，赵长风挠了挠头，也想不出来史墨兰究竟能带给他什么惊喜，索性也就不想了。抬起头来，却看见刘俊康夹着文件夹正往他这边看，一碰到他的目光，刘俊康连忙低下头来，嘴角露出一抹神秘的微笑。

“笑什么？鬼鬼祟祟的。”赵长风哼了一声，问道，“什么事？”

刘俊康跨前两步，双手捧着文件夹递给赵长风：“这是需要你签署的文件，你看看。”

赵长风翻开看了看，没有什么需要特别关注的，就拿起笔龙飞凤舞地签上自己的名字，把文件夹合上，递还给刘俊康。

“刚才为什么笑得那么鬼祟？”赵长风随口问道。

“没有啊。老板，没什么事。”刘俊康接过文件夹，支支吾吾地说。

“肯定又在搞什么名堂。”赵长风哼了一声，“你一会儿打电话到巴江水去，订一个包间，另外通知韩书记和高市长，看他们晚上有没有空。”

“好的，我这就去。”刘俊康应了一声，退了两步，这才转身出去。

赵长风摇了摇头，拧上钢笔，抬手拿起桌上的电话：“太龙书记，我是长风啊。在中州呢？”

“是啊，还要再开两天会。”包太龙问道，“长风书记，你有事？”

“也没有什么事。”赵长风说，“今天晚上中都公司的史总要过来，我本来想你如果能回来的话，一起见一见。”

“啊？这，唉，太可惜了！”包太龙挠了挠头说，“晚上有个活动，李书记要亲自出席，不然……”包太龙早就听说中都公司的史墨兰神通广大，一直想和史墨兰建立联系，赵长风知道他有这个意思，所以这次史墨兰过来，才会打电话给包太龙。

“太龙书记，以后机会还多。中都公司项目就在咱们邙北市，史总还会再过来的。”赵长风说，“你还是先忙吧。”

包太龙叹了一口气道：“也只能这样了。”

赵长风又拨通了路大为的电话：“老路，是我。”

“赵书记，您好，您好！”电话里传来路大为殷勤的声音。

“中都公司史总晚上要来……”赵长风说了半句话。

“史总啊？久闻大名，一直没有机会认识呢。”路大为兴奋地说，“晚上地方定好了吗？要不我去安排？”

“老路，这么想出血啊？有的是机会，下次吧。”赵长风笑吟吟地说，“这边已经安排好了，巴江水食府。到时候你直接过去。”

“好的，好的，我下了班就去。”路大为连连点头。

放下电话，赵长风笑了笑，比起韩加森和高胜强来，赵长风一直很注意给路大为多一点照顾。这种半路投靠过来的人，内心都很敏感，特别注意老板对他的态度。像韩加森和高胜强，让刘俊康打个电话通知无妨，但是对于路大为，赵长风一般都是亲自打电话过去，让路大为内感觉到给予了他足够的尊重。

眼看到了五点半，刘俊康推门进来，对赵长风说：“刚才接到王秘书的电话，说已经过了天阳西收费站。”

赵长风“嗯”了一声。

刘俊康又说：“还在皇上皇包间，高市长和韩书记那边我都通知过了，他们下了班就去。”

赵长风点了点头，抬腕看了看手表，说：“走吧，先去市委招待所。”

刘俊康应了一声，小步跟在赵长风后面，用手机通知了方忠海。

下了楼，方忠海已经把车正好停在台阶下，规规矩矩地站在车门旁边。刘俊康心想，这个方忠海看着年龄不大，怎么比老邢还要沉稳一些，怪不得赵长风会让李主任到几百里外把他要过来呢。

赵长风刚在市委招待所出现，马大海就得到消息迎了出来。

“赵书记，好久没有来招待所视察工作了。”马大海热情地伸出双手。赵长风的手轻轻地和马大海碰了一下，问道：“五零六、五零七空着吗？”

马大海愣了一下，小声说道：“刘书记的客人住着呢。”

赵长风扫了马大海一眼，问道："刘书记的客人？省里哪个部门的？"

"我，我也不知道。"马大海知道他的小伎俩被赵长风看穿了，只好实话实说，"欧阳经理带过来的，说是刘书记有过交代。"

赵长风知道，肯定是欧阳应龙打着刘驰的旗号在这里接待狐朋狗友的。他淡淡地说："给你十分钟时间，把五零六、五零七两间房给我收拾出来。中都公司的史总马上就到。"

"赵书记，我……"马大海为难地看着赵长风。

"干不了是不是？那我找其他人干。"赵长风面色一变，伸手就向刘俊康拿电话。马大海连忙说："我马上去，马上去！"他也不敢等电梯，飞也似的沿着楼梯跑了上去，沉重的脚步踩得楼梯咚咚直响。

赵长风转身坐在大厅角落的沙发上，他倒不是有意要和欧阳应龙过不去，只是中都公司来头太大，又为邙北市的城市建设做出了这么重要的贡献，赵长风必须给史墨兰相应的礼遇。这个马大海，越来越不像话了，五楼那两间豪华套房是什么地方，是欧阳应龙这种人随便就可以住进去的吗？

随着"叮咚"一声铃响，电梯门打开了，里面走出一群人，为首的正是欧阳应龙，马大海拼命地在后面拉着欧阳应龙的手在解释着什么，欧阳应龙却一把推开马大海，快步向赵长风这边走来。

刘俊康一看，刚想上前阻拦，却见人影一闪，方忠海已经笔直地站在前面，挡住了欧阳应龙的去路。

"你给我让……"欧阳应龙正要发飙，可是一看方忠海冷酷的脸，不知怎么就呼吸一窒，竟然把半截话咽了下去。他随即又醒悟过来，想起了自己的身份，就大声说："你挡在这里干什么？快给我让开，我找赵市长。"可是气势上终究弱了几分。

方忠海冷着脸站在那里动也不动，仿佛根本没有听见欧阳应龙说话。

欧阳应龙想冲过去，还是没敢造次，他冲赵长风喊道："赵市长，你是什么意思？"

赵长风气定神闲地靠在沙发上抽烟，连眼皮都没有抬。

欧阳应龙脸色变了几变，跺了跺脚，冷笑道："好，赵长风，你真够威风啊！咱们走着瞧！"随即气哼哼地转身带着一帮省城下来的狐朋狗友离开了。

马大海看着欧阳应龙的背影，犹豫了一下，没有追过去。他挪了几步，垂着头来到赵长风身边，低声说：“赵书记，我向您检讨，您批评我吧。”

赵长风淡淡地一笑，伸手往烟灰缸里掸了掸烟灰，说：“不是刘书记吩咐的吗？你有什么错呢？回头我还要向刘书记解释一下，怠慢了他的客人呢！”

马大海面色大变，连声说道：“赵书记，您千万别……”

赵长风不理睬马大海，扭头对刘俊康说：“再打个电话，看看史总到哪里了？”话刚说完，刘俊康的手机就响了起来。

“是我。对对。好，马上。”刘俊康挂了电话，对赵长风说：“史总的车已经下了高速。”

赵长风就把烟掐灭，站了起来：“走，我们出去。”

从高速路口到招待所不过七八分钟的路，赵长风刚走到招待所门口，就看到一辆乳白色宝马和一辆银灰色凌志一前一后开了过来，停在了招待所的台阶下。王秘书抢先一步从副驾驶座位上下来，拉开车门，一双穿着肉色丝袜的玉腿并在一起移出了车外，王秘书欠身把手伸进车内，一只白皙的手轻轻地搭在王秘书的手掌上，随后一个女子婀娜多姿地从车内站了出来，抬起一张俏脸，笑盈盈地看着赵长风。

赵长风呆了一呆，叫道：“佳怡，你怎么来了？”

方佳怡嫣然一笑：“怎么，我就不能来吗？”

这时史墨兰从宝马车的另一边下来，走到赵长风面前，得意地笑道：“怎么样，大市长，是不是天大的惊喜啊？”

赵长风苦笑着摇头道：“都老夫老妻了，还惊喜什么。”方佳怡移上了两步，用手挽着赵长风的胳膊，手指却用力往赵长风大臂内侧用力一掐，低声冷笑道：“老夫老妻了，不稀罕了是吗？我就不能是天大的惊喜了？”

“嘿嘿，那倒不是。”赵长风轻声道，“注意场合。”然后才笑着对史墨兰伸出手来，说道：“欢迎史总来视察。”

史墨兰伸出手和赵长风轻轻一握，笑吟吟地说：“赵市长客气，我们中都公司在邙北市没少给赵市长添麻烦，我是特意来向市长道谢的。”

赵长风扫了一眼后面银灰色的凌志，却没有见有人从里面下来，心中有些疑惑，却又不好直接问，口中笑道：“史总，还有其他客人吗？先到房间歇息一下。”

史墨兰看了方佳怡一眼，嘴角挂着一抹笑意，摇头说：“没了，我们上楼去吧。”

“那好，那好。”赵长风转身在前面引路。他们刚走进大厅，银色凌志的车门打开了，里面闪出一个身影，悄无声息地跟了进来。到了大厅，这个身影忽然脚步加快，就要往赵长风身后扑去。忽然，另一个身影闪了出来，轻轻用手一带，只听这个身影“哎哟”一声惨叫，就摔了出去。

赵长风听到身后的动静，有些疑惑，这声音听起来这么熟悉？他扭头看去，只见方忠海挡在他身后，在几步外的地面上，一个俏丽的身影正在地上挣扎。

“灵儿？”赵长风大为惊讶，他快步上前，伸手把灵儿拉了起来，口中叫道：“你啥时候回来了？这又是在搞什么啊？”

赵灵儿龇牙咧嘴地揉着腰，不理睬赵长风，怒气冲冲地对方忠海喊道：“你是什么人？为什么要摔我？”然后她拉着赵长风的手：“长风哥，你一定要帮我报仇，收拾这个大坏蛋！”

赵长风有点弄不清楚情况，皱着眉头问方忠海：“小方，怎么回事？”

方忠海见赵长风那么着急去扶赵灵儿，就知道闯了祸，正低着头不知道如何是好，见赵长风问他，更不知道怎么回答了。

原来赵灵儿前两天从美国回来，先去见了方佳怡，和方佳怡商量好，她要给长风哥一个惊喜。然后她又到了中都公司报到，知道中都公司在邙北市有项目，史墨兰正要去视察，于是赵灵儿就想借着这个机会到邙北市去看看赵长风。她把方佳怡也拉上了，三个女人就往邙北市来了。

在路上赵灵儿想出一个捉弄赵长风的主意，让方佳怡充当天大的惊喜，她则不露面，然后悄悄地跟在赵长风后面，吓赵长风一跳。方佳怡和史墨兰都很喜欢赵灵儿，她不过刚满二十岁，也算是一个大孩子，就由着她胡闹，看看满口官腔的赵大市长会有怎样的反应。

可是谁都没有想到，赵长风身边多了一个特种兵出身的司机兼保镖，方忠海跟在赵长风身后，见一个身影扑过来，以为是谁要对赵长风不利，不由自主地做出了反应。还好当他拉住赵灵儿的手时，已经发现这是一个女孩子，连忙收了八分力气，要不然赵灵儿这一摔出去，一定动不了了，哪还能这样张牙舞爪。

赵长风知道这中间一定有什么误会，但是当着赵灵儿的面，他也不得不做出样子，假装生气地责问方忠海。

“市长，我跟在你身后，你妹妹她、她忽然从后面向你扑来，我以为是刚才那帮人回来对你不利，就挡了一下，谁，谁知道她……”方忠海红着脸解释。

“哦，原来是这样啊！”赵长风点了点头，对赵灵儿说：“灵儿，是一场误会，小方也是为了保护我。来，我为你们介绍一下，这位大美女就是我妹妹赵灵儿，刚从美国留学回来。这位是我的新司机，方忠海，特种兵出身。”

“灵儿小姐，对、对不起。”方忠海跨前一步，低头道歉。

赵灵儿哼了一声，说：“特种兵，很了不起啊！你也不看看，我像是坏人吗？呆头呆脑的！算了，原谅你了！”

方忠海这才松了一口气，退到了一边。心中暗想，下次动手前一定要看清楚，千万不能再闹出这样的笑话了。

方佳怡和史墨兰两个人站在一旁偷笑够了，这时候才迈步上来，对赵灵儿说：“灵儿妹妹，摔痛了吗？今天这个惊喜可是够大的。”

赵灵儿、方佳怡、史墨兰三个人在邙北市玩了三天才走。这三天里赵灵儿玩得很是尽兴，尤其是在邙北市黄金地质公园的寻宝区竟然找到了一块四十多克的砂金块，高兴得不得了。她当即在黄金地质公园的首饰街上让金匠把这金块融化，给爸爸妈妈各打了一只十克重的大戒指，剩下的二十多克打了一条项链，项链上挂着一只沉甸甸的观音，给赵长风挂上了。这让赵长风很是尴尬。好在方佳怡清楚灵儿和赵长风的关系，没有多心。他心中暗骂阳江超，弄这么大一块砂金块埋下去干什么？埋一个五六克的不就没有这么多事了？

赵灵儿临走之前，忽然跟赵长风提出了一个要求：“长风哥，我这次回来还没有去见老爸。你能不能抽个时间，陪我到北京看老爸一趟？”

“什么？你还没有见叔叔？”赵长风觉得很不可思议，“你的飞机不是在北京降落的吗？为什么不去见一见呢？”

赵灵儿脸上忽然闪过一抹羞涩，随即恢复了正常，她低头道：“我急着回家看妈妈。”

“哦。”赵长风点了点头，也没有继续问下去，他沉吟道，“去趟北京也好，我很久没有见叔叔了。只是你得等我把工作安排一下，可能要几天之后。”

“没关系。”赵灵儿说，“我正好去看看老师，见见同学，也需要几天时间。”顿了一顿，她又低下头说，“长风哥，你安排好了，就通知我。”

“好，好。”赵长风点头道，“那你待会儿就和你佳怡姐姐、兰姐姐一起回去，好吗？”

黄秘书亲自开车到机场接赵长风和赵灵儿，黄秘书以前并不知道赵灵儿和赵长风感情这么好，这次见赵灵儿一路上眼光都围着赵长风转，而对他都不怎么在意，他就改变了以前对赵长风的些许轻视，也一口一个“长风老弟”，很是亲热。

出了机场，开了将近两个小时，终于到了中原省驻京办事处，也叫中原大酒店。

进了大厅，服务员看到黄秘书进来，连忙一路小跑迎了过来。黄秘书点了点头，却不理睬服务员，只顾殷勤地在前面引着路，赵灵儿和赵长风并肩走在后面，不时低声地说笑，让黄秘书心中又羡又嫉。这个赵长风究竟有何德何能，让省长的千金如此看重他？

中原大酒店一共有三十八层，设置了四部电梯。其中三部电梯是普通电梯，最高只到三十五层，另外一部电梯却只设置了四个楼层按钮，除了一楼外，只在三十六、三十七、三十八层停留。这是因为中原大酒店最顶三层全部是用来招待中原省的领导和重要客人，不对外营业。

服务员抢先按了专用电梯的按钮，黄秘书把赵长风和赵灵儿让进去，这才跟着进了电梯，按了三十七层的按钮。赵长风心中暗笑，七上八下，省级领导也不能免俗啊，估计第三十八层都是留给省里的重要客人的。商人们喜欢发，领导喜欢上，各取所需吧。

到了三十七层，迈出电梯门，楼层服务员迎了上来，笑语盈盈地说了一声“黄处长好。”黄秘书虽然是秘书，却也是副处级干部了。

黄秘书点了点头，指了指着里边问道：“里面有客人吗？”

服务员答道：“刚走了一拨。”

黄秘书没有说话，领着赵灵儿和赵长风往里走。服务员拿着房卡跟在后面，到了三七一七号房间，用房卡刷了一下，然后闪到了一边，黄秘书就推开房门，笑着说：“灵儿、长风，请进。”

客厅又宽又大，借着明亮的光线，可以看出客厅的装修非常豪华，地毯软绵绵的，宽大的沙发上，一个人正靠着那里看材料，正是赵强。

黄秘书刚要上前说话，赵灵儿已经飞奔了过去，嘴里叫道：“老爸！”

赵强听到门响，刚把视线移过来，就看到女儿神采飞扬地向他奔来，心情也激动了，把文件往旁边一丢，已经站了起来。

“丫头！”话还没有说完，灵儿已经扑到他的怀里了。

“老爸，我想你！”

“嗯。”赵强抚摸着灵儿的肩膀，低头慈祥地望着她，“丫头，个子又长高了不少，都快赶上老爸了。”

“老爸，你身体还好吧？”

“好，很好，每顿都能吃两碗米饭呢！”赵强笑呵呵地说，此时他哪里还有一个省长的威严，只是一位慈父。

赵长风就在旁边笑看着灵儿和赵强说话，心中也感到很幸福。

好容易灵儿和赵强说够了，松开了赵强，赵强这才看到赵长风，笑着伸出大手招呼道：“长风，来了啊。”

赵长风连忙跨前一步，握住赵强的手，感受着传来的温暖和力度，口中说道：“您好。一直想来北京看您，又怕给您添麻烦。这么久不见您，您好像又年轻了几岁。”

“长风，你啥时候变得油嘴滑舌的？”赵强笑眯眯地说，“生老病死是自然法则，我难道能逃脱这个自然规律，越活越年轻了？”听着好像是批评，可是话里透着一股说不出的亲昵。

赵长风连忙说道：“我说的可是大实话。不信你问灵儿啊。”

灵儿连忙在一旁帮腔道：“老爸，真的，你真的看着比以前年轻多了呢！长风哥没有骗你。”

赵强大笑起来，摇头道：“你们合起伙来哄我开心。是不是，小黄?”赵强这样的领导，当然深谙领导艺术，不会让在场的其他人受到冷落，他不露声色地让小黄加入到谈话中来。

小黄连忙笑道：“您真的是越来越年轻了呢！我跟了您这么久，一直纳闷，您究竟有什么养生秘方，每天这么忙碌，怎么精神还这么好？连我这个年轻人都快跟不上老板的工作节奏了！”

“呵呵，你们啊，三个年轻人都拿我这老头子开心。”赵强伸手虚点了一圈，“还站着干什么？都坐下说话。”

赵长风应了一声，侧身坐在旁边的沙发上。黄秘书则端起茶杯为赵强添了茶水，又端了两杯茶给赵灵儿和赵长风。

赵强顺手拿起茶几上的软中华，给赵长风丢了一根，然后往自己嘴里塞了一根。黄秘书过去弯着腰给赵强点上烟。赵长风心中感慨，他还是慢了一步，心中想着，顺手摸出了打火机，正要点上，赵灵儿却气势汹汹地过来，一把从赵长风嘴里把烟夺下，说道：“长风哥，你什么时候学会抽烟了？别跟我老爸学，他是个老烟枪！”

赵长风尴尬地看了看赵灵儿，又望了望赵强。赵强哈哈大笑道：“长风，灵儿说得有道理啊。抽烟不是什么好习惯，就不要跟着学了。”

赵长风搓了搓手，干笑了两下，正要说话，灵儿却转过身也把赵强的烟夺了下来，气哼哼地说：“老爸，知道是坏习惯你还要抽啊?”

赵强脸上的笑容一下子僵了，对赵灵儿说：“灵儿，改正习惯不是需要一个过程吗？要循序渐进，这次就算了，下次，下次我一定改正。”

赵长风和黄秘书在一旁拼命板着脸，想笑又不敢笑，脸上的肌肉拼命地抽动着，他们什么时候见过赵强如此狼狈啊。

“不行，哪有那么多下次?”赵灵儿板着脸说，“这次我可是拿了尚方宝剑过来的。妈妈特意交代我，一定要控制你抽烟。”

“好，不抽，不抽。”赵强苦笑了一下，看了一眼赵长风。赵长风立刻心领神会，对赵强说：“赵省长，我要向你汇报一下工作。”

“好！”赵强点了点头，站了起来，“跟我来吧。”迈步向书房走去。赵灵儿张了张嘴，却没敢说话。她平时和赵强如何说笑打闹都可以，一旦牵扯到工作，赵强是绝对不允许她在场的，连她妈妈都不行。

“臭家伙，你给我等着!”赵灵儿狠狠地瞪了赵长风一眼，心中骂道。

黄秘书知趣地没有跟过去，留在外面陪赵灵儿聊天。赵灵儿打开了电视，有一搭没一搭地敷衍着黄秘书。

进了书房，赵长风轻轻把门关上。赵强走到办公桌前，伸手从抽屉里面摸出两盒香烟，打开一盒往嘴里塞了一根点燃，这才把另外一盒扔给赵长风，笑着说：“表现不错，这盒就当是奖励吧。”

赵强狠狠抽了两口，过足了烟瘾，这才伸手掸了掸烟灰，看着赵长风说：“时间过得真快，转眼都下去快两年吧？怎么样，还适应吗?”

赵长风答道：“适应，在下面挺好的。我这次来就是想详细向您汇报一下情况。”

“你适应能力挺强!”赵强点了点头，“上次听你婶子说，你已经是邙北市的副书记了？进步挺快。”

“这都是托您的福啊。没有您的关心，我也不能进步这么快。”赵长风连忙说，“春节的时候我去了家里两次，都没有能见到您，没能给您拜上年，很遗憾。”

赵强严肃地说：“长风，不要妄自菲薄。能取得这些进步，一是你个人的努力，二是组织的信任和照顾，可与我关不关心没有关系。”顿了一顿，这才又放缓了脸色，笑着说，“至于过春节，给你婶子拜过了年，也是一样的，心意到了就行，是不?”

“您是省里的领导，在我眼里您就代表组织，没有您的关心，我不可能取得这么大的进步。”赵长风真诚地说。

赵强摇了摇头，虚指着赵长风说：“长风，这种思想可要不得啊！组织是组织，个人是个人，可千万不要混为一谈啊!”

赵长风知道赵强时间宝贵，也就不再啰唆，把这一年多来邙北市发生的事汇报了一遍，重点介绍了他主持之下邙北市实施的几大重点工程项目以及邙北市的一些人事变动：“我在邙北市能够取得这些成绩，与您平日里对我的谆谆教诲是分不开的。当初我听您安排我到邙北市去的时候，心里忐忑不安，生怕做得不好，给您抹黑，给省城干部丢脸，所以无论什么事都尽自己最大的努力去做。直到今天，我终于可以在您面前骄傲地说一句，这两年来，我在邙北市，没有给您抹黑，没有给省直机关的干部丢脸！”

“好，好啊！”赵强显然对赵长风非常满意。当初他派刘光辉到邙北市去是寄予厚望的，谁知刘光辉却是扶不起的阿斗，在邙北市被人排挤出了权力中心。这让赵强非常失望，所以才又派赵长风到邙北市去。

一般来说，一个领导干部安排自己人下去锻炼的时候，会尽量安排去不同的地方，这样布局才能掌握更多的地方资源和人脉资源。像赵强这样接连把两个自己人派到同一个地方去的情况非常少见。表面上看，赵强是为了让刘光辉提携赵长风，利于赵长风的成长，其实赵强内心是希望赵长风能够强硬起来，挽回刘光辉在邙北市给外界留下的过于软弱的印象。如果赵长风再在邙北市弄得狼狈不堪，被人排挤出去，那么赵强一系人马以后别说是邙北市，恐怕连天阳市都不好意思进去了。现在赵长风在邙北市干得风生水起，虽然还没有坐上市长的宝座，但是手中掌握着人事大权和财政大权，再加上团结了邙北市市委中的大部分常委，市委书记刘驰已经处于半架空状态。有了这样的局面，以后谁还敢小看赵强一系的人呢？

“长风不错！我没看错人！好好干，再接再厉！”

“我一定不辜负您的期望！”赵长风立即答道。

赵强满意地点了点头，抽开抽屉，又摸出一盒熊猫，撕开往嘴里塞了一根，本想顺手把烟扔在桌面上，却发现赵长风的眼睛死死地盯着他手里这盒烟，就笑了一笑，把烟放进了抽屉。他这个动作让赵长风干笑了两声，显然是大失所望。

“你小子不要那么贪心。”赵强笑道，“已经有两盒了，别再打主意了。”

赵长风尴尬地摸了摸下巴，乖巧地抓起打火机探过身替赵强点上，问道：“我一直想问您一个问题……”

“嗯？”赵强夹着香烟的手挥舞了一下，“说吧。”

“您在党校的学习什么时候结束？”

“还要三个月。”赵强瞟了赵长风一眼，“问这个做什么？”

赵长风往前挪了挪椅子，低声说：“我上次听光辉说，上面准备安排您到粤东去工作？不知道有没有这么一回事？”

赵强显然没想到赵长风会问这个问题，他沉吟了一下，说："这个很难说，要看组织上的决定。我只能说，目前存在着各种可能，其中以回中原省可能性最大。至于说粤东省，也听过类似的说法。"

"长风啊，"赵强忽然严肃起来，"老实说，这些都不是你应该关心的问题。你现在要关心的就是如何在上级组织的领导下把本职工作做好、做扎实。其他事都不要考虑，明白吗？"

赵长风心中一凛，连忙回答道："我明白了！"

在北京待了两天，赵灵儿和赵长风在一起的时间倒是比和赵强在一起的时间还多一些。刚开始赵长风没有觉察，后来就有些尴尬，所以就考虑找个借口先回去。

不久，天阳市就接到了省委组织部的通知，要他们推荐一名优秀的干部到粤东省粤海县担任县长。天阳市常委会上，魏新强毫不犹豫地推荐邙北市副书记、常务副市长赵长风，说该同志觉悟高、能力强，这样的干部应该给予更多的锻炼机会，无疑是到粤海县担任县长的最好人选。张培伦很欣赏赵长风的能力，不想放这么优秀的干部离开，提名了邙南县的朱县长。眼看着争执不下，分管组织工作的刘副书记就出来当和事佬，建议把两个人选都报到省里，由省里决定。于是常委会一致通过，推荐朱县长和赵长风，一起报到了省委组织部。

天阳市常委会刚一结束，赵长风就接到了这个消息。高胜强、韩加森、路大为等几个人都来到了湖月山庄七号别墅。

"市长，您千万不能走啊。邙北市的工作才刚刚打开局面……"韩加森说。

"赵书记，组织工作离不开您的领导，您要走了，组织工作又会是一盘散沙。"路大为也紧张地看着赵长风。

"市长，趁这事还没有定下来，您去活动活动，无论如何，您都不能离开咱邙北啊！"高胜强说。

刘俊康迟疑了一下，也说："市长，粤海县虽然只是一个县，但经济也比邙北市发达很多。按理说到粤海县去担任县长，由副处升为正处，我们应该恭喜你才对，可是，我真的舍不得你走啊，我还想继续为你服务。"

赵长风也被这个突如其来的消息震撼着，一时间也来不及评估这个消息对他的影响，可是又不愿意在几个部下面前失了分寸，便若无其事地笑道：“你们也太大惊小怪了吧？不管到哪里工作，不都是为人民服务吗？再说，这不是刚报到省委组织部吗？究竟会不会调我过去，还很难讲啊！”

高胜强是赵长风的校友，胆子大一些，他说道：“市长，就是因为没有最后定下来，所以您才要抓紧时间活动啊。现在您在邙北市说一不二，到了粤东省那个地方，人生地不熟的，又是北方人，想要打开局面，不知道又要花多少时间。关键是邙北市这几个大工程都刚刚铺开，还需要您的领导。您如果离开了，换一个领导过来，这些工程恐怕要横生波折啊。”

赵长风何尝不明白这个道理？在一些领导眼里，搞工程就是搞政绩，要想搞出政绩就要开建工程。虽然是利国利民的好工程，但一旦换了领导，就立刻被停了下来。因为前任留下的工程即使干好了，也都是前任的功劳，和继任者没有什么关系，继任者出力不讨好，所以继任者首要选择的就是上马一个新工程。赵长风要是真的到粤东去当县长，邙北市的这几个工程能不能继续下去，很难讲啊。

正想着，包太龙的电话也打过来了，比起韩加森、高胜强等人，包太龙的态度就隐晦得多，他问道：“长风书记，你听说了吧？”

“多谢太龙书记的关心，我刚听说。”

“那你怎么想的？”

“我还没有考虑好。”赵长风沉吟了一下说，“太龙书记有什么好建议？”

包太龙顿了一下，才说：“长风老弟，我倒觉得去粤东是一个机会。虽说你现在是副书记兼副市长，但毕竟还是副处，到了粤海县首先就可以一步跨过这个级别。从副处到正处，看着近在咫尺，但有些人穷其一生都迈不过去。就拿我来说吧，六年前就是副处了，现在依旧还在副处上踏步。当然长风老弟要能力有能力，要背景有背景，这一步对你来说肯定不难，但是与其等到以后，不如把握眼前现成的机会，你说是不是？”

“还有，按照干部交流的惯例，到东部经济发达地区锻炼过之后，回来肯定会得到重用的，这也是一种资历。你看看现在有多少省级干部都是从粤东地区出来的？所以于情于理，我觉得老弟还是要把握一下这个机会，争取到粤东去。将来等你进步了，提携兄弟一把吧！”

"太龙书记太客气了。"赵长风笑着说，"能不能过去，都很难讲，毕竟还要看省里的意思，我只有服从组织安排了。"

"长风老弟啊，现在可不是谦虚的时候，也不是打埋伏的时候。要动用一切资源，把这个指标争取到手啊！老弟其实比我聪明，何去何从老弟心里早就有数，我就不啰嗦了。老弟抓紧啊！"

"多谢太龙书记！"赵长风客气了一句，挂了电话，看到韩加森、高胜强、路大为几个人都在看他。

韩加森迟疑了一下，大着胆子问道："太龙书记什么意思？"

赵长风笑了笑，说："太龙书记和你们意见相反啊。他认为我应该到粤东去。"

韩加森就有些沮丧，嘴巴动了动，却没有说出话来。

赵长风沉吟了一下说："你们这种情绪很不对啊。政法委书记、组织部长、副市长，你们几个都是市领导了，在市里都是独当一面的。好了，不要胡思乱想了，都打起精神来，回去好好工作吧。"说着他就站了起来。

韩加森几个人连忙说："市长，那不给您添乱了。"

赵长风把几个人送到门口，一个个握手告别，语重心长地说："不管在什么样的情况下，一定要保持团结，团结就是力量。只要大家团结一致，又有什么困难不能克服，什么工作不能搞好？"

韩加森、高胜强、路大为相互望了一眼，对赵长风说："请您放心，我们一定会团结一致，不会让您失望的。"他们感觉到，似乎赵长风已经下定了决心，要到粤海县去了。

刘俊康低着头没有说话，眼看几个人走下了台阶，他扭头对赵长风说："市长，我还有点事想向你汇报。"

赵长风点了点头说："好，你进来吧。"

刘俊康跟赵长风进了客厅，看了看赵长风的脸色，说道："如果你要到粤海县去，能不能把我带过去？我还想继续为你服务。"

"俊康，"赵长风忍俊不禁地笑道，"我把你带过去，小李怎么办？这样牛郎织女的生活对小李是不是太残酷了一点？我可不想让她埋怨我！"

"雅帆绝对不会埋怨的，她的工作我来做！"刘俊康急忙说。

赵长风笑着摇了摇头："俊康啊，这个问题就别讨论了。即使组织上真的把我调过去了，我也不能让你过去。”

“为什么?”刘俊康的脸色很是难看。

“俊康，你跟着我也快两年了，要有上进心，要追求进步啊。你看，老邢都去交警大队当大队长了，你还跟在我身边，不是浪费人才吗？怎么着也得到下面锻炼一下。”他伸手拍了拍刘俊康的肩膀，“你的问题我本来打算过一段时间安排，现在看来这个问题迫在眉睫了，我马上着手给你安排。”

“我，我不是这个意思。”刘俊康脸一下子涨得通红，“我真的是想跟在你身边，继续为你服务。这两年来，你给我的已经太多了。”

“好了，俊康，这个问题我来决定，你就别管了。”赵长风说，“你目前要做的就是安心工作。”

“市长，”刘俊康低下头，红着眼圈说，“您是对我最好的人。”

赵长风坐在沙发上，轻轻挥了挥手，没有再说话。刘俊康侧身退了出去。

赵长风闭着眼，心中反复权衡着，还是拿不定主意。留在邙北市和到粤海县，都各有各的好处。究竟何去何从？这个关键时刻，赵长风想起了岳父方振华，以方振华的老成持重，在这个问题上一定能给他提出很好的建议。

“长风，你首先告诉我，你是怎么想的?”方振华听了赵长风的话之后，没有回答，先反问了赵长风一句。

“爸，我也拿不定主意。”赵长风说，“从我内心来说，还是渴望能到粤海县去，到经济发达地区去见一见世面。如果能学到东部沿海地区发展经济工作的先进经验，再回到中原省搞经济建设，是不是效果会更好一点？我觉得我现在眼界还是窄了一些。”

“但是如果离开邙北市，我又有点舍不得。我自己亲手抓了几大工程，没有见它们开花结果，我不甘心啊。”赵长风继续说，“还有佳怡。我在邙北市工作，她都有意见，如果去了粤东，天南海北的，佳怡肯定不会同意的。”

“佳怡你就不要考虑了!”方振华大手一挥，说道，“这不是什么难解决的问题。她舍不得你，可以和你一起到粤海县工作。关键是你要从利于工作、利于发展的眼光去看待问题。我觉得你前面考虑的就很好，到东部沿海去学习先进地区的发展经验，自己的工作能力绝对会有一个很大的提高，将来也好回来报效家乡，是不是?”

“爸，您的意思是，我到粤海县去?”赵长风小心翼翼地问。

“去不去看组织的意思。组织上安排你去，你就去。组织上让你留在邙北市，你就留下，总之，要服从组织的安排。”方振华说，“你目前要做的就是安心工作，不要考虑你个人的去留问题，一切听从组织安排，明白?”

“爸，我听您的。”

赵长风这边按兵不动，可是有些人却在努力活动。很有一批人希望赵长风能离开邙北市，虽然出发点不同，最后却形成了一股合力。

七月，省委组织部的决定下来了，调赵长风到粤东省粤海县担任县长。

消息出来之后，在邙北市引起了很大震动，尤其是前一段时间到市政府大院拼命走赵长风门路的人，他们心里很后悔，前一段时间岂不是做了无用功？谁知道形势竟然变得这么快，赵长风会忽然调走？于是熙熙攘攘的市政府大院冷落下来，市委大院又恢复了往日的热闹和喧哗。对于这个变化，市政府大院所有的工作人员都感觉很不是滋味，暗骂那些人势利眼。

决定下来之后，赵长风并没有马上就到粤海县上任，考虑到邙北市的特殊情况，省委组织部留给赵长风两个月的交接时间。

接下来邙北市发生了两件大事。第一件就是白庄乡原党委书记年龄过线退了下来，新任党委书记是刘俊康。赵长风虽然要到粤海县去，但毕竟还没走，目前还挂着分管党群工作的副书记头衔，掌握着人事大权，加上在常委会上又有人数优势，刘俊康被推到白庄乡党委书记的位置上也在情理之中。

但第二件事就让人看不懂了，就是市委书记刘驰提名副市长高胜强为市委常委的候选人，接替赵长风出任常务副市长。所有人都知道，高胜强和赵长风是校友，是赵长风的人，现在赵长风马上就要离开邙北市了，高胜强不被刘驰收拾就不错了，怎么反而被刘驰提名为市委常委、常务副市长？莫非是高胜强看到赵长风要垮台了，转而去投靠了刘驰？

其实这真是冤枉了高胜强，对于这个结果，高胜强也没有想到。市委常委会上通过对高胜强的提名之后，高胜强得到消息，第一时间就跑去向赵长风表白和诉苦。

赵长风听高胜强表白完，这才笑着说："老高，你是我的学长，我怎么会不相信你？如果我不相信你，刘驰提名的时候，我直接就投反对票，还能通过这个提名吗？"

高胜强诚惶诚恐地连声说是。

赵长风站起来，拉着高胜强并排坐到沙发上，拍了拍他的大腿，说："老高，你搞经济确实是有一套，邙北市商品批发市场被你搞得有声有色，极大地提高了邙北市的经济凝聚力，所以，能够被提名常务副市长来接替我的位子，也是众望所归。"

"市长，没有您的支持，商品批发市场如何能有现在的规模？"高胜强仍然惶恐不安，"我不过是想了一个点子。这个项目的款项都是您到省商业厅跑下来的啊。"

赵长风笑了笑，说道："老高，群众的眼睛是雪亮的，不会忘记那些为人民群众干了实事的人。"

高胜强这时候才相信赵长风真的没有生他的气，他放下心来，可是他心中还是有点困惑："市长，我真的不明白，为什么刘书记会提名我……"

赵长风沉吟了一下说："老高，如果我说是因为我，刘驰才提名了你，你相信吗？"

"相信，相信！"高胜强激动地说，"除了您，还有谁会主动想到我？除了您，谁还有能耐让刘驰提名我？"

"你的功劳摆在那里，除了你，还真没有人够资格来接任这个邙北市常务副市长。"顿了一顿，赵长风看着高胜强的眼睛，"详细情况我就不跟你说了。我这里只想交代你几句话。"

高胜强连忙恭敬地说："领导，请您交代，我会牢记在心里。"

"我离开邙北市，最放心不下的就是三个工程，第一，当然是煤层气管网的建设。虽说中都公司在省里有很强大的影响力，但是也需要我们邙北市积极配合，这项工程才能顺利进行下去。"

“第二个工程，就是银泰汽车配件制造公司。银泰公司帮我们还清了工人的风险抵押金，又消化了一千多名下岗工人，市里答应的优惠条件一定要继续执行下去，要保证政策的延续性。这个问题你接任常务副市长时，尤其要注意。”

“市长，我会坚决按照原来的政策执行，不打一点折扣!”高胜强严肃地回答。

“第三就是商品批发市场的二期工程，这个不用我多交代了。你本人负责这个工程的，知道这个工程对邙北市的影响。总之，八个字：真抓实干，不能放松!”

“是！我明白。”

赵长风点了点头说：“老高，还记得当初你和老韩、老路到我家来，我送你们的那句话吗?”

“记得!”高胜强答道，“只要我们大伙团结一致，什么工作都能搞好，什么困难都能克服!”

赵长风语重心长地说：“不错。我现在还是这句话，你一定要牢记在心。我虽然走了，你记得要多联系老韩、老路还有太龙书记，无论什么事，多商量总没有错，人多力量大。”

高胜强点了点头：“我明白。”

“明白就好。这个问题我就不啰嗦了。”赵长风笑道，“另外还有俊康、老邢，包括老霍，你们这些当领导的平时要对他们看紧一点，有什么错误，该批评就批评。”

高胜强心中很感慨，赵长风马上就要走了，却不忘把身边的人都安排妥帖，这样的领导如何不让人死心塌地地追随?他立刻表态道：“放心，俊康就不用说了，是我表妹夫。老邢和老霍，我们也会一直关心他们的进步的。”

赵长风见高胜强明白了他的意思，便笑而不语。

高胜强想了一下又说：“市长，晚上有时间吧?约老韩、老路、还有包书记出来，我请大伙开心一下。”

赵长风知道，高胜强还是有顾虑，担心韩加森、路大为会对他有想法，所以借着这次请客表白一下。正好赵长风也想和几个人在一起聚一聚，把一些事交代一下。

“好啊！高市长请客，这个机会可不能放过！”赵长风笑道，“不过邙北市可有点不够档次，我们杀到天阳去，让你好好放放血，如何？”

“只要大伙开心，就是到中州也不怕！”高胜强笑道，“那就这么定了，晚上一起到天阳！”

赵长风微笑着点头。即使他离开邙北市，这里的人事布局依然可以保证邙北市按照他铺好的轨道继续运行。

一般来说，任命一个普通常委，天阳市委还是会尊重邙北市市委书记的意见的，这也是为了维护市委书记的权威。这次有了刘驰和赵长风的联合推荐，又有邙北市市委常委的决议支持，高胜强很快就通过了上级组织部门的考察，七月中旬被正式任命为天阳市常委、常务副市长，暂时全面主持市政府的工作。

在任命没有下来之前，赵长风已经开始和高胜强进行工作交接，任命下来之后，交接工作进行得更快了，到了七月下旬，工作移交完毕。

邙北市为赵长风举行了极其隆重盛大的欢送宴会，四套班子人马全部出动。赵长风在酒宴上坚持不让刘俊康和方忠海挡酒，单枪匹马地把所有领导都干得人仰马翻。宴会结束后，包太龙、韩加森、路大为、高胜强等人又单独为赵长风举办了一个饯行宴，再次表达了对老同事、老领导的不舍之情。方忠海倒是没有多少感慨，因为赵长风已经答应他，到了粤海县后，会找个机会把他也带过去。

按照省委组织部的要求，给赵长风的交接时间是两个月，赵长风一个月就交接完了。他不急于立刻到粤海县去报到，打算休息一个月，趁着八月暑假，好好陪陪方佳怡。他到邙北市将近两年时间，和方佳怡聚少离多，这次难得有空闲，他很想好好补偿一下。

对于赵长风到粤东省去工作，方佳怡心里一万个不愿意。但是木已成舟，她也没有办法。好在赵长风答应陪她一个月，这让方佳怡很高兴。

方佳怡非常向往巴黎，只是一直没有机会去。赵长风虽然对巴黎不感兴趣，但是难得方佳怡提出要求，也就陪她去了半个月。剩下的半个月时间就由赵长风支配，他说：“粤海湾的银滩是著名的旅游胜地，我们提前去粤海县看一看，找一找感觉？”

“半个月时间，都在粤海啊？”方佳怡白了赵长风一眼，“我看你陪我旅游是假，到粤海摸情况是真吧？”

赵长风把方佳怡搂在怀里，晃动着她娇小的身躯：“主要还是陪老婆大人旅游，摸情况是顺便了。”

“哼，我就知道你打这个鬼主意。”

“老婆大人火眼金睛，我这点小心思怎么能逃过你的眼睛？”

“少贫了！”方佳怡伸出白嫩的手捶了赵长风一下，“那半个多月时间，我们也不能都待在粤海啊。”

“佳怡，这个我早就计划好了。”赵长风搂着方佳怡坐在沙发上，“现在不是新时兴自驾游吗？我们自己开车过去，在粤海玩两天，再转移战场。粤东好玩的地方多的是，我们好好欣赏一下南国风光。”

“自驾游？”方佳怡迟疑了一下，“到粤东将近两千公里路程啊，你行不？”

“老婆，我行不行你还不知道？”赵长风脸上露出得意的笑容，“每次都是你先求饶啊！”

“要死啊！”方佳怡狠狠地掐了赵长风一把，“我说的不是这个！”

“哎哟，我知道，我知道。”赵长风幸福地惨叫着，向方佳怡求饶，“好了，好了，说正经的啊，我一个人开车肯定不行，所以我想让你那个远房侄子跟我们一起过去，路上好有个照应。他们特种兵都是铁打的，开几天几夜的车都没问题。”方忠海是方佳怡的远房侄子，说起来要叫赵长风姑父的。只是方忠海开始并不知道这层关系，等他见了方佳怡之后才明白。

“至于车呢，到老阳那里弄一辆普桑就行了，不要太引人注目了，你说呢？”

“赵老抠，果然是赵老抠。”方佳怡摸着赵长风下巴上刚冒出来的青灰色胡子茬，“都是县长了，还这么小气。”

“嘿嘿，知道后悔了吧？”赵长风低头用胡子茬去扎方佳怡白嫩的脸蛋，方佳怡一阵惊叫，站起来想逃，赵长风翻身把方佳怡压到沙发上，偏偏这时手机传来轻扬的音乐声。

“是文静的电话。”方佳怡死命把赵长风推开，伸手拿起了手机。

“佳怡，干什么呢？怎么这么久才接电话？”电话里传来江文静嗔怪的声音。

“哦，我刚才在洗衣服，没有听见。”方佳怡狠狠瞪了赵长风一眼，向江文静胡乱解释道。

“想不到我们佳怡现在这么贤惠啊。”江文静感慨道，“婚姻真能改变一个人啊，才两年时间，娇小姐就锻炼成了劳模。”

“文静，要死啊！怎么一开口就挖苦我？”方佳怡脸红扑扑的，“我不是明天又要和长风一起到粤东自驾游半个来月吗？没有时间，所以今天提前把脏衣服收拾一下。”

“什么？要到粤东自驾游啊？好啊好啊！”江文静兴奋地叫道，“佳怡，你们方便不方便带上我一起去？我刚好要到粤东去做一个咱们中原省农民工的专题。”

“好啊！人多了热闹！我还正发愁一路上听赵老抠满嘴官腔闷得慌呢，咱俩正好做个伴，让赵老抠和司机去打官腔去！”

“什么，文静也要去啊？”赵长风耸了耸肩膀，“行啊，反正车里再加一个人没问题。”

“是不是遂了你的心？”方佳怡笑着说，“有文静陪我，你正好去做你的摸底调查？”

赵长风板着脸，一本正经地说：“天地良心，我是想陪你去看看粤东风光，什么摸底调查？那是以后的事，现在是休假。”

“行了，你那点心思，我还不知道？”方佳怡鄙夷地撇撇嘴，“男人都是政治动物，别在我面前要把戏了。”

第二天一早，方忠海开着普桑接了赵长风夫妇，又到碧沙岗公园附近接了江文静，一行人向南出发。东西南北中，发财到粤东，粤东是全国最富庶的省份。

按照赵长风的本意，这次旅游先到粤海县，把粤海的情况了解透了，再去其他地方。可是方佳怡和江文静却形成了统一战线，要求粤东游第一站先去省会羊城，然后去粤海，之后再去经济特区深州，最后再转战粤西、粤北。

羊城，既是时尚之都，又是美食之城，都对女人有巨大的杀伤力，只是苦了赵长风和方忠海，两个人大包小包地提着购物袋，跟在方佳怡和江文静后面穿梭在大街小巷之中，品尝着各种风味美食。他们一路上被人指指点点——在粤东，向来都是女人拎着大包小包，男人昂首挺胸地在前面走，像他们如此模样，很容易被人误认为吃软饭的。

在羊城才转了一天，赵长风就腰酸背疼，一想到明天还要逛一天，赵长风就想举白旗投降。就在这个时候，一个突发事件解救了赵长风。

吃过晚饭，赵长风泡过热水澡，缓解了一下身上的疲劳，不情愿地穿好衣服，正准备陪方佳怡和江文静去感受羊城丰富多彩近乎狂热的夜生活时，方佳怡的电话忽然响了起来，她接电话之后脸色大变："啊？怎么会？李主任才五十出头啊。真想不到！好，好，我知道了。如果今天晚上有班机，我马上回去。没有班机，我明天一早回去。"

见方佳怡挂了电话，赵长风关心地问："佳怡，出什么事了？"

"唉！"方佳怡沉重地摇了摇头，"长风，李主任突发脑溢血，送到医院没抢救过来。"

"啊？"赵长风也是一惊，"他平时看着身体很好啊，怎么会说没就没了呢？"

"李主任平时对我不错。刚才是办公室彭主任的电话，他说学校要举办追悼会，问我能不能参加。"方佳怡叹了一口气，"长风，对不起，我不能陪你了，我要赶回去。"

"是应该回去一趟。"赵长风沉重地点了点头，"要不，我陪你一起回去吧，不去粤海了。"

方佳怡摇了摇头说："长风，我一个人回去就行了。既然已经到了粤东，你还是去粤海看看吧。再说，文静不是还想到粤海调查一下中原省的农民工的情况吗？你陪着她好一些。我回去看看，追悼会结束后，如果时间来得及，我再过来。"

赵长风确实舍不得失去这个提前到粤海摸底的机会，又觉得和李主任之间的关系还没有密切到夫妻俩一起上门吊唁的份儿上。方佳怡回去参加一下学校的追悼会，也算是尽心了。于是他点了点头："那你什么时候回去?”

“我看看晚上有没有班机，如果有，我今天晚上就赶回去。”方佳怡说。

当天晚上，方佳怡就坐飞机赶回了中州，然后坐方天雷派来的车回到了家。赵长风一直等到方佳怡打来报平安的电话，才放下心来。

没有了方佳怡做伴，江文静一个人也失去了在羊城玩的兴趣，第二天一早，她向赵长风提出，先到粤海县去。

粤海县位于玉江三角洲的边缘，距离羊城市有两百多公里，归海州市管辖，在海州市下辖的两区三县当中经济实力处于第二位。早上九点从羊城市出发，十一点就到达了粤海县县政府所在的石湾镇。

应该说石湾镇是个非常繁华的地方，虽然规模大小和邙北市的城关镇差不多，但是繁华程度却远远地超过邙北市，如果不是街道的宽度以及两旁的楼房的高度比起羊城有差距，赵长风几乎怀疑他仍身处羊城。

七月中旬，正是粤东最热的时候，但是石湾镇的主要街道上却是人流滚滚。方忠海开着车，小心地往前挪着，口中问道：“领导，我们到什么地方去?”

赵长风打开刚买到的旅游地图，却有点不敢相信，小小的石湾镇，竟然有三所四星级酒店。他看了看介绍，从中挑了一个：“石湾宾馆吧。”

石湾宾馆无论从硬件设施还是服务水平上都够得上四星级的标准。赵长风为了避免招摇，让方忠海要了三个普通套间，住了进去。他们洗漱了一下，就到了吃饭时间，赵长风征求江文静的意见，江文静说要到外面找小餐馆，吃些有特色的菜。

于是方忠海就去停车场，在宝马奔驰等豪车的包围之中把那辆寒酸的普桑开了出来，接上赵长风和江文静，向外开去。

拐了几个街角，江文静发现一家装饰很别致的小菜馆，招牌上写着“湘西土菜馆”。江文静说就这里吧，昨天在羊城吃了一天的粤菜，今天中午换个口味，品尝一下湘菜。

在门口找好停车位，三个人进了小菜馆。这个菜馆不大，只有几张桌子，店内都用毛竹装修，很有乡土风情。只是几张桌子都坐满了人，吵吵嚷嚷的，让赵长风很不适应。两个小服务员正在桌子中间穿来穿去地给客人送菜上酒，也没有人过来迎接，赵长风就轻轻皱了一下眉头，正想对江文静说是不是换一个地方，站在柜台后面的老板娘就迎了出来，笑着说："靓仔、靓女，欢迎光临。不好意思，服务员都在忙，怠慢了贵客。请问几位？"

江文静见店里生意这么好，就知道来对了地方，说明这个馆子味道不错，她笑着说："三位。你们还有地方吗？"

"后面还有一间小包间，老板可以过去看一看。"老板娘是典型的辣妹子，散发出一股火辣辣的热情，让人无法拒绝。

"走吧，赵老抠，到里面看看吧。"江文静看赵长风还在犹豫，不由分说地拉着他往里走去。方忠海依旧一脸冷酷，夹着包，跟在两个人身后。

他们到了小包间，看里面雅致干净，江文静满意地点了点头，说："就这里吧。"

老板娘殷勤地送上两碟开胃小菜，又泡上茶水，然后笑眯眯地站在一旁。

赵长风拿过菜谱，翻看了一下，都是地道的湘菜，只看菜名就又香又辣，不由得胃口大开。他把菜谱放在桌上，微笑着向江文静示意。江文静不客气，翻看了一下，也把菜谱合上，对老板娘说："我也不点了，我们就三个人，上几个你们菜馆最拿手的特色菜吧。"

老板娘沉吟了一下，说："三个人，就安排四菜一汤吧。多了也吃不完，浪费。这样吧，来一个开胃鱼头、一个茶树菇炖土鸭、一个红菜薹、一个炒香干，两荤两素，都是特色菜。最后再上一个我们湘西的野山菌汤，你们看这样行吗？"

江文静看了看赵长风，赵长风笑道："老板看着安排，总之，一定要体现你们的特色。"

"放心，我们菜馆不大，就是靠特色生存，菜保证你们满意。"老板娘倒是很自信，她又问道："老板要点什么酒水？我们这里有珠江纯生、珠江干啤，青岛和百威的也有。饮料有桃汁、椰子汁、王老吉。"

在邙北市，赵长风平时都是喝五粮液、茅台，偶然也喝洋酒和国产红酒，啤酒很少喝。今天听老板娘报上的都是啤酒，不由得一笑："那就珠江纯生吧，也算是粤东本地啤酒。饮料就不必了，这位小姐也喝啤酒。"

不一会儿，菜和啤酒就送上来了。老板娘果然有理由自信，这四道菜味道确实有独到之处。尤其是开胃鱼头，看着近似于其他湘菜馆的剁椒鱼头，但是那种香辣到极致的感觉几乎要把人的味蕾给炸碎。再配上冰凉爽口的啤酒，江文静大呼过瘾。

吃完饭，老板娘送上一盘刚切出的沙瓤西瓜，还热情地问赵长风是不是来粤海县旅游的。

赵长风笑着点头说是，问老板娘粤海有什么好玩的地方。

老板娘说，粤海好玩的地方很多，尤其是海边，风景极美，比如小山镇的十里银滩、大屿镇的双月湾，罗古镇的野猪湾。

“不过，你们要小心一点。”老板娘忽然压低声音说，“这些地方都有一帮本地烂仔，专门敲诈外地游客。本来好好的风景区，都被这些烂仔把名声搞臭了，害得来粤海的游客也少了很多。”

“是吗？还有这种事？”赵长风把手中的西瓜放下，惊讶地问老板娘，“本地的政府也不管吗？”

老板娘哼了一声：“谁管？都是一伙的，狼狈为奸。”也许意识到自己失言，她又压低声音说，“这话你们可不要到处乱说，会惹麻烦的。我看你们是外地人，才好心好意地提醒你们。”

“谢谢，老板娘，我们知道了。”赵长风微笑着安抚老板娘，又问道，“那粤海县最美的景区是什么地方？”

“以前最美的景区是后沙镇的银月湾，”老板娘又叹了一口气，“可惜现在银月湾已经变成了臭水湾，几乎没有什么游客去了。”

“怎么会变成臭水湾呢？”赵长风强压着内心的震惊问道。

“还不是因为后沙镇的那些鞋厂？”老板娘说，“后沙镇是粤海县的制鞋基地，那里聚集了上百个大小鞋厂，鞋厂的废水污水都直接排到银月湾，好好的银月湾，就这么被他们糟蹋了。”

结完账回到车上，赵长风问江文静，是回去休息，还是到外面采访。

“采访吧。”江文静说，“就去后沙镇。我来之前调查过，后沙镇的鞋厂有很多中原过来的农民工。”

赵长风点了点头，他也正想到后沙镇去看看号称粤海县最美的银月湾被污染成什么样子了。

他们出了石湾镇，沿着宽阔的水泥路向南开，半个小时之后，前面出现一片低矮的丘陵，穿越丘陵之后，眼前豁然一亮，大海已经在远处出现。又开了十多分钟，面前有一个岔路口，按照路牌标示，左边是通向大屿镇，右边是通向后沙镇。方忠海转向右边，沿着和海岸平行的水泥路，向后沙镇驶去。又穿越几个小山包，道路两边开始出现零散的工厂，越往前开厂房越密集，最后厂房在路边绵延不绝，几乎没有留下什么空地。又过了几分钟，前面出现一个十字路口，路牌标明往左转是银月湾，往前走是后沙镇。

“小方，往左。先到银月湾看一看。”赵长风说。

普桑往左一转，十多分钟后，前面出现了一块巨大的广告牌——“银月湾欢迎您”。

广告牌旁边，是一个很大的停车场，此时停车场上只停了七八辆车，和停车场的规模完全不成比例。方忠海随便找了个位置停好车，抢先下车要去替赵长风开门，赵长风却自己推门下车，还低声对方忠海交代道：“小方，注意点，越低调越好。”方忠海就讪讪地笑着。

一股海风吹来，夹杂着刺鼻的气味，又酸又臭，很难闻。赵长风刚才在车里没觉出来，下了车才感受到。他看向江文静，她不停地用手在鼻子前扇动着，显然也受不了这股气味。

赵长风叹了一口气，往海滩方向看去，心想难道这里是第二个大龙溪?

第七章　微服私访龙困浅滩遭虾戏，不惧强暴强龙力压地头蛇

赵长风赴粤海县上任之前，微服私访，先以旅游名义去粤海县银月湾考察一番。没想到这里的污染堪比邙北大龙溪；更没想到地方黑恶势力如此嚣张，工厂保安竟然围攻记者江文静。而当地派出所所长也不问青红皂白，就将他们强行扣押。新任县长尚未上任就被扣被打，这起恶性事件立刻惊动了粤东省。

虽说有了足够的心理准备，眼前的情景还是让赵长风极为震惊。弯月形的沙滩一片乌黑，沙粒的颜色和北方常见的糖炒栗子大铁锅中的沙子差不多。十多个巨大的排污口沿着海岸一字排开，发黑发黄的污水从硕大的污水管中排出，在沙滩上冲出一道道三四米宽的水沟，流向一百多米外的大海。那刺鼻难闻的气味正是从这些污水口散发出来的。

沙滩被十多条污水沟分割得七零八落，加上岸边堆满了各种生活垃圾，看着就像是一个地地道道的垃圾处理厂。海水也被污水染成一片乌黑，一排排浑浊的海浪拍向沙滩，发出巨大的响声。海浪退却之后，在沙滩边缘留下一堆堆白色的泡沫和一坨坨漂浮的垃圾。

“长风，真没想到啊，这银月湾看起来比渤海湾那边的污染还要严重呢！”出于记者职业的敏感，江文静举起照相机拍了几张照片。

赵长风摇着头，沿着海岸走了一段路，越走越气愤，难道发展经济一定要以牺牲环境为代价吗？

忽然，方忠海跨前两步，追上赵长风，低声说：“那边几个人有点不

对劲，一直在盯着我们。”

赵长风扭头看过去，只见五六十米开外，有三四个人一边说话，一边往这边看。赵长风倒是没太吃惊，他对方忠海说：“也许是慕名而来的游客吧？肯定和我们一样失望。”

他扭头又看了一下远处的大海，天际处还有一抹蓝色，他轻轻摇了摇头，说：“江记者，到镇上去看看。”

江文静这才想起她这次过来的目的，就收起了照相机，三个人一起向来路走去。在路过那三四个人的时候，那几个人肆无忌惮地盯着江文静，其中一个平头青年还轻佻地吹起了口哨。

方忠海眼中冷光一闪，双拳已经握紧，眼睛看着赵长风，只等赵长风发话。赵长风却一脸平静，不理会那些人的挑衅，步履从容地和江文静并肩走着。方忠海只好松开了拳头，跟在赵长风身后。

到了停车场，上了车，赵长风这才意味深长地开口说：“小方，我们是来旅游的，明白吗？”

“是！我明白！”方忠海回答非常干脆。

赵长风又对江文静抱歉地笑了笑，刚要开口，江文静就说：“长风，不必解释。我整天在外面采访，什么情况没见过？我才没有工夫和那些烂人生闲气。”

他们沿着来路往回开，到了十字路口，往后沙镇开去，一路上两边的店铺都是以经营制鞋机械和制鞋原料为主，很少见其他店铺。

“小方，找个地方停下，我们在镇里走一走吧。”

听了赵长风的交代，方忠海就找了个地方，把车停下。下了车，方忠海替赵长风夹着手包，又在后备厢里拿了两瓶矿泉水。这才跟着赵长风和江文静向前走去。

江文静走在赵长风身边，眼睛不停地看着街道两边，准备找一家比较大的制鞋厂，在外面蹲点。忽然，他们看到前面有四五个十六七岁的少年，蹲在路边哭，身边还堆放着一些简陋的行李。赵长风一拉江文静，来到这几个少年身边，弯下身子问道：“小伙子，为什么哭啊？遇到什么麻烦了？”

几个少年抬起头惊恐地看了赵长风一眼，身子缩了缩，不敢说话，只是一个劲地掉眼泪。

赵长风和江文静交换了一个眼神，赵长风蹲下来，笑着对几个少年说："你们不要怕，我们是外地过来的游客，见你们哭得伤心，就想问问是什么事。你们说说，也许我们能够帮你们。"

几个少年互相看了看，其中一个年龄稍大的少年问道："你们是哪里人？"

"中原人。"赵长风说。

"中原人，真的么？"几个少年都面露喜色。

"小伙子，我有必要骗你们吗？"赵长风用地道的中原腔反问道。

"大哥，你真的是中原人啊。"年龄稍大的少年也用中原话说，"你们是中原啥地方的？"

"山阳的。"赵长风按照中原省的习惯，报上了老家，"你们几个呢？"

"我们是平原人。"

"不远嘛！邻市，才几十公里！"赵长风笑道，"你们几个怎么了，蹲在马路边哭啥呢？"

听他这么一问，少年们又伤心了起来："大哥，我们是平原市化工技校的学生，今年三月份被人骗来这里的鞋厂打工，说好包吃包住、一个月工资一千，加班费另算。可是我们辛辛苦苦地在厂里干了五个月，一分工资没有领到，每人还欠了工厂一千多伙食费。我们不想干了，就对他们说我们想回家，他们一分钱不给我们，把我们赶了出来，还扣下我们的身份证，说要等我们把伙食费结清后，才把身份证还给我们。我们身上没有钱，怎么回家啊？我们想找工厂的经理，让他给我们一点回家的路费，那些保安就打我们，根本不让进去。现在我们已经被赶出来三天了，一顿饭都没有吃过，也不知道怎么回家，真不知道该怎么办……"说着少年们又哭了起来。

"竟然有这样的事？是哪一个工厂？我带你们去找经理。"江文静义愤填膺。

"别，你们不能去，千万不能去。那些保安很厉害的。"少年们惊恐地叫了起来，"上次有几个江西人去帮他们老乡要工资，差点被保安打死。"

"这么嚣张啊！"江文静冷笑起来，她伸手摸出记者证让这几个少年看，

“你们别怕，我是记者，他们不敢怎么样的。还有这位大哥哥，他是……”

赵长风连忙接过江文静的话：“我也是记者，你们不要怕。”

“你们是记者也不行啊。他们不敢动你们，等你们走了，他们会收拾我们的。我们不敢去……”

赵长风叹了一口气，和颜悦色地说：“好好，不去就不去，我们不给你们惹麻烦。对了，我还有一件事不明白，你们年纪多大了？满十八岁了吗？”

几个少年又互相看了一下，还是那个年龄大一点的少年说：“我十八岁了，他们都不到。”

“那不是雇佣童工吗？当地劳动部门也不管？”赵长风问道。

“不管，他们什么都不管。工厂告诉他们，我们是技校过来实习的，不是正式上班。劳动局的人还说，实习不给工厂实习费就是好的了，怎么能反过来向工厂要工资呢？”

“原来是这样！”赵长风点了点头。他沉吟了一下，对方忠海说：“小方，你领着这几个小兄弟去吃饭。然后找个火车票代售点，给他们买回平原市的火车票。另外再给他们一些钱路上用。”

“好，我马上去办！”方忠海连声答应。果然没有跟错老板，讲义气，够意思！

“谢谢你们，谢谢你们！”几个少年听说有饭吃，还有路费回家，都很激动，年长的少年就要带着他们给赵长风和江文静磕头。赵长风连忙拦着说：“别别别，都什么年代了，不兴磕头这一套了。你们先去吃饭吧，放心大胆地吃，绝对管饱。”

几个少年感激地擦了眼泪，背着行李站了起来，他们整整齐齐地向赵长风和江文静鞠了一躬：“大哥，嫂子，谢谢你们。你们把地址留下来，我们到家了就把钱给你们寄过去。”

江文静俏脸绯红，低着头不敢看赵长风，却向少年们解释道：“你们误会了，我们不是、不是……”

赵长风心中暗笑，脸上却一本正经地说：“地址一会儿你们向小方哥哥要。现在你们的任务是吃饭，快去吧。”赵长风当然不指望少年们还他这一点饭钱路费，但他还是想让方忠海把地址给这些少年。只要这些少年中有人能够像他们说的那样把钱寄还给赵长风，那将来赵长风一定会想办法给还钱的少年安排一个稳妥的工作。现在的社会，讲诚信的人太少了，即使是弱者，也不见得会讲诚信。这些小老乡们能不能把握住这个缘分，就看他们的造化了。

赵长风又把方忠海叫过来，低声向他交代，一定要想办法从这些少年口中套出他们是在什么工厂打工的。等赵长风正式上任后，肯定会去整治这些害群之马。

方忠海领着少年们去吃饭。赵长风陪着江文静继续往前走，心情越发沉重，粤海县远没有表面上看到的那么光鲜。赵长风还记得粤海县的经济数据，粤东省县域经济排行第五，人口虽然比邙北市少十几万，国民生产总值和财政收入却是邙北市的四五倍。但是现在看来，这些经济数据至少有部分是建立在对环境的过度破坏和拼命压榨外来农民工的血汗上，这样的经济数据不光彩啊！

过了一个街口，他们看见前面聚集了很多人，吵吵嚷嚷的。又出什么事了？赵长风和江文静对望一眼，快步向前走去。只见路左边有一个气势宏伟的厂房，楼顶上镶嵌着几个巨大的铜字：兴日制鞋有限公司。就在兴日制鞋公司的厂门口，聚集了几十个人，扯着一个大横幅，上面写着“工伤不赔偿，老板丧天良！”再仔细看去，这些人多少都有些残疾，有的人只剩下几根手指，有的人整个手掌都没有了。在他们前面，站着几十个全副武装的保安，排成一排，手里拿着警棍，虎视眈眈地盯着他们。离对峙的双方十几米远，还站着几个警察，交头接耳地嘀咕着什么。

赵长风拉了身边一个看热闹的摩托拉客仔问道：“这是怎么回事？”

“哦，制鞋厂的工人来索要工伤赔偿。”拉客仔说，“制鞋厂经常发生工伤事故，可是老板太黑心，把出了事的工人往医院一送，交上医药费，就什么都不管了。工人出院之后不但拿不到工伤赔偿，连工作也没了。这不，这些残疾的工人聚集在一起，找老板索要工伤赔偿了。”赵长风听他说着，而江文静已经取出照相机开始拍照。

忽然听到一声呵斥：“你们干什么的？”

赵长风扭头一看，几个保安站在他们面前，最前面的一个身材高大，满脸横肉，两眼露出凶光。

江文静见惯了大场面，又怎么会把眼前这区区阵势放在眼里？她放下照相机，抬起头平静地说：“记者，采访。”

“采访？采你老母的访！”保安队长一掌把照相机从江文静手中打落，江文静猝不及防，照相机“咣当”摔到地上。

“你干什么？”江文静惊叫一声，显然没有料到眼前这人竟然这么粗野。

“干什么？你没有看到吗？”保安队长冷笑道，“这里是兴日制鞋公司的门口，要采访必须经过我们老板同意。”

“好大的口气。”赵长风冷笑一声，“难道说在这块土地上，记者连采访的自由都没有了？”

保安队长扭头盯着赵长风，撇着嘴说：“小子，她是记者，你是什么？”

“我是谁，你没有资格知道。”赵长风脸色一沉，不由自主地迸发出掌权者的气势来。保安队长迟疑了两秒钟才回过神来，他心里嘀咕，眼前这个穿着普通的人难道是什么大人物？

“小子，竟敢在我面前充大？”保安队长很为自己刚才的失态恼羞成怒，“我告诉你，在后沙镇，我肖老四没有资格知道的人还真不多。”肖老四撇见江文静把照相机捡了起来，就转身吼道：“你们都是废物？还不把相机给我抢过来？”

那几名保安这才醒悟，上去就要去抢江文静的照相机，江文静死死抓住照相机不放。赵长风又怎么会让江文静吃亏，他大喝一声：“住手！”上前护着江文静，把照相机夺了过来。

“嗬！小兔崽子！”肖老四冷笑一声，“给我打！”

得了队长的命令，几个保安凶神恶煞地扑了上来，举拳就打。以赵长风的身手，对付两三个保安，估计还勉强可以，可是面对五六个保安，肯定不是对手了，再加上还有江文静需要他的保护，赵长风更不可能动手。赵长风心一横，把江文静紧紧搂在怀里，面对着墙壁，用自己的后背去承受保安们的拳脚。

保安们如狼似虎地围了上来，拳脚雨点一样落在赵长风的后背上，发出沉闷的声音。赵长风疼得脸都扭曲起来，嘴里不由自主地发出闷哼。江文静脸色发白，嘴里哭叫道："长风，你别管我，快跑，去报警！"

随着一声怒喝，一个身影一闪而至，一脚踢在保安队长肖老四的手腕上，只听"喀吧"、"咣当"两声，警棍已经飞落在地，肖老四脸色惨白，抱着胳膊高声惨叫，他的手腕软绵绵地垂了下来，显然已经被踢断。

"领导，对不起，我，我来晚了！"

来人正是方忠海，他刚把那些技校的小老乡送走，往这边赶过来，正好看到这惊人的一幕。他来不及细想，上前一脚踢飞肖老四，扶起赵长风连声道歉，脸都吓白了。

"没事，没事，你来了就好。"赵长风见方忠海及时赶到，放下心来，他强忍着疼痛直起腰来，把江文静放开，却不想看到江文静脸上的血迹，大吃一惊，急切地问："文静，你受伤了？要紧不？"

江文静泪水涟涟，她拼命摇头说："长风，我没事，我没有受伤，这是你的血。对不起，是我连累了你，让你受这么重的伤。"她一边哭着，一边拿出纸巾为赵长风擦拭鼻血。

这时那几个保安已经醒悟过来，看到队长被人打伤，如何肯放过，他们大喊一声："混蛋，瞎了你的狗眼，我们队长也敢打。你死定了！"几个人拿着警棍就扑了过来。

方忠海如何把眼前这几个保安放在眼里，他双眼放着冷光，就要下重手，替小姑父出气。赵长风怕方忠海下手太重，忍着后背的剧痛，低声交代道："小方，注意分寸！"

方忠海得了指示，就收了几分杀气，等几个保安扑过来时，他如饿虎扑羊一般杀入几个保安当中，几个闪身，就把这五个保安都放倒了。这几个保安躺在地上惨叫，却再也不敢站起来。原来方忠海打的都是人体中痛感最强烈的地方，但是却不会留下什么大伤，也算是遵照了赵长风的指示。

那边几个警察还在说说笑笑，冷眼看肖老四领着手下去收拾那两个外地的记者。不想形势却忽然大变，突然冒出一个人来竟把肖老四和几个保安都打倒了。

"走，过去看看！"为首的警察摆了摆手，领着几个警察气势汹汹地赶了过来。

钟爱民坐在审讯桌后面。旁边的一个年轻警察面前铺着一沓稿纸，拿着笔，准备做审讯记录。

几个警察把三个人带进了审讯室，钟爱民指着方忠海说："你，先过来。"两个警察就拉着方忠海站到审讯桌面前。

"姓名?"

"方忠海。"

"年龄?"

"二十三。"

"籍贯?"

"中原省三河市。"

"来后沙镇干什么?"

"旅游。"

"旅游为什么打架?"

"我不是打架。我是看到那几个保安在打我们老板和文静姐，才上去阻拦的!"方忠海说。

"哦，你们老板?"钟爱民眉毛挑了一挑，轻佻地看了赵长风和江文静一眼，"这么说，你们俩不是记者，只有她是记者了?"

"对，只有文静姐是记者。"方忠海说。

"那你们老板和这个记者是什么关系?"钟爱民不怀好意地问道。

江文静气得脸色发青，正要说话，赵长风却轻轻地扯了一下她的衣袖，示意她不要说话，听方忠海怎么说。

方忠海冷笑一声，反问钟爱民道："警官同志，这个问题与我们老板被人殴打有关系吗?"

这时一个警察推门进来，喊道："钟所，王局电话。"

钟爱民顾不上方忠海了，把警棍交给身旁的警察，一路小跑地去接电话了。一会儿工夫，钟爱民出现在门口，对审讯室里的警察说："有任务，跟我走。"然后又对做笔录的年轻的警察交代道："对了，把他们三个都给我铐起来！等我回来。"说着匆匆而去。

审讯室里就剩下赵长风三个人，江文静问道："长风，你的伤要紧吗？”

赵长风笑着摇头：“都是些皮外伤，没事。”

“对不起，是我连累你了。”江文静低下了头，眼泪又要掉下来，“如果不是为了保护我，你也不会这样……”

“文静，应该说是我连累了你啊！如果不是我想要到粤海看看，又怎么会遇到这些害群之马？”

那些警察收走了赵长风和江文静的手包和照相机，却没有搜他们的身，赵长风口袋里还装着一部手机。

时间一分一秒地过去，钟所长还不见回来。赵长风饥肠辘辘，已经渐渐失去了耐心，他正想办法掏出手机打个电话，却听到外面一阵脚步声，审讯室的铁门被打开，年轻警察跑了进来，口里说道：“钟所回来了。”

看到钟爱民终于过来了，赵长风心说这场游戏该结束了，该表露身份了。可是没想到钟爱民进来后竟然把铁门和铁门上的窗户紧紧地关闭起来，赵长风觉得有点古怪。这时候方忠海也低声说：“领导，这个钟所长恐怕来者不善。”

赵长风点了点头，说：“小方，听我的命令行事。”

“你们，你们几个给我站起来！”钟爱民进来之后看到赵长风几个人坐着，气就不打一处来，没想到这三个外地人还不识趣，竟然大摇大摆地坐着聊天。把审讯室当茶楼了？

三个人坐在椅子上纹丝不动，赵长风冷冷地看着钟爱民。

“哟嗬，要拽是不是？”钟爱民更是火冒三丈，他伸手从墙上摘下警棍，摇摇晃晃地就冲赵长风过来了。

“钟爱民，你闹够了没有！”赵长风腾地一下站了起来，双眼逼视着钟爱民。可惜钟爱民喝得醉醺醺的，头脑迟钝，把赵长风这只猛虎当成了一只可以任他戏耍的病猫。

“什，什么，我的名字也是你叫的？”钟爱民气势汹汹地举起了警棍，“我给你点厉害瞧瞧！”

“你放肆！”方忠海一下子挡钟爱民的面前，指着赵长风说，“你知道他是谁吗？他就是粤海县的新任县长赵长风！”

“哈哈，他是县长赵长风？”钟爱民爆发出一阵大笑，“那我就是县长赵长风他爹！”

“方忠海！”赵长风脸色铁青，“把手铐给我弄开！”刚才聊天的时候，方忠海已经说过，打开这种锯齿手铐，对他来说是小菜一碟。

方忠海早就等着赵长风这一句话了，此时见赵长风下令，他手腕一抖，双手就轻巧地从手铐中脱了出来，然后摸出汽车钥匙，对着赵长风的手铐轻挑了两下，手铐应声而开。他动作娴熟，前后不过用了十几秒的时间。

钟爱民看得目瞪口呆，竟然忘了上前阻止。等他看到赵长风的手铐也被去掉，这才反应过来，由于酒精的作用，钟爱民竟然忽略了能这么迅速打开手铐的绝非一般人，反而叫骂道：“好啊，竟然敢私开警械！”提着警棍又冲了上来。

方忠海转身就要动手，赵长风咬牙切齿道：“方忠海，你给我闪开。让我来对付这个酒囊饭袋。”

方忠海应声闪到一边，眼睛却紧紧盯着钟爱民，一旦发现赵长风要吃亏，他就上去救驾。

钟爱民虽然喝醉了，但是力气还在，挥舞着警棍带着风声向赵长风砸了过来。赵长风上学的时候就是打架的好手，身体又正处在巅峰时期，对付一个醉醺醺的大肚子警察还不在话下。他横跨一步，正好闪开钟爱民的警棍，反手叼住钟爱民的手腕，用力一拧，顺势就把钟爱民的警棍夺下。

“哎哟，来人啊，有人袭警！”钟爱民发出杀猪般的号叫。可惜派出所里的民警都已经下班回家，留下两个值班的民警还被他支得远远的。加上审讯室大铁门紧闭，门上的小窗户也关得很紧，隔音效果很好，如果不把耳朵贴着铁门，谁也听不到里面的声音。

“袭警，你也配当警察吗？”赵长风又狠狠地打在了钟爱民的小腹上。

钟爱民额头上汗珠滚滚而下，已经完全清醒过来了，他挣脱赵长风的胳膊，转身扑向审讯室的大铁门，用力拉着把手，但门已经被他反锁了，他本来想收拾赵长风，没想到自己却成了瓮中之鳖。

方忠海一手拧住钟爱民的胳膊，另一只手的掌根往钟爱民后脑一磕，钟爱民闷哼一声，昏了过去。方忠海提着钟爱民往墙角一扔。

“文静，把电话给我。”见方忠海处理好钟爱民，赵长风伸手向江文静要电话，事情闹到这个地步，肯定不会善了。他必须要解开眼前这个套，不管今天谁是谁非，他这个还没有上任的县太爷打了派出所副所长，这件事传出去，总归是个大麻烦。但是，怎么解开这个套，赵长风还真有点为难，毕竟他还没有正式到粤东省组织部报到，现在也不知道该联系谁。如果打电话给中原省组织部，好像也不妥当。

拿着电话，赵长风正在迟疑，手中的电话却响了起来，一看号码，是小丫头赵灵儿的电话。赵长风心中微微一动，赵强当初说，也有可能会到粤东，如果赵强真的来粤东，那么今天的事情不就好办了吗？

赵长风虽然是赵强一手提拔起来的，赵强心中也很器重赵长风，但是赵强总感觉赵长风和他隔了一层。赵长风在邙北市时候，几乎是单枪匹马凭着一己之力在邙北市打出一片天地，前后斗垮了蔡国洪、刘驰、付罡庭、钱兆均几股政治势力，同时又使得邙北市的经济实力在全省跃进了几个位次。赵长风的能力固然让人称赞，那种不为领导添麻烦的做法也很值得称道，但是对赵强来说，赵长风这样做似乎也意味着，在赵长风心目中并没有真正的、完完全全地把自己当成赵强的人。所以就是遇到再大的困难，赵长风宁可自己扛过去，也不愿意给赵强添麻烦。对于真正的自己人来说，该添麻烦的时候还是必须添的，要不怎么能够体现出自己人和外人的区别呢？

可是今天，赵长风遇到麻烦之后，终于肯向他求助了，这怎么能不让赵强感到欣慰？赵长风这样优秀的年轻干部，不但能力突出，而且还有着年龄上的巨大优势，又何况方家在北京还有一条非常重要的关系呢？可以说，只要稍加提点，赵长风将来的前途不可限量。眼下赵长风有了点小麻烦，赵强自然是要伸手管一管。

“你立刻打电话给老谢，把这个情况告诉他，让他处理一下。”赵强接到赵长风的求救电话后，向秘书吩咐道。

黄秘书脸上露出一个心领神会的笑容，连连点头道：“我明白，我知道该怎么做！”

黄秘书来到隔壁，立刻拨通了粤东省政府秘书长谢富海的电话。

“秘书长，我刚得到消息，粤海县县长赵长风在粤海县后沙镇被几个保安打了，还被抓了起来。”黄秘书冷冷地说，“你知道，赵长风是领导亲自点将调过去的人，现在人还没有上任，却被打了，还关了起来，领导知道这个消息，会是什么样的反应？”

“啊？竟然有这样的事？”谢富海呆了一呆，心想这下麻烦可大了。赵强已经被任命为粤东省副书记、代省长，等结束中央党校的学习之后就要正式到粤东省上任。对于赵强这位粤东省政府的新老板，谢富海内心中还是很期待的。这不仅仅是因为赵强根正苗红的革命家庭出身，更重要的是，赵强今年刚满四十四岁，以四十四岁的年龄就出任国家经济第一大省粤东省的省长，前途未可限量啊！省委一把手杜红军书记眼看年龄就过线了，两三年后，赵强很可能就会接替杜红军出任省委书记，成为粤东省的掌舵人，这样巨大的官场潜力股来当领导的老板，谢富海怎么能不小心侍候呢？

对于粤海县县长赵长风，谢富海更是知道得清清楚楚，因为他就是赵长风调到粤东省的具体操作人。虽然赵长风是以东西部干部大交流的名义调到粤东省的，但是实际上，赵长风是赵强点名要过来的。当初谢富海到北京向赵强汇报工作时，赵强在闲聊时随口提起中原省邙北市有个叫赵长风的副市长，不错，很有能力，搞经济很有一套。谢富海正欲详细往下问，赵强却绝口不谈这件事了。谢富海离开北京回粤东省的时候，专门在中原省停留了一下，找到中原省政府一个老同学了解了一下赵长风的情况。老同学反馈过来，那个叫赵长风副市长果然是很不错，有能力有魄力，口碑好、民望高。

谢富海当时就打定了主意，回去一定要借着东西部干部大交流的名义把赵长风调到粤东去。

谢富海回到粤东后，很是做了一些工作，弄到一个干部交流的名额到中原省去，然后又做了一些工作，最后这个干部交流的名额如愿以偿地落到赵长风头上。这一切谢富海都是默默地在做，并没有到赵强面前去表过功劳。

果然，等赵长风的调令下来之后，赵强对谢富海的态度就有了一些微妙的变化。当然，那种只能意会不能言传的感觉很微妙，谢富海能感觉出来，绝对不是错觉。

后来有一次谢富海到北京汇报工作，找了个机会请黄秘书喝酒，黄秘书喝到酣处，拉着谢富海的手神秘地说："秘书长，你果然慧眼识珠啊。领导本来想亲自点赵长风的将呢，谁知道还没有开口，你已经替他办妥了。秘书长这份眼力，兄弟实在佩服啊！"

虽然谢富海知道他这件事办得很漂亮，但是能够被黄秘书亲口证实还是禁不住一阵热血上涌，他连和黄秘书碰了三大杯酒。

可是现在，赵长风竟然在粤海县被人打了，还被抓了，这是怎么回事？赵长风不是还在休假，没有正式过来报到吗？怎么会跑到粤海去了？

转念之间，谢富海已经打定了主意："黄老弟，我马上带人到粤海县去解决，有什么消息，我随时通知老弟。领导面前，还请老弟替我多说些好话，有什么情况，还请老弟第一时间联系我。自家兄弟，我就不多说什么了。"

"好，秘书长，抓紧！"黄秘书挂断了电话。

谢富海放下电话，沉吟一下，立刻拨通了他的一个党校老同学的电话。谢富海已经决定，迅速把赵长风这件事干净漂亮地解决掉，本来赵长风就是私下到粤海县旅游，谢富海并不知情，所以赵长风在粤海出了事，谢富海不用承担责任。而谢富海又在赵长风出事之后，及时地替赵长风解了围，这个结果无论是对赵强还是对赵长风来说，都是一个干脆漂亮的交代。

谢富海知道，虽然以他省政府秘书长的身份去解决这件事已经够分量了，但是要想办得漂亮、风光，要让当事人赵长风感觉到解恨解气，就必须再多加一点分量上去。否则，事情虽然解决了，但是赵长风不满意，指不定会在赵强面前添两句什么话，到时候谢富海不就出力不讨好了吗？

谢富海的党校老同学就是他要借助的重要力量。这个老同学叫何承明，是省公安厅副厅长。虽然说论起级别来，何承明的级别比谢富海要低半级，但是何承明手中的实权可丝毫不亚于谢富海这个省政府的大管家，甚至比谢富海的还要大。如果谢富海单单以省政府秘书长的身份去指挥何承明，他是不太会买账的。幸亏谢富海和何承明是党校同学，两个人私交不错，谢富海的面子在何承明面前还好使。

"承明，我是老谢。"谢富海拿起电话，"现在说话方便吗？"

床头柜上的手机却不知趣地响了起来，海州市市长苗市长懒洋洋地拿起手机一看屏幕上的号码，立刻打起了精神，连忙接通了电话，还没来得及放到耳边，里面就传来谢富海的声音：

“苗市长，我是谢富海！”

“秘书长，你好。”苗市长笑着说，“半夜三更打电话过来，有什么吩咐啊？”

“苗晓同志，都什么时候了，你还有心情开玩笑？”谢富海严肃地说，“你们海州市粤海县新任县长赵长风在粤海后沙镇旅游，被几个警察打了，现在还被关在派出所里。”

“什么？竟然有这样的事？”苗晓一下子坐了起来，“赵长风不是还没有到省委组织部报到吗？”他还有潜台词没有说出来，如果赵长风到组织部门报了到，正式出任县长，管着粤海这一亩三分地，还不是想去哪里旅游就去哪里旅游，为什么非要在报到之前下去旅游呢？想搞微服私访？幼稚！政治上极不成熟！

可是这个念头在苗晓脑海里只是一闪而过，他忽然醒悟到有点不对劲，如果赵长风只是一个普通干部，谢富海也不会深更半夜亲自给他打电话。谢富海堂堂一个省政府秘书长，和粤海县素无瓜葛，怎么会忽然关心起粤海县的事？再说，赵长风在粤海县被打被抓，他这个海州市长都还没有得到消息，谢富海又怎么会得到消息了？难道说……

想到这里，苗晓就转换了语气：“秘书长，你给我交一下底，这个赵长风到底是……”

谢富海和苗晓关系一般，自然不会轻易就把赵长风的真实底细透露出去，他沉吟了一下，说：“具体情况电话里也不好说，但是我可以透露一点，我也是奉命而为啊！现在省领导已经知道了这个情况，下了硬指示给我和公安厅的何厅长，何厅长已经在准备，我们马上就要下去，我这里提前给你打个招呼。”

苗晓不敢怠慢，说道：“我明白！我这里立即通知相关人员做好准备，时刻听候秘书长的指挥。”

苗晓拿着手机，也不着急拨打电话，心中在盘算谢富海口中的省领导究竟是哪一个。现在新省长还没有到任，如果说是常务副省长任怀庆，可能性也不大。以任怀庆和苗晓的关系，遇到这个情况，肯定会亲自打电话给他。再说，如果真的是任怀庆的事，也不会让谢富海带队，肯定让张秘书长下来啊。

如果不是任怀庆，那么副省长中能使唤动谢富海的就没有什么人了。看样子要往省委方面去猜。现在省委几个副书记，都没有在省政府的经历，和谢富海没有什么瓜葛。唯一有过省政府工作经历的只有现任省委书记杜红军。他担任省长的时候，谢富海就是省政府秘书长，后来虽然杜红军担任了省委书记，没有提拔谢富海，但是两个人毕竟有过亲密的主从关系，谢富海担任过杜红军的大管家，杜红军用顺了手，这次有事再次动用谢富海，也在情理之中。

苗晓又想到当初讨论粤海县县长人选的情形，因为粤海县县委书记是外地调过来的干部，不是很熟悉粤海县的情况，干了快两年了，工作还是磕磕绊绊，没有上手。现在粤海县县长的人选，海州市委就想从粤海县本地干部中提拔上来一个，这样的干部熟悉粤海县本地情况，开展工作就会相对顺利一些，正好和外地调入的粤海县县委书记卫建国形成互补。可不知道是什么原因，省委组织部竟然没有按照惯例同意海州市市委的意见，而是借着东西部干部大交流的名义，从中部地区交流过来一个干部任粤海县县长。当时海州市就有一些声音，认为这个从中原省调过来的粤海县县长赵长风背景一定不简单。苗晓自己当时也有类似的想法，还打算等赵长风到任之后，找个机会摸一摸赵长风的底细背景，可是现在，还没有来得及摸底，赵长风就已经到了粤海，提前来苗晓来了一个“大惊喜”。

“看样子，很可能是杜书记的关系啊!”苗晓摇了摇头，自语道。想到这里，他不敢再怠慢，立刻拨通了粤海县县委书记卫建国的电话，措辞强硬地下了指示：“建国同志，你们县新任县长赵长风同志在后沙镇被警察打伤，还被关进了派出所。在全省上下正在全力推行法制建设时候，竟然发生这种事情，真是令人难以置信！现在省领导已经知道这件事，事态相当严重，相当之严重，你明白吗?”

“省政府谢秘书长和省公安厅何厅长亲自带队下来处理这件事，很快就会到达海州。建国同志，你们粤海县委务必要抓紧时间，在秘书长和何厅长到达之前把这件事解决。”苗晓语气一紧，严厉地说，“否则后果自负!”

卫建国是一年半前从粤东省北部山区调到粤海县任县委书记的，当时走的是省委组织部一个副部长的路子，可是也该着卫建国背运，他刚接到调令去省委组织部报到，这个副部长就出了车祸，成了植物人。虽说这件事并没有影响卫建国担任粤海县县委书记，但是卫建国本来指望着副部长帮他在海州市几位主要领导之间牵线搭桥的愿望却落空了。人在人情在啊，现在这个副部长虽然从物质层次上来讲还在，但是从精神层次来讲，他的影响力早已经烟消云散了。卫建国眼巴巴地从粤北山区来到玉江三角洲的海州市，转眼就变成了一个孤苦伶仃的主，成了麻将中的十三不靠，谁也靠不上了。

偏偏粤海县情况比较特殊，这里的干部多数都是土生土长提拔上来的，非常排外。无论本地干部之间倾轧得多么厉害，可是一旦本地干部和外来的干部发生什么利益冲突，本地势力会立即停止倾轧，团结起来一致对外。

卫建国到粤海县后，就立刻感受到了粤海县干部这个显著特点，没少受本地干部的排挤。粤海县县长也是从省里空降下来的干部，在粤海县顶不住本地干部的压力，在卫建国调过来一年之后，这个县长找了一个关系，撤退回省里去了。

卫建国却没有县长那么幸运。他的后台倒了之后，已经成了十三不靠，想学县长调到省里没有门路。他如果要离开粤海县县委书记的岗位，只能调到海州市去。可是以他和海州市主要领导之间不咸不淡的关系，最多只能平调到一个清水衙门去担任一把手，与其这样，还不如留在粤海。

粤海县本地干部也并不是铁板一块，他们之间也是相互倾轧，其中分别以分管党群工作的副书记段志魁和分管政法工作的副书记钱云枫为中心形成了两大势力。从粤海县目前的局势来看，政法副书记钱云枫稍微占了上风，压过了党群副书记段志魁的风头。不久前，中原省一个叫赵长风的干部以东西部干部大交流的名义被任命为粤海县县长。钱云枫虽然心有不甘，去找海州市领导诉苦，但是木已成舟，海州市领导也不敢硬抗。

赵长风是从几千里外的中原省调过来的，和钱云枫、段志魁这些本土派没有任何关系。他担任粤海县县长之后，就能替卫建国分担来自钱云枫、段志魁这些本地实力派干部的压力。不是有一句话嘛，快乐让两个人来分享，就会变成双倍的快乐；痛苦让两个人分担，就会只剩下一半痛苦。赵长风过来担任县长，那么本土派干部的火力就不会过于集中在卫建国这个县委书记身上，有相当一部分压力会分散到赵长风身上，那么卫建国的日子是不是就好过一点？更何况是赵长风抢了本来属于钱云枫的位子，那么钱云枫岂能不心怀不满、处处针对赵长风？

卫建国甚至还做了一个大胆的推想，粤海县新任县长绝对不一般。虽说东西部干部大交流的任务是中组部布置下来的，但是具体到各个地方，还是要具体情况具体分析。像海州市这样已经确定好了粤海县县长的人选的，一般不会纳入干部交流的范围。更何况按照惯例来说，为了尊重海州市委，省委组织部对于海州市委报上来的县委书记、县长人选不会轻易否定的。现在省委组织部没有通过海州市报上来的钱云枫，而是另外任命了赵长风，这是不是也透露出一些信息，说明赵长风这个人非同一般呢？

所以自从得到赵长风要出任粤海县县长的消息起，卫建国就已经打定了主意，赵长风到任之后，一定要紧紧拉拢，作为同盟军，团结起来，一致对抗钱云枫、段志魁等本地干部的势力。

可是卫建国怎么也没有想到，这个未见面的搭档、粤海县县长赵长风同志，竟然会悄然出现在粤海县，还在后沙镇被几个保安打了，关进了后沙镇派出所。

粤海县政法机关基本上掌握在钱云枫手里。粤海县县委常委、政法委书记兼公安局局长常自鸣就是钱云枫的心腹嫡系，唯钱云枫马首是瞻，连卫建国这个粤海县县委书记都使唤不动，对于卫建国的指示，常自鸣常常是表面上尊重，但是根本不去执行，最多也就是口头上表表态而已。对于这种局面，卫建国也无可奈何。常自鸣也是县委常委，属于海州市市管干部，卫建国最多只能批评几句，处分权在海州市委手里，卫建国有心无力，也只好任常自鸣去了。

现在，粤海县公安系统出了这么大一个纰漏，让卫建国兴奋的不单单是赵长风被打了，而是海州市长苗晓在电话里传来的信息。

一个县长被打，竟然惊动了省政府秘书长谢富海和公安厅副厅长何承明，这也太不可思议了。还有苗市长，卫建国什么时候听苗市长说话都是四平八稳的，一副大将风度，很少能够见到苗市长会为什么事动怒。可是刚才苗市长在电话里可以说是声色俱厉！能让省政府秘书长和公安厅副厅长亲自带队下来，能让海州市苗市长态度如此紧张，这个赵长风绝非是等闲之辈啊！尤其是苗市长在电话里说省领导已经知道这件事，事态非常严重，这更能说明问题。一个小县长，也最多能在市委书记、市长面前说说话，到省里谁认识你是谁？而现在赵长风被打竟然引起了省领导的关注，要是没有背景，日理万机的省领导哪有闲情逸致去关注下面一个小县长的破事？

卫建国在粤海县被钱云枫和段志魁架空，并不是因为他是一个无能之辈，而是形势比人强。他失去了后台背景，在粤海县又是孤家寡人，不得不委曲求全。他一直在蛰伏，在等待着机会，现在，等待已久的机会终于降临了。

对赵长风来说，这件事是绝对不可能如此善罢甘休的。一个新任县长，在自己的地盘上被打了一顿，还被关了起来，如果不重手处理、杀鸡儆猴，赵长风在粤海县就会威信扫地，以后还怎么开展工作？

卫建国判断，除非赵长风是一个懦弱的老好人似的干部，否则必然会选择维护自己的形象，下重手杀一儆百，即使影响到他和粤海县某些领导干部的关系也在所不惜。此事关乎赵长风在粤海县的威信、关乎赵长风能不能在粤海县顺利展开工作，相信他绝对不会犯糊涂。

一旦起了冲突，钱云枫是地头蛇，赵长风却是过江猛龙，他虽然是从中原省交流过来的，但是看眼下的势头，他在省里的关系可远比狼狈撤回到省里的前任县长要强大得多。如果在这个关键时刻，卫建国这个县委书记再添上两把火，钱云枫这个地头蛇不一定能讨得到好处。也许，卫建国等待已久的翻身日子就要到了！

苗市长给卫建国打过电话之后，立即又拨通了海州市主管政法的副书记胡得志的电话。

“老胡，我苗晓啊。”

胡得志刚从海州市公安局局长高昌山那里得到了汇报，知道苗晓这个时候打电话过来是什么事，可是还装着糊涂。

“啊！竟然有这种事情？”胡得志故作惊讶道，“这些人搞什么，连自己的县长都敢抓！胡闹！”

苗晓没有时间听胡得志感慨，他的通知已经到了，该怎么办，胡得志应该很清楚。他这边还要做些准备工作，迎接谢富海和何承明的到来。看来今天晚上是睡不成了，这个粤海县，总是不让人安宁！

胡得志在苗晓面前装糊涂，可是办起事来却丝毫不糊涂。

胡得志立即拨通了粤海县副书记钱云枫的电话，语气极其严厉地说道：“老钱，怎么搞的？粤海县还是不是在党的领导下？竟然发生县长被人打伤、还被警察关进派出所的奇闻？这种事真是令人发指，骇人听闻，给粤海县政法系统乃至给海州市政法系统造成了极其恶劣的影响。现在省领导已经知悉了这件事，而且还下了指示，要求尽快解决这件事，从重从快地处理有关责任人。”

钱云枫刚从粤海县公安局局长常自鸣那里得知这件事，心中的震惊还没有平息，就马上接到了胡得志书记的电话。往日和颜悦色的胡得志书记语气忽然变得严厉异常，以至于钱云枫心脏跳动的节奏都随着胡得志的语气忽高忽低的。

“老钱，这件事的发生绝对不是孤立的，这背后必然有着深刻的原因，甚至不排除某些领导干部被牵扯进去。市委的要求是，第一，必须严厉追究犯罪分子的严重罪行，对犯罪分子的嚣张气焰给予沉重的打击！第二，要深挖犯罪分子背后的保护伞，不论牵扯到哪一级的干部，一定要深挖到底，决不姑息！只有这样，我们才能挽回这件事对海州市政法系统造成的恶劣影响，给上级领导一个明确的交代！”

钱云枫面红耳赤地听着胡得志杀气腾腾的话。他实在没有想到，粤海县新任县长赵长风竟然有如此强大的背景。胡得志副书记连具体情况都没有了解，已经毫不犹豫地选择站在赵长风这一边。而那边县公安局长常自鸣也汇报说，海州市政法委书记、公安局局长高昌山也下了死命令，半个小时赶不到后沙镇，就要将他就地免职。这赵长风究竟是什么来头？

钱云枫抓着话筒愣了半天，忽然清醒过来，事态紧急，他必须处理好这件事，必要的时候要做出一些牺牲，眼下么大的压力，选择硬抗肯定不是最好的办法。

想到这里，钱云枫又迅速拨通了常自鸣的电话，冷静地交代道：“老常，你给我听着，心理要有个准备。刚才胡得志书记也来了电话，对这件事下了指示。现在麻烦大了。你尽快赶到后沙镇，见到赵县长之后，一定要做足姿态，争取获得赵县长的谅解。其他事情，等我到了再说！”

常自鸣脑袋“嗡”的一声，表姐夫啊表姐夫，你惹谁不好，偏偏惹到这样的人物呢？现在连海州市胡得志书记都惊动了，这次真的是要被你害死了！

常自鸣口里的这个表姐夫不是别人，正是后沙镇派出所副所长钟爱民，两家关系绝非一般。

二十多年前的改革开放之初，粤海县还只是沿海地区一个贫穷的小县，相比起粤海县其他地区，常自鸣所处的粤海县北部丘陵地带由于耕地少，生活要更加贫困一些。对常自鸣这样的农家子弟来说，在家里种田显然没有什么前途，所以常自鸣当时就想到部队当兵，看看能不能改变自己的命运。

但是，可不是谁想当兵就可以当兵的，必须和村干部搞好关系。偏偏常自鸣的父亲和本村的干部闹过矛盾，常自鸣想当兵，村干部这一关首先就通不过。

除此之外，横亘在常自鸣面前的还有一个拦路虎，那就是常自鸣是独生子。常自鸣的父母身体都不太好，常家的人丁又不旺，常自鸣如果当兵走了，父母托付给谁照顾，家里那两亩半水田靠谁来打理，都是个问题。

这个时候，常自鸣嫁到邻村的姑姑回娘家来看哥嫂，察觉到侄子的心思，她仔细询问过常自鸣之后，当即大包大揽，说阿鸣你想当兵是好事，咱们老常家也得出一个争气的人不是？你只管去吧，别担心家里，你爸你妈由姑姑照顾。

常自鸣姑姑这话倒不是无的放矢，比起常自鸣的母亲，她的生育力要旺盛得多，养了三个儿子一个女儿。三个儿子个个都身材高大魁梧，是典型的农村壮劳力，而且孝顺听话，到时候随便派一个过来，常自鸣家里那点水田根本不在话下。

可是家里的事情解决了还不行，还有大队干部那一关。常自鸣又扭扭捏捏地说出他的另一层担心。姑姑听后寻思了半天，最后拍了大腿，告诉常自鸣，这件事情常自鸣不用担心，包在她身上。当兵这种事，也不是村干部可以一手遮天的。说完这个话之后，姑姑就回去了。一个月后，部队过来招收新兵，常自鸣按照姑姑的交代战战兢兢地报了名，结果村干部并没有为难常自鸣，常自鸣顺利地通过政审、体检，进了部队。后来常自鸣才听说，姑姑为了让他当兵，偷偷把家里养的肥猪卖了，把钱塞给了乡领导，领导和大队干部打了招呼，他们才没有刁难常自鸣。

常自鸣到了部队之后，家里的事果然像姑姑说的那样，由三个表哥分包了，当兵几年，父母在家并没有受多大罪。而常自鸣也因为在部队表现出色，顺利地入了党，退伍之后，就被安排到乡政府，之后一路升迁，最终成为现在的粤海县县委常委、政法委书记兼公安局局长这样能够在粤海县呼风唤雨的人物。饮水思源，如果没有当初姑姑替他做的一切，常自鸣也不会走到现在这个位置上来，所以常自鸣心怀感激之情，对姑姑一家特别照顾。

常自鸣的姑姑养了四个孩子，前三个都是男丁，第四个终于生了一个姑娘，比常自鸣大三个月，是常自鸣的小表姐。因为就这么一个女孩，又是老幺，常自鸣的姑姑对小表姐特别宠爱。

姑姑去世之后，常自鸣对阿云表姐很照顾，把表姐夫钟爱民从县水厂的保卫科调入公安机关，最后升为后沙镇派出所副所长。本来按照常自鸣的计划，是要把钟爱民扶正，担任后沙镇派出所所长，可惜钟爱民自己不争气，和后沙镇那些鞋厂老板狼狈为奸，把后沙镇搞得乌烟瘴气、官怨民沸，常自鸣最后只好暂时把这个打算放一放。但是却没有给后沙镇派出所安排所长，让钟爱民以副所长的名义主持工作。常自鸣万没想到，表姐夫这次竟然惹下了天大的麻烦，把新任县长赵长风给抓了起来。

听了钱书记的话，常自鸣更是心乱如麻，他一边嘱咐司机开快一点，一边又拨了后沙镇派出所的值班电话。

电话拨通了，可是没有人接。这已经是常自鸣第三次拨打后沙镇派出所的电话了。接到海州公安局局长高昌山的电话之后，常自鸣第一时间就让司机把车开了过来，他一上车就拨了表姐夫钟爱民的手机，想了解一下具体情况，可是没有人接。常自鸣又拨了后沙镇派出所的值班电话，还是没有人接。常自鸣不敢再耽误时间，立刻向副书记钱云枫做了电话汇报。钱云枫也很吃惊，他知道常自鸣和后沙镇派出所钟爱民的关系，就重重地敲打了常自鸣几句。常自鸣虽然觉得难堪，但是钱云枫语气中还透着亲切和关心，说明这件事钱云枫还是会管的。然后常自鸣第二次又拨了后沙镇派出所的电话，结果还是没有人接。紧接着钱云枫的电话又打进来，语气和刚才截然不同，尤其是那句冷冰冰的要常自鸣做好心理准备的话，显然是有所指的。这就意味着，如果常自鸣这边不能取得赵长风的谅解，那么钟爱民是肯定会被抛出去的。这对常自鸣来说，在感情上是绝对难以接受的。

就在常自鸣等电话等得冒火的时候，后沙镇派出所的值班电话终于接通了："喂，后沙镇派出所。"

"怎么搞的？派出所值班电话都没有人接？"常自鸣厉声呵斥道，"我是常自鸣，把你们所长叫过来。"

接电话的正是刚才后沙镇派出所的警察，警察跑到审讯室，用力推了一下门，这才想起门是锁着的，连忙掏出钥匙，把门打开，张口就喊道："钟所，常局电话找你！"

话音刚落，年轻警察就愣住了，他看清楚了眼前的情景：钟所长竟然趴在审讯桌上睡着了。三个被铐起来的人的手铐都解开了，正在一旁谈笑风生。

黄秘书给谢富海打过电话之后，又立刻联系了赵长风。黄秘书告诉赵长风，这件事领导已经知道了，并且已经通知了省政府秘书长谢富海前往粤海县处理。

接了黄秘书的电话，赵长风就决定安心地在审讯室里等候，本来以方忠海的身手，虽然审讯室的门锁着，赵长风如果决定要走，方忠海也能就把审讯室的门打开，但是既然谢富海秘书长要下来，赵长风自然是要留在审讯室，只有这样才能把主动权掌控在自己手里。

在接到黄秘书电话之前，赵长风还不敢肯定赵强是不是会到粤东，接到黄秘书的电话之后，赵长风基本上可以肯定，赵强是绝对会调来粤东任职的，否则也绝对不可能一个电话过去，省政府秘书长就亲自下来。

有了这一层关系，赵长风心中的底气就更足了。他这次到粤海县的暗访看到的情形太让他吃惊了：企业对环境的污染、老板对工人的残酷盘剥、农民工的悲惨生活处境，还有堂堂的派出所竟然沦为帮私人老板看家护院的保镖，成为私人老板欺压打工仔的工具。这简直是为虎作伥、蛇鼠一窝啊！

虽然赵长风到粤海县还不到二十四个小时，也仅仅看到后沙镇这一个地方。但是窥一斑而知全豹，从某个意义上来说，后沙镇也可以看做是粤海县的一个缩影，从后沙镇的这些情况可以推断出，粤海全县究竟是一个什么样的状况了。

这个结论让赵长风触目惊心，本来他想，粤海县位于改革开放比较前沿地区，社会经济比较发达，和内地比起来，无论是社会文明建设还是官场风气都应该好得多。但是现在看来，情况远非赵长风预期的那么理想。

就比如今天赵长风的遭遇，如果他没有带着方忠海这个特种兵出身的司机，如果他不是粤海县县长，最后会是什么结局呢？连江文静中州晚报社的记者身份都不管用，可想而知普通的百姓会有什么样的遭遇啊！这股歪风邪气不刹，必将成为阻碍粤海县社会经济继续发展的最大阻力。

除此之外，赵长风还有对自身的考虑。作为粤海县县长，在没有上任前，就现在自己地盘上被人打了一顿，还被抓进了派出所，这是一件非常丢脸的事。如果马马虎虎地让这件事过去，那么他在粤海县将会威信全无，以后也别想在粤海县开展什么工作了。相反，赵长风如果借着这个机会，能够肃清害群之马，从而起到敲山震虎的作用，让粤海县的干部作风为之一变，那未尝不是坏事变好事。

赵长风决定，这件事既然闹开了，那就索性闹大一点！有赵强在后面撑腰，正好可以借着这个机会立威。赵强让省政府秘书长谢富海下来，未必不是这个意思。

等到审讯室的门打开，两个值班的警察慌慌张张地跑过来把钟所长叫醒。赵长风本来以为钟所长会吸取教训，最起码对他们三个尊重一些、客气一些。谁知道钟爱民刚一醒来就大发雷霆，就想带着两个警察继续对他们动手。

“你们谁敢动手?”方忠海挡在赵长风身前,冷声呵斥道,“他是你们粤海县新任县长赵长风。”

老张和小李一听这话,顿时迟疑起来。他们本来就觉得赵长风的气度不凡,像是一个有身份的人,加上身旁那个气度出众的美女又是中州晚报社的记者,这个人是粤海县的新任县长也不是没有可能。再说那个冷峻的年轻人,说话的样子也不像是撒谎。心中这样想着,脚下就不敢再动,转身去看钟爱民。

钟爱民有了两个部下在身旁,底气又足了起来,他一手叉腰,一手指着老张和小李说,“你们还不动手?他如果是赵县长,我就是赵县长的亲爹!”

“钟爱民,你是谁的亲爹?”一个威严的声音从身后传来,钟爱民还没来得及扭头,常自鸣就从门口进来。他伸手推开挡在身前的钟爱民,快步走向角落里的三个人,等距离赵长风有两步远的时候,他“啪”的来了一个立正,干脆利落地敬了一个礼,口中说道:“粤海县公安局局长常自鸣奉命向赵县长报到!”

听了常自鸣的话,钟爱民只觉得脑子“嗡”的一声,全身血液都涌到了头上,难道说,难道说这小子,真的是粤海县县长?钟爱民只觉得两腿一软,身子晃晃悠悠地就要往后坐倒。幸亏民警小李眼疾手快,一把拉住了钟爱民,才避免他当场出丑。

赵长风听到门外的声音,就知道派下来的人来了,他身子一歪,就靠在椅子上,微闭着双眼。常自鸣的声音他听得一清二楚,却不睁开眼睛。

方忠海也是一个眼皮子很利落的角色,常自鸣明明做了自我介绍,他还是故作糊涂地问:“我是赵县长的司机方忠海,请问你是……”

“方忠海同志,你好!”常自鸣热情地伸出了双手,“我是粤海县公安局长常自鸣。”

“原来你就是公安局长!”方忠海不理会常自鸣伸出的手,厉声说道,“赵县长被人打成这样,还被你们抓进了派出所,常大局长的部下真是好威风啊!”

第八章　打板子学问高深，施毒计火烧后院

赵长风被打事件闹得沸沸扬扬，违法者得到了重罚。公安局长常自鸣将板子高高举起，最后却打在了别人的屁股上。表面上看来这起事件已经风平浪静，赵长风也得到了一个满意的结果，然而，粤海县波诡云谲，赵长风却不知内情。紧接着，赵长风的妻子接到一个神秘电话，说他此行是陪着一个美女记者在外旅游。

常自鸣是堂堂的粤海县县委常委、政法委书记兼公安局局长，是在粤海县呼风唤雨的大人物，除了钱云枫，可以说谁的账都不买。平日里别说是方忠海这样一个县长的小司机，即使是粤海县县委书记卫建国和他说话都得客客气气，用商量的语气说话，生怕语气重一点，常自鸣会拂袖而去。可是今天，赵长风的一个小司机方忠海竟然敢当着这么多人的面厉声呵斥自己，这让常自鸣如何能忍受得了？

但是受不了也得受，忍不住也得忍！今天不同往日，赵长风这边已经全部占理，身后的背景也很不一般，受了这么大的委屈，发一点脾气算什么？

常自鸣一脸沉痛地说：“小方同志，是我工作失职，让赵县长受委屈了！我要向赵县长做检讨！”见方忠海脸色缓和下来，常自鸣又说，“赵县长怎么样了？”

方忠海说：“赵县长被人打伤，又被关在这里七八个小时水米未进，身体很虚弱，昏睡了过去。你等一下。”

说着方忠海上前轻轻摇晃着赵长风："领导，粤海县公安局常局长过来了。"

"县长，我向您做深刻检讨，公安系统发生这种事，我负有领导责任，这件事我一定会追究到底，给您一个满意的交代。您现在有伤在身，需要及时治疗，我安排人送您去医院吧？"

常自鸣的用意非常清楚，就是想让赵长风离开派出所这第一现场。到时候省里的领导和海州市的领导在医院看望赵长风，他们没有亲眼看到赵长风被关在派出所的情形，可以少受一些刺激。然后常自鸣再做一些工作，想办法让赵长风怒气消了，接下来的事就好办了。

常自鸣非常讲义气、重感情，当初受了姑姑那么大的恩，现在表姐夫闯了这么大的祸，常自鸣第一时间要考虑的就是如何替表姐夫化解眼前的困局，保住表姐夫的饭碗，所以才会看似关心地提出要把赵长风送到医院治疗。

赵长风一下子就把常自鸣的用意看穿了，他心中冷笑，现在要送我去医院，早干什么去了？

"常局长，你是公安局长，不是急救中心主任。你现在的首要职责就是侦破案件，而不是其他。"赵长风冷冷地说，"我现在以一个普通公民的身份向你报案，今天下午我在后沙镇遭到一伙身穿保安制服的歹徒殴打。后沙镇派出所民警赶到时，对殴打我的歹徒不管不问，却把我抓了起来，并在派出所里对我进行人身恐吓。我怀疑这背后存在国家工作人员渎职的情况。希望公安机关能够尽快侦破此案！"

常自鸣没有想到，赵长风态度这么强硬，如果他一定要坚持下去，那么这件事最终将如何收场，就不是自己能控制的了。

钟爱民已经从震惊中醒了过来，原来这个年轻人真的是县长，这下可闯了祸了。不过他心中却并不怎么恐惧。他暗想，不就是一个还没有上任的县长吗？虽然有点麻烦，但是却并不见得没有办法解决。有表弟常自鸣出面，应该能解决吧？

想到这里，钟爱民甩开搀扶着他的小李，迈了两步站在常自鸣身边，脸上堆着沉痛的表情，低头对赵长风承认错误："赵县长，我是个粗人、蠢人，有眼不识泰山，希望您大人大量，原谅我对您的冒犯……"照钟爱民看来，只要他道歉认错，赵长风必定顺坡下驴，卖给常自鸣一个人情。

赵长风厌恶地皱起了眉头，眼睛看向别处。方忠海虽然才跟了赵长风半年，但是已经和赵长风很有默契，他跨步上前一把抓住钟爱民对常自鸣道："常局长，就是这个人，和殴打赵县长的人相互勾结，还对县长进行恐吓！"

钟爱民刚想说话，常自鸣那边已经厉声喝道："钟爱民，你马上到隔壁房间给我反省，等候进一步处理！"

钟爱民心中一哆嗦，他平日里就怕自己这个当局长的表弟，此时见常自鸣动了真怒，连忙低着头，乖乖到隔壁去了。

常自鸣对赵长风说："县长，您看这样好不好？我先通知医生过来帮您先处理一下。我这边同时展开行动，对涉案人员进行抓捕。"

赵长风淡淡地说："我只是一个受害者，无权干涉你们公安机关的办案程序。"

常自鸣又被噎了一下，却不敢多言语。他转过身来对身后的人交代："马上打电话通知医生来为赵县长做检查，到外面去买些饭菜饮料送过来！"

常自鸣出了审讯室，到了所长办公室，钟爱民正坐在沙发上抽烟。见常自鸣进来，他还愤愤不平地说："阿鸣，那个赵县长也太不把你放在眼里了吧？瞧他那得意的样子，我真看不惯他！"

话还没有说完，常自鸣抡圆了巴掌狠狠地打在钟爱民脸上，只听"啪"一声脆响，钟爱民的脸上已经出现几条红印。

"你呀你！"常自鸣跺着脚，"你以为赵长风只是一个普通的县长吗？我告诉你，这件事已经惊动了省里。省政府秘书长谢富海和公安厅何承明厅长要亲自率队下来，胡得志副书记也给钱云枫副书记下了批示，要求从严从重从快处理这件事。如果赵长风只是一般的县长，能惊动这么多人吗？"

"啊……"钟爱民又一次惊呆了，连省领导都惊动了，表弟阿鸣恐怕是顶不住了。

钟爱民抹了一把眼泪，把经过详细地给常自鸣讲了一遍。常自鸣弄明白了事情的原委，暗自感叹钟爱民真够倒霉，怎么就偏偏撞上赵长风呢？

常自鸣当机立断，让派出所民警全部出动，到兴日制鞋厂把涉案的保安人员全部抓来，一个不得漏网。之后他才拨通了钱云枫的电话，向钱云枫把事情经过汇报了一遍，然后等着钱云枫指示。

“老常，都什么时候了，你还如此优柔寡断？你的魄力哪里去了？要有壮士断腕的决心。”钱云枫说道，“你务必在省领导和市领导下来之前把赵长风送到医院去，否则，局面将不可收拾！”

常自鸣明白事情已经不可挽回，他叹了一口气，心情沉重地回答：“钱书记，您放心，我知道应该怎么做！”

回到审讯室，常自鸣向赵长风敬了个礼，大声汇报道：“县长，兴日制鞋厂五名涉案人员已经全部抓捕归案。后沙镇派出所副所长钟爱民因为与案件有关，已经被就地免职，等候进一步处理。”

他往前走了两步，微微弯下腰，恳切地说：“县长，您身体要紧，还是到医院去吧，万一有个什么闪失，让我怎么交代啊？镇医院的救护车已经来了，您看？”

江文静和方忠海也在一旁劝道：“身体要紧，还是去医院吧。”

赵长风这才微微点了点头，扶着方忠海站了起来，他冷冷地对常自鸣说：“我先去医院，这里你看着办吧！”

常自鸣的警车在前面开道，江文静和方忠海一起陪着赵长风上了后沙镇的救护车，他们那辆普桑由一位警察开着跟在后面，三辆车组成的车队向粤海县人民医院驶去。

到了人民医院门口，医院院长已经率领院里的骨干医生恭候在一旁。见救护车过来，院长亲自推着医用推车来到救护车门口，亲自上了救护车把赵长风搀了下来，小心翼翼地扶着赵长风在医用推车上躺下，然后院长亲自推着赵长风向检验科奔去。

在院长的亲自指挥下，全医院的资源都紧急动员起来，为赵长风做了紧急检查。常自鸣紧跟着院长，焦急地等着检查结果出来。常自鸣明白，赵长风的伤情检查结果直接影响着这次事件的最终处理。

结果终于出来了，赵长风是身体大面积软组织挫伤加轻度脱水。常自鸣的心一下子就紧张起来，作为公安局局长，他明白大面积软组织挫伤意味着什么。按照法医鉴定标准，挫伤占体表面积百分之六以上，就是属于轻伤，而只要上了轻伤，就够了刑事立案的标准。对常自鸣来说，即使赵长风没有轻伤，也要刑事立案的，那些人敢对县长下手，那还了得？但是那个刑事立案和造成轻伤之后的刑事立案是有着本质区别的。县长被打和被打成轻伤，这在上级领导眼里的区别可就大了。

忽然，常自鸣的手机响了起来，里面传来钱云枫的声音：“老常，谢秘书长、何厅长和苗市长、胡书记已经往人民医院去了，你赶快做好准备。”

电话刚挂，一阵响亮的警笛声从远处向着人民医院这个方向传来，并且越来越近。医院马院长也接到电话，知道省市领导就要过来了。

一时间马院长和常自鸣两个人做了不同的选择，常自鸣往楼下奔去，要到医院门口迎接谢秘书长、何厅长的车队；马院长却扭身向赵长风的病房奔去。

常自鸣刚来到医院门口，就看见三个官员在一大群干部的前呼后拥之下快步向里面走来。左边的留着大背头、满脸严肃的官员正是海州市市长苗晓，右边那个身材魁梧、浓眉大眼、留着精干的板寸头的官员常自鸣也认得，是省公安厅副厅长何承明。中间那个穿着老人头短袖衫、皮带系在肚脐眼之上的大胖子常自鸣虽然不认识，但是也能猜出，这个人就是省政府秘书长谢富海。

县委书记卫建国则侧身走在三个领导的侧前方，殷勤地为三位领导领路。在何承明、谢富海、苗晓身后，还跟着海州市副书记胡得志和海州市公安局局长高昌山，几个人都一脸严肃。钱云枫副书记迈着小碎步跟在高昌山的身侧，小声地说着什么。

“苗市长、何厅长……”常自鸣快步迎了上去。

谢富海微微皱了一下眉头，扭头问旁边的苗市长：“老苗……”

苗市长就介绍道：“这位就是粤海县政法委书记、公安局局长常自鸣同志。”常自鸣身材比谢富海高大，可是此时站在谢富海面前，身子不由自主地就佝偻了下去。

谢富海轻轻“哦”了一声，没有理会常自鸣，却问卫建国道：“赵长风同志的病房在几楼？”

“二楼。”卫建国答道。

“好，咱们赶快上去。”谢富海说道。然后就迈步上前走，好像面前根本没有人站着似的。常自鸣吓得连忙闪到一旁，为谢秘书长让开道路。何厅长和苗市长就快步跟上，谁也没有再看失魂落魄站在一旁的常自鸣一眼。

钱云枫路过常自鸣身边时，低声说道：“老常，还不跟上。”常自鸣这才从失魂落魄中清醒过来，跟在钱云枫后面往上走去。

马院长正弯下腰，把听诊器放在赵长风的背部，聚精会神地听着，忽然高干病房被打开，谢富海秘书长快步冲了进来，在谢富海秘书长身后，跟着公安厅何厅长和海州市苗市长。

“长风同志，你受委屈了！”

谢富海秘书长拿眼睛一扫，发现病房里只有一张病床，就立刻断定，躺在床上的年轻人是赵长风，所以就毫不犹豫地冲了过来，紧紧握住了赵长风的双手。

赵长风拿不准眼前这个有些谢顶的胖子是谁，张着口却不知道该怎么说。

谢富海用力摇动赵长风的双手，说道：“长风，我接到电话就立即从省里赶过来，不想还是来晚了，让你受委屈了！”

赵长风这次敢肯定，眼前这个人一定是黄秘书电话里说的省政府秘书长谢富海。

“秘书长，让你大老远从省里下来，我给你添麻烦了。”赵长风挣扎着就要坐起来。

“逞什么强？”谢富海板着脸，双手按着赵长风的肩膀，让他躺在床上，“你是病人，现在最需要的就是休养。躺下来说话。”

何承明俯下身子拍着赵长风的胳膊说：“长风同志，我是省公安厅副厅长何承明，公安系统发生了这样的事，我也很震惊。你只管安心养病，我向你保证，一定要追究到底，给你一个满意的交代！”

苗晓也往前跨了一步，却看到马院长拿着听诊器站在一旁碍事，苗晓一把把马院长推开，占据了马院长的位置，弯腰握住赵长风的手说道：“长风同志，我是海州市市长苗晓。你的伤怎么样了？现在还感觉什么地方不舒服？”

马院长没想到会有这么多大人物来到粤海县人民医院，这可以说是粤海县人民医院成立以来有最多大人物到来的一天。他汇报道："报告谢秘书长、何厅长、苗市长，赵县长伤情比较严重，后背大面积挫伤，还有轻度脱水。经过我院专家治疗小组的紧急治疗，赵县长病情已经稳定住了。"

"大面积挫伤？"何承明搞刑侦工作出身，对这些话很敏感，他听了马院长的话，猛然直起身来，伸手说道，"诊断书呢？拿过来我看看！"

马院长连忙掏出诊断书递到何承明手里，何承明刚拿到手里，谢富海和苗晓两个人就围了过来。何承明打开诊断书，扫了两眼，脸色猛然一变，杀气腾腾地说："无法无天，简直是无法无天！不给予严厉打击，就不能刹住这股歪风邪气！"

谢富海说："何厅长，我相信公安系统能够处理好这件事，也相信公安机关一定会还长风同志一个公道！"

赵长风刚见谢富海的时候还有些紧张，就挣扎着要起来，但是当谢富海扶住他的双臂把他按回床上的时候，隐蔽地在赵长风胳膊上捏了两下。赵长风是个人精，立即领会到谢富海这个举动传达的信息，于是他就心安理得地半靠在床头的枕头上，面对着何承明和苗晓的亲切问候，只是微微点了点头，然后就微闭双眼，不再搭腔。

这副倨傲的表情被苗市长看在眼里，越发坚定了他心底的判断，赵长风绝对是大有来头。哪有像赵长风这样，顶头上司已经降尊屈贵，亲自到病床前送温暖来了，下属却倨傲地躺在床上，对上司的关爱一点感激的意思都没有，仿佛那是理所当然的？

至此，苗市长对赵长风的来头再无一丝怀疑，他在一旁接着表态道："县长在自己的辖区被人打伤，这种骇人听闻的事情真是闻所未闻！秘书长、何厅长，这件事既然发生在海州，就由我们海州市地方政府来处理，请你们相信，海州市一定能够处理好这件事，把犯罪分子绳之以法！"赵长风是在海州市被打的，如果海州市不能给赵长风一个交代，反而需要公安厅来处理，那么这件事被领导知道，会作何感想？

"不，苗市长，这件事发生在公安系统内部，还是由我们公安厅来处理比较好！"何承明说。

眼看两个人如斗鸡一般争着要处理这件案子，谢富海不得不出来当和事佬："老何、老苗，我看你们都不要争了，你们两家齐心协力，一起侦破这个案子不是更迅速吗?"

调子既然定下，接下来就要看行动了。

何厅长转身把海州市公安局局长高昌山叫了过来："高局长，我命令你们海州市公安局立刻行动起来，在明天中午之前，把所有涉案人员都抓捕归案，一个都不许漏网！如果出了差错，即使天王老子也保不了你!"

何承明虽然不是分管刑侦和治安的厅领导，但是却分管着全省公安系统的纪检、警务督察和审计。粤东省公安系统的局长谁提起何承明不心惊胆战？一旦被何承明盯上了，后果可是极其严重的。

虽然是盛夏时分，何承明冒着寒气的话还是让高昌山不寒而栗。

苗晓也在一旁补充道："市政府的态度是：这件案子不管涉及谁，有多大阻力，都要一个不漏地抓捕归案!"

"海州市公安局坚决执行厅领导和市领导的指示，如果规定期限内不能把所有涉案人员抓捕归案，请厅领导和市领导拿下我头上的帽子!"高昌山响亮地回答道，一副破釜沉舟、誓与这个案子共存亡的架势。刚才他已经从粤海县公安局常自鸣那里得到消息，知道打赵长风的保安都被抓起来了，所以才会说出这番豪言壮语。

"好!"谢富海微笑着点头，"公安厅和海州市政府针对赵长风同志被打这个案子采取的措施很是得当有力，是值得肯定的。我回去一定会向省领导如实汇报。不过……"

何承明和苗晓的心立刻紧张起来，在官场上讲话，最害怕的就是"但是"和"不过"这两个词，因为在这两个词前面的那些话都是场面上的虚话套话，这两个转折词后面跟的才是讲话者所要表达的实质内容。

"不过我认为，只采取这些措施显然是不够的。抓捕打人凶手固然重要，但是处理那些和打人凶手相互勾结、把赵长风同志关进派出所的国家公职人员的败类也同样重要。这些败类如果得不到处理，渎职的丑恶现象就不会从根本上得到遏制！我建议公安厅和海州市还要针对这个情况拿出一些具体措施。我想省领导也和我一样关注这个问题。"

粤海县高干特护病房的房间并不大，省市有关领导进去之后，粤海县的干部就没有办法再进去了，钱云枫和常自鸣几个人就围在病房门口，紧张地观察着里面发生的一切。此时听了省政府秘书长谢富海的话，两个人对望一眼，眼里都充满了愤怒与恐惧。这件事真的不能善了了！

何承明和苗晓又立即指示海州市公安局长高昌山，要坚决执行省领导的指示，对于公安系统内部的害群之马要一查到底，决不姑息！

谢富海得到这个承诺，此行的目的已经全部达到。于是他说道："长风同志受了这么严重的伤，需要好好休养。我看今天就先这样吧，大家都回去吧，不要打扰长风同志休息。"

何承明和苗晓都连声称是。于是省市三个领导都弯下腰来，凑到赵长风面前，亲切地叮嘱他不要考虑其他事情，要安心休养，争取早日康复出院。海州市市委副书记胡得志和公安局局长高昌山也抓住这个机会，挤到赵长风的病床前殷切地问候。

出了病房，谢富海和苗晓又把马院长叫到面前，叮嘱他一定要精心照看好赵长风同志。粤海县县委书记卫建国终于找到一个表现的机会，他当着谢秘书长和苗市长的面严肃地交代马院长，一定要抽调粤海县人民医院最好的医生、最好的护士来照看赵县长，他指示道，粤海县人民医院务必要把照看赵县长当成一项光荣的政治任务来抓，这事关乎粤海县能不能完成省市领导托付的大计，是一丝一毫纰漏都不能出现的，千万不可麻痹大意。否则一旦出了问题，不用上级领导指示，他卫建国第一个就会撤了马院长的职！

出了医院，已经是凌晨一点多了。谢富海和何承明第二天上午还有工作安排，就谢绝了苗晓的挽留，连夜赶回羊城市。

苗晓则和胡得志副书记留下，在粤海县召开了一个紧急常委会议，在会议上苗晓提出了几点意见：第一，要坚决执行省领导有关指示，采取果断措施，迅速查明案情，拿出处理意见，上报到海州市。第二，粤海县领导一定要针对这个事件展开反思，为什么在粤海县会发生这样荒唐的事件？这个问题一定要想清楚，拿出一个明确的答案。第三，一定要做好保密工作，这件事务必不能传播开来。

散会后，苗晓、胡得志等市领导就返回了海州。粤海县各个常委却按照各自的习惯，分别在几个地点聚集起来。

在石湾镇曲江畔的一栋别墅里，政法委书记兼公安局局长常自鸣、人武部长陈大河、宣传部长和国虹、统战部部长王亚力几个人坐在一楼的客厅里，面色凝重地看着客厅中央的副书记钱云枫。钱云枫是他们的主心骨，发生了这么大的事，该如何办，还是要靠钱云枫来拿主意。

钱云枫斜靠在沙发上，手里拿着烟卷，面容严肃。他紧张不是常自鸣的表姐夫会被处理，他紧张的是，赵长风如此强势的县长到了粤海，必然会打破粤海固有的势力平衡。

沉吟半天，钱云枫忽然笑了起来，他抬起头看着周围的人说："哎，我说你们怎么回事？散会了不回去休息，都窝在我这里干什么？"

几个人面面相觑，不明白钱云枫说这话是什么意思。大家跟过来不就是商量一下对策吗？

"钱书记，"人武部部长陈大河说，"我们不是……"

"不是什么？"钱云枫一口打断他的话，笑着站了起来，"都回去吧。你们不睡觉我还要睡觉呢！"他指着手表说，"看看现在都几点了？"

大家迟疑地站了起来，常自鸣看着钱云枫，试探地问："钱书记，我们……就这样回去？"

"你们不这样回去还怎么样回去？难道说还让我送你们每人一条好烟？"钱云枫打了个哈欠说，"回去吧，好好休息，没啥大不了的。"

和国虹、王亚力等人顿时就放下心来，他们知道，只要钱云枫书记还能够谈笑风生，就说明真的没啥大不了的，一切都在钱书记的掌控之中。于是他们纷纷起身和钱云枫告辞："钱书记，那你好好休息，我们走了啊。"

常自鸣却不能像他们几个人那样潇洒地一走了之，表姐夫钟爱民还挂在那里呢。陈大河走到门口，看到常自鸣还站在原地不动，就揶揄道："老常，还不走？"

常自鸣狠狠瞪了陈大河一眼，一本正经地答道："嗯，我再向钱书记请示点事情。"

陈大河偷笑一下就离开了，他不敢再说话，怕真把常自鸣惹毛了。

等钱系几大常委都离去之后，常自鸣才走到靠在沙发上闭目养神的钱云枫面前，轻轻叫道："钱书记。"

钱云枫装作这才发现常自鸣的样子，惊奇地问道："老常，怎么你还没有走？"

"钱书记，出了这么大的事，我对不起您，我要向您做检讨！您说，现在该怎么办？"常自鸣有点沮丧，他侧身在钱云枫旁边坐下。

"你呀，老常，就是见不得大世面！"钱云枫板着脸说，"有什么了不起的？不就是一个县长吗？"

"可是，可是省领导、市领导都过来了……"常自鸣搓着手说，"看他们对赵县长的态度，我心里没底啊。"

钱云枫微笑一下，说："老常，怕什么，天塌下来有高个子顶着呢！"

常自鸣听钱云枫这样说，心中就有了些底气，他奉承道："钱书记，您是咱们粤海县的一条龙，他们那些过江的大蛇如何能是您的对手？"

钱云枫得意地笑了起来，不管常自鸣说这话是真是假，也算替他出了胸中的一口恶气。如果没有赵长风横插一杠子，这粤海县县长就是他的囊中之物了，但是天下掉下来个赵长风，让煮熟的鸭子就这么眼睁睁地飞走了。如果赵长风真的是一个很有能力、很有担当的人，钱云枫也认了。可是现在看看，赵长风是个什么人？一个二十七八岁的毛头小子，办事毛毛躁躁，就凭着有一些关系，就可以到粤海县当县长了？

看看，你们要让一个毛头小子来担任粤海县县长，出洋相了吧？一个大县长，搞什么微服私访？以为是封建社会，以为自己是包青天啊。到下面走一走，接一个状子，替老百姓做主，就是青天大老爷，就可以搞定一切，这不是小孩子过家家的幼稚思想吗？胡闹！现在这个赵长风到下边就被人打了吧！被派出所抓起来了吧！虽然说有省领导和市领导下来给他撑腰，但是省领导和市领导不是救火队员，他们还有自己的工作要做，如果每一个县长都像赵长风这样到处惹麻烦，让省领导市领导下来撑腰，那么省领导市领导能忙得过来吗？他们还要不要工作？

常自鸣见钱云枫面露微笑，就知道他的话正搔到钱云枫的痒处，趁着钱云枫心情不错，他大着胆子问道："钱书记，那现在我们该怎么办？"

"首先你的那个老表，钟爱民必须拿下！"

"钱书记，没有别的办法了吗？"常自鸣说，"您也知道，当初我姑姑对我有那么大的恩情，现在……我下不去手啊！"

“幼稚!”钱云枫脸色一变，“老常，你什么时候有妇人之仁了?按照目前的情况，把你老表拿下，也是对他的爱护。如果我们不动手，让省公安厅派人下来动手，我们能控制得住局面吗?”

常自鸣摇了摇头，脸色很是难看。

“老常，很多时候，把拳头缩回来，是为了更有力地打出去。”常自鸣是钱云枫手下第一大将，钱云枫还是要耐心地开导他，“目前看来，虽然把你老表拿下，我们是受了点损失，但是只要我们能把握住局面，将来让他官复原职，甚至更进一步，不都是我们说了算吗?宜将风物放眼量，不要只盯着眼前。”

“多谢钱书记开导，这道理我懂。只是事不关己，关己则乱。钱书记这么一说，我心里就有底了。”常自鸣说，“只是我怕就是把我表姐夫交出去，这件事也不能了结啊。”

钱云枫笑了起来，点头道：“替罪羊当然不能就这么一个。赵长风不满意，我们再上交。”

“钱书记，您的意思是……”常自鸣若有所悟，抬头望着钱云枫。

“下面发生了这么大的事，当然需要有人负领导责任了。”钱云枫点他道，“你们局常务副局长老李，是不是也得有点责任啊?”

“对啊，李尚银负责局里的日常事务，出了这么大的事，他负有不可推卸的领导责任!”常自鸣彻底明白钱云枫的意思了。常务副局长李尚银和自己一直有矛盾，但是李尚银身后有党群书记段志魁撑腰，常自鸣一直动不了他。现在发生了赵长风被打的事件，不是刚好借机把李尚银推出来担当替罪羊吗?而且这样处理李尚银，党群书记段志魁还说不出一个“不”字，毕竟常自鸣这边把表姐夫都搭上去了。如果李尚银有意见，让他找新任县长赵长风提去，看看段志魁有没有胆量和赵长风掰掰手腕。

“呵呵，你明白得还不算晚。”钱云枫点了点头说，“除了李尚银和钟爱民，老常你也要承担一点责任，毕竟你是公安局的一把手。你如果全身而退，不足以服众啊!”

“钱书记，听您的，您说怎么办就怎么办!”常自鸣摆出一副忠心耿耿的样子，“您还有什么吩咐?”

钱云枫沉吟了一下，说道：“就这些了，其他没有什么了。”顿了一顿，他随口又说道，“对了，老常，苗市长在会上强调，赵县长被打这件事千万要保密。这个任务很艰巨，你可要把好关啊，千万不能让这件事在社会上传得沸沸扬扬的，到时候不是让赵县长难看？这是给东西部干部大交流抹黑！这件事你可给我盯紧点，千万不要出什么纰漏！”

赵长风从病床上醒来，迷迷糊糊地觉得手中好像有个东西，扭过头一看，见江文静紧紧握住他的手，俏脸依偎着他的胳膊，趴在床头酣睡。一丝感动从赵长风心头滑过，明明已经让马院长在隔壁安排了一间特护病房让她休息，也不知道她半夜什么时候又起身跑到这里来了。

赵长风不想惊动江文静，他非常轻柔地想把自己的手从江文静手里抽出来，没想到他刚动了一下，江文静马上惊醒了：“长风，你怎么样，没事吧？”

看着江文静一脸惶急，赵长风莞尔一笑：“文静，你这么紧张干什么？一点小伤而已。”

“什么小伤啊？医生说是大面积挫伤！”江文静抓住赵长风的手不放，自责地说，“长风，都怪我。如果你不是为了保护我，也不会这样。”

赵长风轻轻拍了拍江文静的头，笑着说：“傻丫头，怎么能怪你呢？说起来是我连累你了。我身为粤海县县长，却让你在粤海县担惊受怕……”

“长风，是那些人不好，怎么能怪你呢！”江文静眼里满是泪光，紧紧拉着赵长风的手掌，把脸靠在上面，不停地摩挲着。

方忠海在外面听到动静，就推开门来察看是不是领导醒了，不想推开门却看到这一幕，不由得心中发慌，尴尬地站在那里不知道如何是好。

赵长风见方忠海进来，就关心地问：“小方，进来吧。昨天晚上休息好了吗？”

方忠海这才清醒过来，连忙说：“休息好了。”其实方忠海一夜都没有合眼，在病房外面守着。

江文静脸色羞红，她放开赵长风的手，替方忠海解释道：“长风，小方昨天晚上一夜都没有睡觉，他一直守在门口。”

赵长风心中暗自点头，天雷哥给他推荐的这个司机不错，方忠海的忠诚和细心是无可置疑的。他板着脸责怪道：“小方，你怎么能这样？赶快到隔壁休息一下。可不能把身体累坏了，我还指望你替我办大事呢！”

方忠海心中一阵感动，他望着赵长风说：“领导没事。这算什么？我们以前集训，最长五天五夜都没有睡觉呢！”

“那是特种部队，跟着我怎么能受这样的苦呢！”赵长风扶着江文静从床上下来，拍了拍床，对方忠海说，“要不你就躺在我的床上休息一下吧。”

方忠海更是感动，他受宠若惊地上前扶着赵长风说：“我怎么能用你的病床呢？你身体还没有好，要多休息。一会儿我到隔壁去躺一下就成。你赶快躺下。”

“你呀！”赵长风重新躺下，指着方忠海说，“可别逞强啊。你马上到隔壁去睡觉，天已经亮了。我这边有护士照顾，还有文静，你就别担心了。”

正说话间，外面飘来一股香气，抬眼望去，马院长白衣白褂，推着一个粤式食品小推车出现在病房门口。他把小推车停好，一路小跑进了病房，殷切地对赵长风说：“县长，也不知道您的口味，我就自做主张，到粤海宾馆弄了一些粤式早点过来，您选几样尝尝？”

赵长风还真饿了，见马院长如此体贴，也乐得消受。他点了点头，让马院长把餐车推到面前一看，品种还真不少。虾饺、鲍鱼饺、榴莲酥、虾仁肠、牛肉肠、叉烧肠、皮蛋瘦肉粥、艇仔粥、瑶柱粥、芋头糕、萝卜糕、千层糕、叉烧包、奶黄包、蛋挞等等，花样繁多。

“老马，我们就三个人，用得着这么多吗？”赵长风笑着说，“你这可有点浪费啊！”

“县长，主要是怕不合您的口味，就多弄一些，让您有个挑选的余地。”马院长的腰更弯了，说着拉过来一张升降餐桌，横放在赵长风床头，这样赵长风不用下床就可以用餐了。

赵长风随手点了几样，马院长为赵长风摆放在餐桌上，然后侧身退在一旁。赵长风对江文静说：“文静，和你小方也选几样。咱们一起吃。”

就在这时，门口忽然传来一个爽朗的声音：“长风县长，吃饭呢？”扭头看去，一个身材中等的壮年男子满面笑容地走了进来，他大步走到病床前，向赵长风自我介绍介绍道：“我是粤海县县委书记卫建国。昨天怕影响长风县长休息，就没有上来打招呼。今天特意过来补上。”

赵长风只是作势欠了欠身子，淡淡地说：“卫书记好！您太客气了。”

“长风县长，别动，赶快躺下！”卫建国抢先一步过去按着赵长风，顺势坐在床头，感慨地说，“说起来惭愧，我这个班长没有教育好下边的人，让你吃了苦头，我要向你道歉。”

赵长风弄不清楚卫建国的立场，很怀疑卫建国是不是来替那个派出所的钟爱民说情的，就冷着脸说：“卫书记，情况确实令我震惊。我吃点苦头无所谓，就怕那些无权无势的老百姓，不知道在那些保安和警察手下吃了多少苦头。”

卫建国听着赵长风怒气未消，心中暗喜，他要的就是赵长风这个态度。如果赵长风态度先软了下来，卫建国还会非常失望。“长风县长，你放心，那些犯罪分子已经全部被抓获归案，昨天已经安排人进行连夜突审。一会儿我就过去要审讯结果。”卫建国拍了拍赵长风的手，提高声音说，“还有，我的意见是，公安局责任重大，局里主要领导必须要严肃处理，就算有人护着他们，我也决不姑息！”他在说“有人护着他们”这几个字时特地加重了语气，他想赵长风一定会明白他的意思的。

果然，赵长风听了卫建国的话，心中一动。他还没有正式到粤海县上任，可以说对粤海县的情况两眼一抹黑。卫建国这样说，是不是暗示，公安系统背后还有某些领导撑腰？这样看来，粤海县公安系统并没有在卫建国这个县委书记的掌控之中，这可与一般地方上的惯例不怎么相符啊。

越是这样的时候，赵长风知道他越不宜表态，在什么都不清楚的情况下，最好的应对就是沉默。于是他就把身子往后靠了一靠，做出一副精神疲惫的样子。

方忠海在旁边看了心领神会，连忙上前说：“卫书记，赵县长身体还没有恢复，需要多休息。您看……”

“噢！你看看我……”卫建国站了起来，紧紧握住赵长风的手笑道，“长风县长，那你好好休养，我改天再来看你。”

“谢谢卫书记。”赵长风轻轻点了点头，躺在床上没有起身。卫建国走出房门，并没有为赵长风的自大而生气。连省政府秘书长谢富海、公安厅副厅长何承明和市长苗晓都没有享受到赵长风的起身相送，他这个县委书记又算得了什么？在卫建国眼里，面对着赵长风这样有着扎实后台的人，他和赵长风的位置应该调过来才对，赵长风是班长，他是班副。不过卫建国并不会因为赵长风身后有省领导的看重而轻易就倒向对方，他必须看看对方的实力。如果赵长风能够在粤海县压倒钱云枫、段志魁的势力，那么他卫建国再倒向赵长风也不晚。不管怎么说，他和赵长风都是外地过来的干部，不能一直受粤海县本地干部的气。

见卫建国走了，马院长这才从旁边上来，对江文静和方忠海说："江小姐、方师傅，你们也挑几样，趁热吃。这些早点凉了味道就不好了。"

赵长风很是奇怪，卫建国是县委书记，到了病房里来，并没有见马院长上前献殷勤，反而是对自己这个还没有到任的县长，马院长却殷勤备至。

想到这里，赵长风就一边拿起筷子，一边不经意地问道："马院长，卫书记人挺和气的，他在粤海县口碑不错吧？"

"他呀？"马院长嘴角露出一抹轻笑，口中却恭恭敬敬地说，"不错，挺不错的！"

赵长风是官场里的人精，如何看不出马院长口不对心？他拿起筷子低头吃早点，味道还真不错。吃了两口，抬头看到江文静和方忠海还站在一旁，赵长风就挥舞着筷子说："文静、小方，你们也吃啊！"

用过早餐，马院长让护士把餐车推出去，又细心地查看了赵长风康复的情况，说上一些殷勤话，这才退出去。望着马院长的背影，赵长风想起他刚才对卫建国的态度，心中越发觉得粤海县情况复杂，偏偏赵长风却是两眼一抹黑，对情况完全不清楚，他迫切需要一个人来帮他解开粤海县的政局谜团。

粤海县县委办公大楼，钱云枫的办公室，钱云枫大模大样地靠在长沙发上，跷着二郎腿。常自鸣虽然和钱云枫并排坐在长沙发上，却身体微侧，斜对着钱云枫。

"钱书记，下边人汇报说，昨天夜里那个女记者就在高干特护病房里，一个晚上都没有出来。赵长风那个司机在外面把守。"常自鸣低声说道。

"还有这样的事？"钱云枫微笑起来，这个情况本来就在钱云枫的预料之中。如果赵长风和那个美女记者没有点什么勾勾搭搭的奸情，又怎么会只带着司机、陪着女记者到粤海县来？现在这个美女记者在医院里既然不避忌讳地公然在赵长风的病房过夜，这进一步验证了钱云枫的推断。

常自鸣看了看钱云枫的脸色，轻声说道："钱书记，我们是不是在这上面动点脑筋？"

"嗯？"钱云枫抬了抬眉毛，等常自鸣继续说下去。

"如果一个县长和一个美女记者结伴同游，结果被人打了一顿。这种事传开来，会怎么样？"

钱云枫摆了摆手道："老常，你的眼光能不能再放宽一点？带着美女记者出游，最多是生活作风问题。你看看，现在有哪个领导干部是因为生活作风问题倒台的？"

常自鸣说道："钱书记，我也不指望这件事能让谁倒台。只是这些舆论在粤海县的干部群众中传播开来，大家会如何看待这位即将上任的县长？"

门外响起一阵脚步声，县委办主任解运来轻轻敲了敲门，推门进来，恭敬地说："钱书记好。常局长也在啊！"他满脸堆笑道，"常委们都差不多到齐，卫书记让我来通知你们过去。"

钱云枫像赶苍蝇似的挥了挥手："知道了。"

到了会议室门口，段志魁也正端着茶杯从对面走来，他见钱云枫进来，轻轻点了点头，在前面进了会议室。

会议室内其他常委都到齐了，卫建国端坐在椭圆形会议桌的顶端，见段志魁、钱云枫和常自鸣鱼贯进来，脸色倒是如常。等三个人坐好，卫建国轻轻咳嗽一声，说道："人都到齐了吧？可以开会了。不过在开始之前，我想提醒一下运来主任，以后常委开会，你一定要提前通知到，不要拖拖拉拉的。嗯？"

解运来连忙说道："卫书记，我以后一定做到！"

段志魁和钱云枫以及常自鸣脸色都有点难看。以往他们开会迟到，卫建国从来都是选择忍耐，今天怎么会忽然指桑骂槐地敲打起来？难道说因为来了个新县长，卫建国底气就硬了起来？

其他常委们都很诧异，已经很久没有见卫建国书记这么硬气地说话了。

卫建国不理会常委们诧异的目光，抖了抖手中的材料说：“昨天晚上发生了什么事情，苗市长已经给大家讲过了，不用我再重复。公安局经过一夜突审，把情况基本上弄清楚了，这是常自鸣同志交上来的详细材料。大家有什么看法?”

纪委书记曹尚录看了看段志魁，立即跳出来打头阵，他说道：“这件事极为恶劣，不严肃处理，就无法向赵长风同志、向上级领导机关交代。我的意见是，一定要贯彻省有关领导的指示：从严从重从快处理!”

和其他地区开常委会不同，粤海县召开常委会时有个显著的特点，就是如果上级领导没有参加常委会时，常委会的场面就有点类似于智力竞赛的抢答。根本不讲什么官场排位顺序。究其原因，与粤海县领导班子的一二把手威望不高，控制能力偏弱有关。钱云枫和段志魁虽然能控制住本地干部，但是乐得见到有人出来挑战县委书记和县长的权威，最后就形成了粤海县常委会这个很有特色的抢答局面。

对于抢答，钱云枫和段志魁一般是不参与的，他们往往是最后才发言，把本来属于书记和县长定调子的权力拿走。跳出来抢答的常委，在下面都已经和钱云枫和段志魁沟通好了，基本上代表的是钱云枫和段志魁的意见。

就比如现在，纪委书记曹尚录的发言看似是表述自己的观点，其实大家都明白，曹尚录不过是传声筒，是替段志魁发表意见的。

对于这一点，钱云枫当然也明白。曹尚录语气咄咄逼人，显然是针对着政法委书记、公安局局长常自鸣。尤其把赵长风抓进派出所的后沙镇派出所副所长钟爱民是常自鸣的表姐夫，这是粤海县官场上人尽皆知的秘密。虽然常自鸣平时还遮遮掩掩的，但是钟爱民一与别人发生冲突，就嚣张地把常自鸣抬出来。钟爱民以往也闯了不少祸，都是常自鸣出面兜下了。现在曹尚录如此大义凛然，无非就是想看常自鸣的笑话，看常自鸣还有没有本事去替钟爱民兜下这个连省领导都惊动的天大麻烦。而如果没有段志魁的首肯，曹尚录是断然不敢这样过分的。

曹尚录的话音刚落，常自鸣就接了过来：“尚录同志说得很对。这件事的确性质恶劣，不从快从重从严处理，是无法向上级领导交代的!”

说到这里，常自鸣停顿了一下，目光从常委们脸上一一滑过，最后和钱云枫碰了个眼神，这才继续说道："根据鉴定报告，赵长风同志的伤情为轻伤，参与殴打赵长风同志的五个犯罪嫌疑人已经构成了刑事犯罪。公安机关已经向检察院申请批捕。这是其一。

"其二，我不得不在这里很沉痛地宣布，在这次赵长风同志被打的事件中，某些公安人员犯下了严重的错误，性质非常恶劣，必须予以追究责任。

"公安机关承担着维护社会治安，维护社会秩序的重任，但是却出了这样的事。作为公安局局长、作为统管粤海县政法系统的政法委书记，我很惭愧。对于这件事我负有领导责任，在这里我要向钱书记、向卫书记自请处分。"

会场上一片寂静，人们有点搞不明白，常自鸣把这样的大帽子扣到自己头上干什么？难道说是慑于赵长风的强大背景，常自鸣不敢直接对抗，想以哀兵之计来博取人们的同情，换得赵长风的谅解？这可不像是常自鸣的作风啊！

常自鸣不理会别人的眼光，继续提高声音说："在这里，我代表公安系统向卫书记、向常委会提出如下建议：第一，粤海县公安局后沙镇派出所副所长钟爱民在这次事件中表现恶劣，应撤销党内外一切职务、开除党籍、开除公职。这样的害群之马，必须果断地清理出公安队伍！"

会场上响起一片嗡嗡声。无论是钱系人马还是段系人马，以及人数处于绝对劣势的外地常委，都交头接耳地议论。常自鸣怎么不做一点争取，就这样直接把自己的表姐夫推出去枭首示众了？

常自鸣对周围的议论声充耳不闻，他继续说："第二，公安局常务副局长李尚银同志作为主管公安机关日常业务工作的副局长，对这件事负有直接领导责任，建议免去其公安局常务副局长的职务。"

"咦！"周围一片惊叹之声。刚才听到要对钟爱民双开，大家觉得非常诧异，此时听了常自鸣说出的第二条处理意见，大家才明白，原来常自鸣是借刀杀人啊！钟爱民被双开是罪有应得，但是常自鸣却借着这个机会，把公安局内最大的竞争对手一举扳倒，把段志魁的势力从公安局里驱除，这一招狠辣之极，又高明之极，轻而易举地就把坏事变成好事。

段志魁也气急败坏，没有想到常自鸣高高举起板子，最后却打到李尚银的屁股上了。他看了看宣传部长李胜年，李胜年心领神会，放下手中的签字笔，就要说话。

常自鸣不等有人插话，继续说："第三，我本人对这件事负有间接责任，请县委根据有关纪律处分条例，对我进行处分！"

这句话一出口，李胜年张了张口，愣在那里。他现在实在是提不出什么理由去反对常自鸣的意见。常自鸣这三条处理意见都冠冕堂皇，既对他表姐夫进行了双开，又请求县委对他本人进行处分。在这种情况下，作为主管日常业务的常务副局长，李尚银承担直接领导责任根本无可厚非，让人挑不出任何毛病。

但是段志魁书记的暗示已经过来了，李胜年不说又不行，他沉吟了一下，开口说道："我谈一下个人意见吧。自鸣同志勇于自我批评、敢于承担责任，勇气可嘉，但是这样的处理会不会重了一点？我们要考虑公安机关的形象嘛。现在派出所副所长被双开，常务副局长被撤职，自鸣局长也被追究责任，这传到外面，人民群众会怎么想？能不能采取缓和一点的措施？尽量不要对公安机关造成太大影响？毕竟公安机关担负着维护社会秩序、维护社会治安的重任，还是要以稳定为主啊！大家看呢？"

常自鸣端起茶杯喝了两口水润了润喉咙，这才缓缓放下茶杯，慢条斯理地说："胜年同志，既然你不同意我们公安机关的建议，那么就请你提出几条处理意见来，只要你的意见能够让赵长风同志满意，让上级机关满意，我就支持你的意见。"

"这……"李胜年干笑了一下，没有说话。真是玩笑！赵长风受了这么大的侮辱，如果就这么轻描淡写地过去，赵长风能同意吗？

段志魁那边暗叹一声，没有想到他算来算去，自己却失去了一员大将。现在钱云枫和常自鸣的意思很明白，要么就是拿钟爱民来绑架李尚银，两个人一并处理，要么让自己这边去做赵长风的工作。这不是明摆着要去得罪赵长风吗？明明是常自鸣的人抓了赵长风，最后却要自己去得罪赵长风，这不是别人偷牛，他去拔橛吗？这种事情不能干啊！看来，这个哑巴亏只有先忍下，等以后有机会，再把这个面子找回来。

段志魁不说话，钱云枫不说话，其他人自然就没有什么话说了。最后常委会一致通过决议，对后沙镇派出所副所长钟爱民开除党籍、开除公职，县公安局常务副局长李尚银负有直接领导责任，予以免职，县公安局局长常自鸣同志对工作管理指导不力，给予党内严重警告和行政记大过处分。处理意见立即上报海州市市委。

在赵长风的呵斥下，方忠海终于肯到隔壁房间小憩一下。江文静却无论如何也不理会赵长风的话，坚持说自己晚上趴在床头睡过了，现在精神足着呢！赵长风无奈，也只好由着她。

马院长让人往病房里送来很多水果，江文静就去取了一袋新鲜的龙眼，仔细剥去外皮，露出白嫩嫩的果肉，用手指捏着，就要往赵长风嘴里送。赵长风看着江文静白嫩的手指和水灵灵的龙眼果肉相映成趣，再看江文静娇艳如花的俏脸，一时间竟看呆了。

江文静发现赵长风的异样，红晕飞上脸颊，模样愈发诱人。

赵长风叹了口气，想说些什么，偏偏又说不出口，他只要摇了摇头，张口含住江文静送到嘴边的龙眼，可是却没有想到嘴张得过大，竟然含住了江文静涂着鲜艳豆蔻的手指。

江文静只觉得一阵温热覆盖在她的手指上，随即一股酸麻沿着手指蔓延开来，顿时她脸红心跳，嘴里不由自主地嘤咛一声。

赵长风意外地含住了江文静的手指，正要松开，不想耳边却传来江文静的嘤咛声，再看江文静脸上娇艳欲滴的羞涩，赵长风心中一荡，竟然舍不得松口。他轻轻吮吸着江文静嫩若春葱的手指，眼睛火热地望着江文静。江文静在赵长风火热而大胆的眼光逼视下，心慌意乱地垂下了眼帘，不敢和赵长风对视。

时间仿佛凝固了一般！

就在这要命的时刻，忽然传来了敲门声。

赵长风和江文静蓦然惊醒。江文静猛地抽回手指，慌慌张张地站了起来，“我去开门！”

赵长风暗叹一声，这敲门声来得真不是时候。

江文静用手顺了一下垂在额头的刘海，调匀了呼吸，这才走过去，轻轻地拉开了房门。

一个干瘦的中年男子双手捧着一只巨大的花篮站门外，他身材有些佝偻，把身上淡紫色的梦特娇文化衫衬托得有些滑稽。

见了江文静，他很客气地问："请问，赵县长是住这里吗？"

江文静有些迟疑，问道："你是……"

"我是粤海县政府办公室主任莫日根，以后要为赵县长服务。听说赵县长病了，特地过来看看。"莫日根客客气气的，脸上堆着笑容。

江文静还在犹豫，赵长风在里面把两个人的对话听得一清二楚。他正想找人了解一下粤海县的情况，没有想到自己在县政府的大管家却送上门来了。于是他就在里面说道："文静，让莫主任进来吧。"

莫日根进了病房，先小心地把鲜花放在床头柜上，这才恭恭敬敬地站在赵长风面前，哈着腰说："县长，对不起，我来晚了。我昨天在海州办事，早上听到这个消息，就立刻赶回来了。"

赵长风心中苦笑了两声，真是好事不出门，坏事传千里。他今天凌晨住的院，今天早上莫日根就知道了。

"哦，"赵长风淡然地说，"坐吧。"

"谢谢县长。"莫日根转身找了把椅子，搬到赵长风的床前，轻轻地放下，规规矩矩地坐了上去，然后身子往前凑了凑，望着赵长风，不知道该怎么开口。

赵长风也不说话，就那样挂着淡淡的微笑，看着莫日根，没有弄清楚莫日根的来意，赵长风当然不会主动开口。渐渐地莫日根就受不了这样的气氛，他咽了一口唾沫道："县长，我没有打扰您吧。"

赵长风笑了笑，说："还好。"

莫日根就连忙站了起来，说道："县长，我本来想提前向您汇报一下县里的情况。没想到却打扰到您了，我现在就走。"

"莫主任，忙什么？"赵长风说，"正好我也想听一听县里的情况。你坐下说吧。"

莫日根坐下的时候，扭身看了一下江文静。赵长风就说："文静，你忙了一晚上了，去休息吧。我这里谈点工作。"

江文静温顺地过来，为赵长风把床头上的茶杯沏满热水，这才转身出了病房。粤海县一共有三间特护病房。另外两间本来有病人住，马院长昨天看了省领导对赵长风的态度之后，立刻把另外两间也腾了出来，给江文静和方忠海休息。

“莫主任，你有什么话，现在可以说了。”赵长风说。

莫日根沉吟了一下，下定了决心，他抬头望着赵长风说：“县长，我想跟您说几句话。这些话您听了可能会不高兴，甚至会对我这个人产生一些看法。但是我可以向您保证，我说的这些话绝对是真话，没有一点水分。作为政府办主任，我以后就是您的大管家了，我觉得有义务把这些情况告诉您，即使您会因此不高兴。”说到这里，莫日根有意停顿了一下，“县长，不知道您现在还有没有兴趣听我向您汇报？”

赵长风头微微向后靠着，眼睛望向天花板。自从迈入官场之后，他还是第一次见到莫日根如此直率的人、如此性急的人。一般来说，人和人之间都有个相互认知、相互磨合的过程，朋友之间如此，上下级之间也同样如此。哪有这样以前从来没有见过，这一见面上来就说真话、表忠心的？虽然政府办主任只是一个正科级干部，但是如果莫日根是这样急性子、直肠子的脾气，根本无法走上这个位子啊！那么莫日根这样做究竟是什么意思？是真的过来表忠心，还是故意来误导赵长风？还是有别的意思？

赵长风想了一阵，微笑着说：“莫主任，你有勇气向我说真话，难道我连听真话的勇气都没有吗？你要说什么，只管讲。”说到这里，赵长风目光直视着莫日根，一字一顿地说，“只是我希望，正如莫主任所言，你跟我说的都是真话！”

莫日根笑了起来，说道：“县长，我以后在你身边也不是一天两天，今天我说的话你可以都记下来，以后只要发现我说的有一句假话，可以立刻把我从政府办赶走！”

赵长风笑了一下，没有言语，伸手抓起床头的软中华，抽出一根，递给莫日根。

莫日根心头一热，这个简单的举动已经说明县长开始相信他了。他欠身起来，双手从赵长风手中接过香烟，点燃之后美美地抽了一口，说道：“县长的香烟味道就是纯正！”

赵长风一笑，说道：“莫主任，你还说要句句真话，这句话就是假话吧？我这香烟跟给别人的香烟并没有什么不同，为什么说它的味道就是纯正呢?”

莫日根笑了一下:“那是因为县长的信任在里面。”

赵长风板着脸说:“你还没有开始汇报,又怎么知道我会信任你?”

莫日根抬起头真诚地望着赵长风,说:“直觉,我的直觉告诉我,您会信任我的。”

赵长风板着脸孔,没有说话。

莫日根又抽了两口烟,这才说道:“县长,粤海县的领导班子的情况您了解吗?”

赵长风说道:“还不了解。不过我想等我正式上任时,海州市市委领导会向我介绍情况的。”

“海州市委?”莫日根嘴角上露出一抹讥笑,“他们能介绍什么?无非就是说粤海县领导班子是个团结的班子、实干的班子、有活力的班子、是个充满战斗力的班子!”

赵长风看出了莫日根的讥笑,却故意反问道:“怎么,不是吗?”

莫日根轻笑了一下,说:“县长,如果粤海县的领导班子真的如上所言,那么我可以斗胆地说一句,县长您昨天就不会躺进医院。后沙镇鞋厂的保安又如何敢那么嚣张?后沙镇派出所的副所长又如何会与鞋厂的保安狼狈为奸,充当给私人老板看家护院的保镖?”

赵长风若有所思地点了点头,却不说话,用目光看着莫日根,鼓励他继续说下去。

莫日根受到赵长风目光的鼓励,就继续说道:“别的不说,粤海县前任县长王山川同志就是因为领导班子不和,硬生生被人逼回到省里去的。”

“哦?”赵长风一下子来了兴趣,用目光示意莫日根快点讲下去。

莫日根又狠狠地抽了两口烟,这才继续说:“粤海县是一个非常排外的地方,这里地方主义盛行,外地干部到了粤海县,不是被本地干部排挤走,就是被迫装聋作哑,安心地当一个举举手、鼓鼓掌的木偶,想要干出一番事业,难啊!”

“王山川同志是省建设厅的一个处长,调到粤海县来本来是想干一番事业。不想却触动了粤海县本地干部的利益,他们联合起来,上下其手,硬生生把王山川县长逼走。”莫日根摇头说道,“县委书记卫建国,也是从粤北山区调过来的干部，调过来一年半，虽然没有被人逼走，但是却被人架空，成了徒有虚名的一把手，在粤海县一点影响力都没有。”

说到这里，莫日根抬头看着赵长风：“县长，我很担心您成为第二个王山川或者第二个卫建国啊!”

这话很让赵长风吃惊，只听说过党政一把手之间闹不和，要么是书记强势，要么是县长强势，像粤海县这样的书记和县长同时被人排挤架空的事情还是第一次遇到，难道说粤海县的地方势力竟然强大到如此地步？他心中虽然对莫日根的话还存有一些疑虑，但是回想一下县委书记卫建国对他说的那一番话，里面还是有些痕迹可寻的。

莫日根说了半天，见赵长风不置可否，只是拿眼睛淡淡地看着他，心中就有些没底，不知道赵县长究竟是什么态度，于是就讪讪地收住了话头。

见莫日根不说话，赵长风就淡淡地笑了笑，说道：“莫主任，今天你说的话就到此为止吧！我还没有正式到粤海县来，还算不得你的领导，今天就不批评你了。不过，”赵长风笑容倏地一收，板起面孔严肃地说，“等我正式过来之后，我不希望再听到有人在我面前说一些与工作无关的话。干部，特别是领导干部，一定要加强自身的修养，不要听风就是雨，说一些不该说的话，明白吗?”

莫日根脸色惨白，他摇摇晃晃地站了起来，有些佝偻的身子竟然挺直了许多。

“赵县长，”莫日根惨淡的笑容中有些倔强，“我知道，在您心目中，我不是传闲话的小人，就是热衷于阿谀奉承的马屁精，不管您怎么想吧。打扰您休息了。”

莫日根鞠了一躬，转身摇摇晃晃地离去了，背影竟然有些凄凉。赵长风本想招手让莫日根回来，手抬到半途，却又收回来了。情况不明，一动不如一静。不能把人性考虑得太简单了。

莫日根刚走，方忠海就拿着手机走了进来。

“长风，你现在怎么样了？伤到哪里了？是不是很严重?”电话里传来方佳怡惶急的声音。

“佳怡，你怎么听风就是雨?”赵长风笑着说，“一点小淤伤而已，不要紧。”

“什么小伤？粤海县的人已经打电话告诉我，说你伤得很重，住进了粤海县人民医院的特护病房。”

“粤海县的人？他有没有说是谁？”赵长风非常奇怪。

“长风，你先别管这个，你先告诉我，你的伤究竟怎么样？”电话里方佳怡已经哭出来了。

“佳怡，你呀，哭什么！”赵长风柔声说，“我没事，真的没事。只是后背上挨了几拳，小伤而已。”

“真的，你不骗我？”

“我骗你干什么？”赵长风说，“你听我现在说话，声音洪亮、中气十足，像是一个重伤员吗？我住进特护病房，不是因为我的病，而是因为我的身份。”

方佳怡这才相信了赵长风的话，不过她还是不放心，说道：“长风，我不管。我要亲眼见到才相信。我现在就去机场，赶到粤海。”

“佳怡，用不着这么急吧。”赵长风说，“我这里真的没事。再说，你不是要参加系主任的追悼会吗？”

方佳怡摇头道：“我顾不上那么多了，我跟学校打个招呼，马上就走。”

“好吧好吧，随你。”赵长风无奈地说，“咱爸说得没有错，你的脾气真是属驴的。”

“呸，你才是属驴的！”方佳怡娇嗔了一句，正要挂电话，赵长风又问道，“佳怡，你还没有跟我说，给你打电话的是什么人，他在电话里说了些什么？”

“哦，他只说他是粤海县政府的，具体是什么人倒是没有说。”方佳怡说道，“他在电话里说，你和一个美女记者在海边游玩，为了保护美女记者，被人打成重伤住进了医院。对了，美女记者应该是文静吧？她没事吧！”

赵长风握着手机靠在了床头。这个自称粤海县政府的人打的这个电话，用心险恶啊，只是他们不知道，那个大美女江文静和方佳怡就是同学，而且是三个人结伴出来的，佳怡中间有事，先回去了。要不是这样，还真让他们的阴谋得逞了呢！

方忠海给赵长风换了一杯新茶，刚放到床头柜上，就听到外面传来轻轻的敲门声。方忠海看着赵长风，赵长风轻轻点了点头，方忠海起身过去，拉开门一看，外面站了五六个人，捧着鲜花、提着礼篮。

这几个人恭恭敬敬地说："请问赵长风赵县长在里面吗？我们是粤海县的干部，听说赵县长住院了，特意过来看望赵县长。"

"对不起，赵县长累了，正在休息。你们改天再来吧。"方忠海跟了赵长风半年多，自然懂得如何处理眼前这种局面。

"小伙子，那就让我们把礼物送进去吧，放心，我们轻手轻脚地，绝对不会惊动赵县长。"

"我替赵县长谢谢你们的心意了。这样吧，"方忠海指着隔壁说，"你们的鲜花、水果可以放在隔壁，至于其他，就免了。"

"这……"几个人有些为难，他们都是在粤海县受排挤的外地干部，听说还没有上任的新县长赵长风在人民医院住院，都抢着过来拍马屁，以求在县长眼里留下一个好印象。现在连县长的面都没有见到就让他们走，这怎么能行？最重要的是，他们腰里揣有红包，不见县长又怎么能送出去，一时间几个人还想磨蹭，方忠海却不为所动，把在门前根本不让他们进去。最后几个人无奈，只好把鲜花和礼篮送到了隔壁，遗憾地离开了病房。

方忠海回到病房，对赵长风做了汇报，赵长风点了点头，说方忠海做得对。千万不能把这些人放进来。一旦进来，这些人肯定会塞一些红包当做看病的礼金。赵长风如果当面拒绝，那就明摆着要得罪这些干部，如果收下，难免会给某些人留下口实，说赵长风还没有正式上任，就开始利用住院的机会大肆收取礼金。这舆论一旦传开，赵长风的形象可要大打折扣。现在这些人被方忠海挡了驾，没有见到赵长风的面，他们要怪也只能怪方忠海不懂人情世故，还怪不到赵长风的头上。

正说话间，外面又传来敲门声。方忠海出来一看，又换了一帮人，有七八个，个个手中都提着礼物，脸上挂着殷切的笑容："我们是来看望赵县长的。"

方忠海已经得到赵长风的明确指示，更不能把这些人放进去了，正在推挡间，后面传来一声威严的咳嗽声，众人一看，立刻蔫了下来。有几个胆小的抢着叫道："钱书记好。"

钱云枫面无表情地扫视众人一眼，他们抵挡不住，立刻抬脚到隔壁把鲜花和礼篮放下，悄悄地溜走了。

钱云枫懒得理会这些人，他对方忠海自我介绍道："我是粤海县副书记钱云枫，来看望赵县长的。"

方忠海不敢挡驾，只好放钱云枫进去，自己却抢在钱云枫前面，来到病床前，对着正在闭目养神的赵长风轻声说："赵县长，钱书记过来看您了。"

赵长风缓缓地睁开眼睛，手轻轻往后指了指，方忠海连忙扶起赵长风，让他靠在床头上，把枕头在他背后垫好。

"赵县长，我是钱云枫，今天是特意向你道歉来的。"钱云枫诚恳地说道。

赵长风不说话，只是疑惑地看着钱云枫。

"公安系统出现这种事，我这个分管政法的副书记有责任啊。"钱云枫沉痛地说，"今天上午召开常委会的时候，我也做了检讨，并且表态要严肃追究有关人员的责任。现在过来向赵县长道歉，希望赵县长能够原谅我。"

话说到这个份儿上，赵长风不表态就不太合适了，他说道："钱书记，瞧你说的。这件事也不能怪你，都是下边那些人啊！"

"哎，可不是嘛！"钱云枫接着赵长风的话茬说，"这些人虽然是我的部下，但是犯了错误，我老钱绝对不会包庇他们。今天在常委会上我当场提出了几条处理意见：第一，政法委书记、公安局局长常自鸣，给予党内严重警告和行政记大过处分；第二，公安局常务副局长李尚银，负有直接领导责任，撤销其行政职务；第三，事件的直接责任人后沙镇派出所副所长钟爱民，给予开除公职、开除党籍的处分。"

一边说着，钱云枫一边看着赵长风的脸色："会上有常委说我提出的处罚意见太重了，我却不这样看。我老钱这个人最大的特点就是不护短、不藏私。长风县长，你以后和我相处时间长了，就明白了。"

赵长风一脸平静，钱云枫根本看不出赵长风对这样的处分究竟是一个什么样的态度。他沉吟了一下，又说道："赵县长，刚才我过来的时候，看到外面有很多人过来看望你，大家都很关心你啊。”

赵长风淡淡地说：“多谢同志们的关心了。我还没有正式到粤海县工作，就享受到同志们的关心，愧不敢当。”

赵长风这样的态度钱云枫倒是没有想到，他本来以为，赵长风见到这么多干部过来，就知道他被人打的事已经在粤海县传开了。那么赵长风的反应不是恼羞成怒，就是羞愧难当，哪知道赵长风现在像个没事人一样，一点反应都没有，仿佛这是别人的事，和他自己无关。

“赵县长，我这次来是打算和你商量一件事。我打算让公安局常局长搞一个声势浩大的大会，对兴日制鞋厂的几名犯罪嫌疑人进行游街示众！”钱云枫握紧拳头气势如虹地说，“非如此不足以打击犯罪分子的嚣张气焰，非如此不足以震慑那些潜在的犯罪分子！”

末了钱云枫收起了拳头，放低声音问道：“赵县长，你看呢？”

赵长风摆了摆手，说道：“钱书记，我是一个受害人，怎么能干涉公安机关办案呢？这件事该怎么处理，你们就怎么处理吧。”

钱云枫就点了点头，说：“那好，我这就回去安排一下。赵县长，你好好休息。需要什么，就让人对我招呼一声。”

赵长风作势要起床相送，钱云枫连忙伸手阻拦道：“赵县长，你快躺下。别逞强，把伤养好再说。”

出了门，钱云枫冷笑，到底是年轻人啊，不知道什么是光荣什么是丢脸。这个公开大会一举行，全粤海县的人民都知道，新县长赵长风还没有上任，就先在粤海县被人痛打一顿，这样赵长风就不光是在粤海县干部中丢脸，更是在全粤海县的老百姓面前丢脸了。

按照钱云枫的计划，严厉处分常自鸣、李尚银和钟爱民这些人，就等于得罪了粤海县势力庞大的本地干部。赵长风到任之后还只是代县长，要想转正，必须等到来年春天的人大会议投票选举这一关。而人大代表多数都是粤海县本地人，到时候稍加运作，人大选举这一关赵长风就无法通过，等待他的下场只有一个，就是灰溜溜地离开粤海。

望着钱云枫的背影，赵长风也轻轻摇了摇头，他当然明白钱云枫这样大张旗鼓是不怀好意。虽然他不了解钱云枫这个人，但是直觉可以告诉他一些东西。不过赵长风并不打算阻止钱云枫，和钱云枫的想法相反，赵长风并不认为他被人殴打是什么丢人败兴的事。从他自身的遭遇来看，粤海县的治安很乱，也需要通过公开游街示众这种方式震慑一下犯罪分子。

忽然，手机铃声刺耳地响了起来，赵长风接过手机一看，是方振华的号码。

接通手机，赵长风还没有来得及说话，里面就传来方振华略带急促的声音："长风，你快回来，佳怡住院了。"

"爸，怎么了？佳怡怎么了?"赵长风吓了一跳，惶急地叫道。

"佳怡在去飞机场的路上摔了一跤，肚子很痛。医生说佳怡有了身孕，具体情况正在进一步检查。"

"什么？佳怡怀孕了?"赵长风呆住了，一时间又惊又喜，喜的是他终于要当爸爸了，惊的是佳怡摔了一跤，不知道孩子能不能保住。

"佳怡怎么样？有没有事？检查结果什么时候出来?"赵长风一连串地追问道。

方振华见赵长风的问题都是在问方佳怡的身体，压根没有提孩子，心中很是欣慰。在女婿心中，佳怡还是最重要的。

"我也正往医院赶，具体情况还不清楚。"

"爸，我现在就赶回去。"赵长风咬了咬牙，立即下了决心，"医院那边您先照应着，你告诉医生，最要紧的就是要保住佳怡，只要佳怡平安无事，其他什么都不要管!"

放下电话，赵长风翻身下床，对方忠海说："小方，收拾东西，我们要立即返回中州。"

江文静闻讯赶过来，急惶惶地问赵长风，佳怡有没有什么事。

"还不清楚!"赵长风咬着嘴唇说，"我爸正往医院里赶，有消息会立刻通知我们!"

急匆匆地收拾好东西，赵长风和方忠海、江文静往外就走，马院长闻讯赶过来，惶急地说："赵县长，您的伤还没有好，不能出院。"

"我必须出院。"赵长风边往前走边说，"时间很紧。卫书记那边你就先替我招呼一声，等我回来会亲自向卫书记道歉。"

下了楼，方忠海已经把普桑开了过来，赵长风不理会一旁不知所措的马院长，和江文静上了车，方忠海一打方向盘，车就急速驶出人民医院大门。

十多分钟后，车上了高速公路，赵长风又拨通了方振华的电话：“爸，佳怡怎么样？我现在已经上了高速公路，正往羊城机场赶！”

方振华说：“检查结果刚出来，医生说没有太大问题，母子平安，只是动了胎气，需要好好静养。你那边如果还有事，就先不要回来了，你嫂子已经过来了，有她照顾佳怡，你放心吧。”

赵长风这才稍微安心一点，他说：“谢天谢地。爸，那边就拜托嫂子多费一点心。我现在就去机场，赶最早的飞机回去。”

挂了电话，赵长风立即又给母亲打了电话，他告诉母亲，佳怡怀孕了，但是动了胎气，在省人民医院住着，让她立即赶到中州去。

等赵长风和江文静赶回中州，到了省人民医院，父亲、母亲早已经赶到。因为方佳怡吃了安胎药，正在睡觉，父母亲就在病房外面，和亲家方振华以及方天雷的爱人在说话。

佳怡睡了两个小时才醒过来，她睁开眼睛，看到赵长风正坐在床头，含情脉脉地看着她，她探身抱住赵长风，低声抽泣起来：“长风，我好怕，我好怕啊，我好怕伤到孩子。我对不起你，对不起孩子。”

赵长风鼻子一阵发酸，他抚摸着方佳怡说：“佳怡，别怕，有我呢，有我在呢！孩子好好的，没事，医生说了，没事啊！别哭。你没有啥对不起的，是我对不起你，我没有在你身边，没有照顾好你和孩子。”

“孩子真的没有事吗？”方佳怡抽泣着说，“爸爸和嫂子也这样说，但是我不相信他们，我怕他们骗我。长风，你告诉我说，孩子是不是真的没事？”

“傻瓜，他们怎么会骗你呢？孩子真的没事。”赵长风轻声说，“健康着呢！是医生亲口对我说的。”

“真的么？”方佳怡扬起了俏脸，脸上挂满泪珠，仿佛是雨后的海棠花一般，让赵长风怜惜不已。

“当然是真的！”赵长风轻轻吻了方佳怡脸颊一下，“你真是个傻丫头啊。连自己怀孕了都不知道。”

方佳怡听说孩子没事，就放下心来，她羞涩地笑了一下，脸上写满了幸福：“长风，你要做爸爸啦，我要做妈妈啦！这种感觉好奇妙啊！”

"是啊!"赵长风也充满喜悦，他低下头把耳朵贴上方佳怡的肚子，"让我听听，孩子在里面说啥!"

方佳怡任赵长风耳朵紧紧贴着她的肚皮，她幸福地看着赵长风，等了一会儿，见赵长风没有说话，她忍不住问道:"听到什么声音了?"

"听到了，听到了。"赵长风一本正经地说，"我听到小家伙在说话。"

"是吗? 他在说什么?"方佳怡惊奇地问道。

"小家伙说，爸爸和妈妈是一对粗心鬼。"赵长风笑着说。

"哈哈，骗人!"方佳怡狠狠地捶了赵长风后背一拳。

"哎哟。"赵长风被方佳怡打中淤伤，忍不住叫了起来。方佳怡这才想起赵长风受了伤，连忙说，"长风，对不起，我忘记你受伤了，让我看看，你伤得重不重。"说着硬是不顾赵长风的反对，把上衣拉开。

"啊! 长风，你怎么伤成这样?"方佳怡一阵心疼，"那些王八蛋，也真下得了手。"

赵长风担心方佳怡动怒再动了胎气，连忙劝慰道:"佳怡，真的没事，这点伤看着吓人，其实就跟拔火罐一样，只是皮肤表面有些青紫而已。"说着活动了一下身子，以显示自己毫无问题。见方佳怡还不放心，赵长风连忙转移话题，他伸手从后面抱住方佳怡，双手放在方佳怡的肚皮上不停地抚摸，嘴里问道:"佳怡，医生有没有告诉你，是小子还是个丫头啊?"

方佳怡果然被这个话题吸引了，她双手轻轻合在赵长风的手上，笑着说:"你这个爸爸真的是不称职啊，什么都不懂。才两个月，医生怎么能看出来?"

赵长风故意装着糊涂:"怎么看不出来，不是做了 B 超吗?"

"这你就不懂了吧?"方佳怡幸福地依偎在赵长风的怀里，得意洋洋地说，"就是用 B 超看，也要四个多月以上啊。"

病房外，方振华、赵父赵母、方天雷的爱人静静地看着病房内温馨的一幕，他们知趣地没有进去，不去打扰小两口的幸福。

家里都安顿好之后，赵长风的假期已满，要到粤海县去工作了。

九月初，赵长风到了羊城市之后，首先去省委组织部报到，顺利地在组织部干部调配处拿到了调令。随后赵长风拿出电话本，按照黄秘书给的号码拨打了谢富海的号码。接电话的是谢富海的秘书，他听了赵长风的自我介绍之后连忙热情地说："赵长风，我知道你。秘书长给我交代过。他到下面调研去了，不在羊城。不过他给你准备了一些材料，交代我转交给你。"

赵长风不知道谢富海留给他的是什么材料，心中好奇。到了省政府大院取了一看，原来是粤海县历年统计报告、粤海县的县志等一些与粤海县有关的材料，非常齐全。赵长风很感谢，虽然说这些材料他到了粤海县也可以拿到，但是现在能够看到无疑是给他一个提前了解粤海县的机会。

在去海州市的路上，赵长风就迫不及待地拿出统计年鉴看了起来。

从资料上看，粤海县大小和邙北市差不多，人口也和邙北市差不多，都是五十多万人。但是赵长风知道，这五十多万人只是粤海县的常住人口，与邙北市不同，粤海县还有庞大的流动人口。

从经济实力上来看，粤海县和邙北市一样，都是全国的百强县，不过位次要比邙北市领先二十多位。就粤东省范围来看，粤海县经济实力排在第十五位，在海州市仅次于县域经济实力排在全省第八位的罗门县。单就财政收入来说，粤海县去年的财政收入达到三点一亿，是邙北市的两倍多。令赵长风吃惊的是，粤海县的财政支出非常多，竟然达到了惊人的二点九五亿元。也就是说，粤海县财政收入仅仅能够做到收支平衡，略有盈余。这样的财政状况想要靠自身实力上马什么项目还是力有未逮，还离不开上级部门的支持。

看了一路材料，等到达海州市时，赵长风对粤海县的情况已经有了大致的了解。

下了车，不用出站，就有出租车停在旁边，赵长风上了一辆出租车，直接到海州市市委组织部报到。

到了市委组织部，在二楼找到市县干部科。门大开着，里面几个人都聚精会神地端坐在电脑前，手中的鼠标点得飞快。赵长风只看这些人的动作，不用看电脑屏幕，就知道这些人是在玩电脑里自带的小游戏，不是"挖雷"就是"接龙"。

赵长风伸手轻轻在门框上敲了几下，没有人理睬他。他又敲了几下，才有一个三十多岁的少妇抬起头不耐烦地问道："搞什么？有事说话，别没事在那里敲。”大概她是看赵长风二十七八岁，不会是什么大干部，所以才语气不善。

赵长风自然不会和这样的人计较，他问道：“请问科长在吗？”

“科长不在！”少妇也不问赵长风有什么事，就低下头继续专心玩游戏去了。

赵长风暗自摇了摇头，组织部的老大作风他早就见识过了，只是不知道，海州市组织部的工作人员竟然比省委组织部的工作人员显得还要威风。他又问道：“那其他负责的同志在吗？我是过来报到的。”

“哦，过来报到的？”一位中年男子放下了鼠标，上下打量着赵长风，“叫什么名字？到什么单位报到？”

赵长风耐着性子说：“我叫赵长风，是省里派往粤海县的干部。”

“赵长风？”组织部所有的人都放下了鼠标，他们几天前就听说过赵长风的事，知道这个粤海县年轻的县长在省里有着强大的背景，还没到粤海县上任，就动了粤海县的本地干部。他们本以为这样少年得志的太子爷肯定非常嚣张，却没有想到赵长风是如此彬彬有礼。

那个少妇首先站了起来，有些慌张地说：“对不起，赵县长，我不知道是你……”

赵长风微笑了一下说：“没关系。我只是想问一下，科长不在，我该找谁报到。”

少妇说道：“我带您到办公室找刘主任吧。”说着慌忙在前面带路，态度热忱无比。

赵长风跟着少妇来到组织部办公室，少妇轻轻敲了一下门，推开了虚掩的门，站在门边，恭恭敬敬地冲里面说道：“刘主任，粤海县的赵县长过来报到。”

办公室刘主任是一位长着蒜头鼻子的秃头男子，他听说赵长风来了，立刻站了起来，从办公桌后面走了出来，老远就伸出双手说：“赵县长，久闻大名，久闻大名啊！快请坐，快请坐！”

赵长风感受到刘主任大手上传来的力度，笑着说：“刘主任太客气了。”坐下之后，赵长风首先给刘主任递了一根帝豪国风，笑着说：“这是我们中原省的特产，刘主任试一下。”

刘主任接过烟来，在鼻子下面嗅了一下，笑道："不错不错。这个烟我听说过，在中原省很抢手。"

赵长风一笑，说："刘主任如果喜欢，我回头让家里人弄两条过来。"刘主任哈哈一笑道："那我就多谢赵县长了。"

赵长风打开手包，拿出省委组织部干部调配处的调令，递给刘主任："这是我的调令。"

刘主任看着省委组织部鲜红的打印，顿时肃然起敬，他说道："赵县长，你这次到来，破了我们海州市没有三十岁以下县级干部的记录啊。"

赵长风连忙谦虚道："刘主任，您太客气了。我年轻，没有经验，您是老革命，可要多多指教啊。"

刘主任也听说过前一段粤海县发生的事，对赵长风还是有所顾忌，要不也不会这么客气，此时见赵长风态度谦虚端正，跟传闻中的年轻狂妄完全不同。

"赵县长，你先在这里坐一下，我过去看一下张部长有空没有。"感觉一变，刘主任就越发主动。拿着赵长风的调令，起身向组织部张部长办公室走去。

工夫不大，刘主任返了回来，笑着对赵长风说："赵县长，你赶得真巧，张部长正好有空。咱们一起过去吧。"

"麻烦刘主任了。"

礼多人不怪，赵长风笑着，起身跟着刘主任向外走去。

穿过走廊，上了三楼，刘主任领着赵长风进了海州市市委组织部张来和部长的办公室。刘主任站在张部长的办公桌旁，毕恭毕敬地说："张部长，这位就是中原省交流过来的干部，也是我们海州市有史以来最年轻的县级干部，赵长风同志。"

张来和戴着一副黑框眼镜，显得比较古板，年龄在四十岁到五十岁之间。

比起刘主任的热情，张来和显然要矜持得多。他抬头看了看赵长风，淡淡一笑，说道："赵长风同志，欢迎你。"然后拿着手中的红蓝铅笔指了指办公桌前面的椅子，"坐。"

赵长风拉开椅子坐下。张来和又对刘主任说："老刘，你也坐。"

刘主任连忙点点头，拉开椅子和赵长风并排坐好，态度却比赵长风恭敬很多。

张来和低头看了看手中的省委组织部的调令，这才又抬头说："赵长风同志，你是中部地区交流过来的干部。比起沿海地区，中部地区的干部有很多优点，比如作风严谨、工作认真扎实、纪律优良、有吃苦精神。但是……"

赵长风立刻提起了精神，按照惯例，张部长前面讲的那些优点都是冠冕堂皇的套话，"但是"后面跟着的才是张部长的真正精神。

"但是，中部地区的干部也有思想保守、因循守旧，囿于传统思想定势和工作定势、创新意识不够的缺点。这些缺点在中部地区或许算不了什么，但是在沿海地区，还抱着这种思想观点，就跟不上形势的发展了。"张来和严肃地说，"当然，我说的是中部地区干部身上比较常见的缺点，你身上可能并不一定存在。但是，有则改之，无则加勉，希望你到了粤海之后，能够认真地沉下去，在发挥中部地区干部的特长的同时，多学习粤海县干部的有益经验。毕竟他们在粤海县工作了很长时间，比较了解粤海县的具体情况，也摸索出一套适合粤海县社会经济发展规律的工作方法。"

"张部长，我会记住你的话，努力向粤海县本地干部学习，吸取他们工作经验中的优点，争取早日能够跟上沿海地区的发展形势。"赵长风心中对张部长说的那些话很不以为然，可是却做出一副虚心受教的样子回答。在赵长风潜意识中，感觉张部长可能存在什么偏见。他暗自警惕，如果市委常委、组织部部长对他有所偏见，那么绝对不是一个有利于自己工作的现象。

刘主任听着张来和敲打赵长风的话，他知道张来和为什么对赵长风看不上眼。因为当初就是张来和大力举荐粤海县副书记钱云枫出任粤海县县长的，没想到最后却被省委组织部给否决了，以东西部干部大交流的名义派了赵长风下来。现在赵长风到了市委组织部，张来和部长当然不会放过这个敲打的机会。

张来和并没有因为赵长风虚心姿态而态度缓和，他依旧冷着脸说："今天我还有点安排，你先在市里住下吧。明天上午，我送你到粤海县去。"

"我听从组织上的安排。"赵长风也失去了和张来和谈话的兴趣。虽说张来和是市委常委、组织部长，但是对赵长风来说，没有必要用热脸去贴冷屁股。

张来和不再说话，低下头拿着红蓝铅笔，在材料上圈点起来。

赵长风淡淡地笑了笑，站了起来，不卑不亢地说：“张部长，您忙，不打扰您了。”张来和用鼻子哼了一声，也不抬头。

出了部长办公室，刘主任松了一口气，他轻声对赵长风说：“赵县长，你别介意，张部长对谁都这样。”

赵长风笑了笑，说道：“我怎么会介意呢？张部长这是关心我。”

刘主任也笑了，说：“赵县长，待会儿我让人送你去市委招待所住下，行不?”

赵长风当然知道市委招待所的条件比五星级酒店还要好，于是就点头说道：“多谢刘主任。”

刘主任笑道：“赵县长，我还惦记着你那两条帝豪国风呢!”

赵长风也笑了，这个刘主任倒是很会来事，很有人情味啊!

第九章 直捣黄龙，抓工作百无禁忌

粤海县情况太复杂，赵长风不愿意按部就班耗精力，决定兵行险招，快刀斩乱麻。上任第一天，他就召开了办公会议，一是讨论环境保护问题，二是讨论劳动保护问题。这两个问题一直是粤海县的禁忌话题。赵长风一针见血直捣黄龙，令在场的人目瞪口呆。

第二天上午，张来和亲自把赵长风送到粤海。无非就是郊迎、全县科级干部大会、讲话、欢迎酒会那一套，这中间的人情冷暖、势力划分自然逃不过赵长风的眼睛。

酒会结束后，张来和谢绝粤海县干部的挽留，匆匆赶回海州。这看在粤海县某些领导眼里，就有些幸灾乐祸，同时另外一些领导就有些惋惜。恭送走组织部张来和部长之后，县委书记卫建国要亲自送赵长风到县委招待所去休息。赵长风本想拒绝，但是见卫建国如此热情，倒也不好强推。

赵长风的住处安排在县委招待所的三号楼八一八房间。沿海地区果然和内地的风俗有些区别，一切向钱看，追求发发发。这是东西部干部大交流中赵长风获得的第一个经验。

招待所的总经理司健翔殷勤地在前面打开门，侧身把粤海县党政一把手让了进去，然后才迈着小碎步跟进房间，恭敬地领着赵长风参观一番，然后说赵县长有什么不满意的地方或者有什么特别的要求，可以对他提出来，他会尽量做到。

“挺好，挺好的。”赵长风笑眯眯地说。

司健翔还想说什么，卫建国却不耐烦地说：“老司，我和赵县长要谈点工作。”

司健翔倒不觉得尴尬，他连忙笑着说：“卫书记、赵县长，那我先出去，你们有什么事情叫我就好。我今天二十四小时在招待所值班。”说着侧着身轻手轻脚地出去。

卫建国递给赵长风一根烟，说：“赵县长，不耽误你休息吧？”

“怎么会呢？”赵长风微笑起来，没有想到卫建国姿态如此之低，看来那个政府办主任莫日根说的话没有错，卫建国在粤海县也是被人架空的，否则绝对不会如此弱势啊。

一边想着，赵长风一边摸出打火机为卫建国点烟：“卫书记，您是老同志，又在粤海工作了这么长时间，我正想向您请教些经验呢！”

卫建国倚着沙发抽了两口烟，心里盘算究竟该不该说那些话，那些话只要一出口，他以后在赵长风面前再想要摆起高姿态可就难了。可是他转念又一想，既然下了决心，就不要再改，以赵长风的背景，连谢富海秘书长、公安厅何厅长都要放下身段去嘘寒问暖，他一个小小的县委书记算什么？

“长风县长，”卫建国掸了掸烟灰，对赵长风的称呼悄然从赵县长变成了长风县长，“你这次可闯了大祸了。”

赵长风一惊，本来他以为卫建国留下来是要讲一些工作上的事，却没想到卫建国一开口就如此惊人，怎么这个粤海县和别的地方都不一样，处处都有些邪门？

“卫书记，我不明白您的意思。”赵长风装着糊涂，他倒是想听一听，他闯的祸怎么一个“大”法。

卫建国叹了一口气，语气就显得有些沉重，他说道：“我是粤海县领导班子的班长，照理来讲，有些话、特别是有些违反组织原则的话，是不能说的。”说到这里，他有意停顿了一下，目光中就有些深邃的味道。

赵长风不知道该如何回应卫建国这个问题，索性就不说话，两眼平静地看着卫建国，如两泓深不可测的湖水。

卫建国心中对赵长风的观感又产生了变化，他本来以为赵长风不过是后台强大的太子爷，能够迈上县长的位子，肯定是依靠着与众不同的背景。现在看到赵长风在这种情况下如此淡定，听到他的话既不暴跳如雷，也不急吼吼地催促他往下说，反倒像是一个稳坐钓鱼台的老钓翁，安之若素。看来，赵长风能走到今天这一步，绝对不仅仅是因为靠山硬，自身的实力也肯定是相当强的。

心里坚定了向赵长风靠拢的决心，卫建国也就不再卖关子，他说："长风县长，你知道被开除公职、开除党籍的那个后沙镇派出所副所长钟爱民是什么人吗？"不待赵长风询问，卫建国就迅速地给出了答案，"钟爱民是县委常委、政法委书记兼公安局局长常自鸣的表姐夫。常自鸣又和县委副书记钱云枫关系不一般，他和钱云枫构成了粤海县本地干部两大派系中的钱系。"

"钱系？"赵长风终于问了一句。

"是啊，粤海县是一个本地干部势力非常庞大的地方，他们基本上可以分为两大派系，一个是以钱云枫、常自鸣为首的钱系，另外一个是以党群副书记段志魁和城建副书记张海潮为首的段系。这两大派系的干部几乎把持了粤海县百分之七十以上的实权部门。"卫建国说，"长风县长，我是粤海县的县委书记，按照组织原则是不能说这些有违班子团结的话。但是这个情况又实际存在着，如果新来的干部不了解，肯定会在粤海县撞得头破血流。"

卫建国抬起头目光灼灼地盯着赵长风："长风县长，你在后沙镇的行动让我想起十多年前的我。当时我在山源县下面一个镇担任镇长，上任之前也到下面搞了个暗访，结果和两个欺压百姓的小地痞冲突起来，也是一番恶战。当我听说你在后沙镇的遭遇时，就仿佛看到我年轻时的影子。"

卫建国说这话倒不全是杜撰，他当初在山源县担任镇长时，的确和两个小地痞起了冲突，不过并不是那个小地痞欺压百姓，而是他中了仙人跳，被两个小地痞敲诈。

"有了这一层原因，我就不忍心看到长风县长吃亏，所以就过来提醒一下你。"卫建国说，"粤海县本地干部排外护短是出了名的，钱云枫和常自鸣尤其如此。这次常自鸣的表姐夫因为长风县长的原因被双开，我想他们一定会心中不忿，会在日常工作中给你设套子、下绊子，让你难堪的。"

"卫书记，多谢您了！"赵长风诚挚地说。无论卫建国是出于什么目的，就冲他今天能够单独留下告诉赵长风这些，就足以让他感激。

“呵呵，长风县长，还和我客气什么?”卫建国伸手拍了拍赵长风的胳膊，“你我是党政一把手，是工作搭档，又都是外地调过来的干部，我们应该团结一致，精诚协作不是?”

“对，精诚协作，团结一致!”赵长风立刻明白了卫建国的意思。不管卫建国在粤海县多么弱势，毕竟他是名义上的一把手，是班子的班长，赵长风在粤海县要干出一番成绩，有了一把手的支持显然会方便很多。而且对赵长风来说，遇到一个弱势的县委书记显然要比一个强势的县委书记要好得多。至于本地派的钱云枫和段志魁，无论他们的势力多么强大，毕竟都属于赵长风和卫建国的副手不是? 赵长风就不信他们党政一把手团结起来，还斗不过两个粤海县的地头蛇。

见赵长风领会了自己的意思，卫建国也笑了起来，他站起身来说道：“天色不早了，长风县长劳累了一天，也该休息了。”

赵长风连忙站起来说道：“我倒是不累，就担心卫书记回家晚了，嫂子骂我呢!”

“哈哈，怎么会呢?”卫建国伸出双手紧紧握住赵长风的手，笑道，“你嫂子烧得一手很有特色的客家菜。等你忙过这几天，跟我到家里尝尝你嫂子的手艺。”

赵长风也紧握卫建国手，开心地说：“一定，一定!”

卫建国也不松开赵长风的手，就这样手握着手，一直走到走廊上，卫建国又用力晃动着赵长风的手，过了许久才依依不舍地松开，他说：“长风，回去好好休息，你的任务很艰巨，休息好才有充沛的精力。”

赵长风回答道：“卫书记，有了您的支持，再艰巨的任务我也有信心完成!”说着目光和卫建国一碰，两个人发出一阵会心的大笑，卫建国这才离去。

卫建国的身影刚刚离去，八楼服务台中就闪出一个身影，正是政府办主任莫日根，他快步来到赵长风面前，恭敬地说：“县长，您看我明天几点过来接您?”

赵长风沉吟了一下，说：“七点四十五吧。”

莫日根说：“好。请问您还有其他吩咐吗?”

赵长风摇了摇头。

莫日根就恭敬地说：“那就不打扰县长休息了。明天我准时过来。”

赵长风回到房间，暗想莫日根这个人还真有意思。上次在医院碰了那么大一个钉子，工作态度却丝毫没有受到影响，也算是政府办主任的合适人选。

第二天早上七点，赵长风起了床，在招待所总经理司健翔的殷勤侍候下到小餐厅用过早餐，莫日根就带着司机过来了，时间正好是七点四十，比赵长风约定的时间提前了五分钟。

司机是一个中年汉子，一开口就是浓重的粤式普通话，好在他话不多，赵长风还不至于听得非常吃力。车是一辆崭新的公爵王，挂着00002号牌照，比赵长风在邙北市老旧的桑塔纳威风多了。

粤海县政府办公楼是一栋六层楼的建筑，县长的办公室设在五楼东侧，五楼东侧一共有三个门，其中北侧有两个门，外面一个门就是县长秘书的办公室，里面有一道门与县长的办公室相连。一般的干部过来拜见县长，必须经过秘书的办公室才能进入县长的房间。秘书的办公室再往东，就是县长的办公室，一般上级领导或者副书记、副县长可以不经过秘书办公室直接进入县长的办公室。

在南侧有一个大门，是县政府的小会议室，一般县政府主要领导开会就设在小会议室，会议室放在县长办公室的斜对面主要是为了方便县长。

在莫日根带领下，赵长风缓步走入县长办公室，开始了粤海县县长的第一天工作。

进门是一个面积很大的会客厅，成套的红木家具配上角落里几张意大利进口真皮沙发，很是豪华气派。

会客厅右侧墙壁上开了一扇门，和秘书的小办公室连通。会客厅的左边是一个套间，套间里设有休息间和卫生间，休息间里摆放着一只豪华的大床，床头摆放着红蓝白三只电话。在床头对面，耸立着一台四十八英寸的背投彩电，旁边摆放着一只影碟机。卫生间面积很大，还安装了具有冲浪按摩功能的豪华浴缸。

赵长风很是吃惊，如果不是亲眼见到，他简直无法相信，一个县长的办公室这么豪华，单就装修成本来讲，不会低于五星级酒店。

莫日根领着赵长风参观完办公室，这才问道：“县长，您对办公室还有什么要求，可以告诉我，我安排行政科的人按照您的要求进行装修。”

赵长风笑了笑，说道：“我看挺好，就这样吧，不用再装修了。”

莫日根迟疑了一下，还是说道：“县长，这办公室布局是王县长留下来的，您看……”

赵长风略一思索，就明白莫日根的意思了。不知道从何时开始，官场上盛行一种风气，就是新官上任之后，首先就要对前任留下的办公室大动干戈。尤其是当前任出了某些问题时，这个办公室是一定要改变布局的，目的是去掉前任的晦气。当然，如果前任在这个办公室获得了高升，这时候继任者是万万不肯改动办公室的布局的，即使办公室摆放的一花一木也不让人移动分毫，好借此沾染前任的贵气一路高升。

粤海县前任县长王山川在粤海郁郁不得志，被钱云枫和段志魁排挤，最后狼狈地回到省城，是一个失败者。失败者留下的办公室布局当然是晦气的，莫日根提醒赵长风也就是这一层意思。

“莫主任，我们是党员，怎么能够‘不信苍生信鬼神’呢？我没那么多讲究，不用动了。”赵长风摆了摆手，坐在皮转椅上。

莫日根心中微微一惊，没有想到年轻的赵县长还如此有个性。他没有再说什么，而是从公文包里取出一只崭新的茶杯，洗刷了一下，泡了一杯安溪铁观音送到赵长风面前。

“县长，我不知道您喜欢喝什么茶。粤东的领导大多喜欢喝铁观音、乌龙茶，您可以尝一下。”

赵长风伸手接过茶杯，轻轻嗅了一下，然后品了一小口，笑着说：“好茶，果然不错。”

莫日根就说道：“那以后就给您准备铁观音？”

“都行。”赵长风笑了一下，“我家乡的信阳毛尖也不错。”

“那我就安排人买些上等的信阳毛尖回来。”莫日根连忙改口道。

赵长风笑了笑，坐在皮转椅上打量着办公室。

莫日根又说：“县长，今天给您开车的司机王师傅，您觉得怎么样？”

赵长风知道，这是莫日根要为他安排司机，他拍了一下扶手，说道：

“莫主任，你这么一说，我倒是想起来了。在中原省的时候我有个司机，很不错，你上次在医院也见过，就是那个小方，方忠海。我打算把他调过来，这是他的资料，你抓紧时间把这件事办了吧。”

莫日根很吃惊，很少见领导上任带着司机过来的，更何况赵长风还是跨省交流过来的干部。他如此高调地把司机从中原省调过来，就不怕别人说他的闲话吗？看来，这位年轻的新县长果然是后台强硬，本钱够足，所以根本不在乎别人怎么看他啊！

“是，我会尽快办理的。”莫日根迟疑了一下，还是应承了下来。

赵长风微微一笑，他知道莫日根会怎么想，这些都在他的预料之中。昨天晚上送走县委书记卫建国之后，赵长风想了很久，最后确定调整他现在的工作策略，定下了在粤海县的工作方式，那就是一定要高调强硬，只有以硬对硬，才能压制住粤海县两大本地干部势力。如果采用像邙北市那样的低调作风，根本控制不住粤海县的局势。有了上次的事件做铺垫，省政府谢富海秘书长和省公安厅何厅长都亲自下来为他撑腰，他如果还低调，反而会被粤海县这些本地干部认为他是个软脚蟹，这次高调把方忠海调过来，就是赵长风展现强硬作风的一个开始。

“那这几天还暂时安排王师傅替您开车，等小方同志调过来后，再把王师傅换下来。”莫日根说。

“这个你安排就行。”赵长风笑着说。

“县长，这是为您拟定的秘书人选，请您过目。”莫日根打开公文包，从里面拿出一份名单，放在赵长风面前。

赵长风拿在手里看了一下，淡淡地一笑，说：“莫主任，这个不着急。等我熟悉一下情况再说。这几天你就先跟在我身边吧。”

莫日根垂下了眼帘，低声说：“县长，这个还是需要抓紧时间定一下。我在您身边也不能跟太久。”

“哦，为什么？”赵长风不悦地问道。

“因为我想调走。”莫日根又从公文包里拿出一份材料，交给赵长风，“这是我的请调报告。”

“调走？调到哪里？”赵长风不看莫日根递过来的材料，沉下脸问道。

“调回老家。我已经和那边说好了，到老家一所中专任副校长。”莫日根把话说出来，心中的压力一松，神情反而坦然起来，他抬起头平静地迎着赵长风的目光。

“中专副校长?”赵长风眉头皱了一下。按照行政级别，中专学校校长是副处，副校长是正科级，县政府主任去任中专学校的副校长，行政级别倒是没有降低，但是中间权力相差之大，可以用天壤之别来形容。如果没有特别的原因，谁会选择这样做呢?赵长风沉吟了一下，说：“莫主任，你可以给我一个理由吗?”

“理由?”莫日根自嘲地笑了一下，“县长，我现在告诉你也无所谓。我这个政府办主任已经跟着王山川县长受够了窝囊气，不想再受下去了。中专学校的副校长虽然没有什么权力，但是至少我不用再看人的白眼，再受人的窝囊气。”

赵长风笑了起来：“哦，莫主任，当了副校长，就可以不用受窝囊气了吗?”

莫日根冷笑道：“既然都是受气，我为什么不去受家乡人的气?为什么一定要留在这里，受粤海干部的鸟气?”

赵长风一下子明白过来了，原来根子还是在莫日根上次到医院见他时留下来的。看来莫日根一定是被钱云枫、段志魁等本地干部逼急了，要不也不会做出这样的选择。赵长风感到难得的是，莫日根选择了调离粤海县，还不忘记自己的职责，兢兢业业地站好最后一班岗。

“莫主任，恐怕要让你失望了。”赵长风淡淡地说，“你的请调报告我是不会批准的。”

莫日根脸色一变，他本来就有些担心赵长风是心胸狭隘的人，怕到时候不批准他的调令，反而把他留在粤海苦苦受折磨。正因为如此，他才会认真地为赵长风服务，就是希望赵长风能够网开一面，批准他的调令，允许他回家乡去。可是现在……

“为什么?”莫日根神情中就有些悲愤。

“不为什么。”赵长风淡淡地说，“因为我可以保证，只要你尽职尽责地做好你的本职工作，在粤海，没有人敢让你受气!”

莫日根一下子惊呆了，有点不相信地望着赵长风，不知道该说什么。

赵长风把莫日根的请调报告撕掉，扔进了废纸篓，拍了拍双手，下达了担任粤海县县长的第一道命令："莫主任，你马上通知各位副县长，半个小时后，到小会议室来，我要召开县长办公会议。"

莫日根脑筋一下子没有转过来，他结结巴巴地问道："县长，你说什么?"情绪激动之下，他竟然忘了说敬语了。

"让各位县长过来，我要召开县长办公会。"

"是!"莫日根这次听清楚了，下意识地回答了一声。在他的记忆中，县长第一天上任就召开县长办公会的情况从来没有过。一般县长到任后首先选择的就是到下面调研，以求尽快熟悉县里的情况。经过一段时间熟悉之后，县长才会主动要求召开县长办公会，开始布置工作。现在赵长风到任的第一天，什么都不熟悉，他急匆匆召开县长办公会干什么？这个年轻的县长不会是愣头青吧?

想到这里，莫日根暗自庆幸刚才自己没有轻信赵长风的承诺。保证他在粤海不会受别人的气？就赵长风这种搞法，恐怕不出几天就会碰得头破血流，自己都顾不了自己，又怎么去保护他莫日根呢?

莫日根沉吟了一下，问道："县长，今天的县长办公会，讨论的议题是什么?"按照规矩，一般都是莫日根这个政府办主任征求县长的意见，看县长办公会在什么时间开，有哪些部门的提案需要在县长办公会上研究，有哪些文件需要在县长办公会上传达，然后列出议题，再上县长办公会。可是现在赵长风搞了一个突然袭击，莫日根现在就是去通知其他副县长，不是也要告诉副县长们，究竟是要讨论什么议题吗?

"两个议题，第一个是环境监察与环境保护；第二个是劳动监察与劳工保护。"赵长风捧着茶杯，微笑着说，"这两个议题你知道就行。各位县长要问你，你就说不清楚。"

莫日根无奈地笑了一下，正准备转身去传达赵长风的通知，身后又传来赵长风的声音："对了，莫主任，你顺便把有关各位县长分工的文件给我找过来。"

莫日根更是无奈，赵大县长连县长们的分工还没有弄清楚呢，就要召开县长办公会，讨论环境保护和劳工保护问题。唉，这都是什么事啊！他先过去找了赵长风要的文件，送了过来，然后才去执行赵长风的命令，通知在家的副县长们开会。由于昨天举办了欢迎新任县长赵长风的酒宴，政府的副职们都在粤海县，倒是不用担心谁会缺席。

按照顺序，首先要通知的是常务副县长董金坤。莫日根进董金坤办公室的时候，董金坤正靠在桌椅子上研究今天的《海州日报》。

“董县长，县长通知，九点半召开县长办公会。”莫日根传达了赵长风的指示。

“什么?”董金坤抬起了头，有点不相信自己的耳朵，“老莫，你刚才说什么?”

“县长通知，九点半在小会议室召开县长办公会。”莫日根一字一句地重复道。

董金坤一下子就把手中的报纸放下了，这个小赵县长，究竟是搞什么名堂?上任的第一天就召开县长办公会?

“什么议题?”

莫日根摇了摇头：“不知道。”

“我没有听错吧?”董金坤站了起来，“你这个政府办主任连县长办公会的议题都不知道，有没有搞错?”

莫日根自嘲地笑了一下，说：“董县长，没有搞错。新县长怎么吩咐下来，我就是怎么通知的。我还要去通知其他县长，您先准备一下吧。”

董金坤挠了挠发亮的脑门，一头雾水地坐回在皮转椅上。

莫日根依次通知了其余的几位副县长，然后返回赵长风办公室，向赵长风做了汇报。

“有什么情况吗?”赵长风靠在皮转椅上，望着莫日根。

莫日根犹豫了一下说：“也没有什么特别的。大家就是对我不知道会议议题感到不解。”

赵长风点了点头，指着面前的椅子说：“莫主任，坐。”待莫日根坐下后，赵长风递给莫日根一根烟，然后才说，“你给我简单介绍一下吴国勇县长和杨家强县长的情况。”

“吴国勇，男，汉族，党员，分管规划建设、国土、交通、环保……”作为县政府的大管家，莫日根对八个副县长的资料了如指掌，他一本正经地背诵起来。

赵长风摆了摆手，说：“我不是让你介绍这些，这些文件上都有。”

莫日根低着眼皮说："我知道的也就是这些。"

赵长风嘴角露出一抹笑意，知道莫日根还是为当初在医院碰的那个钉子介怀。于是就转了一个话题，问道："那你说一说，对今天要讨论的两个议题怎么看？"

莫日根沉吟一下，说道："县长，这两个议题是粤海县人人都知道，但是却又人人不敢碰的议题。"

赵长风微笑着点了点头，示意莫日根继续说下去。

莫日根说："粤海县的经济是以私营经济为主，而私营经济又以制鞋业为主。在粤海县，制鞋的小作坊小工厂无所不在，在这些小作坊小工厂在支撑粤海县经济发展的同时，使粤海县成为玉江三角洲著名的鞋城。

"这就存在两个问题，第一，粤海县虽然是以制鞋业为龙头，但是制鞋业却还停留在初级阶段，政府并没有引导一些有实力的企业做出高知名度和高质量的品牌。粤海县的制鞋业多数都是帮人涂涂胶水贴贴牌子、赚点可怜的加工费，整体利润率不高。由此就引出了第二个问题。"莫日根显然对这些情况下过功夫研究，所以赵长风一问起来，他立刻能侃侃而谈。

"第二个问题，就是制鞋业对人和环境存在着破坏。鞋子的生产需要一系列的加工，需要胶水等化工原料。在大部分加工厂中，对工人的劳动保护不够，那些小作坊小工厂更是基本上没有劳动保护。一些原料长期接触会导致工人慢性中毒。还有就是工人在工作过程中还有可能发生各种工伤事故。对于这种情况，由于利润微薄，工厂基本上不会给予工人多少补偿，或者干脆不补偿。从这个意义上来说，工厂赚的钱基本上是工人的血汗钱，是以漠视工人的健康和生命为代价换来的。这是对人的破坏。

"还有就是对环境的破坏。在皮革的鞣制过程中，会产生很多有毒的废水，还有就是在鞋子的加工过程中会产生很多垃圾和边角料，对于这些，工厂几乎没有什么处理措施，都是拉到路边或者海边倾倒和焚烧，把美丽的粤海县弄得乌烟瘴气。"

赵长风面容严肃，莫日根说的情况与他在后沙镇看到的情况完全相符，看来粤海县其他地方也并不比后沙镇好多少。

莫日根继续说："这个问题不光我清楚，可以说粤海县的干部人人都清楚，他们都看到了这一点。可是为什么他们不去正视这个问题，去解决这个问题呢？其中根本的原因就是，粤海县的经济主要靠制鞋业支撑。这些鞋厂贡献着粤海县绝大部分的财政收入。如果去处理这两个问题，必然会影响到这些鞋厂的发展，进而影响到粤海县的财政收入。”

说到这里，莫日根抬起头看着赵长风：“县长，我想你已经明白我的看法了。”

赵长风点了点头，却没有说话。莫日根看了一下手表，说：“县长，我去会议室看看，人到得怎么样了。”

两分钟后，莫日根返回办公室，对赵长风说：“县长，人都到齐了。”

赵长风端起茶杯就往外走。莫日根快步跟上，小声地对赵长风说：“县长，议题还没有通知下去，现在改变还来得及。”

赵长风淡淡一笑道：“改？为什么要改？”他昂首阔步向对面会议室走去。

进了会议室，粤海县政府所有副县长都到齐了，他们坐在椭圆形会议桌两边，把会议桌顶端和末尾空了出来。

“大家都来了？”赵长风满面春风地和自己的副手们打了招呼，端着茶杯坐在了会议桌的顶端。莫日根则走到会议桌的末端，打开笔记本，准备做会议记录。

赵长风坐下来拧开茶杯盖，喝了一口水，这才说道：“昨天和大家都见过面了，今天就不用再自我介绍了。”

他扫视着会议室，目光从八个副县长脸上一一掠过。

“大家一定很奇怪，今天是我上任的第一天，为什么会着急召开县长办公会？”赵长风不疾不徐地说，“在我告诉大家答案之前，请先允许我说明一点。就是今天召开县长办公会，我并没有征求任何一位副县长的意见，召开这次会议完全是我个人的意思。”

副县长们都低下头，不与赵长风的目光接触。谁都知道这个年轻的县长大有来头，连钱云枫和段志魁两个人都不太愿意招惹小赵县长，更别说他们这些副县长了。

“现在我可以告诉大家，这次把大家请过来，主要是讨论两个问题，一个是咱们粤海县的环境监察和环境保护问题，另一个就是粤海县劳动监察和劳工保护问题。”

副县长们一下子惊呆了。本来小赵县长上任第一天就召开县长办公会就够牛了，没有想到这个县长办公会还是讨论环境监察和劳动监察的问题。谁都知道，这两个问题在粤海县是禁忌，是任何人都不愿意碰触、也不能碰触的问题，怎么小赵县长上任的第一天就把这两大禁忌摆到桌面上来了？

“至于我为什么会提出这两个问题，我想同志们应该知道。”赵长风的语气，就像在谈家常一般，“因为我到咱们县后沙镇去看过，亲眼目睹了号称粤海县第一美景的银月湾如何变成了垃圾场，又亲眼目睹了制鞋厂那些工人如何被鞋厂的老板盘剥欺压，甚至我本人也成为那些保安下手的对象。”

一个县长在自己的地盘上被人打了，是一件非常丢脸的事。如果换成别人，一定会想办法偷偷捂住，就算是这件事外面传得满城风雨了，到自己面前也会绝口不提，哪有像赵长风这样光明正大地把这件事摆到县长办公会上来说的？这不是自己往自己脸上抹黑嘛！难道说内地的干部都有这样的癖好？

赵长风打开手包，从里面拿出几样东西，说道：“我这里有几张照片，说实话，如果我不是事先知道这些照片拍的是号称粤海县风景最美的银月湾，我还真的以为这是某个地方的垃圾掩埋场！”

顿了一顿，赵长风又说：“我这里还有几封农民工的举报信，举报后沙镇几个鞋厂拖欠工资和工伤赔偿金的问题。”

莫日根低头做着会议记录，心里很是奇怪，如果说那些照片是那个女记者拍的话，那么这几封举报信又是从什么地方弄来的呢？

“在这里我也不讲什么维护劳工合法权益，保护弱势群体合法利益与促进地区经济稳步增长，维护社会长治久安之间关系的大道理。大家今天能够坐到这里，这些简单的道理大家都懂。”赵长风看了一下会场，提高声音说，“我今天只是想让大家看一看这些照片，读一读这些满是农民工兄弟血泪的信。”

说到这里，赵长风对坐在会议桌末尾的莫日根说：“日根主任，你过来，把这些东西给诸位县长传看一下。”

莫日根快步走过来，从赵长风手里拿过照片和举报信，挨个发到几个县长手里。这些县长们哪有心思看这些东西，但赵长风是政府的一把手，发了话让看，他们就不能不看，就硬着头皮草草地看了几眼，迅速传给下一位县长。照片和信件在几个县长手里传来传去，最后又集中到莫日根手里，他拿着这些东西看着赵长风。

赵长风示意莫日根先收着，嘴里却说："同志们都看完这些东西了，可以分别就我刚才提出的两个议题，谈一下自己的看法。谁先来？"

杨家强副县长分管劳动局，劳动监察自然与他有关。他咳嗽了一声，抬眼看了一下赵长风，张口正要说话。赵长风却忽然开口说："金坤同志，你是常务副县长，你先来吧！"

杨家强的话硬生生被噎了回去，他面色尴尬地坐在那里，面色潮红，心中又羞又气。前面说过，粤海县有个奇怪的规矩，就是领导干部发言从来不按照排名顺序，谁想发言就谁发言，这种规矩不单是开常委会时会出现，县政府召开县长办公会时也会出现。究其原因，就是粤海县本地干部狂妄自大，从来不把外地过来的干部放在眼里，所以在会场上也不讲究什么排名规矩。杨家强是钱系的干部，况且这次会议议题又涉及他的分管范围，他抢先发言也是很正常的，却不料被赵长风被堵了回去。

赵长风虽然不知道杨家强是谁的人，但是却知道杨家强在副县长中的排名。现在排名第一的常务副县长董金坤和排名第二的副县长吴国勇还没有说话，排名第三的杨家强就想抢着说话，往轻里说，是不懂规矩，往重里说，是藐视他这个主持会议的县长的权威。这是赵长风召开的第一次县长办公会，一定要把规矩订好。如果第一次会议就乱了规矩，那么以后还怎么办？所以赵长风就不动声色地敲打了杨家强一下，提醒他要懂规矩。

董金坤也是外地过来的干部，平时经常面对粤海县本地出身的几位副县长联手打压，所以习惯在会议上保持低调。没有想到今天会议刚开始，赵长风就先替他出了一口气，不由得心中暗爽。

"看了刚才的几张照片，我感觉触目惊心！好好的银月湾怎么会变成那个样子？"董金坤整理了一下思绪，"在我们粤海县的干部当中，存在这样一种思维，即将经济发展和环境保护分割开来，成为两个对立面。我认为这种看法是错误的。经济发展和环境保护是相辅相成、互相促进的，而不是互相对立的两个方面。那种以牺牲环境来换取经济增长的做法是短期行为。在这种错误的思想指导下，粤海县的环保工作中存在执法力度偏弱，对污染环境的违法行为少处罚、甚至不处罚的现象，最后导致粤海县很多地方环境持续恶化，后沙镇就是其中一例。长风县长上任伊始就开始狠抓环境问题，我认为这是抓住了粤海县发展的要害。只有解决环境问题，才能解决粤海县经济可持续发展的问题。”

“至于农民工问题，如果这几封信反映的问题属实的话，问题也非常严重。”董金坤看了一眼面色涨得通红的杨家强，“这至少说明，在劳工保护和劳动执法过程中存在着严重的缺位现象。事实的真相如何，需要认真核查！”

杨家强没有想到，平日里明哲保身的董金坤今天竟然像变了一个人，针对他分管的劳动监察大发议论。他强忍着怒气等董金坤说完，就立刻张口反驳道：“董县长，你这话说得太片面了吧？你知道信里反映的几个制鞋厂每年给我们县带来多少财政收入吗？你知道我们粤海县的支柱产业是什么吗？如果劳动局严格执法，会给我县的经济发展和财政收入带来什么样的影响？”

赵长风没有想到杨家强如此嚣张，在他已经强调过会议发言纪律的情况下还跳出来破坏纪律。赵长风更没有想到杨家强如此愚蠢，竟然会把劳动局严格执法和经济发展、财政收入对立起来，政策水平如此低下的干部真不知道是如何当上副县长的。赵长风既然已经下决心在粤海县高调行事的工作风格，自然不会任杨家强这样的人跳来跳去。等杨家强说完后，赵长风就微笑着开口说：“杨家强县长是吧？分管着劳动局？”

杨家强看了赵长风一眼，说道：“对，劳动局是我的分管范围。”

赵长风嘴角挂着一抹微笑，淡淡地说：“杨家强同志，从你刚才的发言中可以看出，你对国家劳动政策法规的了解非常浅薄，不适合继续分管劳动执法部门。我现在就宣布对你的分工进行调整，从现在开始起，劳动局不归你分管了！”

“什么？”杨家强立刻跳了起来，“赵长风，你凭什么这样做？你这样做征得县委的同意了吗？”

赵长风冷冷地看着杨家强，说：“调整县长分管部门是县政府内部的事务，县长办公会就可以做出决定，不需要县委的批准。”顿了一下，他又说，“至于我凭什么这样做，杨家强同志，我可以告诉你，就凭你刚才说的那一段话。”

赵长风望着会议桌末端做会议记录的莫日根说：“日根主任，你可以给杨家强县长读一下刚才他的话。尤其是那一句‘如果劳动局严格执法，会给我县的经济发展和财政收入带来什么样的影响？’”

说到这里，赵长风又把目光移向杨家强：“杨家强同志，听了你这句话，我才明白，原来我们粤海县以前的经济发展和财政收入都是建立在劳动局不严格执法的基础上的。不知道这样的话让海州市领导、省劳动厅有关领导听到了会怎么想呢？”

杨家强脸色一变，他平时仗着是钱云枫系的人马，嚣张惯了，说话根本不经过大脑。没想到这次却被赵长风一下子抓住了把柄。而且县长办公会的发言都是有记录的，这些话如果让海州市领导看到了，会不会说他给粤海县经济发展抹黑？难道说全国县域经济百强中的粤海县都是靠着劳动局不严格执法发展起来的？

赵长风根本不理睬杨家强，他把目光移向董金坤，说：“金坤县长，劳动局这一块工作暂时由你来分管，有什么困难吗？”

“没有！”董金坤大声回答道，心中痛快之极！跟着这样强势的县长，跟钱云枫、段志魁两系人马都有一拼之力。

其他几个副县长互相看了一眼，从彼此眼里都看出了震惊。实在没有想到，这个小赵县长竟然如此强势，完全不按牌理出牌。钱云枫的嫡系杨家强甚至没有反抗的机会，手中一个强力部门就被赵长风夺走了。

把劳动局调整给董金坤分管是赵长风一瞬之间做出的决定，这看似随意的决定其实包含了很多政治智慧在里面。要知道，做出这样的决定是要冒一定风险的，董金坤能够一口答应下来，固然大涨赵长风的威风，但是如果董金坤拒绝了赵长风的这个分工安排，那赵长风岂不是当场就下不了台，刚借着杨家强树立起来的威信一下子就会化为乌有。

赵长风之所以会选择董金坤，第一个原因就是赵长风已经了解到董金坤不是粤海县本地的干部，第二个原因是从杨家强抢先发言就可以看出，在杨家强心中并没有给予董金坤这个县政府二号人物起码的尊重。反过来讲，董金坤心中必然对杨家强没什么好感，这一点从董金坤的发言中也可以看出。当然第三个原因也很重要，劳动局毕竟也是一个实权部门，划到董金坤分管范围之内，意味着董金坤的权力又大了一分。现在这个社会，又有哪个领导会嫌自己的权力大呢？更何况这个权力还是从一向不尊重董金坤的杨家强手上夺过来的，董金坤会拒绝赵长风的安排吗？

果然，事实就像赵长风推想的那样，董金坤毫不犹豫地接收了分管劳动局的职责，望着赵长风的眼神也有所不同。这说明赵长风这一果断措施不但立即树立起了威信，而且迅速在县政府这里争取到一个同盟军。董金坤可不是普通的副县长，他也是常委会的常委之一，如果他和赵长风能够保持一致，至少可以保证在常委会里县政府只会发出一种声音。

“好！那就这么定了，劳动局就由金坤县长负责。”赵长风的目光冷飕飕地一扫，“下面我们继续讨论今天的议题。吴县长，你谈一下看法吧。”为了避免再出现有人不按规矩发言，赵长风干脆采取了小学老师式的点名发言。

此时听赵长风点名让他发言，吴国勇就轻咳一声，说道：“县长提的这两个议题很及时、也很必要。环保工作是我的分管范围，我平时一直强调要加强环保意识，狠抓环保工作。不过现在看来，我强调得还是不够啊。环保局并没有对环保监察工作给予足够的重视。会议结束后，我就让环保局召开会议，落实县长的指示精神，立即对环保工作进行整改。”

吴国勇放低了姿态，其他县长当然不会再往赵长风刀口上去碰。毕竟环保工作和劳动监察工作都不属于他们的分管范围，他们没有必要去为别人分管的工作而较真吧？于是其余县长纷纷发言，支持赵长风的意见。

“既然大家意见都一致，那就这样定了吧！”赵长风望着董金坤和吴国勇说道：“金坤县长、国勇县长，会议结束后，你们立即召集环保局和劳动局开会，把县长办公会的精神传达下去，拿出一套环境监察整改方案和劳动监察整改方案，并迅速展开行动，在全县范围内展开环境保护大检查和劳动法规大检查。有问题吗？”

“没有问题！”董金坤说，“会后我立即布置。”

吴国勇也说：“我也没有什么问题。”

赵长风点了点头，环视了一下会场，问道：“谁还有什么补充没有？”

副县长们都低头看着桌面，没有人说话。

“好，那就这样。散会！”赵长风端着茶杯走了出去。

赵长风的背影刚出了会议室门，杨家强的巴掌就重重地拍在桌子上，破口骂道：“小细佬，有种把老子的副县长也撤了。”

赵长风听到了杨家强的咒骂，他若无其事地往前走着，心中冷笑：杨家强，看你还能嚣张几天！

杨家强怒气冲冲地出了会议室，他没有回他的副县长办公室，而且去了对面县委办公大楼，到钱云枫的办公室去诉苦。

“钱书记，您一定要想想办法，不能让那个赵长风再这样嚣张下去！”杨家强一进门就冲钱云枫嚷嚷，“今天他在县长办公会上乱搞，我提了两句意见，他立刻把劳动局交给董金坤分管。这不是在县政府搞独裁嘛！钱书记，赵长风他这样搞，根本是冲着咱们粤海干部来的。”

“闭嘴！”钱云枫毫不留情地呵斥，“老杨，你还好意思说？你是什么样的政策水平？我平时交代过你们多少次，说话之前要多想一想，要过一下脑子，可是你倒好，说话根本不经大脑。你也不想想，那些话能够在会议上冠冕堂皇地说出来吗？这不是主动送把柄给赵长风吗？”

杨家强全靠钱云枫的力量才当上这个副县长，此时被钱云枫一顿臭骂，却一句也不敢还嘴。等钱云枫骂完了，杨家强才低声说：“钱书记，我当时只想着，本来就是那个道理，如果要按照劳动法规严格执行，那些鞋厂的老板还不闹翻了天？”

“闹翻天？那就让他们闹翻天嘛！你怕什么？”钱云枫恨铁不成钢地说，“制鞋业是我们粤海县的支柱产业，鞋厂的老板不闹，赵长风又如何能感受到压力？你着什么急？就是事情闹大了，惊动了上面，也是赵长风做出的决定，你这个副县长只是一个执行者，你说你跳出来干什么？”

杨家强听了钱云枫的训斥，这才明白自己当时的反应是急了一点，平白无故地把自己搭了进去。

“可是，可是，钱书记，道理我都懂，我就是看不惯赵长风那样嚣张。”杨家强说，“不能让赵长风这样嚣张下去啊。”

“放心，他嚣张不了多久。”钱云枫靠在沙发上笑眯眯地说，“如果真的按照赵长风布置的那样搞下去，鞋厂还不都得停工停产啊？这一停产，粤海县的财政收入立刻就会受到影响。那个时候我们再要赵长风好看。”

这边常务副县长董金坤犹豫了一下，没有立即让秘书打电话通知劳动局，而是起身去了赵长风办公室。

“县长，我想向您汇报点事情。”被赵长风让到沙发上之后，董金坤开门见山地说。

“好啊，欢迎之极。”赵长风笑道，“金坤县长，你是老同志了，经验比我丰富，来粤海比我早，情况比我熟悉。我在粤海县的工作还真离不开你的帮助呢!”

“您太客气了。”董金坤连忙说道，“县长您有思想有魄力，可谓是年轻有为，我要多多向您学习才是。”

赵长风笑着摆了摆手，说：“金坤县长，咱们就别互相吹嘘了，你不是说有事吗?”

“是，我是有事向您汇报。”董金坤的脸色就变得有些沉重，他说，“县长，从我的内心来说，我完全赞同您刚才在会议上的讲话。可是，换一个角度来看，您这样做可是捅了马蜂窝，为自己找了一个大麻烦啊!”

“粤海县百分之八十以上的财政收入都是制鞋业贡献的，而这些制鞋业同时又是污染大户、违反劳动用工制度的大户。整治环境污染和劳动用工制度的出发点虽然是好的，可是一旦这些制鞋企业减产停工，粤海县的财政收入必然会受到巨大的影响。”董金坤看了看赵长风，又说，“县长，您推出这样的措施到时候是会承受巨大压力的。尤其是粤海县的环境非常复杂，和其他地方大不一样。”

赵长风沉吟了一下，问道：“金坤县长，那依你的看法，究竟怎么办才好?”

“这个嘛，”董金坤思索了一下，“县长，我个人的意见是，既然您已经在县长办公会上把这两个问题提了出来，那现在收回来显然不大合适，这关系到您的威信。我看要不这样，这两个问题抓还是要抓的，但是必须有区别地抓。把工作重点放在后沙镇，抓几个典型出来，彰显一下县政府在环境治理和劳动用工制度治理方面的决心。而对其他乡镇的企业就可以采取灵活一点的措施，以批评教育为主，督促他们逐步改正那些错误做法。这样既维护了县长您的威信，又可以把这两条措施对粤海县财政收入的影响降到最低。您觉得呢?”

听了董金坤这番话，赵长风心中还是蛮感激的，最起码说明董金坤是真心为他考虑的，上任第一天能遇到这样的副手也算是赵长风的缘分。

“那后沙镇的领导不会有意见吗?”赵长风故意将了董金坤一军，“他们肯定会说，为什么整治措施只是针对我们后沙镇的?对其他乡镇为什么那么宽松?”

董金坤说：“这有什么奇怪啊?什么工作都需要有个前后顺序吧!工作需要一步一步来做，况且那些举报信和照片反映的都是后沙镇的问题，先从后沙镇开始也是无可厚非的。等把后沙镇治理好了，县里就会有别的工作重点了，到时候环境治理和劳动用工制度治理可以暂时先放一下。”

“呵呵，这个主意确实不错，进可攻退可守。”赵长风微笑起来，真诚地说，“我也知道，你能过来为我出这个主意非常不容易，确实是站在我的角度为我考虑的。我这里先谢谢金坤县长的好意了!”

董金坤连忙说：“县长，您太客气了。我是您的副手，为您当好参谋是我的分内职责。”

赵长风伸手摸出烟盒，递给董金坤一根，微笑着说：“但是，金坤县长，我不能按照你的意见去办，这个环境治理和劳动用工制度治理必须在全县范围内统一开展，不能有什么区别。”

董金坤接过香烟，正要点上，听了赵长风的话，不由得一愣，他问道：“为什么?”

“因为这两个问题已经到了必须下决心根治的时候了。如果粤海县继续这样依靠这种牺牲环境、牺牲社会和谐的模式去发展经济，无疑是饮鸩止渴。所以这种发展模式必须要调整，要改变，而且越早调整、越早改变越有利。当然，一种发展模式的改变肯定会影响到一部分人的利益，这就是所谓的阵痛，但是阵痛过后必然会迎来经济上的新生。”赵长风有些激动地说，“金坤县长，既然越早调整越好，那就从我开始好了。我之所以会选择在这么早就对这两个问题动手，是因为我刚刚上任，和这些利益集团没有任何瓜葛，所以下得去狠手。如果现在不去正视这些问题，等将来我再想去处理那些问题，怕已经和这些企业有了千丝万缕的联系，那时候束手束脚，恐怕也下不了决心去处理这些问题了。”

董金坤叹了一口气，没有说话。小赵县长还是太年轻啊，理想主义严重。这样做固然出发点固然是好的，但是也很容易成为别人的靶子。很可能还没有看到胜利果实就已经是遍体鳞伤，最后灰溜溜地离开粤海，眼看着自己以前的努力付之东流。

闷头抽了两口烟，董金坤开口说：“县长，既然您已经下定决心，那我就坚决按照您的指示执行。反正我这个常务副县长干得也窝囊，不如痛痛快快干他一场！”

赵长风大笑起来，伸手拍了拍董金坤的胳膊，说道：“金坤县长，我知道你对我还没有信心。不过这不要紧，时间还长。”

董金坤却没有赵长风那么乐观，他站了起来，对赵长风说：“县长，那我先去劳动局了。有什么情况我再来向您汇报。”

送走董金坤之后，赵长风坐回到皮转椅上，回想着董金坤的表情，摇头暗笑。他知道董金坤不看好他，但是他又不能把他的心思跟董金坤说透。虽然表面上看起来董金坤这个人还不错，但是究竟如何还需要继续观察。赵长风绝对不会因为一个人一两次的表现就轻易地评判他。

实际上赵长风对要不要立即对环保问题和劳动用工问题开刀也考虑了很久。他反复权衡之下，还是决定要兵行险招，立即从环保问题和劳动用工问题对粤海县支柱产业制鞋业开刀。赵长风的用意除了那些可以摆到桌面上的冠冕堂皇的理由之外，还有一个重要的理由就是粤海县情况太复杂，他在县里没有一点政治资源，如果要按部就班地去落实、考察、弄清楚粤海县的政治势力、拉拢同盟军、分化对手的势力，很可能要花上一两年的时间。也就是说，这一两年内，赵长风什么政绩也做不出来，主要精力都要用在权谋斗争上，这显然不符合他的本意。所以他决定快刀斩乱麻，第一天上任就下重手，目的就是把粤海县的局势搞得大乱，让各方政治势力都跳上前台表演。这样就省去了赵长风慢慢摸索的时间，很容易就弄清楚粤海县的政治势力的分布情况。

一边想着，赵长风一边掏出莫日根给他的机密电话本，找出了卫建国的电话，打了过去。

“卫书记，您好。”赵长风礼貌地说，“我向您汇报一个问题。”

卫建国见识过赵长风对谢富海秘书长和何承明厅长的态度，自己在粤海县又是个空架子的受气包，倒是不敢在赵长风面前端架子，他连忙说：“长风县长客气，有事你说。”

赵长风说：“刚才我召开了县长办公会，会上针对粤海县存在的环境污染和劳动用工中的一些问题，县长们提了一些看法，最后大家一致同意在全县范围内针对企业的劳动用工制度和环境污染问题进行一场全面大检查，并委托我向县委汇报一下。”

“啊？这样啊？”卫建国其实已经从县委办主任解运来那里得到这个消息了，这时候还是假装糊涂，“好啊！很好！长风县长，我认为你搞这个行动非常有必要。下面是有一些企业搞得太不像话了，是要治理一下。”卫建国听到解运来的汇报后认为赵长风主要还是忘不了在后沙镇被打的耻辱，所以打算拿后沙镇的企业开刀，一是雪耻，二是立威。所以这个时候很自然地表态支持赵长风。

“卫书记，多谢县委的支持，我一定会把县委的指示精神传达给同志们的。”赵长风有意把卫建国的意见等同于县委的意见，这也让大权旁落的卫建国内心很是陶醉了一下，对赵长风自然要投桃报李，越发客气起来。

刚放下电话，莫日根敲门进来，恭敬地站在赵长风面前，打开手包，掏出三部诺基亚手机，对赵长风说：“县长，这是您的手机，您看一下款式，不喜欢我再给您换。”

赵长风把手机拿到手里摆弄了几下，说：“还行。”莫日根就挑了一部给赵长风，另外两部留在他的手包里，笑着说：“这两部我先替您保管着。”

赵长风笑了笑，到哪里都是这样的规矩，他现在没有司机和秘书，自然是莫日根先保管着。

莫日根又轻声问道：“县长，这几天您有什么计划，我这里好做一下安排。”

赵长风沉吟一下，说道：“我刚到县里，什么都不熟悉，还是先到下面调研一下吧。”

莫日根听后心中暗自嘀咕，县长您现在才说情况不熟悉，不熟悉您就敢立刻召开县长办公会，布置下那么大的两个动作？

赵长风只管按照自己的思路说下去："这样吧，第一个点就选旅游局吧，你安排一下。"

"是！我一会儿就去安排。"莫日根看了看赵长风的脸色，又小心翼翼地问道："县长，您看，这个秘书问题……"

赵长风笑了笑，说："日根主任，我不是说了嘛，秘书不着急，你先跟在我身边跑跑吧。"

莫日根不敢再多说，应了一声就出去了。

赵长风看着莫日根的背影，思绪却转到即将去调研的旅游局上，对赵长风来说，他在粤海县的成败就要看旅游这个项目了。

去旅游局的时间定在第二天早上九点半。下午赵长风没有什么安排，正好办事员送来前两周的县情简报，赵长风花了一个小时仔仔细细地看完，也只是有一个浮光掠影的印象。赵长风本想打电话让莫日根找些材料来看，抬起手拿起电话才猛然想到莫日根办方忠海的调动手续去了。于是就放下电话，赵长风站起身来，打算亲自到政策研究室去一趟，也顺便检查一下县政府各部门的工作作风。

看了一下桌上的通讯录，知道县政府政研室在办公楼二楼，赵长风就起身下楼而去。他刚过来上班，普通干部没有资格参加昨天的全县科级干部大会，所以办公楼里并没有多少人认得他，见了面也没有主动招呼，根本没有想到这个步履从容的年轻人是新任县长。

赵长风来到二楼，看到政研室的门虚掩着，轻轻推开门一看，只见偌大的办公室里空荡荡的，只有一个工作人员留下值班。此时这个工作人员正皱着眉头对着一本书苦苦思索，连赵长风进来了也没有发现。

果然是搞政策研究的，就需要这样板凳要坐十年冷的刻苦钻研的精神。赵长风暗自嘉许，再往里走两步才发现不对，怎么这个工作人员的办公桌上还摆放着一副棋盘呢？再看工作人员手里拿的书，竟然是一本棋谱。赵长风心中不由得掠过一丝愠怒。

"你们王主任呢？"赵长风走到工作人员身旁，敲了敲桌子。

"噢？你找王主任啊？他出去了，估计回来也快下班了。"工作人员抬起头来，透过厚厚的镜片看了赵长风一眼，指着棋盘说，"会下围棋不？

咱俩来上两盘，王主任就过来了。”

“不会。”赵长风摆了摆手，他差点气乐了，怪不得老百姓说公务员人浮于事，拿着那么高的薪水福利却在办公室里研究围棋。

“不会围棋？太可惜了。那你坐在这里等一会儿吧，那边有报纸，你觉得无聊的话可以拿过来看看。”这个三十出头的男人摇了摇头，低头又去研究手中的棋谱。

赵长风看这个人态度还算和蔼，没有一般政府工作人员的那副惯常嘴脸，心中的怒气倒是去了几分。他坐在这个男人对面，问道：“你上班时间下棋，不怕被你们王主任抓住吗？”

“怕？有什么好怕的？”这个男人抬起头来，嘴角挂着一抹讥笑，“这办公楼里谁不是这样？只不过别人是在电脑上下棋打牌，我是在办公桌上下棋而已，有什么区别？再说即使被抓住又能怎么样？他们总不能把我从科员降成办事员吧？”

“科员？”赵长风一愣，眼前这个人看着三十一二岁，参加工作至少有七八年了，怎么可能还是一名科员呢？

想了一想，赵长风摸出一根软中华，递给了这个人，笑着说：“来，抽根烟。怎么称呼？”

“鲍晓飞。”那个男人伸手接过赵长风的香烟，摸出打火机点上，抽了一口，说道，“味道醇正，是正品啊。”说着又低下头研究起棋谱来了。

赵长风心中念了一下鲍晓飞的名字，站了起来，说：“那我就不等王主任了，改天再过来吧。”

鲍晓飞抬起头来说：“需要给王主任留个话吗？”

“不用，我见到他再说吧。”赵长风摆了摆手，走了出去。他在办公楼里转了一下，果然如鲍晓飞所说，各个办公室里的工作人员都面对着电脑，勤奋地打牌下棋聊天。赵长风摇了摇头，回到五楼办公室。

快下班的时候，莫日根从外面回来，向赵长风汇报，说手续已经办妥，派人到中原省邙北市去转方忠海的关系了，如果顺利，几天后方忠海就可以过来上班了。

邙北市那边赵长风已经安排好了，转出方忠海的关系自然不会遇到什么波折。不过想着莫日根一个政府办主任，亲自去为方忠海办理手续，赵长风还是要慰劳几句。

莫日根正要走，赵长风忽然想起一件事，把莫日根叫了回来：“日根主任，政研室有个叫鲍晓飞的，他的情况你熟悉吗？”

“鲍晓飞啊？”莫日根连连摇头道，“这个人啊！怎么说呢？这个人有点吊儿郎当、不务正业，整天泡在图书室里找人下棋。”

赵长风眉头皱了起来，问道：“这样的人怎么会进了政府办？”

莫日根说：“县长，其实鲍晓飞这个人能力还是有的。刚进政府的头两年就号称是政府办的一支笔，但就是有点恃才傲物，得罪了当时担任政府办主任的杨家强，后来就从综合科调到政研室，一直被闲置起来。在政府办里工作了八年，现在还是普通科员的，也就他这么一个了。说起来他这么做也有点破罐破摔的味道。”

说完之后莫日根看了一眼赵长风，见他沉吟不语，就低声问道：“县长，这个鲍晓飞不是又犯了什么事吧？”

赵长风摆了摆手，说：“鲍晓飞在政研室写过什么文章没有？你去找一下，让我看一看。”

莫日根心中一动，暗道莫非鲍晓飞这个倒霉蛋否极泰来，被赵县长看上了吗？

回到办公室，莫日根打电话到政研室，正好是鲍晓飞接的电话：“莫主任，你找王主任啊？他还没有回来。”

莫日根严肃地说：“鲍晓飞，我不找老王。就找你，你马上到我办公室来一趟。”

鲍晓飞放下电话，心中就有些忐忑不安。他在政府办基本上是一个边缘人，几乎没有人能够注意到他的存在，除非政研室的同事们都出去了，才会想起他，把他从图书室拉回来看门。至于说像莫主任这样的大领导，更是四五年没有和鲍晓飞谈过话，现在莫主任忽然打电话把他叫过去，究竟是什么意思？

急匆匆地来到四楼政府办主任办公室，鲍晓飞调匀了呼吸，这才抬起手来轻轻敲了敲门。“进来。”门内传来莫日根威严的声音。

鲍晓飞推开门，探头往里张望：“莫主任，您找我？”

“晓飞啊，来来，请坐。”莫主任从办公桌后面绕了出来，快步向鲍晓飞迎来，一脸和蔼的微笑，倒是把鲍晓飞吓了一跳。自从得罪过杨家强之后，他已经有五年多没有见过领导露出如此亲切的笑容了。

鲍晓飞惴惴不安地坐在沙发上，并拢了双脚，双手规规矩矩地放在膝盖上，望着对面的莫日根。虽说鲍晓飞在政研室王主任面前还可以抱着大大咧咧什么都不在乎的态度，但是面对着莫日根，他还是觉得有很大压力。

“呵呵，晓飞同志，紧张什么?”莫日根微笑着打量着鲍晓飞说，“你是八年前到政府办的吧?”

“是的。”鲍晓飞轻声答道。

莫日根的手轻轻敲着沙发扶手：“不知道晓飞同志在政府办工作了八年，有什么感想啊?”

鲍晓飞苦笑了两声，说道：“莫主任，我的情况您还不清楚吗? 我当时进的是综合科，您是我的老上级。”

莫日根微微一笑道：“年轻人啊，多一些磨炼总是好的，八年时间，生活应该教会你很多东西。”

鲍晓飞低头没有说话。

莫日根沉吟一下，说道：“晓飞，你是我的老部下，到了目前这种境地，是我没有尽到责任。我知道你心里肯定对我也有一些意见……”

鲍晓飞连忙抬起头说：“没有，真的没有! 莫主任，我内心一直很感激您。当初您如果不是您替我挡了一些非难，我可能早就被赶出县政府了。”

莫日根一直在观察鲍晓飞的表情，见他神情很是诚恳，这才笑了起来，说道：“晓飞，其实这些年来我一直惦记着你，只是找不到合适的机会。这次赵县长到我们粤海县来，我终于找到了机会，在他面前介绍了一下你的情况，说你是一个非常有能力的人。赵县长对你也很感兴趣，吩咐我把你这些年来写的一些文章拿给他看。晓飞，你的机会来了!”

“啊!”鲍晓飞喜出望外，他面色潮红，浑身哆嗦着，几乎不敢相信自己的耳朵。这些年来他虽然一直沉浸在围棋世界里消磨时光，但那只是因为感到前途无望而采取的一种自暴自弃的行为，这种绝望下的逃避并不能掩盖他内心深处对建功立业的渴望。现在莫日根主任把这天大的喜讯摆在鲍晓飞面前，怎么能不让他欣喜若狂？

“多谢，多谢莫主任。”鲍晓飞哆哆嗦嗦地说，“我，我该怎么办？”

“客气什么？晓飞，你是我的老部下，我不提携你提携谁啊？”莫日根笑着拍了拍鲍晓飞的肩膀，示意他镇定，“你现在马上去把你这些年写的文章给我拿过来，记住，一定要精品。”鲍晓飞虽然天天沉迷于围棋，但是写文章的功底并没有丢下，政研室很多材料都是他执笔的，要不然一个天天沉迷于围棋的人也不可能在政研室混了五六年。

“是，我马上去！”鲍晓飞不敢怠慢，立刻跑回政研室，从他历年来写的文章中找了五六篇呕心沥血的得意之作，拿过来交给莫日根。莫日根翻看了一下，点了点头，说：“晓飞，我这边尽力向赵县长推荐你，但是赵县长能不能看上你，就看缘分了。如果失败了，你也不要埋怨我。”

“怎么会呢？”鲍晓飞连忙说，“莫主任，您对我的照顾，我一辈子都不会忘记的。”

“好，那你回去等消息吧。”莫日根拍了拍鲍晓飞的肩膀，又叮嘱道，“还有，这个消息千万要保密，明白吗？”

鲍晓飞连连点头道：“我明白，我明白。”

莫日根把鲍晓飞的材料整理了一下，又拿了鲍晓飞的简历，一起放进文件夹里，夹在臂下就往楼上走去。虽然不知道赵长风是怎么得知政府办还有鲍晓飞这么一个人的，但是莫日根知道，作为县领导，绝对不会无缘无故地提起一个人。赵长风还要看鲍晓飞的文章，傻瓜也知道这种情况是鲍晓飞要受重用的前兆。

进了县长办公室，莫日根恭敬地把文件夹放到赵长风面前，轻声说：“县长，这是您要的材料。除了鲍晓飞的文章外，还有他的简历。”

“好，放这里吧。”赵长风点了点头。莫日根就知趣地退了出去。

赵长风打开文件夹，拿起放在上面简历，仔细阅读起来。鲍晓飞学经济出身，毕业于中山大学，单从学校来看，倒是比赵长风毕业的华北财经学院这样的三流大学要强许多。八年前进入政府办，在综合科工作，三年后调入政府办政研室至今。再看简历上的评语，其中有这么几行字：该同志工作上有些能力，但是恃才傲物，在纪律上自由散漫，不善于团结同志。

赵长风眉头皱了皱，把个人简历放在一边，伸手拿起了鲍晓飞的文章。其中第一篇的题目是《粤海县经济发展道路初探》。

咦，题目倒是挺大。

赵长风拿起这篇文章看了起来。鲍晓飞在文章中提出，在粤海县要建立四大功能区，首先要在沿着玉江各镇区建立高新技术产业区，主要以发展IT产业、清洁能源、高新材料为主；其次在粤海湾东岸建立旅游观光区，重点发展旅游业；第三是在粤海湾西岸依托粤海港口，建立临港工业功能区；最后是在粤海西北部山区丘陵地带建立农业生态功能区。鲍晓飞在文章中说粤海县必须抛弃目前以牺牲环境和资源为代价的制鞋业发展模式，转而建设四大功能区，把粤海县打造成为玉江三角洲高新技术产业转移基地、玉江三角洲旅游休闲独家基地、玉江三角洲绿色农产品生产和供应基地、临港工业基地。

好大的口气啊！这篇文章一下子就否决了粤海县目前的发展模式，难怪鲍晓飞被边缘化，不受重视呢！

赵长风放下文章，端起茶杯来到窗户旁边，静静地望着窗外的远山，心中不停地盘算起来。

秘书和司机是领导的手足和耳目，领导走不到、去不到的地方，领导听不到、看不到的东西，都需要通过司机和秘书来获取。把方忠海调过来，司机的问题是解决了，但是这个秘书的人选却是一个难题。

通常来说，领导要选择秘书，最好是选择一个刚进机关的年轻人，这样的年轻人来历清白，有干劲有冲劲。更重要的是，还没有沾染上机关的习气，正所谓一张白纸好作画，可以按照领导的思路打造成他所需要的模样。这样一手提拔上来的年轻人更容易培养成自己的心腹，使用起来也放心。

但是粤海县的情况太过复杂，粤海县的本地干部那么强势，赵长风刚到粤海，可以说是两眼一抹黑，什么都看不清楚，如果有一个熟悉粤海县情况的心腹在身边，可以帮助赵长风很快进入角色，摸清楚粤海县的情况。这件事情指望方忠海是肯定不行的，赵长风必须选择一个了解粤海县情况的人来担任自己的秘书。

鲍晓飞在政府办待了八年，对粤海县的情况自然是了如指掌，如果能收到身边做秘书，自然是赵长风的一大助力。而且鲍晓飞在粤海县是郁郁不得志的边缘人，几乎没有人注意到他的存在。这时候赵长风把鲍晓飞提拔到身边当秘书，等于重新给了他一个选择人生道路的机会，鲍晓飞岂能不死心塌地？更何况鲍晓飞当初受尽了杨家强的打压，赵长风以后少不了和钱云枫、杨家强这些本地干部交火，这也可以说给鲍晓飞提供了一个出一出憋了几年的窝囊气的机会。再从能力上来看，鲍晓飞思想敏锐，写材料的水平似乎比刘俊康还要强一些，确实是一个合适的人选。

赵长风端起茶杯轻轻抿了一口茶，他决定给鲍晓飞一个机会。如果鲍晓飞能顺利通过考验，那么就收到身边做秘书。

赵长风拨通了莫日根的电话："你通知一下鲍晓飞，让他准备一下，明天早上跟车到旅游局去。"

莫日根心中一阵得意，看来他刚才果然赌对了，县长果然是要重用鲍晓飞。他立刻拨通了鲍晓飞的电话："晓飞，果然是运气来了挡都挡不住啊。你准备一下，明天县长要带你去旅游局！"

"多谢莫主任！"鲍晓飞强压着内心的喜悦说道。

"谢我干什么？要谢也要谢县长啊。"莫日根一本正经地说，"是县长亲自点了你的名。"

"莫主任，如果没有你的推荐，县长也不会想起我啊。"鲍晓飞感激地说。在他想来，如果没有莫日根主任的推荐，赵长风县长是绝对不会知道政研室的犄角旮旯里还有他这么一号人物的。

"晓飞，还是你的造化啊。"莫日根这个时候倒是不敢贪天之功据为己有，如果他继续吹牛，鲍晓飞如果真的成了赵老板的秘书，这个谎言岂不是要被揭穿了吗？

鲍晓飞定了定神，又轻声问道："莫主任，我没有什么经验，您说明天去旅游局，我要做些什么准备啊？"

莫日根笑了起来。这个鲍晓飞，在政研室坐了五年冷板凳，终于磨去了棱角，变得聪明起来了。其实鲍晓飞以前跟副县长到下面去过，怎么会不知道该准备什么呢？这样说无非是想讨自己开心而已。

心中想着，莫日根嘴上说道："也没啥特别需要准备的。跟县长下去，你只要记住眼明手快四个字就好了。"

时针已经指向九点半，赵长风还气定神闲地端坐在皮转椅上看文件。莫日根中间进来了一次，见赵长风没有发话，就悄悄地退出去到隔壁秘书办公室等候了。

刚坐下，手机就响了起来，莫日根接通电话，里面传来旅游局局长陶兴旺的声音："莫大主任，我是老陶啊。县长大驾何时过来啊？"

莫日根和陶兴旺关系还不错，就说："老陶，县长这边还有点事。"顿了一顿，他又说，"我看你给他打个电话吧。"

陶兴旺那边轻轻吸了一口凉气，说道："老莫，我不了解县长的脾气，怕碰上钉子啊！"

莫日根轻笑一声，说："没有你想象得那么恐怖。打吧。"放下电话，莫日根摇了摇头，看来小赵县长名声在外啊，上任第一天就给杨县长一个教训，下面的头头脑脑心中自然有些忌惮。

陶兴旺迟疑了一下，还是忐忑不安地拨通了赵长风的电话："县长，我是小陶，旅游局小陶。"

"陶局长啊，你好。"赵长风微笑一下，知道陶兴旺打电话过来是催驾的，他看了一下手表，"我正说要到你们那里去呢。"

陶兴旺正琢磨着如何措辞呢，没有想到赵长风直接说要过来，他立刻松了一口气，觉得小赵县长也并不像传说中的那么严厉："太好了！县长，我代表全县旅游战线职工欢迎您前来视察工作。"

赵长风刚放下电话，莫日根就恰到好处地出现在门口。

"莫主任，咱们出发吧。"赵长风说，"旅游局的陶局长都等不及了！"

莫日根过来自然而然地拿起赵长风的手包，赔着笑说："主要是旅游局的干部职工想早点一睹咱们粤东省最年轻的县太爷的风采呢！"

赵长风一听就知道旅游局陶局长和莫日根的关系应该不错，他笑了笑，没有点破莫日根的小把戏，却又问道："政研室的鲍晓飞呢？"

莫日根连忙说："我已经通知了，他现在和司机在下面等着呢！"

出了办公楼，粤海县的二号车已经在台阶下等候，鲍晓飞笔直地站在车门前，眼巴巴地往办公楼里张望。他猛然看到莫日根陪着一个年轻人出现在办公楼门口，不由得一愣，这不是昨天到政研室找王主任的那个年轻人吗？难道，难道说他就是新任县长赵长风？一时间鲍晓飞尴尬得不知道怎么办才好，尤其是想起昨天他在赵长风面前的那番表现，更是无地自容。

莫日根陪着赵长风出了办公楼，看到鲍晓飞还傻呆呆地站在车前，也不知道上来迎接一下，心中暗骂了一声烂泥扶不上墙，怎么关键时候就要掉链子？他抢先两步下了台阶，为赵长风介绍道："县长，这就是政研室的鲍晓飞。"然后又拿眼睛剜了鲍晓飞一眼，说道："晓飞，还不问县长好?"

鲍晓飞这才清醒过来，他面红耳赤地说："县长，县长好。"

"晓飞同志好。"赵长风点了点头，态度倒是和蔼可亲，仿佛根本不记得昨天的那一幕。

鲍晓飞受了赵长风情绪的鼓励，心情放松了一些，身体顿时灵活起来，他立刻拉开车门，弯腰护着车门框上沿，殷勤地说："县长，您请。"

赵长风又笑了一下，这才弯腰上车，轻轻招了一下手，说："莫主任，进来坐啊。"

莫日根没想到他竟然能享受的和县长平起平坐的资格，他连忙冲不远处挥了挥手，把他安排的另外一辆车撵走，这才诚惶诚恐地钻进了车里。

鲍晓飞等莫日根上了车之后，这才拉开前门，坐到副驾驶的位置上。

旅游局离县政府办公大楼只有五百多米。刚转过一街口，就听到远处传来军乐声。随着车越来越近，军乐声越来越响亮。往外看去，只见旅游局大门两旁各列着一队身穿白色礼服挂着红色绶带的军乐手，起劲地奏着军乐。在大门正中，旅游局局长陶兴旺率领着旅游局领导班子全体成员以及各科室负责人列成一队，满面热忱地恭候赵长风的大驾。

赵长风刚下车，陶兴旺就伸着双手迎了上来，满面笑容地说："县长，可把您给盼来了，我们旅游战线的干部职工都盼望着您过来指导工作呢!"

旅游局的班子成员和科室负责人跟着陶兴旺呼啦啦地围上了上来：

“县长好！欢迎县长前来视察工作！”笑声、掌声、恭维声此起彼伏。

陶兴旺依次为赵长风介绍班子的成员和科室负责人，赵长风便一路握手过去，随后便被簇拥到二楼的小会议室。

赵长风坐在会议桌正中，莫日根坐在左边，陶兴旺坐在右边，其他旅游局班子成员各自按照位次坐好。至于科室负责人，根本没有资格坐在会议桌上，只能搬着椅子在外围挨着墙根坐了一圈。鲍晓飞因为是跟着县长下来的，旅游局本来想安排鲍晓飞紧挨着莫日根主任坐，但是鲍晓飞有自知之明，他拿着笔记本坐在会议桌的最末端。

按照程序，陶兴旺局长首先开始汇报，他简要介绍了旅游局的基本情况，汇报了旅游局今年重点项目的进度以及下一步工作的安排。

“下面，请县长做重要讲话！”陶兴旺带头鼓掌，会议室内顿时掌声雷动。

赵长风露出微笑，他伸出手往下压了压，说道：“首先，我代表县政府对我县旅游局近几年来取得的成绩予以充分肯定。这些成绩的取得既有旅游局历任班子的心血，也包含了现任领导班子的努力；既有上级主管部门的高度重视和大力支持，也离不开旅游局干部职工的良好工作心态。当然也离不开县里兄弟部门的支持。”

以陶兴旺为首的旅游局领导班子个个都面露微笑，以为今天的会议又是一个和谐的大会，团结的大会，县长讲一讲套话，走一走过场就完了。

“但是，”赵长风话锋一转，满脸严肃地说，“这些成绩放在全省范围、放在全国范围来看，可以说是微不足道，与粤海县拥有的巨量优质旅游资源更是不相称的！”

赵长风这句话一出口，顿时像晴天霹雳一样砸在在场所有旅游局领导干部的头上，他们一时间都蒙了，怎么会这样？哪有新任领导第一次下来视察，张口就说缺点的？这好像与惯例不相符吧。

不光是旅游局的干部，连跟赵长风一起下来的政府办主任莫日根以及政研室科员鲍晓飞都目瞪口呆，他们心理上完全没有准备。

赵长风却不管在场的人是什么反应，他继续说道：“刚才陶局长汇报说，去年粤海全县实现旅游收入四千三百多万元。同志们，这是一个什么样的数据？”

莫日根最先反应过来，他轻轻咳嗽一声，张口想插话打断赵长风。旅游局是赵长风第一个下来调研的单位，也是赵长风第一次在下属单位面前亮相，这关系着下面的领导干部对赵长风的第一印象。赵长风上来就一通批评，这话如果要从旅游局传了出去，其他部委局办会怎么看赵长风？下面的乡镇又会怎么看赵长风？莫日根既然是赵长风的大管家，他认为自己有义务有责任去阻止老板继续犯错误。

可是赵长风立刻发现了莫日根的意图，他双眼冷冷一扫，把莫日根没有出口的话硬生生地憋了回去。

“我是从中原省过来的，别的地方不说，单说我原来所在的邙北市的一个黄金地质公园。这个地质公园一个月的门票收入有多少呢？八百多万元。一年下来一个黄金地质公园的门票收入就近一个亿，这还只是门票收入。如果再把旅游客的吃喝住玩购物等消费计算进去，那这个黄金地质公园能带来多少旅游收入呢？”赵长风环视着会场，“同志们，我们想想看，粤海县拥有将近两百公里的海岸线，沿岸的海景号称粤东省海岸线中最美丽的海景，拥有这么得天独厚的旅游资源，却比不过一个内地县级市的人造景观，这难道不令我们惭愧吗？”

会议室内五台大功率柜机呼呼地往外吹着冷气，可是陶兴旺等旅游局的领导却个个面红耳赤，大汗淋漓，不停地拿着纸巾擦拭着额头上的汗。

“中原省远了点，那么就近比一下。玉江三角洲地区西部的洋海县、春海县和我们粤海县情况类似吧？他们两个县的海岸线加起来还不及我们粤海县一个县的海岸线的长度，至于海湾沙滩更是无法和我们粤海县的相比。可是他们的旅游收入呢？每个县都相当于我们粤海县的好几倍。这又说明了什么呢？”赵长风用冷冰冰的数据不停地在旅游局领导们的心窝上戳着。

莫日根连连叹气，心中暗道，小赵县长这次恐怕要完了。虽然背景强大，但是把下边的同志都得罪了，下面的同志不卖力给你干活，你能干出成绩吗？

陶兴旺放下湿漉漉的纸巾，诚惶诚恐地站了起来：“县长，我向您作检讨。作为旅游局的一把手，我县的旅游工作没搞好，这是我的失职，请领导严厉处分！”

“坐下说话。”赵长风伸手朝陶兴旺点了点，严肃地说，“你是局长，当然要负责任。不光是你，在座的所有旅游局领导都有责任。粤海县的旅游工作局面之所以打不开，归根到底是一个思想态度和工作方法的问题，你们好好思考。”说着他用目光冷冷地一扫，所有人都垂下了头，不敢与赵长风的目光接触。

莫日根找到了机会，连忙接口说：“同志们，县长的讲话很值得你们思考啊。比起我们沿海地区，中原省还是一个经济欠发达的省份，可是为什么人家的旅游工作就搞得那么好呢？”说着目光看向陶兴旺。

陶兴旺福至心灵，连忙说：“县长和莫主任批评得对，我们地处改革开放的前沿，思想反而保守僵化，比不上内地的同志，很令人惭愧啊。县长，我在这里向您提出一个请求，会后我们旅游局立刻组织一个观摩学习团，到您说的那个黄金地质公园去取经，学习人家管理旅游行业的先进经验。”

“学习其他优秀旅游城市的先进经验是有必要的。”赵长风语气缓和了一下，“但是不一定要到邙北市去嘛，咱们省的洋海县、春海县都可以去看一看。”

陶兴旺连忙说：“县长，洋海县和春海县我们要去，但是邙北市黄金地质公园更要去啊。一个人造景观能取得几倍于我们粤海县的旅游收入，我们当然要去学习人家的优秀管理经验。”

赵长风说道：“这个是你们旅游局的具体工作，你们领导班子自主决定吧。”他脸上露出一抹微笑，和刚才严厉的态度比较起来，简直是判若两人。

旅游局的领导们都松了一口气，会场上响起一阵轻微的茶杯碰触声，他们此时才敢端起茶杯喝水，以补充刚才因为紧张出汗过多而流失的水分。

“不过……”赵长风又说道。

听到这“不过”两个字，陶兴旺手一哆嗦，水一下子呛进喉咙里，他捂着嘴巴强把咳嗽声压到最小，憋得眼泪都出来了。

“不过我提一个要求，不管你们决定到哪里去观摩学习，都要把政府办政研室的鲍晓飞带去。”赵长风微笑着说，“鲍晓飞同志在政研室写过几篇文章，对我县的旅游业提出了一些看法。不过还不够，要把旅游业建设成我们粤海县的支柱产业，还需要深入研究才行啊。”

此话一出，满座皆惊！

旅游局领导惊喜的是，赵长风嘴里吐出的“支柱产业”四个字。粤海县是一个以制造业为主的城市，旅游业在粤海县根本是无足轻重，旅游局在县里也根本不受领导的重视，几乎是一个边缘化的清水衙门。他们根本没有想到，小赵县长上任后第一个调研的部门竟然就是旅游局。当时听到这个消息，他们心中充满了惊喜。局领导班子商量了一下，一定要好好接待小赵县长，所以陶兴旺是下了大力气的，把下属景区唯一一个军乐表演队调过来迎接赵长风。但是让他们意想不到的是，小赵县长一上来就劈头盖脸地一顿批评，这一顿乱棍打下来，让旅游局的领导们都蒙了，怀疑自己是不是热脸贴上了冷屁股，每个人心中都是既灰心又沮丧。

可是现在，听到小赵县长说出了要把旅游业建设成粤海县支柱产业的话，压在旅游局领导心头上的乌云顿时一扫而空。支柱行业意味着什么？意味着财政扶持、政策倾斜，意味他们部门在县里的话语权大大增加。粤海县目前的支柱产业是制鞋业，粤海县工业局局长严离跋在县委委员中的排名非常靠前，在县里的地位仅次于公安局、财政局和计委的一把手，还列在人事局局长和交通局局长的前面。这怎么不让连县委委员都不是的陶兴旺眼红心热呢？

陶兴旺心里琢磨，如果旅游业真的被小赵县长提到支柱产业的位置上，那么他成为县委委员还不是指日可待？一时间他心跳加速，心里一片喜悦，再也没有刚听到赵长风严厉呵斥时的沮丧。

旅游局其他领导也和陶兴旺同样的心思。虽然他们不可能像陶兴旺那样成为县委委员，但是旅游局的地位提高之后，以后在用钱方面肯定要享受到比现在大得多的好处啊。他们心中叫道，原来小赵县长刚才严厉批评我们是为了我们好，响鼓也要重锤敲啊！

莫日根和鲍晓飞也是又惊又喜。既然小赵县长要把旅游行业建设成为粤海县的支柱产业，那么小赵县长现在派鲍晓飞跟着旅游局一起去观摩学习的意味就不言而喻了。鲍晓飞惊喜的是自己要得到重用，莫日根惊喜的是鲍晓飞毕竟是他的老部下，得到赵长风重用后，自然不会忘记在小赵县长面前为他美言几句。

“县长，您这个决定真是太英明了！”陶兴旺立刻表态道，“鲍晓飞同志是政研室的一支笔，有他的帮助，我们旅游局能更快地把优秀旅游城市的先进管理经验总结出来。我们旅游局对鲍晓飞同志的加入表示热烈欢迎啊！”

赵长风点了点头，用眼睛余光看向会议桌末端的鲍晓飞，见这小子面容平静而严肃，始终低头在笔记本上做着记录，心中就微笑一下。这个鲍晓飞的修养还行啊，看来在政研室坐了几年冷板凳还是有好处的。

“晓飞同志，你的意见呢？”赵长风点了鲍晓飞的名。

“我坚决服从县长的指示。”鲍晓飞迅速做出了反应，抬起头坚决地说。

会议开到这里，气氛完全转了过来，又变成了一个祥和、团结的大会。虽然开局不同，但结局却是皆大欢喜。

按照莫日根拟定好的日程安排，赵长风有条不紊地在县直单位进行调研。

与此同时，常务副县长董金坤和副县长吴国勇分别率领着劳动局和环保局在粤海县展开了一场轰轰烈烈的环境保护大检查和劳动用工制度大检查的工作。虽然吴国勇和董金坤的出发点不同，但是两位副县长都一丝不苟地贯彻了赵长风县长的指示，对违法排污企业和违反劳动用工制度的企业进行了整治。很多企业都接到停工治理和停工整顿的通知书，而更多的企业被罚了款。一时间粤海县众多制鞋企业都鸡飞狗跳，纷纷找各种关系到环保局和劳动局说情或者施压。可是这些都被环保局和劳动局冷冰冰地顶了回去，他们只有一句话，找我们不管用，要找就去找吴县长、董县长，他们如果开口，我们这边什么都好说。

于是压力就被推到吴国勇和董金坤这里了。吴国勇也是一句话，你们找我也没有用，这是赵长风县长的决定，谁有能耐，谁找赵县长去！

董金坤倒是没有把压力推到赵长风那里，他只是冷冷地说："你们找谁来都没有用！这次大检查针对的是全县所有企业，又不是你们一家企业。你们这些企业与其费这么大的力气来托人情找关系，还不如把精力省下来，全部用在整改劳动用工制度上！"

由于赵长风在县长办公会上重点提到了后沙镇的制鞋企业，董金坤和吴国勇两个专项检查组也是从后沙镇开始的。粤海县的鞋业重镇后沙镇在这次检查中受到的影响尤其严重，有百分之八十的企业都被处以巨额罚款。这些企业的老板天天到后沙镇镇委和镇政府去喊冤叫屈，把后沙镇的镇委书记宣天荣和镇长王度成折腾得都不敢和这些企业老板照面。这都是后沙镇的财神爷，正是有了这些老板，后沙镇的经济才能在粤海县排名第二，现在这两项大检查把这些财神爷都得罪了，怎么能不让宣天荣和王度成心急如焚呢？

第十章　动了人家的奶酪，搞整顿难免针锋相对

制鞋业是粤海县的支柱产业，也是高污染产业。赵长风决定向它开刀，大力整改制鞋产业。这无疑触犯了一些人的既得利益，动了他们的奶酪，断了他们的生财之道。后沙镇党委书记宣天荣暗中指使副书记魏万銮向赵长风开炮，不料赵长风以硬碰硬，轻而易举就化解了攻势。

这天上午，赵长风到县财政局调研。开完会之后，正要跟财政局的领导一起去吃饭，财政局局长龙强涛的手机就响了起来，他一看号码，不敢怠慢，立刻满脸堆笑地接通了电话，“啊”了几句，不停地点头，然后拿着手机小心翼翼地凑到赵长风面前，捂着手机说：“县长，海州市财政局国库科张晓强科长的电话。”

“国库科？”赵长风的眉头轻轻皱了一下。他在邙北市当了两年副市长，整天和财政局打交道，自然懂得财政局里面的道道。财政局里有两大要害部门，一个是预算科，另外一个就是国库科。这两个部门可以说是控制了财政局的命脉。

比如预算科科长，是负责给全市党政机关、企业事业单位拨款的要害岗位。虽然只是一个科长，但是其他市属部门的一把手、下边各县区的县区长们为了要到财政拨款，都不得不放下身段，以处级干部之尊和一个小科长攀交情。

至于国库科科长，权力也丝毫不小于预算科科长，因为即使是预算科科长给某个单位编制了预算计划，但是只要国库科科长不签字，这列入预

算计划的款项依旧是纸上画饼，看着诱人，但就是吃不到嘴里。

可以这么说，海州市财政局控制着全市的命脉，而国库科和预算科又控制着财政局的命脉。赵长风当了那么久的常务副市长，当然明白国库科科长的厉害。现在海州市财政局国库科科长张晓强这样强势的人物忽然打电话过来，究竟是什么意思？尤其是赵长风和这个张晓强连面都没有见过，他怎么会把打电话过来呢？

想到这里，赵长风不满地看了龙强涛一眼。

龙强涛是不懂规矩还是故意给赵长风难看呢？接到外人找领导的电话，能随便说领导在这里，就把电话直接交过去吗？一般情况下都是要推脱一下，说领导不在，领导刚好离开了，等我见到领导之后替你转告一声的话，然后再去向领导汇报，刚才某某某打电话找您。至于领导愿意不愿意回话，自有领导做主。

现在龙强涛直接把电话拿到赵长风面前，赵长风能够不接吗？那不是摆明了得罪国库科的财神爷张晓强吗？到时候粤海县的预算下来，张晓强也不说不给，他只是口头上应承着，然后随便找几个光明正大的理由拖着不拨款，还不把粤海县给急死？

伸手接过手机放在耳边，赵长风平静地说：“你好，我是赵长风。”

“赵县长，我是张晓强啊。”电话里传来张晓强热情过度的声音，“人人都说赵县长是全粤东省最年轻的县长，今天我光听到赵县长的声音就感受到你蓬勃的朝气啊！”

赵长风微微一笑道：“张科长太客气了。听龙局长说，张科长精明能干，是海州市财政局李明生局长的左膀右臂。以后粤海县离不开张科长的关照啊！”

“好说好说。”张晓强笑道，“我对咱们粤海一向都是很照顾的，这一点老龙知道。我一直对科里的同志交代，海州市哪一个部门、哪一个区县的款项都能拖，唯独不能拖粤海县的款项，只要预算下来，就必须立即划拨。”

“是啊，我听龙局长说过呢！”赵长风笑着打着哈哈。连面都没有见过，张晓强给他打电话肯定是有事。张晓强既然不提，赵长风当然不会主动问，就这样打着哈哈，看他能坚持到什么时候。

张晓强扯了两句，见赵长风气定神闲，根本没有开口问他打电话是为了什么事情的意思，不由得在心里收了对赵长风的轻视。

“啊，赵县长，有这么一个事。”张晓强忍耐不住，只好开口说出来意，“我有个表叔，是香港人，在咱们粤海县后沙镇开了一间公司，叫做狮王鞋业。可是不知道怎么回事，前几天忽然被咱们粤海县劳动局下了整改通知书，要求狮王鞋业停产整顿。我表叔虽然是香港人，但是一直遵守咱们大陆的法律法规，对粤海县经济也做出了不小的贡献。这停产整顿整改通知书下得很没有道理，很影响咱们海州市在香港投资商人心目中的形象。我知道这件事情赵县长肯定不知道，是粤海县劳动局那帮人在胡搞，所以才打这个电话给赵县长，请你过问一下这件事。”

赵长风一听张晓强是为被粤海县劳动局下令停产整顿的鞋厂说情的，心中就非常恼火。因为赵长风知道，劳动局在劳动监察中有几种不同的处罚方式，责令停产整顿无疑是最严厉的一种方式。这说明张晓强香港表叔开的那个狮王鞋业已经严重地违反了劳动管理规定并且造成了严重的后果，否则没有必要处以最严厉的处罚。赵长风平生最恨的就是这些无良商人，靠着压榨工人的血汗钱发着昧心财，有的甚至是以牺牲农民工的健康和生命安全为代价的。对于这些黑心企业，赵长风一贯的主张是严惩不贷。现在张晓强打电话过来为这个狮王鞋业说情，想凭着轻飘飘的两句话就让赵长风下令放过这个狮王制鞋，可能吗？

赵长风一边想着，一边强压着怒火说：“张科长，这件事我还是第一次听说。我回头就派人到劳动局了解一下具体情况，好吗？”

“哎呀，赵县长，还有什么好了解的？情况不是明摆着吗？”张晓强笑着说，“这样吧，赵县长晚上有空吗？到海州来嘛，我做东，请你品尝一下海州市有名的客家菜。我表叔正好也在海州，他久闻赵县长的大名，也想结识一下赵县长呢！”

“张科长，真不好意思。”赵长风淡淡地说，“今天晚上我要到羊城市去，省政府的谢富海秘书长约了我过去谈点事情。改天吧，改天我请你。”

“啊？”张晓强愣了一下，他也隐约听说过赵长风这个中原省交流过来的年轻县长手眼通天，和省里一些领导都有关系，今天一听果然如此，赵长风和省政府谢富海秘书长都有来往呢。他只好说：“那不要紧，等您从羊城市回来，我在海州为您接风，好吗?”话语中不由自主地把“你”换成了“您”。

“看情况吧。”赵长风淡淡地说一句，挂断了电话，然后把手机塞到龙强涛手里，淡淡地盯了他一眼。龙强涛做贼心虚，不敢正视赵长风的眼睛，低声解释道：“县长，这个……”

赵长风没有理睬龙强涛，抬起手腕看了一下手表，对坐在一旁的莫日根说：“日根主任，走，我们现在到劳动局去一趟，去了解一下情况。”

莫日根拿着赵长风的手包，站起来就要跟赵长风走，龙强涛连忙起身阻拦，口中说道：“县长，都什么时候了，吃过午饭再走吧。”

赵长风淡淡一笑道：“国库科张科长亲自发话，我敢怠慢吗？龙局长，你说是不是?”说着不理睬呆若木鸡的龙强涛，带着莫日根扬长而去。

龙强涛愣了一分多钟才清醒过来，他望着赵长风的身影心中暗自冷笑：“什么最年轻的县长，什么背景强大、手眼通天，接到张晓强的电话不是也慌得跟热锅上的蚂蚁似的，急惶惶地就去劳动局了吗?”

一边冷笑，龙强涛一边拿出电话拨给张晓强：“晓强老弟，你真厉害啊。一个电话把咱们小赵县长吓得连饭都不敢吃了，立刻亲自去劳动局了。”

张晓强本来在那边忐忑不安，不知道背景强大的小赵县长会不会买他的面子。此时听了龙强涛的话，顿时一颗心放到肚子里去了，他一边大笑，一边得意地谦虚道：“哪里哪里，是咱们财政局的面子大，可不是我张晓强的面子大啊。小赵县长是冲着财政局国库科几个金字招牌才去办的，这个我还是有自知之明的。”

“呵呵!”龙强涛露出会心的微笑。

顿了一顿，张晓强又说：“龙老兄，这次真的是麻烦你了，配合得这么好。我一定让我表叔去好好谢谢你。”

龙强涛故意嗔怪道：“晓强老弟，你这是和我客气不是？咱俩谁跟谁呢？再说这见外的话，可别怪我不认你这个老弟啊。”嗔怪的语气中既是亲热又是谦卑。

“好，咱们哥俩就不见外了。哪天有空我去粤海县骚扰你。”张晓强淡淡一笑，“我这边还有点事，回头聊?”

“晓强老弟，你赶快忙吧，这边有啥情况我再跟你联系。”放下电话，龙强涛得意地摇了摇头，张晓强在海州市财政局是出了名的冷面人，下面各财政局的一把手们除了龙强涛，还没有哪一个人能够让他如此客气呢！

龙强涛心里想着，手上却并没有闲着，他迅速拨通了钱云枫书记的电话：“钱书记，我是强涛啊。我今天按照您的吩咐，这样做了……”龙强涛把赵长风和国库科张晓强科长对话的情况汇报了一遍。

“强涛不错！”钱云枫点了点头，随口问道，“对了，弟妹在司法局已经干了两年工会主席了吧？”

龙强涛强压着心中的狂喜，恭敬地说：“两年半了。”

钱云枫又说道：“司法局的张副局长再有两个月年龄就到线了。”

这两句话看似毫不相干，但是里面透露出的信息足以让龙强涛欣喜若狂：如果老婆能够再进一步，那他们夫妻俩都是局级干部了。

“我是个粗人，不会说什么好听的。钱书记，您以后看我老龙的行动吧！”龙强涛感恩戴德地表白道。

钱云枫在电话那头微微一笑，心想你龙强涛要是粗人，那这世界上就没有细心人了。

“强涛，我信得过你。”钱云枫说，“我相信你会交出一份让我满意的答卷。”然后轻轻挂了电话。

龙强涛对着话筒看了半天，忽然叹了一口气，他这次只能祈祷钱云枫能够像以往一样战胜强大的过江龙赵长风。否则，他就要做钱云枫的陪葬了。

赵长风出了财政大厦，莫日根轻声问道：“县长，我打电话通知劳动局老辛一下？”

赵长风瞟了莫日根一眼，没有说话。莫日根立即醒悟到自己领会错赵长风的意思了，连忙尴尬地一笑，低头跟在赵长风身边，不敢再言语。看来要想和小赵县长形成心心相通的默契还需要时间啊，这就是磨合。

赵长风当然不会真的到劳动局去，他这样做一是为了搪塞市财政局国库科科长张晓强，张晓强在那个重要的位子上，当然不方便明着得罪，张晓强既然开口了，赵长风总做一个样子吧？第二个原因则是赵长风借此来敲打吃里扒外的龙强涛。如果没有龙强涛给张晓强通风报信，张晓强又怎么会知道赵长风就在财政局呢？还有龙强涛先斩后奏，把张晓强打过来的电话直接拿给自己，这都是赵长风不在财政局留下来吃饭的理由。赵长风视察旅游局、交通局和招商局的时候都留下来吃饭，偏偏视察财政局的时候走了，这本身就是一种态度。

到县委招待所吃过午饭，赵长风回到办公室，拨打了常务副县长董金坤的手机。

“金坤县长，我是赵长风。”

“县长，您好!”董金坤轻声说道，“我现在正和劳动局辛万明局长率领劳动执法大队在坪山镇检查企业。您有什么事吗?”

“嗯，我想了解一个情况。”赵长风说，“金坤县长，后沙镇有个狮王鞋业，它的情况你清楚吗?”

“后沙镇狮王鞋业啊？我清楚，太清楚了。”董金坤说，“是一个香港老板开的。当初去这家企业检查的时候，他们公司的保安就不让劳动执法大队进去，说是他们企业老板在县里市里都有背景。经过我们调查发现，狮王鞋业存在大量的违反劳动管理法规的行为，其中最恶劣的当属拖欠工人工资和工伤赔偿款，两项加起来超过百万元。当时劳动局劳动管理执法大队责令狮王企业总经理向工人支付两项款项时，他们的总经理竟然说劳动局执法大队多管闲事，说他们的老板不是一个粤海县劳动局可以惹得起的。最后劳动局辛万明局长向我汇报后，我同意立即对狮王鞋业采取强制措施，责令其停产整改，直至全额支付拖欠工人的工资以及工伤赔偿款为止。”

“这样啊，”赵长风点了点头，沉吟了一下，问道，“金坤县长，那你知道狮王鞋业的背景是什么吗?”

“知道!”董金坤说，“狮王鞋业的香港老板是海州市财政局国库管理科张晓强科长的表叔。”

“那你还责令狮王鞋业停产整顿?”赵长风故意严肃地问了一句。

“县长，我这是在执行您的命令。”董金坤觉得有点委屈，“您当初命令我们一定要不折不扣地执行您的指示。”顿了一顿，董金坤继续说：“不过，即使没有您的指示，既然我分管了劳动局，发现狮王鞋业存在这样严重违反劳动管理法规的行为，也会让他们停产整顿的！”

“好！金坤县长，就要回答得这样理直气壮。”赵长风高兴地说，“不管什么人的企业，不管企业有什么样的背景，只要发现他们有违反劳动法规的行为，就要一律给予处罚！你们做得很好，希望你们能够始终如一地坚持和贯彻下去，促使粤海县工商企业在劳动用工纪律方面有根本性的改变。”

“明白了，县长！”董金坤兴奋地答道，“我立即把您的指示传达给正在进行现场执法的劳动执法大队的所有成员，我想他们也一定会很高兴的。”

“嗯！”赵长风点了点头，又说道，“金坤县长，我在这里可以告诉你，今天海州市财政局国库科科长张晓强同志给我打了电话，说了狮王鞋业的老板是他表叔，让我找你们疏通一下。金坤县长，你看这种情况该如何处理？”

董金坤说：“我想县长一定会希望我们坚持执法原则，秉公执法。”

“对，一定要秉公执法，严格执法！”赵长风微笑着说，“金坤县长，我建议你们再重新审议一下对后沙镇狮王鞋业的整改措施，真正做到公平执法，严格执法。”

“是，我明白了。”董金坤心领神会，立刻明白了赵长风的意思。

“好，明白了就好。”赵长风说，“你替我向奋战在劳动执法第一线的执法队员们致敬，就说我赵长风说了，他们个个都是好样的。他们辛苦了！等这次全县劳动用工制度大检查胜利完成之后，我赵长风为他们庆功，亲自摆酒宴慰劳他们。”

“是！县长，我一定把您的慰问向全体队员转达！”董金坤大声回答道，他等赵长风挂断了电话之后，才把手机合上。

“辛局长。”董金坤招手把一旁的辛万明叫了过来，板着脸问道：“后沙镇狮王鞋业向县长投诉我们执法不公，你说我们该怎么办？”

辛万明顿时有些紧张，小赵县长虽然刚到粤海县，但已经是出了名的强势加不讲道理，万一小赵县长听信狮王鞋业的投诉，怪罪到劳动局头上，他辛万明可没有什么好果子吃啊。

“董县长，您说呢？”辛万明小心翼翼地把皮球踢了回去。

“我说？我说就是，除了让狮王鞋业把拖欠工人的工资和工伤赔偿款结清之外，还要责令他们给予工人相应的利息补偿。”董金坤笑眯眯地看着辛万明说，“同时，按照劳动法的有关规定，我们要对其拖欠行为进行经济处罚。具体数额你们立即研究一下，报给我。记住，一定要公平公正，符合劳动法规定，不能让人挑出什么毛病！嗯？”

“董县长，我明白了。”辛万明也笑了起来，“放心，咱们的处罚措施绝对是公平公正，不会有任何把柄的。”

可不是嘛，很多法律法规都是橡皮筋，松紧尺度大，这就给了执法者以相当大幅度的自由量裁权。只要是橡皮筋能拉到的地方，都是合理合法的。辛万明心中说道，好你个狮王鞋业的刁老板，竟然去小赵县长那里告刁状。

当天下午，后沙镇狮王鞋业有限公司又收到了粤海县劳动局劳动执法大队的第二份执法通知书，上面除了要求狮王鞋业有限公司支付拖欠工人的工资和工伤赔偿款一百一十三点六七万元外，还要支付十万五千三百六十三点八五元的利息。同时，针对狮王鞋业有限公司存在使用童工的情况，给予罚款五万元的处罚。

接到第二份执法通知之后，狮王鞋业有限公司老板黄世仁几乎要昏厥过去，经过女秘书捶胸挠背的抢救，总算是缓过一口气来。他立即开车赶到海州市，到了表侄子张晓强家里，一顿跺足捶胸的干嚎，说没请表侄子说情之前只需要出一百一十三万元就可以了，现在经过表侄子出面帮忙说情，反而要多拿出十五六万来，天底下哪有这样的道理？

张晓强面红耳赤，不知道该对表叔怎么解释。他做梦也没有想到，粤海县的年轻县长赵长风会这样摆他一道，听了他的说情电话之后，非但没有减轻处罚，反而加重了处罚。这一下子让他在表叔面前把脸都丢尽了。但是张晓强此时根本没有办法向表叔解释，他被表叔嚎得心烦意乱，实在不想听下去，于是就怒气冲冲地走进卧室，打开保险柜，拿出表叔送给他的一斤重的九九金金牛，扔到表叔面前，喝道：“嚎什么？这只金牛你拿回去，以后就当没有我这门亲戚！”

表叔迟疑了一下，咬了咬牙，把金牛包起来，转身就走。

张晓强望着表叔的背影，咬牙切齿地自语道：“赵长风，不识抬举的东西!”

世上没有不透风的墙。当天晚上，海州市财政局国库科科长张晓强在赵长风面前吃瘪的事就传得满城皆知。

粤海县石湾镇东湖别墅一号。

县委办主任解运来坐在沙发上，向县委书记卫建国汇报着赵长风和张晓强之间发生的事。其内容之详细，即使是赵长风和张晓强两个当事人也未必能够了解得如此清楚。卫建国表面上看起来只是一个挂名的一把手，但是私底下通过心腹解运来还是在粤海县培植了一股不容忽视的势力。

“呵呵，这个张晓强，不是自找不痛快吗?”听完汇报后，卫建国笑着摇头，“国库科科长是了不起，但是再了不起的科长也只是一个科长。赵长风是堂堂的县长啊，张晓强求赵长风办事，最起码要亲自上门拜访才显得尊重，是不是?”

“是啊，大忌啊！求人办事还这么嚣张。我看张晓强是平时被那些部委局办的一把手给惯出来的，飞扬跋扈惯了，遇到什么问题，总是一个电话就搞定。可惜这次遇到的不是别的县长，而是小赵县长啊。”解运来附和道，“张晓强也不想一想，当初赵长风在医院住院时，连苗市长亲自去问候他都洋洋地爱答不理的，更别说张晓强一个小小的财政局国库科科长了。”

卫建国似笑非笑地听着，没有说话。解运来是下属，可以议论顶头上司苗晓市长。但是以卫建国的身份，就不能胡乱接这样的话茬。

解运来把身子往卫建国这边挪了一挪，头探向卫建国，放低了声音说:“卫书记，我有点想不通啊。”

卫建国瞟了解运来一眼:“想不通什么?”

“刚则易折。”解运来说，“虽然说小赵县长背景不一般，但是他一直这么强势，岂不是里外树敌、四面楚歌吗?这样下去，小赵县长还怎么在粤海县开展工作?”

卫建国轻轻“哦”了一声，没有说话，头靠在沙发上，眼睛望向天花板，显然是在思索。过了片刻，卫建国嘴角露出一抹微笑，说道:“这件事情绝非表面上看起来那么简单啊。”他声音极轻，像是自语，又像是向解运来解释。

解运来听了卫建国的话，没有继续发问，也低头沉思起来：这小赵县长葫芦里究竟卖的是什么药呢？

粤海县后沙镇，海上皇宫，县委副书记钱云枫在后沙镇镇委书记宣天荣、镇委副书记魏万壑等一干官员的簇拥下，迈进了装饰极尽奢华的至尊包间。

伺候着钱云枫坐定之后，宣天荣凑到钱云枫的面前，笑着请示道："钱书记，您看……"

"不忙。"钱云枫靠在软绵绵的真皮沙发上，微笑地看着宣天荣："先说一会儿话吧。"

"好好。"宣天荣转身冲海上皇宫的老板沙皮和大堂经理阿丽挥了挥手，"你们先出去。"

沙皮和阿丽连忙挂着讨好的笑容，欠身说道："钱书记、宣书记，我们就候在外面，有什么需要说一声，我们马上过来。"

沙皮和阿丽出去后，宣天荣看钱云枫还是靠在沙发上闭目养神，一点说话的意思都没有。他眼珠子一转，对魏万壑说："老魏，让沙皮再开个房间，你先带同志们过去热闹一下。"

魏万壑心里当然不情愿放弃这能和钱书记多亲近一会儿的机会，可是嘴上回答得却毫不含糊，立即招呼着其他人随他一起出去。

偌大的包间顿时显得空空荡荡的，只剩下钱云枫和宣天荣两个人。

宣天荣这才搬过了一个圆礅，坐在钱云枫跟前，轻声叫道："钱书记。"

钱云枫这才睁开了眼睛，故作惊讶地打量了一下周围，问道："他们人呢？"

"哦，他们怕吵到您，先到隔壁房间热闹去了。"宣天荣说。

钱云枫摆了摆手说："没有必要。"

宣天荣说："钱书记，他们出去了也好，我正好有很多话要向钱书记汇报。"

"哦？"钱云枫摸出一盒烟扔到桌面上，"来，抽支烟。"

宣天荣也不客气，熟练地撕开烟盒，敬了钱云枫一根，拿起打火机为钱云枫点上，然后才给自己点上一根，一边抽烟，一边向钱云枫诉苦。

“钱书记，我真不明白，赵县长这样搞究竟是为了什么。”宣天荣愤愤不平地说，“后沙镇就是靠制鞋业起家的，现在可倒好，后沙镇百分之八十的制鞋企业都接到了整改通知书，百分之三十的企业还被勒令停产整改。现在后沙镇的企业老板们群情激昂，他们都闹到镇委来了，说如果再这样下去，他们要全体搬迁，离开粤海县，到外地去发展。”

钱云枫微微一笑道：“老宣，赵县长这样做也是为粤海县长远考虑嘛。只有抓好了环保和劳工权益保护，才能给粤海企业创造一个更优良的发展空间嘛。”

宣天荣倒是没有想到钱云枫会唱高调，他略微迟疑了一下，继续说：“钱书记，抓环保和抓劳工权益保护的出发点是好，我也不反对。但是也要讲个循序渐进吧？像赵县长目前这样的搞法，简直是要把这些企业往绝路上逼啊。粤海县其他地方我不好说，反正我们后沙镇就是靠这些制鞋企业才发展起来的，如果这些企业垮了，我们后沙镇的财政也全完了。”

钱云枫又轻笑了一下，用夹着烟的手虚点了两下宣天荣：“杞人忧天。我说老宣，赵县长都不怕，你怕什么？”

“赵县长他当然不怕了！”宣天荣显然不满足于钱云枫的安抚，他气哼哼地说，“赵县长是中原省交流过来的干部，如果把粤海县经济搞垮了，他拍拍屁股就可以走人。而我们呢，却是粤海县土生土长的干部，根就扎在粤海，哪里都跑不了。”

说到这里，宣天荣用力把烟在烟灰缸里掐灭，一脸恳切地望着钱云枫：“钱书记，您是我们粤海县干部的主心骨，可一定要想个办法啊！不能眼睁睁地看着粤海县这十几年攒起来的家底都被赵长风败光啊！到最后赵长风走了，出面收拾粤海县烂摊子不是还需要钱书记您吗？”

钱云枫心想，这个老宣嘴上倒是说得好听，好像自己全是为粤海县、为粤海县人民考虑一样。可是谁还不明白老宣你心底那一些小九九？你在后沙镇入股的七家制鞋企业在这次环保和劳动执法行动中被关停了五家，自然是对主导这两大行动的赵长风很是不满了。

不过这些话钱云枫当然不会揭破。宣天荣虽然有自己的小九九，但是他有一个好处，只要是钱云枫交代下来的事情，他从来都是不折不扣地去完成，是钱云枫的铁杆心腹之一。钱云枫用人的原则向来就是不怕下边的人有自己的小算盘小九九，人的天性都是追逐利益的，无可厚非。关键是看这个人听不听话，是不是能够不折不扣地执行自己的意图。只要能够做到这一点，即使这个干部有再大的缺点，钱云枫照用不误！

钱云枫等宣天荣说完，轻轻摆了摆手道："收拾粤海的烂摊子也轮不到我啊。有卫书记、有段书记呢！"

"哼！"宣天荣哼了一声，愤愤地说，"钱书记，当着你的面，我也不怕说段书记和卫书记的不是。他们两个一个是鼠目寸光，只盯着自己小集团的芝麻大大点的利益，一个是外地过来的干部，根本缺乏在粤海县长久扎根的准备，让我们粤海县本地干部如何信任他？在我们粤海县大多数本地干部心目中，除了钱书记，粤海县谁都领不起来！也不知道上边是怎么想的，放着钱书记这么优秀的本地领导不用，愣是把赵长风这么一个胡折腾的县长调了过来。"

钱云枫听了心里很受用，但是却板着面孔严肃地说："老宣，你这样说可就不对了！上级领导有他们的通盘考虑，岂能是我们胡乱揣测的？下次不要在我面前说这些话了！"

"是，是，我错了。"宣天荣说，"可是钱书记，我真的是为您叫屈啊！"

"打住！"钱云枫叫道，他瞪了宣天荣一眼，随即面色缓和了下来，哭笑不得地说，"老宣啊，你这臭脾气，让我怎么说你呢！"

宣天荣梗着脖子不说话。

钱云枫看着宣天荣，忽然问道："老宣，听说赵县长明天要来后沙镇调研？"

宣天荣撇了撇嘴，神情不屑地说："是啊，赵大县长是要过来。"

钱云枫就笑了笑，意味深长地说："老宣啊，赵县长来后沙镇，你们一定要认真做好接待工作，千万不能疏忽，更不能出什么岔子，让赵县长下不来台。不然让我知道了，可饶不了你。"

宣天荣听出了钱云枫的言外之意，转念之间，一个恶毒的主意在他心里冒了出来，他立即笑着回答道："钱书记，您放心，我们明天一定会认真接待赵县长，保证让赵县长满意，让您满意！"

九月十三日早上七点整，方忠海准时把车开到玫瑰苑小区三号楼下，粤海县政府办主任莫日根就住在这栋楼里。

方忠海是十一日下午到达粤海县的，当天下午就到县政府办好了手续。赵长风本来给方忠海放了两天的假，一是方忠海需要时间安顿下来，二来也是让他熟悉一下粤海县的情况。可是方忠海只是简单安顿了一下，昨天就让政府办小车班的机动司机李师傅开着车带他在粤海县兜了两圈。方忠海是特种兵出身，对着道路地形有着特别的记忆力，这两圈下来，他经过的粤海县大大小小的道路都牢牢地印在他脑海里了。回来之后，方忠海就立刻向莫日根主任提出要求，要立即上班。莫日根征求了赵长风的意见后，让方忠海十三日上午正式上班，担任赵长风的专职司机。

昨天晚上方忠海特意开车送莫日根回家，认准了莫日根的家门。今天他到了三号楼下，停好车，乘坐电梯来到八楼，按响了八零一的门铃。

莫日根其实早就在窗户里看到方忠海开车过来了，他有意在房间里等候一下，看方忠海是打电话过来，还是鸣几下汽笛。莫日根认为，既然方忠海是小赵县长亲自点名从中原省调过来的，肯定是小赵县长的心腹铁杆。一般来说，领导身边这样的人物从来眼睛里只装着领导，对其他人是视而不见的。莫日根虽然是政府办主任，是方忠海的领导，但是在他内心深处并没有期望方忠海能够真正尊重他。莫日根没有想到，方忠海竟然会亲自跑上楼来请他下去，看来这个小方年龄虽然不大，但是人情世故的经验却一点不少啊。

接上莫日根之后，方忠海就往县委招待所开去。莫日根坐在副驾驶的位置上，笑呵呵地和方忠海拉着家常，询问的尽是一些琐碎的小事，比如方忠海房间里的空调制冷效果如何了，电热水器管不管用了。方忠海微笑着表示感谢，昨天他就听行政科里的人说，整个政府办小车班司机中就属他的住宿条件最好，显然这都是莫日根主任特意的安排。

七点十五分二号车准时来到市委招待所，莫日根上去把赵长风请下来，方忠海见到赵长风迈出楼门口，立刻并拢双脚，利落地喊了一声“县长早!”

赵长风微笑着点了点头，很满意方忠海的精神面貌。方忠海到了，他身边终于有了一个可以完全信任的人了。

方忠海的车开得又快又稳，七点三十分，赵长风准时抵达办公室。简单处理一下公文，又看了一下当天的报纸，已经是八点半了。莫日根过办公室来请赵长风出发，到后沙镇去调研。

在路上，莫日根委婉地提醒赵长风，后沙镇是这次环保执法和劳动执法行动的重灾区，后沙镇党委书记宣天荣又和县委副书记钱云枫走得很近，这次过去调研可一定多加注意。

赵长风微微点头，对莫日根的表现还比较满意。经过一周多的磨合，莫日根的表现越来越像真正的大管家了。赵长风心想，只要再经过一段时间考验，如果莫日根没有什么问题，那就把他收到身边，当成自己人放心地去使用。

其实对于莫日根提醒的问题，赵长风内心也是有所警惕的。他在粤海县闹出这么大的动静，不会不引起粤海县本地干部势力的反弹。虽然前面去的地方都还顺利，但越是这样，越说明后面很可能要发生问题啊。

车驶进了后沙镇政府大院，只见办公大楼前面站着二十多号人，为首的正是后沙镇党委书记宣天荣和后沙镇镇长王度成，在他们身后，是后沙镇党委、政府、人大、政协四套班子的人马。

宣天荣和王度成见赵长风的车子到了，就满面笑容地迎了过去，在他们身后的后沙镇的干部们亦步亦趋地围了过去。

“欢迎县长到后沙镇视察工作!”宣天荣老远就伸出双手。

赵长风伸出右手轻轻和宣天荣一握，笑着说：“没有给同志们添麻烦就好。”然后又和镇长王度成握在了一起。

莫日根在赵长风身后紧张地观察着宣天荣和王度成的表情，没有发现他们有什么异样，心想，莫非是一向霸道的宣天荣也忌惮小赵县长的背景和凌厉的工作作风，收敛了起来?

进了会议室，大家坐定，镇长王度成按照一贯的套路对后沙镇的工作进行了汇报，内容涵盖了国民生产总值、镇财政收入、社会治安综合治理等等，林林总总，汇报了两个多小时。

赵长风脸上挂着微笑，静静地听着，他本来对这些的枯燥的数字就不大感兴趣，更何况这些枯燥的数据中又包含了多少对环境的破坏和对农民工的压榨？这种涸泽而渔式的发展迟早是要出问题的。

等王度成汇报完毕，主持会议的镇党委书记宣天荣就说：“下面欢迎县长为我们作重要指示，让我们以热烈的掌声表示欢迎！”

后沙镇四套班子成员像是小学生听到老师的号令一般立刻鼓起掌来。

赵长风简单发表了一些讲话，对后沙镇镇委、镇政府的工作进行了肯定。这也是一贯套路，赵长风除了视察旅游局的时候严厉批评之外，到其他地方视察还是按照官场上通用的惯例，以表扬肯定为主。

赵长风讲话结束后，宣天荣立即说道：“县长的指示很及时也很重要，我们后沙镇全体党政干部一定要牢记县长的指示，认真学习、努力工作，争取使后沙镇的经济发展和社会进步都迈上新的台阶。”

宣天荣的话音刚落，一个声音就响了起来：“县长，我想向您提几条意见，不知道可不可以？”

大家的目光看过去，发现提意见的是后沙镇党委副书记魏万壑，这可是后沙镇有名的一门大炮啊！

“你说。”赵长风冲魏万壑微微一笑，做了一个手势。

“县长，我对咱们县环保局和劳动局两个部门近段时间的一些做法想不通。”魏万壑愤愤不平地说，“大家都知道，我们后沙镇的支柱产业就是制鞋业，后沙镇经济总量的百分之七十和财政收入的百分之八十都是制鞋企业贡献的。可以说，没有后沙镇这大大小小一百多家制鞋企业就没有后沙镇的今天。可是环保局和劳动局最近展开的环保执法和劳动执法行动却对后沙镇这一百多家制鞋企业造成了严重的干扰，目前后沙镇百分之八十的企业都无法正常经营……”

“老魏，你这是干什么？”宣天荣见魏万壑说得差不多了，“适时”地插了进来，打断魏万壑的发言，“简直太不像话了！会后一定要好好反省反省！”然后他扭头冲赵长风抱歉地说：“县长，请您严厉地批评我吧，我是班子的班长，没有教育好班子的成员。”

“宣书记，我看没有什么，魏万壑同志做得很好嘛，有问题就提，没有什么不对的。”赵长风慢条斯理地点燃一根烟，这才微笑着扫视了会场一周，气定神闲地说：“谁还有意见，可以一起提出来嘛。”

可以说赵长风的反应出乎魏万壑和宣天荣的预料，也出乎会场所有后沙镇领导干部的预料。他们没有想到，年轻的小赵县长竟然有如此强大的涵养功夫，听了魏万壑的发言还能保持如此气度，真是让人意外啊。这魏万壑的发言表面上说的是劳动局和环保局，可实际上却是针对赵长风，劳动局和环保局正是执行赵长风制定的政策啊。

会场上所有的干部都低下了头，不敢接触赵长风的目光。如果赵长风听了魏万壑的责难暴跳如雷并不可怕，可怕的是小赵县长面对魏万壑的发难竟然能如此冷静。这说明小赵县长一定是成竹在胸，才如此有恃无恐。

“没有其他意见了吗？那好，我就针对魏万壑同志的意见简单说一下我的看法。”赵长风伸手在烟灰缸里轻轻掸了掸烟灰，“在谈我的看法之前，我先问魏万壑同志几个问题。”

说着赵长风的目光望向魏万壑，微笑着说：“魏万壑同志，你能回答我几个问题吗？”

魏万壑在后沙镇党委分管党群工作，是党委书记宣天荣控制后沙镇的得力臂膀。今天在会议上发难，就是宣天荣布置给他的一项光荣任务。魏万壑常常自诩为是经得起风浪的人，用粤海话说，就是神经非常大条。可是他今天跳出来发难后，迎接他的不是预想之中的狂风骤雨，而是和风细雨，魏万壑心中就有些发虚。他知道小赵县长并不是他们推想的那种毫无经验的政坛新手，一时间就不知道该如何是好，低下头来不敢看赵长风。此时听到赵长风问话，魏万壑心里更是打鼓，却不得不抬起头，做出一副豪爽的样子说：“县长，您问吧。”

赵长风淡淡一笑，问道：“魏万壑同志，你的家在什么地方？”

魏万壑心想，莫非赵长风是弄清楚我住在哪里，看我住的房子和自己的经济收入是否相称？想借此暗示我是否受了制鞋企业的贿赂？

想到这里，魏万壑就说：“我的家在石湾镇曲江苑，同志们都知道的。”

赵长风把玩着打火机，不动声色地继续问道：“你在曲江苑住了多久了？”

“八年多了吧。”魏万壑说，“我八年前就在曲江苑买了房子，搬过去住了。”

“你是哪里人？”赵长风又问道。

魏万壑越听赵长风的问话越是莫名其妙，不知道年轻的县长问这些简单的问题究竟是要干什么，可是嘴上还得回答："土生土长的后沙镇人，后沙镇坎门村的。"

"啪"地一声，赵长风把打火机扣在了桌面上，发出一声脆响，仿佛击打在魏万壑心上，让魏万壑猛地一哆嗦。

"呵呵，魏万壑同志是土生土长的后沙镇人，却在八年多之前就到石湾镇买了房子，住在了石湾。"赵长风脸上挂着笑，可是声音中透着一股特别的严厉，"如果我没有记错的话，后沙镇的制鞋企业是十年前才兴盛起来的。而后沙镇制鞋企业兴盛了一年多之后，魏万壑同志就搬到了石湾镇居住。"

魏万壑脸色发白，听到现在，他才知道小赵县长刚才看似啰唆的问话是什么意思。

"我还想问一问在座的后沙镇所有领导干部，"赵长风声音不高，但是却异常清晰，"谁的老婆孩子目前还住在后沙镇的，请举手。"

这句话像是一把重锤，重重地击打在宣天荣等后沙镇所有领导干部的心头，他们都低下了头，不敢直视赵长风的目光。会场上一片沉寂，只有副镇长张军生缓缓地举起了他的手。

"不错嘛，还没有全军覆没！"赵长风说，"还有一个领导的家属住在后沙镇。"他端起茶杯润了一下喉咙，对魏万壑说："魏万壑同志，我现在能够回答你的问题了。既然后沙镇经济发展那么好，制鞋企业对后沙镇那么重要，你们这些领导干部为什么带着家属都搬到了别的地方？你们知道爱惜自己、爱惜自己的亲人，难道后沙镇的老百姓就不知道爱惜自己、爱惜自己的亲人吗？可惜的是，他们不能够像你们一样，可以把家搬到别的地方。

"不错，现在后沙镇经济是发展了，可是付出了什么样的代价？号称粤海第一美景的银月湾现在成了什么样子？"赵长风的目光依次从会场上每一个面孔上滑过，"按照目前的模式走下去，即使后沙镇经济成为全海州第一镇、全粤东第一镇，对后沙镇的老百姓又有什么意义？当家乡成为一座死寂的城市，要那么多第一又有什么意义？"

会议室内鸦雀无声，每个人都在低头想着自己的心事。莫日根心中对小赵县长的看法又进了一层。他对后沙镇副书记魏万鏊的大炮脾气非常了解，当初前任县长王山川就是在后沙镇的会议上被魏万鏊轰得下不来台，当场拂袖而去，成为了粤海县官场上的笑谈。没想到这么一门重炮被小赵县长几句举重若轻的问话就问成哑巴了，真是让人大开眼界啊！

宣天荣垂下目光，虽然惊讶赵长风高超的应变能力和手腕，但是却并不沮丧，因为让魏万鏊在会场上发炮只是宣天荣欢迎赵长风第一个节目，下面宣天荣还精心为小赵县长设计了不同的节目。小赵县长虽然过了第一关，但是后面还会不断地迎来“惊喜”。

“县长，您这一席话彻底解开了我们后沙镇全体干部心里的疙瘩！”不能让会议就这样冷场，宣天荣沉痛地说，“我们以前一直没有看清楚经济发展和环境保护之间的关系，让后沙镇付出了沉重的代价。今天听了您的讲话，我们彻底弄清楚了这个问题。经济发展和环境保护一定要齐头并进，那种以牺牲环境资源为代价发展经济的做法是短视的，是没有前途的。”

说到这里，宣天荣扭头向对面的镇长王度成说：“度成同志，我看是不是这样？会后我们专门组织一个班子，深入细致地研究一下县长的讲话，把县长今天的讲话精神吃准吃透。然后组织后沙镇全体干部深入学习县长的讲话精神，并把它贯彻到我们后沙镇今后的工作当中去！”

王度成立刻点头道：“我赞同宣书记的意见。县长的讲话高屋建瓴，为我们后沙镇今后的工作指明了方向，很有必要在全镇干部中间推广学习！”他心里却暗自后悔，这么好一个拍小赵县长马屁的机会被老宣这只老狐狸抢走了。

班子的一把手二把手都开了口，其他班子的成员自然不会错过这个机会，纷纷对赵长风大唱赞歌。被魏万鏊开炮破坏的气氛重新和谐而热烈起来。

眼看到会议结束的时间了，宣天荣凑到赵长风身边，诚恳地说：“县长，今天是您第一次视察后沙镇，我们后沙镇的同志们简单准备了一顿便宴，请您务必赏光。”

后沙镇是这次环保执法和劳动执法行动的重灾区，赵长风刚才又在会议上重重敲打了后沙镇的领导干部，现在自然要安抚一下，于是他点头道："盛情难却啊！好，那就尝一尝后沙镇的地方特色吧。"

宣天荣心中一喜，下一步计划要开始了！

酒宴设在丽城假日酒店二楼的小宴会厅，这是后沙镇最豪华的宾馆，单论硬件设施，不亚于县城石湾镇的石湾宾馆。

小宴会厅内摆了五张桌子，后沙镇四套班子的人马全部齐聚一堂，从接待规格上来看，确实是相当隆重，足见后沙镇对小赵县长下来调研之重视。

赵长风坐在正中间桌子的上首，在他左边，是后沙镇党委书记宣天荣，右边则是政府办主任莫日根，然后是镇长王度成，其后就是副书记副镇长，包括后沙镇人大主席团主席、后沙镇联工委主席都坐在这一桌。其余人等，在四周四张桌子上就座。方忠海坐在左边的一张桌子南边，和赵长风的位置只有几步之遥，时刻关注着赵长风这边的情况。

赵长风坐定后，宣天荣殷勤地探过身来，笑着说："县长，刚才同志们说了，第一次和县长吃饭，怎么着也要喝点酒啊。"

赵长风沉吟一下，说道："那就少来一点，不要影响下午的工作。"

"是是是，只喝一点，是个意思。"宣天荣口中答应着，心中却暗道，这一喝起来可就由不得小赵县长你了。他又请示道，"县长，不知道您喜欢喝哪种酒？"

莫日根在一旁插言道："老宣，上五粮液吧，度数低一些。县长身体不大舒服，这些日子天天喝酒呢！"

宣天荣心中更是欢喜，要的就是天天喝酒的效果。说着他吩咐恭候在一旁的餐厅经理："去，拿十年的五粮液过来，每桌两瓶。"

餐厅经理应了一声，一路小跑出去。不大一会儿工夫，他亲自把酒拿了过来，一旁的服务小姐刚想接过来，餐厅经理狠狠瞪了她一眼，说道："上菜去。"然后把酒从盒中抽出来，准备斟酒。

宣天荣却站了起来，一把从餐厅经理手中夺过了酒瓶，说道："我来！"然后打开酒瓶，亲自为赵长风斟上了酒。王度成就说："宣书记，让我来吧。"他把酒瓶又接了过去，替莫日根主任斟上。然后副书记魏万壑又从王度成手中接过酒瓶，为宣天荣和王度成斟上，然后又被下一个人抢了过去。就这样倒了若干次手，桌上每个人的酒杯中才倒满了酒。

至于其他酒桌，则是服务员把酒送上，规矩也没有中间这一桌这么分明，早早地就斟满了酒杯。

宣天荣率先站了起来，双手捧着酒杯，恭敬地说："县长，您今天做的指示对我镇今后的工作，具有重大的指导意义和现实意义，实在是太及时了！我相信，全镇干部职工在您的鼓舞下，必将取得新的、更大的成绩。这杯酒，不是我敬您的，代表了后沙镇全体干部职工的一片心意，您随意，我干了！"

"宣书记，以后还希望你多多支持我的工作啊！"赵长风单手举起酒杯。

宣天荣连忙哈下身子，伸过双手，用杯口碰了一下赵长风的杯底，口中说道："县长，您放心，我们后沙镇全体干部职工一定全力支持您的工作。"说着一仰脖，杯中的酒已经一滴不剩。

不管是真心还是假意，总之宣天荣这个当部下的给足了赵长风面子，赵长风自然也要适当表示一下，他也举起酒杯，一饮而尽。

"好！县长和宣书记都是好酒量！"见宣天荣这么快就和小赵县长攀上了交情，镇长王度成明明心中嫉妒得要死，偏偏嘴里大叫一声好，率先鼓起掌来，一时间掌声雷动。

等宣天荣坐下之后，王度成就迫不及待地端起酒杯站了起来，他脸上堆着比宣天荣多一倍的笑意，身子哈下的角度比宣天荣又下降了十度："县长，我是个粗人，不会说话。漂亮话就不说了，以后老王这个人怎么样，请县长您看我的实际行动吧！"话语间隐约在映射镇党委书记宣天荣是一个只会说漂亮话的人。

不待赵长风反应，王度成已经仰脖把杯中酒喝完，然后扭头对服务员说道："拿大杯来！"

服务员连忙取了一只玻璃杯放到王度成面前，王度成拧开那瓶没有开封的五粮液，咚咚咚地倒满了一玻璃杯，足足有三两多。王度成倒满了酒，双手举起玻璃杯对赵长风说："县长，我敬您一杯，您随意，我喝完。"说着和赵长风的酒杯一碰，扬起头来，喉咙动了几下，竟然一口气把三两多白酒全部喝完。

"唉，老王，让我怎么说你呢？"赵长风无奈地摇了摇头，把第二杯酒也一口干完。

王度成一口气喝了三两多白酒，胃里灼热，喉咙里一股热气上涌，但是当他听到赵长风对他的称呼从“王镇长”变成了“老王”，顿时浑身舒畅，整个人仿佛都飘在云端。

宣天荣当然听出了王度成话里话外对他的讽刺挖苦，但是此刻他的重心已经不在自己身上，而在赵长风身上。王度成挖苦他不要紧，只要能让赵长风喝酒，宣天荣就高兴。

党政一把手都带了头，其他人自然不会错过这个机会，个个都想端起杯子往小赵县长跟前凑，以图给小赵县长留下一个深刻的印象。

莫日根一看不好，今天后沙镇这里有四五十个人，要是每个人敬赵县长一杯酒，赵县长能受得了吗？他站起来就想替赵长风挡酒，那边宣天荣却举着酒杯一把拉住了莫日根：“莫主任，你好久没有到后沙镇来了，是不是对老兄我有意见？来，我今天自罚三杯，向莫主任赔罪。”

赵长风今天到后沙镇来是抱着安抚军心的目的。无论环境保护和劳动监察出发点多么正确，但是毕竟眼下对以制鞋业为支柱的后沙镇造成了严重影响，如果再不安抚一下后沙镇这些领导干部，这些领导干部真可能要尥蹶子。

正是基于这样的心理，赵长风对后沙镇领导干部的敬酒几乎是来者不拒。莫日根被宣天荣等几个干部缠得死死的，一时脱不开身，他就给旁边桌子上的方忠海使眼色，让方忠海去替赵长风挡酒。可是方忠海明明看见了莫日根的眼色，偏偏坐在那里装聋作哑，没有丝毫上去替赵长风挡酒的意思。

赵长风这十来天下去蹲点调研，虽然也都留下了喝酒，但是多半都是意思一下，从没有像今天这样疯狂，被一群大小不等的干部举着酒杯围了起来。赵长风开始还是一干到底，后来都是举着酒杯意思一下，沾唇就算，即使这样，他也喝下了不少酒。

忽然，后沙镇分管党群的副书记魏万鳌端着一个托盘挤了过来，托盘里里面放了三只玻璃杯，他当场打开一瓶五粮液，把三只玻璃杯倒满，正好分完一瓶酒。然后他沉痛地对赵长风说：“县长，我今天太莽撞了，对不起您。我向您赔罪！”说着举起一只酒杯仰脖灌了下去。

赵长风微笑地看着魏万壑，也不阻拦。

魏万壑喝完第一杯酒，见赵长风没有说话，二话不说，又端起了第二杯酒往喉咙里灌。比起第一杯酒，第二杯酒喝得就有些艰难。他喝完之后，用手抹了一下嘴角的酒渍，就要去端第三杯酒。

“好了，你这是干什么呢？”赵长风伸出手阻拦道，“万壑同志，我在会上不是说了嘛，有意见尽管提，提出来就好嘛。”

“县长，这么说你不怪罪我了？”魏万壑停下来抬头看着赵长风。

赵长风笑了一下，说：“本来就是会议上的正常的程序，有什么可怪罪的？”

魏万壑一听，立刻取来一只玻璃杯放到赵长风面前，伸手往玻璃杯中倒满了酒，双手把这杯酒捧到赵长风面前：“县长，您如果真的原谅我了，就允许我敬您这一杯酒吧。”

赵长风愣了一下，看着面前的魏万壑，心想哪有让领导这样喝酒的？这不是摆明了要把我灌醉吗？他用目光扫了一下，发现那边宣天荣正在和莫日根纠缠。赵长风笑了一下，原来今天这酒宴竟然是鸿门宴啊。也罢，就让你们发泄一下吧。关了你们那么多厂子，我也该多喝一点酒了。

“万壑同志，你这不是强人所难吗？”赵长风苦笑着摇了摇头，从魏万壑手中接过酒杯说，“来，咱们就干了！”

魏万壑大喜，连忙端起剩下的一杯酒，和赵长风重重碰了一下，然后仰着脖子一口气喝完，等他放下酒杯，却见赵长风横举着杯子把杯底亮给他呢。原来小赵县长早已经喝完了。

莫日根在那边看到了，大惊失色，他顾不得理会宣天荣的纠缠，伸手拨开宣天荣，快步走了过来。

“县长，您下午不是还要接待省里下来的客人吗？”莫日根凑到赵长风的身边说道。

赵长风知道莫日根想为他解围，但是他已经喝了这么多了，这时候再撤，岂不是半途而废？更重要的是，赵长风和其他人不一样，他对酒精没有反应，喝多少酒都跟喝水一样。有怎么都不醉的体质，他还害怕后沙镇的干部围攻吗？

“老莫，你安排县里其他人先陪着。”赵长风拍了拍莫日根的肩膀，亲切地说道，“你告诉他们，我正在下边处理工作，晚上才能赶回去。”

听到“老莫”两个字，莫日根心中一暖，知道小赵县长终于了解他的良苦用心了。虽然最后没有采纳他的意见，但是这对莫日根来说并不重要，重要的是要让领导知道，他是一心为领导考虑的。

莫日根摸出电话，走了出去，假装去打那个子虚乌有的电话。

后沙镇的领导都围在赵长风身边，这时候听说赵长风推了省里下来的客人，留在这里陪他们喝酒，心中也是感动，争先恐后地举起酒杯向赵长风敬酒。

宣天荣举着酒杯站在人群之中，看副手们如此懂得“配合”他的计划，不由得心中窃喜，这么多人围攻，赵长风岂能不醉？如果赵长风醉了……

宣天荣心里正在打着小算盘，忽然一只手从后面伸过来轻轻在他肩膀上拍了拍，宣天荣不由得心中愠怒，谁这么没有礼貌，竟然敢随便拍他的肩膀？他扭头一看，却见身后站着一个精干的年轻人，手里举着酒杯，笑眯眯地看着他，正是赵长风的小车司机方忠海。

“宣书记，”方忠海嘴里吐着酒气，一把拉住了宣天荣的胳膊，“来，兄弟我敬你一杯。”

原来方忠海在那边看着后沙镇那么多干部端着酒杯围攻赵长风，他心中很是不平。当然，方忠海知道赵长风的酒量，当初在黄金地质公园，他一个人对着方忠海特种部队的八个战友拼酒，最后这八个特种部队的精英个个都醉成了一摊泥，赵长风依旧步履稳健，谈笑风生，跟没事人似的。方忠海可是知道自己这八个战友的酒量，特种兵体质好，个个白酒都能喝一斤半以上，可是最后却被一比八全部干倒，赵长风的酒量究竟是什么概念呢？

当方忠海看到这些后沙镇的干部举着酒杯往赵长风面前凑的时候，心中只泛起一个念头，就是找死，这些人纯粹是倒霉催的，所以他才会装傻充愣，对莫日根的眼色视而不见。

可是看赵长风被这么多人围攻，方忠海内心还是很不平衡。尤其是当他看到后沙镇的一把手宣天荣混在人群中笑眯眯地看着赵长风一杯接一杯地和后沙镇干部碰杯的时候。

“哼！”方忠海心中说道，“好吧，你们灌我领导，我也要灌你们领导，看谁先醉。”

想到这里，方忠海就端起酒杯喝了一口酒，喝的时候手腕一抖，故意洒了一些白酒在衣服上。于是方忠海顿时浑身酒气，像一个喝多了的酒鬼。

见是县长的专车司机，宣天荣的恼怒就发作不起来，他笑着说：“方师傅，来，干杯。”说着举了举杯，就要仰头喝下去。

方忠海眼尖，一下子看到宣天荣杯中只有半杯酒。

“别别别，先别。”方忠海伸手拦住了宣天荣，“宣书记，你杯里的酒只有这么一点，让你喝了，显得我不够诚意。来，我给你加满。”说着一把抓住宣天荣的胳膊，像老鹰抓小鸡一般把他拉到旁边的酒桌上。

宣天荣也是一个强壮汉子，可是一把被方忠海抓住，竟然反抗不得，就那样乖乖地被方忠海拉了过去。宣天荣心中又是恼怒又是吃惊，他实在没有想到方忠海竟然会这么粗鲁，更没有想到，看着瘦瘦小小的方忠海竟然会有这么大的力气。

方忠海可不管宣天荣心里怎么想，他拿起酒瓶，为宣天荣加满了酒。

“这样才显得我有诚意嘛。”方忠海得意地笑着，举起了酒杯说，“宣书记，干杯！”

“多谢方师傅。”宣天荣故作大度地笑了笑，举起酒杯和方忠海碰了一下，仰头喝完，放下酒杯转身要走，却没有想到方忠海又一把抓住了他。

“宣书记，好事成双嘛。怎么能只喝一杯就走呢？来，再喝一杯。”方忠海又把酒倒满，举起酒杯望着宣天荣。

“对，好事成双。”宣天荣不想和方忠海纠缠，单手端起酒杯和方忠海一碰，一口喝完，对方忠海笑了笑，“方师傅，可以了吧？”说着又想走。

方忠海又伸手拦住了宣天荣：“宣书记，这怎么能行呢？怎么能光喝酒不吃菜呢？您坐下，吃两口菜啊。”说着让服务员拿了一双新筷子递给宣天荣。

宣天荣无可奈何地摇了摇头，坐了下来。宣天荣把桌子正中间的清蒸石斑鱼挪到宣天荣面前：“宣书记，吃鱼。我们中原人喜欢吃鱼，年年有余，图个吉利。”

这条石斑鱼还是完整的，没有人动过一筷子。宣天荣见方忠海满嘴酒气，直勾勾地盯着他，更是无奈，真是盛情难却啊，碰到这么一个活宝司机，他举起筷子象征性地在鱼身上夹了一筷子。

那边方忠海已经拿起两只玻璃杯，倒满了两大杯酒。

宣天荣吓了一跳，说道："方师傅，你这是干什么？"

方忠海说："陪宣书记喝酒啊！宣书记对我们领导这么客气，我作为领导的司机，自然要回报一下宣书记，礼尚往来啊！"

宣天荣连忙摆了摆手，说："方师傅，县长海量，我这一点酒量，怎么能和县长比呢？不行不行！"

正拉扯间，莫日根在外面打完那个子虚乌有的"电话"，回到小餐厅，看到方忠海和宣天荣拉拉扯扯的，就走了过来，问怎么回事。

宣天荣求助地看着莫日根，正要开口。

方忠海抢着说："莫主任，后沙镇的干部对县长这么热情，宣书记是后沙镇的一把手，我自然要替县长感谢一下宣书记，您说是不是？"

莫日根感到好笑，脸上却做出一副严肃的表情，点头道："小方，你做得很对，是应该好好替县长慰劳一下宣书记。"

宣天荣一下子就急了，他对莫日根说："莫主任，我还要招待县长，一会儿喝醉了怎么办呢？是不是啊？"一边说着一边不住地给莫日根递眼色。

莫日根心中暗爽，没想到宣天荣这么不可一世的家伙也有向自己说软话的一天啊。不管怎么着，也得给他一点面子不是？想到这里，莫日根就对方忠海说："小方，宣书记还要招待县长，你适可而止，意思到了就行。"

方忠海连连点头，对莫日根说："莫主任，我晓得了。"然后扭头对宣天荣说："宣书记，这样吧，既然莫主任都发话了，咱俩就简单一点，你陪我把这条鱼吃完，如何？"

宣天荣想了一下，陪着吃完一条石斑鱼，这个方忠海能玩出什么花样，最多不就是喝一杯酒吗？以自己的酒量，这三两三的白酒还是能顶得住的。

"好，感谢方师傅的体谅。"宣天荣点了点头，"那我就陪方师傅把这条鱼吃完。方师傅，你请。”宣天荣做了个手势。

“多谢多谢。”方忠海笑嘻嘻地拿起了筷子，在石斑鱼的鱼鳃上夹了一点肉放到宣天荣面前的碟子里，然后举起玻璃杯对宣天荣说道：“宣书记，给点面子吧！干了这一杯。”

宣天荣点头看了看碟中的一小块鱼鳃：哦，从鱼鳃上弄点肉，就要给点面子啊？但是前面话已经说出来了，他咬了咬牙，举起酒杯说：“方师傅真会说话。你是县长的司机，谁敢不给面子？”说着和方忠海酒杯一碰，仰起脖子一口气就把杯中的白酒喝完。

“痛快！”方忠海也一口气把杯中的酒喝完，竖起大拇指对宣天荣说，“宣书记真是好汉子！”

伸手取来酒瓶把两只玻璃杯加满，方忠海放下酒瓶了，对莫日根笑了一下，莫日根心领神会，立刻悄悄拉着旁边的服务员，让她再上几瓶五粮液。

“吃鱼，吃鱼。”方忠海拿起了筷子夹下了石斑鱼的一只眼睛，放在了宣天荣面前的碟子里。

宣天荣莫名其妙地看着碟子里的鱼眼，不知道方忠海要干什么。

“宣书记，小弟初来乍到，在粤海人生地不熟的，以后还希望宣书记能高看一眼。小弟敬您一杯。”方忠海一脸诚恳地端起了酒杯。

宣天荣这才明白是怎么回事。一只鱼眼就要喝一杯酒啊？可是方忠海话已经说到这里了，宣天荣能怎么办？他估计了一下自己的酒量，这一杯还能顶得住，赶快喝完，离开面前这个讨厌的家伙。

“方师傅跟着县长开车，前途无量，谁敢不高看一眼？”宣天荣举起酒杯，和方忠海重重一碰，仰头喝了下去。这一杯酒显然没有前面的一大杯酒顺，宣天荣分了几次才喝完。

“宣书记，够意思！”方忠海挪了挪凳子，挨近了宣天荣。那边莫日根不等方忠海动手，已经拧开了酒瓶盖，又把两只玻璃杯满上。

方忠海伸手拿起筷子，要去夹鱼。宣天荣吓了一跳，连忙伸手拦住方忠海：“方师傅，好了，好了，我不吃了。”

方忠海嘿嘿一笑道：“宣书记，刚才已经说好了，要把这条鱼吃完啊！”

宣天荣苦笑两声，他擦了一下头上的汗，心想，谁知道吃一条鱼能有这么多规矩呢。

方忠海伸手夹下石斑鱼的鱼翅放到宣天荣的碟子里，然后举起了酒杯："宣书记，小弟祝愿你今后飞黄腾达，青云直上！"

这杯酒宣天荣即使再不想喝也得喝了！粤东人喜欢吉利，说话都要讲究一个彩头，就好比以前的"金狮"领带，在粤东话里发音和"尽输"一样，一条领带也卖不出去。后来曾宪梓听取高人的意见，把"狮"按照英语单词中狮子的发音，把领带的品牌改成"金利来"，立刻大火大卖，最后卖出一个庞大的金利来服装帝国来。

现在，方忠海取鱼翅之意，祝宣天荣今后飞黄腾达、青云直上，正说中宣天荣的心思。作为一个粤东人，这样的好彩头当然是不能拒绝的。如果拒绝了，那是很不吉利、很触霉头的！所以宣天荣虽然已经有七八分醉意了，他咬了咬牙，还是端起了酒杯，对方忠海说："托方师傅吉言，希望方师傅也跟着县长越升越高。"

方忠海一笑，举起酒杯和宣天荣重重一碰，仰起脖把一大杯酒喝完。现在方忠海已经是一斤白酒下肚，虽然脸上有些潮红，嘴里有着浓浓的酒气，但是一双眼睛却清澈无比，这一斤白酒对他来说不算什么。

相比之下，宣天荣就惨了点，他端着那杯酒跟喝药一样，喝一口喘一下气。有几次宣天荣心里涌出不要再喝的念头，但是想到这样很晦气，就咬着牙继续喝了下去。最后这一杯酒喝完，宣天荣已经是双眼蒙眬，手脚开始不听使唤了。

方忠海暗笑，看看火候差不多，就把椅子又往宣天荣身边挪了一下，凑在宣天荣耳边说："宣书记，你真够意思啊！像你这样豪爽的粤东汉子还不多见呢！"

宣天荣心里还有几分清醒，但是舌头已经比平常大了一倍："不，不行了。方师傅，我要失陪一下。"

方忠海伸出手来往宣天荣肩膀上一压，宣天荣一点都动弹不得："宣书记，咱们的鱼还没有吃完呢！"说着用筷子夹了一块鱼唇放在宣天荣的碟子里，"宣书记，您以后飞黄腾达了，千万不要忘记兄弟。要记住咱们兄弟是唇齿相依啊，来，咱们兄弟干一杯！"然后又把玻璃杯塞到宣天荣手里。

莫日根在一旁看着心中暗笑，怪不得小赵县长坚持要把方忠海从中原省调到粤海县呢，这个小方还真不简单！一条鱼就能说出这么多道道来。弄一块鱼唇，就代表要“唇齿相依”了。今天宣天荣遇到小方，算是遇到克星了。

“唇、唇齿相依。”宣天荣摇了摇头，含混地说，“方师傅，不行了，今天就到这里吧。下次，下次老兄再陪你喝个痛快，行不行？”

“宣书记，你是看不起兄弟是不是？”方忠海的脸色就有点难看，“怎么了，飞黄腾达了，就不想和兄弟唇齿相依了吗？”

宣天荣酒气上涌，他想拍桌子，却瞥见了赵长风那边正被魏万壑拿着大玻璃杯灌酒。凭着内心的两分清明，宣天荣想起了他今天的计划。如果他现在不喝酒，免不了和方忠海闹开。这一闹，赵长风就不会再留在后沙镇了，赵长风都喝成这般模样了，如果此时走了，那宣天荣的心机不是都白费了吗？错过今天的机会，以后还想让赵长风这样喝酒，恐怕是再也没有机会了。

迷迷糊糊想到这里，宣天荣就压下了怒气，强笑着端起酒杯，说道：“方兄弟，说哪里话啊？来，咱们兄弟唇齿相依，干杯！”说着竟然是鼓起勇气，把这一大杯白酒也喝完了。

方忠海心中暗自佩服，这个老宣果然不是一般人，四杯白酒下来就快一斤四两了，他竟然还没有醉倒。怪不得人家说乡镇级干部是喝出来的，宣天荣能做到后沙镇党委书记，酒量果然非同一般。

心中想着，方忠海手上却没有怠慢，他拿起筷子又在石斑鱼肚子上夹了一块肉，放在宣天荣面前的碟子里，嘴里说道：“宣书记，咱们兄弟俩今天要推心置腹啊，来，我再敬你一杯。”

话说完之后，却见宣天荣一点反应都没有，正在迟疑，却见宣天荣猛然往桌上一趴，如雷般的鼾声响了起来。

方忠海嘴角露出一抹讥笑，还以为喝出来的乡镇干部有多厉害呢，原来不过如此而已。

莫日根笑着拍了拍方忠海的肩膀，说道：“小方，果然有两下子啊！县长把你调过来原来是要派大用场的。”

方忠海恭敬地说：“莫主任，您是我的领导，我如果太弱，岂不是丢您的面子？”言语间他把莫日根捧得高高的，给莫日根主任来了一次舒舒服服的心理按摩。

莫日根看到那边后沙镇的领导干部还在围着赵长风敬酒，他皱了皱眉头，走过去挤到赵长风身边，低声在他耳边说了几句。

赵长风兴致正高，听了莫日根的话，扭头往外面的桌子上望了望，就大声说道：“同志们，今天到此为止，好不好？咱们喝得不少了，看，你们宣书记都醉倒了呢！”

后沙镇的干部顺着赵长风的目光一看，这才看到宣天荣歪斜斜地趴在桌子上，嘴里流着哈喇子，鼾声如雷呢！

后沙镇党委办公室主任心中暗叫自己该死，光牢记领导的吩咐，要灌小赵县长酒，一时间竟然没有注意到领导。这么短的时间里，是谁把领导灌醉了呢？他连忙跑过去搀扶着宣天荣。

王度成看到宣天荣醉倒了，心中暗笑，老宣啊老宣，你真是不争气啊！关键时刻醉倒了，这不是就轮到我唱主角了吗？

“县长，上边给您安排好了房间，您休息一下吧？”王度成殷勤地说。

赵长风知道这饭后的余兴节目是少不了的，他略一沉吟，说道：“也好。”

见赵长风要走，办公室主任就摇晃着宣天荣的身子，低头在他耳边喊着：“宣书记，宣书记，酒宴结束了，县长要上去了。”

“啊，酒宴结束了？县、县长呢？”宣天荣迷迷糊糊地睁开眼睛。

“县长还在那边呢！”

“我，我要过去。”宣天荣强撑着要起来，办公室主任连忙把他拉起来，扶着他摇摇晃晃地来到赵长风面前。

“县，县长……”

赵长风看到一脸醉相的宣天荣，暗自摇头，嘴上却关切地问道：“天荣同志，怎么醉成这样啊？”然后他对王度成说：“快安排人送天荣同志回去休息。”

宣天荣摇晃着脑袋说：“县、县长，我不回去，不要紧，我稍微休息一下就好。”

王度成看宣天荣醉成这样，还不忘记在县长面前争宠，心中鄙夷，却顺着宣天荣的话说：“县长，上面房间多，宣书记可以到上面休息。”

赵长风点了点头，只要宣天荣能休息就行。

出了小餐厅，丽城假日酒店的张总经理已经恭候在外面，他殷勤地在前面带路，领着赵长风进了电梯。这时候就显出级别来了，能跟着赵长风上电梯的只是副书记、副镇长们。那些人大政协的官员都留在了小餐厅门口，眼巴巴地看着副书记副镇长们跟着小赵县长进了电梯，几乎把脖子都看酸了。

上到十八楼，王度成问张总经理道：“房间都安排好了？”

“安排好了，安排好了！”张总经理连连点头，“一八零八、一八零九两间总统套房都留着呢。”

于是王度成就按照后沙镇的惯例，把赵长风请进了一八零八房间。办公室主任扶着宣天荣要进一八零九休息，宣天荣却嘟嘟囔囔地不去，硬要跟着众人一起到一八零八房间。办公室主任无奈，只好把宣天荣扶进了一八零八，找了个单人沙发让宣天荣坐下。

王度成不理睬宣天荣，他“嘿嘿”地冲赵长风笑了两声，凑过来说道：“县长，镇里的几个同志的麻将瘾犯了，想让县长您教教他们打麻将呢！”

赵长风知道一定是这些节目，他笑了笑，说：“好啊，只是学费昂贵，到时候可别哭鼻子哦！”

后沙镇的领导都笑了起来，个个摇头道：“不怕不怕，能跟县长学习，交多少学费也值。”他们都见识过小赵县长的手腕。后沙镇派出所副所长钟爱民那么牛的人物，平时连宣天荣的账都不买，惹到了小赵县长，还不是立刻双开？

“好，既然不怕，那就上来吧。”赵长风往麻将桌后面一坐，对王度成说：“度成同志，你点将吧！”

王度成扭头看了看，说道：“魏书记、张镇长，你们两个今天向县长学一下牌技，好不好？”

魏万壑是党群副书记，后沙镇的三把手，虽然向赵长风开了炮，但是赵长风似乎没有怪罪他，王度成自然不能当这个恶人。张副镇长是王度成的心腹，这个亲近县长的机会不给自己人还能给别人吗？王度成自然举贤不避亲，官场上如此，麻将场上也是如此。

魏万壑和张镇长眉开眼笑，立刻坐到了麻将桌上，嘴里对赵长风说："县长，我俩可是聪明好学的好学生，您一定要教好啊！"

赵长风也笑道："我巴不得你们青出于蓝而胜于蓝呢！"

"宣书记，还有一个位子，您过去吧？"王度成故意对宣天荣说。回答他的却是宣天荣震耳欲聋的鼾声，短短几句话工夫，宣天荣又睡着了。

王度成强忍着心中的笑意，严肃地对办公室主任说："刘主任，宣书记醉得这么厉害，怎么还不让宣书记去休息？"

刘主任连忙点头道："好，好，我马上去。"

王副镇长和宣天荣走得很近，这时看没有机会和小赵县长一起打麻将，也连忙站了起来，和刘主任一起扶着宣天荣到隔壁一八零九房间休息。

这边王度成就当仁不让地坐到剩下的那个位置上，陪赵长风打起麻将来了。

王镇长和刘主任把宣天荣扶到一八零九房间，打开空调，为他盖上被子。见宣天荣鼾声如雷，两个人怕打扰他休息，就回到一八零八房间，看赵长风和王度成几个人打麻将。

不出意外，赵长风手气很旺，想要什么就上什么，想胡什么就胡什么。王度成、魏万壑和张镇长不停地把筹码往赵长风面前放。

打了一圈风之后，大家忽然听到隔壁传来一种奇怪的声音，隐隐约约像是女人的呻吟声。开始大家都没有注意，可是这呻吟声越来越大，这下所有人都听清楚了，这声音是从隔壁一八零九房间传来的。后沙镇的副书记、副镇长们互相望了望，脸上露出心照不宣的微笑。

刘主任却一边哭丧着脸偷看着赵长风的脸色，一边在心里说："老板啊，你这是干什么啊？小赵县长就在这里打麻将，你却昏天黑地干了起来，岂不是自找麻烦？"

赵长风眉头微微皱了皱，这丽城假日酒店究竟是个什么场所，隔壁住的是什么人？赵长风此时完全没有想到隔壁就是一八零九房间，后沙镇书记宣天荣正在隔壁休息。

又听了几声，赵长风心里恼火，他“啪”地一声打出一张八万，就要开口让人去把丽城假日酒店的老板叫来。正在此时，忽然听到外面传来一阵急促的脚步声，然后听到有人猛烈地敲打隔壁的房门，高声喊着“开门”，紧接着一声砰然巨响。

“怎么回事？出去看看！”赵长风把手中的麻将扣下，阴着脸起来往外走。这丽城假日酒店是怎么回事？不但是淫窝，还是土匪窝吗？有选这种地方招待领导休息的吗？

方忠海早就听到外面的动静，暗自警惕着，如果有什么意外就要保护领导。此时见赵长风起身往外走，他立刻冲到前面，保护着赵长风出了房门。

隔壁一八零九房间房门大开，门口站了两个警察，里面还传来吵嚷的声音。

“怎么回事？”赵长风威严地问了一声，起步就往一八零九房间走。这几个警察都是后沙镇派出所的，赵长风没有正式上任前就打过交道。此时他们见是小赵县长，顿时吓得噤若寒蝉，乖乖地让到一边。

房间里闪光灯闪个不停，两个记者举着闪光灯往床上照着，一个肥胖的裸体男子躺在床上，一个妖艳的裸体女子瑟瑟发抖地骑在这个男子身上。旁边还有两个警察目瞪口呆地看着床上的这一对男女。原来这个裸体男子正是后沙镇党委书记宣天荣。

只见宣天荣猛然把身上的裸体女子往旁边一掀，摇摇晃晃地站了起来，伸手在那个中年警察脸上抽了一巴掌：“捉老子的奸，王天法，你还想不想在粤海混了？”

这个王天法正是后沙镇派出所副指导员，他惊慌失措地对宣天荣解释道：“宣书记，不是，不是的，您听我解释！”

宣天荣反手又是一巴掌，打得王天法连连后退。

“宣天荣，你干什么？”赵长风喝了一声！

宣天荣猛然间听到赵长风的声音，浑身不由得一哆嗦，冷汗顿时流了出来，顿时清醒了几分。他抬头看了看两个抱着相机的记者，又看了看记者身后面色威严的赵长风，再看了看面前捂着脸的后沙镇派出所副指导员王天法，又扭头看到了床上瑟瑟发抖的裸体女子，一下子明白了自己的处境，怎么自己挖的坑自己掉进去了呢？

宣天荣面色苍白，说道：“县长，我该死，我喝醉了酒，什么都不知道。您大人大量，就原谅我这一回吧！”

赵长风厌恶地看着跪在地上的宣天荣，冷冷地扔下了一句话：“快起来吧！”就转身走了出去。

王天法看到小赵县长走了出去，立刻对两个记者喝道：“你们还不滚出去？”

两个记者面面相觑，不知道发生了什么事，他们今天到后沙镇派出所采访，听说有抓嫖行动，就跟了过来。谁知道这个嫖客看起来好像是个当官的。他怎么这么大胆，在粤海县县长眼皮底下嫖娼？

心中虽然有无数疑问，两个记者还是抱着照相机退了出去。王天法又让身边的那个年轻警察出去。

“宣书记，您快起来。”王天法顾不得脸上火辣辣的疼痛，他过去把跪倒在地上的宣天荣拉起来，扶坐在沙发上，又在床头取来宣天荣的衣服放在他的身边。

“王天法，老子今天就毁在你手里了！”宣天荣一边手忙脚乱地穿衣服，一边恶狠狠地说道。

“宣书记，误会，真的是天大的误会啊！”王天法哭丧着脸解释，“是局里接到有人举报，110 报警台亲自下的指令，让我们来丽城假日酒店一八零九抓嫖的。如果没有局里的命令，我们说什么都不会来啊！”

宣天荣黑着脸没有说话，他当然明白是怎么回事。那个报警电话，包括记者，都是他提前安排好的，在县局里也打了招呼，就是要到丽城假日酒店抓嫖。

按照宣天荣的计划，在酒宴上把赵长风灌醉，然后把赵长风弄到一八零九房间休息，提前预约好的小姐会准时进到一八零九房间。而十几分钟后，后沙镇派出所的民警就会接到县 110 指挥中心的电话赶来，海州市法制报社的两个记者又恰好到后沙镇派出所进行采访，他们会跟着过来。到时候人赃俱获。新任县长赵长风趁工作视察之机在酒店嫖娼，这个丑闻一闹出来，纵使赵长风背景强大，就是上面不把他调走，他在粤海县也颜面尽失，还有脸面对粤海县的干部群众吗？估计干不了多长时间，赵长风就会主动向上面要求调到别的地区去了。

这个计划天衣无缝，只是宣天荣没有想到，赵长风酒量会那么大，更没有想到他自己会被赵长风的小车司机灌醉，稀里糊涂地被送到一八零九房间休息，然后稀里糊涂地和小姐发生关系，又稀里糊涂地被后沙镇派出所的警察抓了个嫖娼现行！

这是应了一句老话：自掘坟墓啊！

当宣天荣看到赵长风被后沙镇干部围着敬酒的时候，以为他的计划就要实现了，以为赵长风就要落入他的圈套之中。当他认为已经看到隧道尽头的光明时，没有想到迎面而来的却是呼啸驶近的火车。

看到镇党委书记宣天荣丑恶而又狼狈的一幕，跟在赵长风身后的后沙镇领导们心中滋味各异：有人痛恨，有人惋惜，有人幸灾乐祸，有人如丧考妣。

王度成一脸惶急地搓着手跟在赵长风后面做检讨："县长，您看，今天这事闹的。宣书记他也是多喝了几杯……"

赵长风冷冷地横了王度成一眼，说道："多喝了几杯？王镇长，难道你们后沙镇的干部多喝了几杯都是这个样子？"

"没有，绝对没有！"王度成吓了一跳，慌忙表白道，"我们、我们……"

"好了，王镇长，我要回去接待省里的客人了，没工夫听你解释。"赵长风不耐烦地打断王度成的话，转身就走。

王度成愣了一下，连忙小跑着追了上去："县长，我送您。"

魏万壑和后沙镇的镇党委、镇政府的副职们也连忙跟了上去。魏万壑怎么想怎么觉得今天这事很邪门，这丽城假日酒店平时警察是从来不会过来查房的，怎么今天就会过来抓嫖呢？更何况第十八层根本不对普通游客开放。这说来，很可能是……魏万壑这一琢磨不要紧，身上顿时出了一身冷汗！

到了楼下，赵长风甚至没有和后沙镇的领导们握手，黑着脸上了车，扬长而去。

车刚驶出丽城假日酒店，莫日根忽然开口说道："县长，我觉得今天的事情蹊跷。"

赵长风没有说话，却盯着莫日根。莫日根被赵长风的目光盯得一紧，他硬着头皮继续说：“据我所知，丽城假日酒店是后沙镇唯一一家警察不去查房的酒店。”说到这里，莫日根适时地收拢了话头，下面的话不用说，小赵县长也会想明白的。

赵长风一下子明白了莫日根的意思。不错，这件事果然是很蹊跷啊。再联想起在酒宴上后沙镇的人轮番上阵敬酒的场面，赵长风暗自出了一身冷汗，如果不是他特殊的体质，那么很可能今天被警察抓个嫖娼现行的就是他，而不是宣天荣。

莫日根等了一等，又轻声对赵长风说道，“我把两个记者的胶卷全拿过来了。”说着他拿出两个胶卷盒子，向赵长风展示。这里面都是宣天荣嫖娼的精彩照片，有了这个在手，那就是铁证如山了，宣天荣怎么都抵赖不过去。莫日根既然分析出来是宣天荣要陷害小赵县长，自然也会想到小赵县长不会放过宣天荣，所以竟然趁着混乱从两个记者手中把胶卷要了过来。

赵长风微笑起来，有老莫这个心思缜密的部下在身边，确实可以省不少心呢！他伸出手亲热地拍了拍莫日根的胳膊：“老莫是个好同志啊!!”

一股电流顺着莫日根的胳膊绵延而上，到了肩膀处猛然一拐，直接撞向莫日根的心脏。一种幸福感从莫日根的心脏处炸开，瞬间充满全身，莫日根刹那间仿佛年轻了十几岁，他满心欢喜地说：“能跟在您身旁，是我的荣幸!”见识过赵长风的手腕，莫日根这个时候再也不提调走的事了。

正在这时，莫日根的手机忽然响了起来，是魏万壑的号码。莫日根接通电话，里面传来魏万壑的声音：“莫主任，县长和您在一起吗？请您转告一声，我有重要事情要向县长汇报。”

莫日根就用手捂着手机，侧身对赵长风说：“老板，后沙镇副书记魏万壑的电话。”

魏万壑这时候打电话过来干什么，是为宣天荣说情吗？赵长风略一沉吟，伸手从莫日根手中接过手机，放在耳边说：“我是赵长风。”

魏万壑听到手机里传来赵长风威严的声音，心中很激动，他急忙说道：“县长，我有重要情况向您汇报。今天丽日假日酒店这一幕，很可能是个阴谋，是针对您布置的。”

赵长风很惊讶，他没有想到在会议上向他开炮的魏万鋆会这么说。沉吟了一下，赵长风语气严厉地说："万鋆同志，没有根据的话可不要乱说。"

"不，不，县长，您听我说，我绝对是有证据的。"魏万鋆说，"而且布置这个阴谋的不是别人，正是我们后沙镇党委书记宣天荣。"

说着魏万鋆就把他的分析给赵长风讲了一遍。他继续说："在您没有来之前，魏万鋆就找我谈过话，对环保局和劳动局查封后沙镇的制鞋企业表示不满，他说，后沙镇再这么折腾下去，一定会完蛋的，必须有人站出来对这种情况说话。他知道我的大炮脾气，就暗示我在会上对您提意见。

"在领导班子讨论接待您的方案时，宣天荣对大家说，县长第一次到后沙镇，一定要接待好县长，让县长乘兴而来、尽兴而归。还说让同志们千万不要错过这个和县长您亲近的机会。这不是暗示大家在酒宴上去灌您酒吗?"魏万鋆说，"再加上前面那些情况，宣天荣这一切都是针对您的圈套。"

赵长风听魏万鋆说完，沉吟了一下，淡淡地说了一句："知道了。我这边还有事，先这样?"说着就要挂断电话。

魏万鋆急了，他把这些情况告诉赵长风，就是希望赵长风不要放过宣天荣，现在赵长风只是淡淡地说一句知道了，这算怎么回事?他激动地说："县长，我说的都是有凭有据的啊，宣天荣绝对是居心叵测。"

赵长风微笑起来，这个魏万鋆还真是个直来直去的炮筒子脾气，一点都沉不住气。他笑了一下，说："万鋆同志，你是党员，又是领导干部，应该相信组织嘛。组织的原则向来是不会冤枉一个好人，更不会放过一个坏人!"说着挂断了电话。

把手机交给莫日根，赵长风随口问道："老莫，你说魏万鋆为什么会这样做?"

莫日根略一思索，说道："宣天荣让魏万鋆在会议上向您开炮，又让魏万鋆在酒宴上拿着大杯子向您敬酒，美其名曰是赔罪酒。如果您醉倒进了一八零九房间，发生了后面的事情，以后您回想起来，谁的嫌疑最大?会不会是向您开炮的魏万鋆啊?"

赵长风微微点头，莫日根的分析和他的大致相同，看来魏万鋆也是粗中有细，琢磨明白了这一点，所以才愤而向自己揭发宣天荣。

正在这时，赵长风的手机响了起来，莫日根打开手包拿出手机，是县委副书记钱云枫的电话。他轻声说："是钱书记的电话。"

赵长风知道，钱云枫这时候打电话过来，一定是为宣天荣说情的，他沉吟了一下，告诉莫日根："你告诉他，我喝醉了，在车上睡觉呢！"

莫日根点了点头，接通了电话："喂，钱书记吗？您找县长啊？他喝醉了，在车上睡觉呢。是啊，他喝了至少有四瓶白酒呢，您不信可以问后沙镇的同志。好吧，我帮您叫叫看。"说着莫日根拿着手机装模作样地对赵长风大声喊道："县长，县长，钱书记找您。县长，钱书记电话！县长……"

然后他又把手机拿到耳边，无奈地说："钱书记，您看，县长醉得很厉害，我怎么也叫不醒。"

钱云枫很无奈，他也听后沙镇的人说了，赵长风在酒会上至少喝了四斤五粮液。这么多白酒别说是一个人，就是一头猛虎也灌醉了啊。可是这个赵长风，早不醉晚不醉，偏偏是看到了宣天荣这个蠢猪的丑态之后才醉，莫非命里活该宣天荣倒霉。至于后沙镇的那些人向他汇报说，赵长风当时看着比较清醒，钱云枫根本不信。只要赵长风真的喝下了四斤白酒，不可能清醒。之所以看着清醒，只不过是赵长风仗着自己年轻，强自支撑罢了。这用北方人的话说叫做：傻小子睡凉炕——全凭火力壮。

不过钱云枫还是不怎么放心。他放下电话，让司机开车过来，他要到后沙镇进入石湾镇的路口旁等候赵长风。不管赵长风醉没醉，他一定要截住赵长风。

莫日根一本正经地挂断了电话，这才敢轻笑一下。

赵长风沉吟了一下，问莫日根道："老莫，还有别的路回县里吗？"

莫日根顿时明白了赵长风的意思，他连忙说："有，从前面岔路口绕道小山镇，也可以回到县里，只不过路程要远半个小时。"

赵长风点了点头。莫日根立刻对方忠海说："小方，小山镇的路线你熟悉吗？"

方忠海聚精会神地看着路面，口中回答道："没问题，粤海县的地图都装在我脑子里呢！"

“走小山镇。”莫日根又交代了一句。这话虽然显得有点画蛇添足，但是对莫日根来讲是很有必要的，在领导身边不怕画蛇添足，万一哪一次没有交代到，下边的人自作聪明领会错了，到时候再亡羊补牢可就晚了。

赵长风拿出了电话，拨通了县委书记卫建国的手机：“卫书记，我是长风。您待会儿有空吗？”

卫建国此时也正坐在车里往县里赶，他听到赵长风的声音心中一喜，电话终于打过来了。对于后沙镇发生的事，卫建国也得到了下边人的汇报。他正在罗古镇视察工作，听完汇报后立刻终止了在罗古镇的活动，让司机马上开车回县里。

“长风，我正在罗古镇视察工作，怎么，你有事？”卫建国装着糊涂。

“我有一件事需要立即向您汇报，我现在正往县里赶，可能一个多小时就能回到县里。”赵长风说。

“好，待会儿县里见。”卫建国放下了电话，心里一阵喜悦。小赵县长真是福星啊，还没正式上任，就先挫了钱云枫的锐气。然后第一天上任，就又拿钱云枫的心腹副县长杨家强开刀。现在，钱云枫的得力干将后沙镇党委书记宣天荣又被小赵县长抓住了把柄。这个场面可就热闹了！

“可以稍微快一点。”赵长风交代了一句，闭上了眼睛，靠在车座上闭目养神。

莫日根明白赵长风的意思，他又连忙交代一声：“小方，还要注意安全。”

“好。”方忠海应了一声，车速已经有了明显提高，但他还是把车速压得很稳，本来绕道小山镇回县里要一个半小时，方忠海一个小时就开到了，和从后沙镇直接回县里的时间一样。

莫日根眼睛不停地往外望着，当他在县政府所在地石湾镇路口并没有发现钱云枫的车时，就轻轻舒了一口气，还是县长英明啊。

方忠海放慢了速度，车驶入了石湾镇，刚走了几分钟，莫日根示意方忠海把车停下，他指着路边一家冲印店，对赵长风说：“县长，我现在过去让人把这些照片冲出来，我在一旁亲自监督，等拿到照片之后我就回去找您。”

赵长风点了点头，越发觉得莫日根细心。

莫日根下车后，方忠海发动着车，往县委开去。赵长风拿出手机拨通了卫建国的号码："卫书记，我到县里了。"

卫建国笑道："长风县长，我也刚到办公室。"

几分钟后，赵长风到了县委办公大楼，来到六楼卫建国的书记办公室。门虚掩着，赵长风轻轻推开了门，卫建国正坐在大办公桌后面看文件。见赵长风进来，卫建国放下手中的材料，从桌后绕了出来，快步迎向赵长风："长风县长，辛苦了，辛苦了！"

赵长风和卫建国的大手握在一起，用力摇了两下，说道："卫书记，您更辛苦。"两个人相视一笑，卫建国亲热地拉着赵长风的手并排坐到了长沙发上。

这时卫建国的秘书曹一兵闻声赶来，立刻泡了一杯铁观音双手捧到赵长风面前："县长，请喝茶。"然后又取了卫建国的茶杯，为卫建国又续了水，这才悄悄地退了出去。

赵长风和卫建国又寒暄了一句，面容就严肃起来，说道："卫书记，我有一件事要向您汇报。"

"长风县长请说。"卫建国身子往后靠了靠，也严肃起来。

"不知道卫书记听说了没有，两个小时前，后沙镇党委书记宣天荣公然在酒店嫖娼，被派出所民警当场抓获。"赵长风望着卫建国说。

"有这种事？"卫建国故作惊讶地说，"我刚从罗古镇赶回来，还没有人向我汇报。"他挪动一下身子，"长风县长，你说一下，究竟是什么情况？"

赵长风当然不相信卫建国什么都不知道，但还是详详细细地把他看到的情况说了一遍。最后他说道："日根同志已经拿胶卷去冲印店了，用不了多长时间您就可以亲眼看到那令人作呕的一幕。"

"太不像话了！"卫建国把手中的茶杯重重地往茶几上一蹾，"这个宣天荣，竟然道德败坏到如此地步！"然后他望着赵长风说，"长风同志，这件事是在你眼皮底下发生的，你最有发言权，你说说，你是什么意见？"

赵长风早就打好了腹稿，他说："卫书记，我要求立即召开临时常委会，讨论如何处理宣天荣的违纪问题。"

"好，我同意你的看法。"卫建国立即答应。他听完事情的详细经过时，立刻明白这是针对赵长风下的一个圈套，心中也暗自替赵长风捏了一把冷汗，幸亏小赵县长酒量大，不然他可能跟前任县长王山川一样，被钱云枫等人整治得灰溜溜地离开粤海县。

“老解，你立即通知在家的所有常委，让他们一个小时后到小会议室集合，召开临时常委会议！”卫建国拨通了解运来的电话。

解运来早就在县委办主任办公室等候领导的电话，此时见卫建国打电话过来，心中也很喜欢，看来小赵县长真的要发飙了。他立即答应道：“是，卫书记，我立即通知！”

解运来首先拨通了党群副书记段志魁的电话：“段书记，卫书记让我通知您，一个小时后到小会议室参加临时常委会议。”

“一个小时后是吧？我知道了。”段志魁说了一句，就挂断了电话。

解运来见段志魁连临时常委会的议题是什么都没有问，就知道他肯定也早已得到消息，知道要讨论什么了。

段志魁当然知道临时常委会要讨论什么。粤海县就屁大一点地方，发生了什么事件，还不立即传遍每个角落啊。段志魁已经提前向自己派系的几个常委打过招呼，到了常委会上，段系的常委肯定会发出自己的声音。

解运来又拨通了钱云枫的电话。

钱云枫此时正坐在粤海县三号车里，在后沙镇通往石湾镇的路口方向等候。他不停地看着手表，算时间，赵长风的二号专车应该到了啊，怎么路上还不见影子呢？忽然听到手机铃声一响，钱云枫不由得心中一震。秘书金毅力连忙打开手包，看了号码，对钱云枫说：“解主任的电话。”

一种不祥的预感从钱云枫心中升起，他一定是被赵长风捉弄了。赵长风应该没有醉，他绕别的路回到县里了。钱云枫黑着脸从金毅力手中接过了手机，放在耳边说：“我是钱云枫，老解，有什么事？”

解运来听到钱云枫语气不善，心中暗笑，等会儿到常委会上，才有你发脾气的时候呢！他心里想着，嘴上越发恭敬，他轻声说道：“卫书记让我通知您，一个小时后到县委小会议室参加临时常委会。”

果然是这样，果然是被赵长风要了！钱云枫强忍着心中的怒气，冷冷地说：“要讨论什么议题？”

解运来说：“听说是研究后沙镇党委书记宣天荣违纪的问题。”

“知道了！”钱云枫没好气地挂断了电话。虽然卫建国是一个被架空的县委书记，但是召开临时常委会的权力、确定常委会讨论议题的权力却在卫建国手中。现在卫建国听了赵长风的话，要召开常委会，钱云枫当然阻止不了。

以往虽然卫建国可以确定常委会的议题，但是到表决的时候，段系常委和钱系常委联合起来占据了常委的绝对多数，完全可以左右常委会的结果。最后弄得卫建国在确定常委会议题的时候，都要先征求钱云枫和段志魁的意见，不然即使上了常委会也没有什么结果。可是现在不同了，赵长风强势进入粤海县，已经让那些骑墙派常委心中蠢蠢欲动。而在县长位子之争时，钱云枫又把段志魁彻底得罪了，这次常委会上指望段系还像以往那样支持钱系是不可能了。看来这次宣天荣肯定要完蛋了。

可以想见，此时钱云枫心中有多么郁闷。就因为赵长风一个人，段系常委中最重要的干将、政法委书记、公安局局长常自鸣被严重警告、行政记过，常自鸣的表姐夫还落了个双开；紧接着副县长杨家强分管的劳动局又被赵长风调整给了常务副县长董金坤。现在，赵长风又要对钱云枫在乡镇之中最死忠的心腹宣天荣下手。这对钱云枫来说，等于连挨了赵长风三个响亮的耳光，真是奇耻大辱啊。钱云枫如果不能扭转这样的局面，他在钱系人马中间、在粤海县本地干部中间肯定会威望大失。

第十一章　利益团伙相互关照，不动声色致命一击

宣天荣为赵长风精心准备好的陷阱，却阴差阳错自己跳了进去。粤海县党委召开了临时常委会，讨论对他进行处理。县委常委钱云枫却竭尽全力保护他，力图过关。赵长风察言观色，最后，利用魏万壑的临阵倒戈，不动声色发出致命一击，终于压垮了宣天荣。

一个小时后，临时常委会准时在县委小会议室召开，粤海县十五个常委没有一个人缺席，全部及时赶到了会议室。

卫建国坐在长条桌的顶端，环视了一下会议室，轻轻咳嗽一声，开口说道："人都到齐了吧？那现在开会。长风县长，你把情况简单介绍一下吧。"

赵长风把手中的笔放下，抬起头说："今天上午我到后沙镇调研工作，中午吃过饭，后沙镇的同志送我到丽城假日酒店休息，没有想到，后沙镇党委书记宣天荣竟然趁着这个机会在丽城假日酒店嫖娼，被接警赶来的后沙镇派出所民警当场抓获。"

钱云枫自从进了会议室后，就一直低头专心致志地研究手中的打火机，他听了赵长风说的话，就抬起头来，笑着说："长风同志，我可以插一句话吗？你说宣天荣同志嫖娼，有公安机关的正式结论吗？"

"很多同志、包括我，都亲眼看到了那个丑恶的场面。"赵长风冷冷地说，"钱书记，公安机关的正式结论虽然还没有做出来，但是宣天荣嫖娼的事实是不能改变的吧？"

钱云枫笑了笑，没有说话，却往嘴里塞了一根烟，拿起打火机“啪”地一声点燃，靠在座椅上抽了起来。

政法委书记、公安局长常自鸣一直在轻轻地敲着桌面，听了赵长风的话，他缓缓说道：“县长，事实究竟是怎么样，还是需要以公安机关的调查结论为准吧？”

赵长风心中冷笑一下，他看了常自鸣一眼，说道：“常局长，请问公安机关的调查结论是什么呢？”

常自鸣的手指继续在桌面上轻轻敲着，说道：“这件事发生得很突然，公安机关得出结论还需要时间。会议结束后，我会打电话让后沙镇派出所抓紧时间调查。”

会场上的气氛就变得微妙起来，有些人就暗笑小赵县长倒底还是年轻冲动，不懂规矩，看今天的会议怎么收场。也有一些人暗自替赵长风惋惜，如果当时留在后沙镇坐镇派出所督办此案，拿到正式结论出来，还用这么复杂吗？

这时赵长风的手机忽然震动起来，他摸出来一看，是莫日根发来的短信：“我在会议室外面，照片已经冲洗出来了。”

“卫书记，有一样东西同志们可能会感兴趣，我去拿过来。”赵长风微笑着向卫建国示意一下，起身来到小会议室门外。莫日根手里拿着一个纸袋，满头大汗地站在外面，见赵长风出来，他连忙把手中的纸袋递给赵长风，口里连声说道：“对不起，我来晚了，我来晚了。”

赵长风伸手接过纸袋，从里面抽出一沓照片，上面一个妖艳的裸体女子惊恐万状地趴在赤身裸体的宣天荣肥胖的身躯上。

莫日根小声在旁边说道：“一共有四张照片，每张我都让他们冲洗了十五张。”

赵长风又看了其他三张照片，满意地点了点头，说道：“辛苦了。”随即转身回到小会议室，留下老莫幸福地站在原地，回味着赵长风这一句话。

会议室里一片嗡嗡声，常委们都在窃窃私语。一见赵长风进来，会议室立刻静了下来，所有人都把目光望向赵长风，望向赵长风手中的纸袋。

赵长风冷笑着坐到桌位上，抽出四张照片递给卫建国，又对县委办主任解运来说：“解主任，你把这些照片分给各位常委们看一下。”

解运来立刻过来，接过纸袋，把里面的照片一套四张地摆到每一个常委面前。

钱云枫看着宣天荣的春宫照，心中骂了一句蠢货，脸色顿时难看起来。常自鸣把照片拿到手里，脸色也阴晴不定。卫建国一本正经地看着手中的照片，脸上没有任何表情。段志魁心里却想，小赵县长还是有两把刷子的嘛，连照片都弄到手了。

赵长风端起茶杯小口抿着，故意留给众人一点思考的时间。润完了喉咙，赵长风把茶杯放下，看着常自鸣说：“常局长，不知道你看了这些照片后有什么感想？这些照片可不可以给你们公安机关调查宣天荣的问题提供一些帮助？”

常自鸣阴着脸没有说话。

坐在后面的宣传部部长和国虹、粤海县唯一的女常委却咳嗽了一声，讲笑话似的说道：“前一段时间我在报纸上看到外地的一个新闻。说是一对恋人在旅馆住宿，当地警察冲进房间，把人家当成卖淫嫖娼的抓走了，这对恋人后来起诉了当地公安局，法院判公安局败诉，还要给这对恋人经济赔偿呢。”

会场上又静了下来，宣传部长和国虹说这话看似是讲外地的新闻，实际上却是绕着弯地说宣天荣的问题。

赵长风没有想到粤海县的这些本地干部这么嚣张，怪不得县委书记卫建国被他们当成聋子的耳朵——摆设，怪不得前任县长王山川被他们排挤走了。

“和部长，”赵长风冷冷地说，“我们党什么时候允许一个有家室的人再去和其他女人谈恋爱呢？”

和国虹妩媚地一笑，说道：“赵县长，我可没有说什么我们党允许有家室的人和其他女人谈恋爱啊。不过……”说着和国虹把目光瞟向组织部部长李胜年：“李部长，我记得宣天荣书记去年已经离婚了吧？目前是单人一人，是不是啊，李部长？”

李胜年狠狠地瞪了和国虹一眼，可是他又无法不回答和国虹的话，只好瓮声瓮气地说：“和部长和宣天荣同志关系那么熟，这个问题还用得着来问我吗?”

和国虹这个女人心理素质极好，她不理会李胜年对她的挖苦，妩媚地笑了两声，然后就收起笑容，严肃地说：“李部长，我认为，这些情况还是要以组织部的档案文件为准。不能我说是什么就是什么，不是吗?”她又暗中挖苦了一下赵长风，没有公安机关的正式结论就上常委会。

赵长风倒是没想到宣天荣竟然已经离婚了，是孤身一人。如果宣天荣硬是咬定和那个女人是在谈恋爱，还真是有点棘手呢!

所有人又把目光集中在赵长风身上，看他怎么回答。

赵长风冷笑了一声，说道：“谈恋爱在宾馆里谈，倒是也稀罕啊。常局长，我想请你现在给后沙镇派出所打个电话，问一下具体情况。事情已经过了这么久了，派出所那边的调查结论也该出来了吧?”

“好，我马上就打。”常自鸣立刻拨通了后沙镇派出所的电话，说：“我是常自鸣，找你们王指导员。”

两分钟后，话筒里传来后沙镇派出所副指导员王天法的声音：“常局，我是天法。”

常自鸣有意把话筒开成免提，大声问道：“天法同志，后沙镇党委书记宣天荣嫖娼的案子，调查得怎么样了?”

“常局，我正要向您汇报呢!”电话里传来王天法惶急的声音，“我们把那个女人带回派出所后，有一家制鞋厂的老板因为工资问题和工人发生了冲突，工人把办公楼围了起来，我们派出所的民警都去现场维持秩序了，只留下一个警员值班。后来有一对夫妻打架，闹到派出所来，这个警员去调节，等调解完毕，却发现那个女人不见了。”

“怎么搞的!”常自鸣勃然大怒，“王天法，你立刻给我写一份详细的报告上来，另外值班警员立刻停职反省！还有，你们马上派人去找这个女人!”

“是是是！我已经把人都派出去了，正在抓紧时间寻找!”王天法说。

常自鸣怒气冲冲地挂了电话，他胆怯地看了赵长风一眼，低头说道：

“县长，我要向您检讨……”

会场上又响起一片窃窃私语的声音，段系常委和骑墙派常委都在小声议论，谁也没有想到事情会有这么大的变化。如果找不到这个女人，宣天荣又不是傻子，只要坚称和这个女人在谈恋爱就行了。只要这个女人躲起来一段时间，把一切口供都对好，即使赵长风再找到这个女人，也无济于事。镇委书记怎么了？镇委书记也是人啊，也有七情六欲，也有谈恋爱的权力嘛！

钱云枫和常自鸣更是笃定，因为刚才王天法汇报的事情绝大部分都是事实，稍微有出入的是，钱云枫和常自鸣在常委会前就知道这个消息了，而不是现在。

事情确实很凑巧，正好工人和鞋厂老板起了冲突，工人们把办公楼包围起来，王天法带着民警过去维持秩序。而且接着更是凑巧，有一对夫妻打架闹到了派出所，值班民警过去调解。有了这两个货真价实的巧合，后面不管发生什么事都顺理成章了。

那个小姐好不容易找到一个机会，还不趁机溜之大吉吗？而且这个小姐也得到了暗示，绝对不会回老家的。这样宣天荣就可以堂而皇之地把她的老家说出来。赵长风总不能因为这件事就真的派人到她老家去抓人吧？即使去了也抓不到人啊。更何况公安系统是掌握在钱云枫、常自鸣手里，那些警察出工不出力，赵长风虽然是县长，又能有什么办法？况且这件事即使闹到最后，一切真相大白，最坏的情况只是宣天荣嫖了娼，与钱云枫、常自鸣甚至王天法都没有任何关系。

这种情况下，宣天荣当然要拼死一搏。钱云枫和常自鸣也乐得看宣天荣拼死一搏，如果这件事搏成功了，就削了赵长风的面子，挫了赵长风的威风。如果失败了，宣天荣也不过失去一切本来就要失去的东西，又不会牵连到钱云枫和常自鸣。常自鸣和钱云枫在常委会上说的话，可都是能够摆到台面上、经得起推敲的。

“常自鸣，你现在检讨有用吗？”赵长风冷冷说，“虽说事出有因，但是也暴露出你们公安系统管理中的漏洞。”

常自鸣垂着头听着，一脸懊恼，可是心中却很欢喜。赵长风现在开始批驳公安系统的管理漏洞了，这不是转移话题吗？说明他对宣天荣的问题也不知道该如何处理了。至于说管理漏洞，哪个单位没有管理漏洞？更何况今天的事情确实事出有因。那些工人有了劳动法撑腰，胃口就大了，稍微有些问题，就要去和老板讨价还价，说起来这里也有赵长风的一点功劳。如果不是他搞劳动执法大检查，那些工人哪里有那么大的胆子？而那对夫妻都打到派出所了，能不处理吗？是不是？

“老常，长风县长批评得很有道理。”钱云枫慢条斯理地开口了，“虽说我们粤海县有自己的特殊情况，流动人口过多，警力严重不足，稍微遇到点突发事件就难免手忙脚乱，但是这些都不是借口。”

段志魁望着对面一脸正气的钱云枫，心中暗骂姓钱的真是老狐狸，这一番话看似在批评常自鸣，实际上却是为常自鸣开脱。

卫建国坐在会议桌顶端，望向赵长风的目光就有些失望：小赵县长，这就是你信誓旦旦说的绝对有把握吗？

赵长风没有说话，轻轻擦了一把额头上的汗，端起茶杯大口喝水。

几乎所有人都认为赵长风今天在常委会上败局已定，这种突发情况根本不是他所能预料到的。现在常委会如果要对宣天荣的问题进行表决的话，结果只能是放一放，以后再议。当事人跑了，证据就不扎实啊！

“卫书记，我谈一下我的看法啊。”人武部部长郝大明口里叫着卫书记，眼睛却只瞟向钱云枫。他也属于钱系人马之一，在常委会上应该义无反顾地支持钱云枫，可是刚才形势不清，郝大明就有点畏畏缩缩，不敢跳出来说话。此时郝大明见赵长风偃旗息鼓，胆气就壮了起来，决定“宜将剩勇追穷寇。”

钱云枫板着脸没有理睬郝大明，这个郝大明，做事总是瞻前顾后，一点都不痛快，这种人也只能放在人武部，其他重要的岗位去不得。

郝大明见钱云枫有点不悦，不由得就暗自咬了咬牙，说出去的话又重了一分：“今天讨论的是宣天荣同志的问题，其他方面可以暂且放一放。从目前的情况来看，宣天荣同志是不是嫖娼还在两可之间，没有一个明确的结论，我们召开这个临时常委会是不是太草率了一点？”

常务副县长董金坤进到会场后，坐在座位上一直没有说话，此时见几个人把矛头都对准了赵长风，终于忍不住了，他把手中的笔记本猛地一合，拿起照片冲着人武部部长郝大明晃了一下，说道：“郝部长，看了这些照片之后，你还认为这个临时常委会召开得草率？我很奇怪你有这样的想法！”

赵长风心中一热，终于有人站出来为他说话了，董金坤能选择和他站在一起，不管今天常委会上的成败，以后县政府在常委会中就能以一个声音说话了。

“董县长，这个想法有什么好奇怪的？”郝大明向来不把董金坤这个外来的常务副县长放在眼里，他大大咧咧地说：“等有了明确的结论，我们才好发表意见。现在真实情况是什么都还没有搞清楚，确实有点草率。”

卫建国的脸色就有点难看，郝大明这话实在是过分，不单是指向赵长风，还把他也给带进去了，毕竟他这个县委书记是临时常委会的召集人。不过卫建国强压着怒气没有说话，常委会上力量对比悬殊，小赵县长把局面弄得很被动，卫建国这时候出头，只会把火力吸引到自己身上。

“是啊！”统战部部长王亚力拿起烟盒磕出一根烟，拿在手中捻着，却并不点燃，“我倾向于大明同志的意见。”他也和郝大明抱着一样的心思，此时见局势逐渐明朗，赵长风再拿不出什么新东西，所以王亚力选择了这个时机出击，“这个会议是开得仓促了一点。”一边说着，王亚力一边邀功似的望向钱云枫。

钱云枫却没有施舍给王亚力一丝笑容，这个老王，和郝大明一样，都是瞻前顾后的主，还没有和国虹一个女人家有胆有识。这样的人让他们出来打落水狗还行，如果指望他们出来冲锋陷阵，恐怕就会大失所望了。

抬眼看了看赵长风的神色，钱云枫心中涌出一丝快感，小赵县长，当初你兴冲冲地找老卫召开临时常委会的时候，没有想到是这个局面吧？年轻人嘛，难免会经验不足，这就是成长所需要付出的代价啊！如果你能在后沙镇多留一个小时，把一切证据都弄到手，今天会议被动的就是我老钱了。可是，这世上有后悔药卖吗？

“卫书记，我看这样好不好？”钱云枫笑眯眯地说，“这件事既然长风县长提出来了，那就让老常抽调公安系统的精兵强将先查着，等有了正式结论，我们再来讨论对这件事的处理意见。长风县长，你说呢?”钱云枫眼里含着笑意望向赵长风，看似透着亲热，可是骨子里却是一副吃定了你的神情。

段志魁心中叹了一口气，轻轻地把手中的派克金笔拧上，看来常委会就要结束了，小赵县长毕竟是年轻，如果换做自己遇到这件事，哪里有宣天荣翻盘的机会?

赵长风抬头迎着钱云枫的笑脸，他从钱云枫眼神深处读出一丝轻蔑的味道。赵长风哂然一笑，心里道，老钱啊老钱，你该出的牌都出尽了吧?说来说去都是这老一套，没有什么新花样。既然如此，就等着迎接我的最后一击吧！赵长风不动声色地按下了手机上的重播键，把信号给后沙镇党委副书记魏万壑传了出去。

还没有半分钟，县委办主任解运来的手机就响了起来，他躲在一边听了一下电话，脸上顿时露出惊喜的神情。

“卫书记，”解运来快步走到卫建国身旁，对卫建国耳语了一番。卫建国轻轻点头，轻锁的眉头逐渐舒展开来。

“好，很好，老解，这个消息太及时了。”卫建国一边说着，一边把目光扫向钱云枫和常自鸣，钱云枫和常自鸣的心里顿时涌起一阵不祥的预感，难道……

解运来的腰身又往下放低了两寸，讨好地望着卫建国，脸上的笑容越发殷勤。

“同志们，告诉大家一个好消息。”卫建国坐正了身子，精神抖擞地说道，“刚才运来同志接到后沙镇党委副书记魏万壑的电话，他汇报说后沙镇派出所民警李文锋抓住了丽城假日酒店那个卖淫女，还取得了她的供词，证实今天中午宣天荣确实是在和这个卖淫女进行丑恶的性交易。现在魏万壑同志就拿着证词等在外面。”

这个消息像一声巨雷在会议室炸开，每个人的反应都各不相同。对钱云枫、常自鸣、和国虹等人来说，这个消息就像是晴天霹雳，一下子逆转了会议的局面，他们得知赵长风所有的牌都出尽了，败局已定，却没有想到会出现这么戏剧性的转折。尤其是人武部部长郝大明和统战部部长王亚力，他们开头一直小心翼翼地观察着会议上的局势，认为卖淫女失踪后，认为赵长风再无翻盘的可能才跳了出来。可是结果却跳到一堆狗屎上，弄了一身臭不说，还让小赵县长在心里给他们记上了一笔。

对党群副书记段志魁、分管工业的副书记许建德、组织部长李胜年、纪委书记曹尚录来说，这个消息就像是一声春雷。虽然在常委会之前他们已经抱定坐山观虎斗的心理，看着赵长风和钱云枫系的常委们争斗，但是他们内心里还是希望赵长风能够压一压钱云枫的威风，把后沙镇党委书记宣天荣给搞下去。

常务副县长董金坤也是又惊又喜，立刻掏出一根烟来，隔着三个人扔给了赵长风。小赵县长能够在这种场面下翻盘，当然要抽一根喜烟了。

赵长风接过香烟，夹在手中冲董金坤会心一笑。这个老董真是不错啊，好好用一下，又是自己的得力臂膀。

面对这样的大翻盘，赵长风却没有表现出过多的惊喜，因为这一切都在他的掌握之中。魏万壑不但是党群副书记，还分管着后沙镇的社会治安综合治理，对公安口的经验非常丰富。当后沙镇派出所指导员王天法把卖淫女刘秋霞带回派出所时，魏万壑就派人在派出所门口偷偷盯着。后来派出所民警全部出动去鞋厂维持秩序，魏万壑更是提高警惕，让手下人一定要盯紧派出所。果然，那个卖淫女刘秋霞趁着混乱偷偷地溜了出来，魏万壑的人一边在后面盯着刘秋霞，一边向魏万壑汇报。魏万壑得知消息后，就立即让人去把和他关系不错的派出所年轻民警李文锋叫了过来，让他抓捕了卖淫女，并当场取得口供。由于魏万壑是负责社会治安综合治理的副书记，他在紧急情况下越级指挥李文锋并没有什么不妥。整件事情办得干脆利落，也不会给人留下什么把柄。

这整个过程，魏万壑都向赵长风做了汇报，赵长风听后对粤海县某些干部这种狡猾兼无耻的做法又是惊讶又是警惕。所以在常委会上，赵长风才会有意引蛇出洞，让对手自我暴露，看看对手究竟是什么嘴脸，能耍出什么样的把戏。等确定对手再也玩不出什么新花招了，赵长风才把最后的底牌亮了出来，一击致命。那个电话是他和魏万壑约好的信号，魏万壑已经拿着卖淫女的供词在县委办公楼外等候，只要看到他打过来的电话，魏万鋆就会立即打电话给县委办主任解运来，把消息汇报上去。

这边钱云枫和常自鸣等人还是想不清其中的关键，为什么平时和宣天荣关系还马马虎虎的魏万鋆会忽然跳出来反水，给宣天荣致命一击呢？这个赵长风，真是走了狗屎运，如果不是魏万鋆这个不可控因素冒了出来，今天的常委会上赵长风一定会丢尽面子。但是现在……唉，钱云枫叹了一口气，心中说道，老宣，不是钱云枫没有能力帮到你，要怪只能怪老天爷不长眼，关键时候让魏万鋆抓到了那个卖淫女。

"我来说两句。"段志魁拧开派克金笔的笔帽，轻轻放到笔记本旁，机会已经送到眼前了，他绝对不会放过，"既然卖淫女已经被派出所民警抓获，万鋆同志也拿到了供词，那么这件事基本上就可以定性了。我建议后沙镇党委书记宣天荣立即停职检查，由纪委牵头成立调查组，对宣天荣的问题进行立案调查！长风县长，你的意见呢？"

面对段志魁伸过来的橄榄枝，赵长风当然不会拒绝，他心照不宣地冲段志魁微笑了一下，点头道："我同意段书记的意见。由纪委成立专案组，调查宣天荣的问题！"

卫建国自然也不会放过这个机会，他等赵长风说完，立即问纪委书记曹尚录："尚录同志，你的意见呢？"

曹尚录坚决地说道，"我同意赵县长和段书记的意见！"

"好！"卫建国目光炯炯有神地扫视了会场一周，果断地说道："现在，大家对志魁同志的意见进行举手表决！"

大局已定！

不管情愿的还是不情愿的，会场上齐刷刷地举起了十五只胳膊。

李尚银轻轻地敲了一下段志魁书房的门，里面传来段志魁威严的声音："进来。"

李尚银推门进去，发现建设局张局长正坐沙发上，见到李尚银进来，张局长就站起身来，笑着说："李局长好。"然后又哈着腰对段志魁说："段书记，那就不打扰您了。"

段志魁坐在皮转椅上点了点头，就算是送了张局长，然后对李尚银淡淡地说："老李，来了，坐吧。"

李尚银拉开椅子在段志魁面前坐下，掏出烟来，用双手递到段志魁面前："段书记，请抽烟。"

段志魁摆了摆手，指着喉咙说："这两天嗓子不舒服，医生不让抽。"

李尚银尴尬把烟收了回来，坐在椅子上不知道该说什么。

段志魁也不说话，高高地靠在皮转椅的椅背上，就那么看着李尚银。李尚银觉得段书记的目光很奇怪，虽然是朝着他的方向看来，但是却显得有些飘忽，好像并没有在他的身上停留，好像是穿过了他的身体，继续向后望去一样。

空气就有些凝滞起来，虽然有空调吹着，但是李尚银的梦特娇文化衫却被汗水浸透了，紧紧贴在他的后背上。

李尚银本来不打算先开口说话，因为他已经来找过段志魁几次，段志魁书记绝对明白他过来是为了什么。他想等段书记发问，然后他好向段书记诉说心中的委屈，让段书记动一动怜悯之心，帮他恢复职务。

可是李尚银又一次失望了，他还是没有能够顶住这无形的压力，于是他嘶哑着喉咙开口说道："段书记，我的事情有眉目了吗？"

段志魁重重地咳嗽了一声，面容就严肃起来："老李，你怎么这么性急啊？你忘记我怎么交代你了吗？先安心等待一下，等过了这一阵风头，我帮你想想办法，是不是？"

"段书记，我知道你说得对，你有难处，"李尚银结结巴巴地说，"上次因为赵县长被派出所扣留，我就这么平白无故地被钱云枫给撤掉了，我太冤枉了啊！您知道，原来我就和常自鸣不合，现在被撤了职务，常自鸣正好抓住机会整治我。他那些狗腿子时时刻刻给我穿小鞋，这种窝囊日子真的没有办法过啊！再这样下去，我真要窝囊死了！"

"老李，心态放平和一点，我就不相信常自鸣真的敢对你乱来？"段志魁的手指轻轻敲着桌面，"等以后有了机会，我会帮你解决的！"

"段书记，我心态已经很平和了，可是就是平和不下去啊！"李尚银激动地说，"我这个人对您怎么样，段书记您应该知道的。跟您这么长时间，我什么时候向您提过什么要求？这次我真的没有办法了，请您念在我没有功劳也有苦劳的份儿上，帮一帮我吧！”

“老李，你放心，我记着你的。”段志魁依旧是不紧不慢地说，“只是目前风声太紧啊。你受处分还不到两个月，我怎么帮你？耐心地等一等，等过了这段时间，我一定帮你运作一下，好不好？”

李尚银听到段志魁又是老一套的话，失望至极，他心里说，当初选择跟了你姓段的，真是瞎了眼，如果不是跟着你姓段的走，而是跟着钱云枫走，那么上次出事之后，钱云枫也不会把我抛出来当替罪羊。

想到这里，李尚银强压着内心的愤怒，低声对段志魁说：“段书记，那就拜托您多费心，以后有机会一定要帮我解决啊！”

李尚银刚走，段志魁的妻子姜燕飞端着一碗龟苓膏走进书房：“老公，吃一碗龟苓膏，解一解暑气。”然后又指着李尚银的背影说，“老公啊，老李这个人不错，以前替咱家做了不少事，他现在挺可怜的，是不是……”

“女人家懂得什么？”段志魁立刻打断姜燕飞的话，“是不是李尚银的婆娘又给你送了什么东西？”

姜燕飞连忙说道：“没有，真的没有，我就是看老李两口子怪可怜的。”

段志魁深深地看了姜燕飞一眼，说道：“你如果收了李尚银婆娘什么东西，赶快还回去，李尚银的事情目前办不了！”

“老公，你给我说说，为啥不能帮老李解决？对你来说这又不是什么大事。”姜燕飞趁机说道。

段志魁摇了摇头，说道：“你呀你呀，真是头发长见识短。如果是以前，我帮老李解决了就解决了，可是你没有看看现在是什么样的局面？”

“那老公你告诉我，现在是什么样的局面嘛！”姜燕飞仰着大饼脸，冲段志魁撒娇。

段志魁清了清嗓子，解释道：“现在粤海县的局面是过江猛龙赵长风恶斗地头蛇钱云枫。这一场恶斗下来，无论是谁胜谁负，对咱们都有利。所以最好的办法就是不要牵扯进去，看赵长风和钱云枫恶斗。老李人是不错，但是他在公安局和常自鸣积怨太深，上次常自鸣好不容易找了个机会除掉他，会再给他翻身的机会吗？如果这次咱们出手帮了李尚银，岂不是把常自鸣的火力吸引过来了吗？当然，这并不是说我就怕了钱云枫和常自鸣，只是本来是一个好端端坐山观虎斗的保存实力的机会，我们又为什么要掺和进去呢？这岂不是便宜了赵长风这个外来户吗？”

旅游局参观学习考察团一回来，局长陶兴旺立即到县长办公室向赵长风汇报。

“大开眼界，大有收获啊！”陶兴旺用八个字向赵长风汇报中原之行的心得体会，他感慨地说道，“县长，我们以前总以为中原省地处内地，什么事情都比我们落后。通过这次参观学习我们才知道，相比起中原山水建设集团开发旅游行业的先进管理经验，我们粤海县旅游局落后得不是一点半点。如果不是您在会上振聋发聩地批评我们，我们可能还会继续沉浸在地处沿海发达地区的沾沾自喜之中，忽略了我们和国内先进旅游城市、先进旅游企业相比已经处于全方位落后的局面。”

“有收获就好。”赵长风微笑着点了点头，望向坐在陶兴旺旁边的鲍晓飞，说道：“晓飞同志，你有什么收获？”

“县长，我的收获也很大。”鲍晓飞心中一阵激动，他双手捧着自己费尽心思写出的调查报告，递到赵长风面前，“县长，我的收获都写在这份调查报告里，请您过目。”

“哦？”赵长风伸手接过鲍晓飞的调查报告，翻阅起来。在这份报告中，鲍晓飞从资源保护、服务、文化、品牌、营销、产业链条等几个方面对中原山水集团如何做大做强进行了详尽的分析，与此同时，鲍晓飞并没有被中原山水建设集团交出的令人惊叹的成绩单所吓倒，他还从几个方面分析了中原山水建设集团在旅游产业开发方面的不足。比如在旅游商品开发方面眼界不够开阔，特色旅游纪念品相对来说比较单一，对游客的二次消费开发还有很大的提升空间等等。

赵长风这时候想起阳江超在电话里对鲍晓飞的评价：那个小鲍不错，头脑灵活，做事又很踏实，如果培养一下，还是有潜力的。

阳江超是政府官员出身，又搞的是旅游行业，整天和形形色色的人打交道，其眼光之准之毒，赵长风也有点自愧不如。既然阳江超都这样说鲍晓飞，赵长风就更坚信了自己的判断。

“还是有点收获。”赵长风淡淡地说，随手把调查报告搁到桌上。鲍晓飞心中就有些失落，不过脸上是一脸平静，丝毫没有让失望的情绪流露出来。

赵长风心中对鲍晓飞又多了一分满意，看来在政研室坐了几年冷板凳，年轻人的火气和棱角都磨去了不少，至少表面上能够做到波澜不惊，涵养功夫也算到位。看来可以告诉莫日根，把小鲍先调到综合科来试用一下。

赵长风又把目光移向了陶兴旺。陶兴旺的目光一直随着小赵县长的脸在动，这时候见小赵县长把目光移了过来，他连忙身子往前倾了一倾，脸上的笑容更是殷切。

“陶局长，”赵长风说，“旅游局下一步有什么打算?”

“县长，接下来我们旅游局首先要在全旅游系统展开一场轰轰烈烈的学习中原山水建设集团先进旅游管理经验的活动。”陶兴旺连忙把拟好的腹稿说出来，“其次我们要重新对粤海县的几个景区进行规划整合，利用学习中原山水建设集团的成功经验，做大做强我们粤海县的旅游产业，拉长旅游产业链条，提高管理服务质量，促进粤海县旅游产业突飞猛进发展。使旅游业尽快成长为粤海县的支柱产业，也算不辜负县长对我县旅游业的厚望。第三，我们打算邀请先进的旅游企业参与到粤海县的旅游资源开发工作当中，借船出海、借鸡生蛋，利用别人的先进管理经验来壮大自己。发展粤海县旅游产业。其中中原山水建设集团就是我们重要邀请的企业，山水建设集团阳总已经答应，几天后就率领山水建设集团的管理层飞到粤海考察我们的旅游资源。”

说到这里，陶兴旺停顿了一下，琢磨了一下赵长风的脸色，才又说道：“这是我们旅游局制定的初步计划，您看还有哪些需要加强和完善的地方，我回去按照您的指示再修改完善。”

赵长风沉吟了一下，说道：“陶局长，关键不是看计划的好坏，而是看落实的力度。我看你们旅游局制定的这三条初步计划完全可行，暂时就不要再加别的了，就按照这三条踏踏实实地去做，如果真的能够做好，也是一件非常了不起的成绩!”

“县长，请您放心，我们旅游局一定坚决贯彻您的指示，把工作做得扎扎实实，把每一条计划都认认真真地落在实处，决不辜负您对我们旅游系统干部职工的期望。”陶兴旺立刻坐直了身体，大声说道。

赵长风对陶兴旺的表态很满意，他点了点头，说道：“那就先这样？等你们做出样子来，我到旅游局为你们庆功。”

陶兴旺听了赵长风这话，心中更是激动，欢天喜地地回去落实计划了。

鲍晓飞跟随旅游局考察的任务已经结束，自然不能再跟着陶兴旺一起去旅游局了。他坐在沙发上等赵长风的指示，谁知道对方却像忘记了自己一样，起身回到办公桌后面，拿起红蓝铅笔，研究起红头文件来了。

鲍晓飞坐在那里，走也不是留也不是，刚开始还能保持平静，慢慢地随着时间的推移，鲍晓飞就如坐针毡，脖子后的汗就冒了出来。他有几次想站起来去向小赵县长请示，可是见小赵县长专注地看着红头文件，就没敢过去。

又过了一会儿，鲍晓飞咬了咬牙，站了起来，强压着内心的狂跳，壮着胆子来到赵长风身边，端起赵长风的杯子，去续满了热水，小心翼翼地放在赵长风手边。赵长风依旧是低着头看文件，对鲍晓飞的行为视而不见。鲍晓飞内心更是打鼓，不管小赵县长生气也好、高兴也好，他还能有个方向，但是现在小赵县长根本没有反应，谁知道小赵县长对他这冒失行为究竟是怎么想的？虽然可以理解为领导不反对就可是视为赞同，但也可以理解为小赵县长对他的行为不屑一顾啊。以小赵县长的身份地位，当然不会当场呵斥他，只会事后对莫主任或者政研室的王主任旁敲侧击一句，那就有自己好受的了！

鲍晓飞正在忐忑不安，房门一响，莫日根推门走了进来，鲍晓飞如获大赦，连忙迎了过去，嘴里叫道：“莫主任。”

“小鲍也在啊。”莫日根点了点头，从鲍晓飞身边擦过去，来到赵长风身侧，正要说话，却又扭头看了鲍晓飞一眼。

鲍晓飞连忙说道：“县长、莫主任，您二位忙，我先过去。”说着退了几步，这才侧身出去，把办公室的门给带上。

赵长风冲着鲍晓飞的背影笑了笑，他有意把对方晾在那里，再观察一下他的表现。结果鲍晓飞表现得还算不错，基本能够让赵长风满意。

“县长，小鲍他……”莫日根随着赵长风的目光望过去。

赵长风收回了目光，微笑着说：“老莫，可以先把鲍晓飞调到综合科来，压一下担子。”

“好，我一会儿就去办！”莫日根心中一喜，看来他当初的猜测果然没有错，小赵县长是看中鲍晓飞了。

赵长风端起茶杯润了一口喉咙，觉得这茶水还是淡了一点，鲍晓飞胆子还是不够大，他应该找到茶叶，泡上一杯新茶。

莫日根就规规矩矩地立在赵长风身侧，等赵长风放下茶杯，这才轻声说道：“公安局原常务副局长李尚银说要见你，你看……”

“李尚银？他见我干什么？”

莫日根连忙说道：“情况是这样的，这个李尚银原来和段志魁副书记走得比较近，后来……”

莫日根把李尚银的情况介绍了一下，赵长风这才知道，原来当初大闹派出所的事件中，这个李尚银也背了黑锅。背了就背了吧，这是钱云枫和常自鸣的问题，和赵长风没关系，现在李尚银找过来是要干什么？

赵长风摇了摇头，这个老莫，不是净给他找麻烦吗？可想到这里，赵长风立刻又反应过来，心中说道，不对，前面看莫日根小心谨慎的做事风格，绝对不会无缘无故地给他找麻烦的。如果莫日根认为不行的事，一定会提前挡驾，又怎么会汇报到他这里来呢？

想到这里，赵长风就瞟了莫日根一眼，骂道：“你这个老莫，又在跟我玩什么鬼心眼？说说吧！”

莫日根挨了赵长风一顿骂，身子又轻了二两，感觉和小赵县长之间的关系又亲近了几分。小赵县长以前都是一本正经，从来没有骂过他呢！

“您目光如炬。”莫日根笑嘻嘻地说，“李尚银对我说，他有重大情况要向您汇报，保管你听了之后一定会满意的。所以我才……”

“重大情况？”赵长风的身体在皮转椅上扭动了两下，停下来望着莫日根，“你怎么看？”

莫日根收起了笑脸，毕恭毕敬地说道："我看了李尚银的表情，不像是说谎。再说他也没有必要为了见您一面就编造这么一个谎言，万一他在您面前说不出'重大情况'，岂不是自找没趣？"

"嗯，"赵长风点了点头，"好，你把他叫进来。"

几分钟后，莫日根领着一个穿着米黄色梦特娇文化衫的中年男子走了进来。这个男子留着精干的平头，虽然眉宇间稍有不展，身躯依旧是挺得笔直，流露出一股军人或者警察特有的英气。

赵长风坐在皮转椅上看着文件，听到莫日根进来，头也没有抬。莫日根把李尚银带到赵长风办公桌前，轻声说了一句："李局长过来了。"

赵长风轻轻"哦"了一声，把目光从文件上移开，看着李尚银。

李尚银激动地欠着身子伸出双手道："县长，我可算见到您了！"

赵长风没有理会李尚银横越了大半个办公桌伸到自己面前的双手，只是轻轻挥了一下手中的文件，淡淡地说："李局长，坐吧！"

李尚银面色一红，连忙说道："县长，我两个月前就被撤职了，现在只是一名普通的干警。您叫我老李好了。"

赵长风淡淡地望着李尚银，没有说话。

李尚银被赵长风望得浑身不自在，心想小赵县长看着比段志魁要年轻十几岁，怎么气势比段志魁还要盛上几分？他不由自主地低下头，垂下目光，只敢望着赵长风鼻梁往下的部分，不敢将目光抬高一分。

赵长风见李尚银低下了目光，这才又淡淡地说："坐吧。"

"谢谢县长。"李尚银小声说了一句，这才敢拉开椅子，坐在赵长风对面。

莫日根站在一旁，见赵长风茶杯里的水颜色有点发淡，就拿了茶杯去泡了一杯新茶，端到赵长风面前，这才说道："县长，我那边还有点事，去处理一下。"莫日根想到李尚银所说的重大情况，可能有些不方便他知道，所以知趣地找了个借口退了出去。

李尚银低着头搓着双手，过了良久，才抬起头对赵长风说："县长，我是来向您申冤的，上次您在后沙镇的遭遇真的与我无关。后沙镇派出所副所长钟爱民是公安局局长常自鸣的表姐夫，我一直看不惯钟爱民的所作所为，一直建议要撤掉钟爱民，为此还得罪了局长常自鸣，和他的关系一直很僵。后来常委会研究处理这件事时，常自鸣趁机公报私仇，把我推出来当替罪羊。”

赵长风静静地听李尚银说着，虽然他已经从莫日根口里了解了事情的经过了，但此时还是耐着性子听李尚银再说上一遍。因为赵长风相信，作为当事人，李尚银肯定能说出一些不一样的细节。既然李尚银是党群副书记段志魁的人，那么他和常自鸣、钱云枫之间的恩怨肯定是很有意思的。

李尚银把事情原委和经过详细讲述一遍后，对赵长风说：“县长，您来到粤海县虽然时间不长，但是从您的所作所为来看，您是一名真正为老百姓着想、想要在粤海县干一番实事的好官，所以我才来向您申冤，希望您能出面还我一个公道。”

赵长风听了李尚银的话，哂笑了一下，心想如果你李尚银是一名普通老百姓，甚至是一名普通的干部，和钱云枫、段志魁等派系都没有牵扯，你受了委屈、受了冤枉，我出面还你一个公道，都是可以的。但你现在是段志魁的人，情况复杂，怎么办就得想想了。

“解铃还须系铃人啊，这件事是我正式到粤海县之前发生的，具体情况我也不了解，你还是去找卫书记、段书记他们解决吧。”赵长风说。

“县长，他们解决不了，只有你才能帮我解决。”李尚银哀求道。

赵长风敲了敲桌面，没有说话，他端起茶杯喝了一口热茶，这才对李尚银说：“你这种说法很奇怪啊。卫书记是粤海县的一把手，段书记又是分管组织的副书记，常委会通过处理决定时，他们都是当事人，他们如果不能帮你解决，我又怎么可能帮你解决呢?”

李尚银摇了摇头，说道：“县长，你到粤海县两个月了，也应该大致了解情况了。卫书记即使想解决也是有心无力。段书记一心只想保全自己，根本不打算替我主持公道。”

“那你可以去找钱书记，钱书记是主管政法的副书记，正好是你的领导。”赵长风又说道，“我可以给钱书记打一个电话。”

李尚银哭丧着脸说：“县长，钱书记只会护着常自鸣，怎么可能替我解决呢？只有您，只有您能帮我解决啊!”

赵长风把细节了解得差不多了，见李尚银说来说去都是要求替他解决问题的话，压根没有提重大情况的意思，就有些不耐烦了。他看了看手表，冷淡地说："李尚银同志，既然你相信我，那可以写一个材料让莫日根主任交到我这里，等方便的时候，我和卫书记、段书记还有钱书记沟通一下，研究一下你的问题，好吧？先这样，我接下来还有事。"

方便的时候？李尚银心想等你真方便的时候，我的事情不知道拖到猴年马月了。看来光是一味地诉苦是打动不了小赵县长的，除非是给小赵县长提供一些有用的东西。

想到这里，李尚银就说："县长，我再耽误您一点时间，我这里有重大情况向您汇报。"

赵长风"嗯"了一声，却不抬头，伸手在文件堆里翻找着文件。

"县长，真的是很重要的情况，对您非常有用。"李尚银对赵长风说，"只要您能够帮我恢复职务，我就把这个情况告诉您。"

赵长风把文件往桌面上一摔，对李尚银说："李尚银同志，对不起，我不需要知道你那个什么所谓的对我很有用的重要情况。另外我也可以告诉你，即使你告诉我那个很重要的情况，我也帮不了你。"他心中说道，这个李尚银，什么情况都没有说就开始讨价还价了，简直是异想天开！

第十二章　走私团伙浮出水面，收集证据须待时日

宣天荣被拿下！令赵长风万万没有想到的是，牵涉出来的问题更为严重：粤海县常委钱云枫和常自鸣居然涉嫌参与走私。面对钱系人马盘根错节的关系网、势力网，赵长风决定进行暗中调查，只有掌握了充分的证据后，才能一举端掉这个走私团伙，还老百姓一片青天。

李尚银脸色变了一下，他立刻明白自己失误了，没有显示出自己的诚意，就想让小赵县长帮他？李尚银身为小赵县长大闹派出所案件的有关当事人之一，当然知道小赵县长的背景有多大。省政府秘书长谢富海亲自下来，省公安厅副厅长何承明在一旁陪同，两个大领导在粤海县人民医院里对小赵县长关怀备至的景象谁能够忘记啊！如果小赵县长能够开恩，到何承明厅长面前为他说上几句，何厅长只要发了话，他官复原职不是很轻松吗？即使不方便官复原职，何厅长发了话，把他调到别处继续担任副局长什么的，不比现在在粤海县公安局受常自鸣的气强？

以小赵县长这么强大的背景，自己过来和小赵县长讨价还价，他肯定不高兴了。唯一的办法就是自己把情况向小赵县长和盘托出，小赵县长听了这个情况一高兴，说不定顺嘴就把他的事情讲给公安厅何承明副厅长，何副厅长顺手就帮他解决了。

退一万步来讲，即使小赵县长不帮他，但是他知道了这个重要情况，岂能放过钱云枫和常自鸣？钱云枫和常自鸣把自己害得这么惨，一定要出这一口恶气，即使不能官复原职，也要看着他们比自己更惨才行。

想到这里，李尚银就下定了决心，他咬了咬牙，对赵长风说："县长，不管您替不替我解决问题，我都要把这个情况汇报给您：有人曾经向我反映过，钱云枫和常自鸣两个人和走私集团有瓜葛！"

赵长风靠在皮转椅上，没有做声。

李尚银看了看赵长风的脸色，胆子就大了一些。小赵县长对他的话没有表态，这本身就是一种表态。有很多时候，领导不说话其实就已经是在说话，小赵县长现在的态度就是对他的鼓励，一种无声的鼓励啊。

"县长，其实粤海县大多数制鞋厂用的牛皮都是国外的牛皮，而后沙镇天联皮鞋厂就利用自己是来料加工企业的便利条件，从国外进口牛皮，转卖给其他制鞋企业。"李尚银说。

赵长风听说过沿海地区走私盛行，但多是听说走私汽车、摩托车、手表、石油之类的，这个走私国外牛皮他还是第一次听说，一时间心中不由得好奇起来，想知道走私牛皮究竟是怎么回事。他不动声色地望了李尚银一眼，这才微微皱起眉头说："走私牛皮?"

李尚银知道赵长风刚从内地调过来不久，对沿海地区的情况还不熟悉，就解释道："主要走私的是非洲的牛皮。由于非洲牛皮皮面大、皮面整洁，质量要远远优于国产牛皮，在市场上很受欢迎，沿海地区的制鞋企业都喜欢采用非洲牛皮作为生产原料。"

李尚银担任过粤海县公安局常务副局长，经常会配合粤海县海关参加缉私查私行动，对走私贩私的手法非常熟悉，他继续说道："按照正常的进口渠道，保管一个二十英尺集装箱的盐湿牛皮，需要向海关缴纳八万元的税款。而皮鞋厂如果通过来料加工企业购买进口牛皮，只需要向这些来料加工企业支付两万元费用，就可以让来料加工企业采用'包税进口'的方式替他们进口一个二十英尺集装箱的盐湿牛皮。"

"当然，来料加工企业所谓采用'包税进口'方式进口的牛皮是国家的保税牛皮，按照国家规定，保税进口的牛皮暂时是免税的。但是加工之后必须用以出口，然后到海关核销这批保税进口的牛皮。但是进口牛皮在加工后很难跟国产牛皮区分，走私企业就用国内牛皮串换进口保税牛皮，来'平衡'进口手续，骗取海关核销，从而达到偷逃税款的目的。"

赵长风微微点头，基本上了解了李尚银说的意思。

李尚银继续说："有人也举报过天联皮鞋厂的涉嫌走私进口牛皮，但是粤海县海关和粤海县公安局采取过几次秘密联合行动，却都扑了空，后来就不了了之了。我也带队配合过海关的行动，很纳闷消息是如何走漏的。直到前一段时间我收到一封秘密检举信，说钱云枫副书记和常自鸣局长与天联皮鞋厂老板有着密切的关系，这才明白秘密联合行动的消息是如何泄露出去的。我本来想把这封检举信转给粤海海关，但是想到常自鸣平时和海关关系不错，害怕海关里有内鬼。如果这封检举信中说的事情都是真的，那内鬼岂不是会把消息透露出去，打草惊蛇了？县长，我想到您和省里领导比较熟悉，如果从上边派人调查这件事，就稳妥多了，所以过来向您汇报。"

赵长风听到李尚银汇报的情况很是震惊，却板着脸呵斥道："谁告诉你说我和省里领导关系比较熟悉？没有根据的话可不能乱说！"

李尚银连忙收住了话头，对赵长风的话很不以为然，心想赵县长，您就别假撇清了，群众的眼睛是雪亮的，省政府秘书长谢富海和省公安厅副厅长何承明对您的态度大家都看到了……

赵长风又说道："还有，单凭一封莫名其妙的检举信就怀疑干部和走私集团有联系，是不是太轻率了一点？尤其被怀疑的还是重要的领导时，我们更要慎重啊。"他严肃地看着李尚银，"你担任过公安局的常务副局长，对办案的原则应该非常熟悉吧？'铁证如山'几个字难道你不懂吗？你这样到处说，会造成什么样的严重影响？"

李尚银脖子后的汗水又冒出来了，他连忙说道："县长，您批评得对，我是太轻率了。但是我也知道分寸，除了您之外，这封检举信的事我没有向任何人提起过。"他对自己来找赵长风说这件事后悔得肠子都青了。

"这封检举信的事，你知道就行，不要向任何人提起。"赵长风话锋一转，语气却缓和了下来，"至于你前面反映的自己的有关情况，我会派人调查一下。先这样吧。"

李尚银立刻听懂了赵长风话里的意思，他立刻站了起来，佝偻着身子，感恩戴德地对赵长风说："县长，谢谢您！那我就不打扰您了。"

屁颠屁颠地走了出去，李尚银心中充满了喜悦。赵长风县长虽然没有给他肯定的承诺，但是说要派人调查一下，本身就是一种态度。为什么小赵县长前后态度变化这么大呢？说明自己反映的情况还是起作用了，虽然他严厉批评自己太过轻率了，但是“铁证如山”四个字是不是也在暗示他要搜集掌握更多的证据呢？以小赵县长的地位，对付对手肯定会是不击则已，一击则必须致命。李尚银深信，他只要能够把钱云枫和常自鸣涉及天联皮鞋厂走私的证据收集齐全，小赵县长一定会帮他官复原职的。

赵长风端着茶杯靠在皮转椅上，两眼望着天花板，内心陷入了深深的震惊之中。他想不到，钱云枫和常自鸣这两个把握着粤海县政法系统的人竟然会牵涉到走私集团当中。如果这个消息最后得到证实的话，可想而知会给粤海县的政坛带来什么样的震动，可以说粤海县实力强大的本地干部派系会立刻垮塌一半。

震惊之余，赵长风立刻又意识到这件事将要给他带来的转机。如果钱云枫、常自鸣等人因为这件事倒台，那么他要面对的只剩下另一支粤海县的本地干部势力，从这两个月来看，党群副书记段志魁相对于钱云枫还是比较好相处的。

可是要想查实这件事却又谈何容易啊，即使以李尚银常务副局长的地位，也不过是仅仅掌握了一封举报信而已。要么李尚银收到的举报信上所说的事情是子虚乌有，要么就是钱云枫等人的隐藏功夫太过高明。按照赵长风的判断，很可能是钱云枫和常自鸣的伪装功夫太过高明，或者至少说明粤海县公安机关里有重要的人物和走私集团有牵连，否则秘密联合行动也不可能总是走漏风声啊。

赵长风站起来走到窗边。他推开窗户，一股热浪扑面而来，和房间内大功率空调维持的清凉温度形成了鲜明的对比。赵长风点燃一根烟，望向办公楼后一株郁郁葱葱的大榕树，这株大榕树枝叶繁茂，树冠伸展开来，把周围一亩多的空地都覆盖在自己的树荫之下，向外横向伸展的巨大树枝上又生出了无数条气根，有很多气根已经扎入地下的泥土，长成水桶粗细的树干，成为这方土地上的霸主。

赵长风心想，围拢在钱云枫周围的那个本地干部小集团不就像这一株盘根错节的大榕树吗？通过气根须根和枝叶互相支撑，形成了一个完整的利益整体。想要铲除这个利益整体，其难度可想而知。稍有不慎，就不是打草惊蛇的问题了，而是要面临整个利益集团的疯狂反扑。后沙镇党委书记宣天荣在丽城假日酒店摆下的鸿门宴加桃色陷阱就是一个很好的例子啊！

赵长风在心中盘算了很久，还是觉得他第一时间作出的决定最为稳妥，先暗示李尚银私下里搜集钱云枫参与走私的证据，一旦证据确凿，那么就到省里找谢富海秘书长，联系公安厅何承明厅长，由何厅长出面和粤东海关沟通，然后自上而下地展开行动，打钱云枫一个措手不及。如果李尚银搜集不到足够的证据，赵长风这边就按兵不动，避免轻举妄动而给对手带来可趁之机。

正在思忖着，却听见手机响了。赵长风来到办公桌前，打开抽屉，拿出手机一看，是大舅哥方天雷的电话，他笑了一下，有半个多月没有听到方天雷的大嗓门了。

“天雷哥。”赵长风按下手机按键，笑着说，“部队拉练回来了？”

“是啊，都回来几天了。”电话里传来方天雷洪亮的声音，“我明天到深州市出差，你是半个地主，可要准备几瓶好酒招待我啊！”深州和粤海紧挨着，也就是一个小时的车程。

“啊，天雷哥明天就到啊？太好了，没有问题！”赵长风大喜，他爽快地说，“我给您准备几瓶人头马吧！”

“算了，这人头马我还是喝不惯。”方天雷大笑着说，“还是喝咱老祖宗留下的白酒吧。好了，我不跟你说了，明天见！”

赵长风听着电话里传来的忙音，心中暗笑，天雷哥不愧是军人，总是这个风风火火的脾气。

把手机扔进抽屉里，赵长风看了一下明天的日程安排，随手拿起铅笔在旁边写了几个字。

莫日根推门走了进来，站到赵长风面前汇报道：“县长，我给政研室打过招呼了，明天就让小鲍到综合科来上班，您看……”

“让他暂时跟我跑一段吧。”赵长风递给莫日根一根香烟，“坐吧。老莫，我明天中午要去深州……”

不等赵长风说完，莫日根连忙说：“我待会儿就通知农业局，明天上午的活动简短一些。”见赵长风露出了微笑，莫日根又问道，“您去深州，要不要带上鲍晓飞？”

赵长风望着莫日根没有说话，伸手在烟灰缸里掸了掸烟灰。

莫日根看了一下赵长风的脸色，连忙说道："还是先让他在综合科熟悉一下情况吧，第一天到综合科来。"

赵长风点了点头，随口问道："老莫，你觉得李尚银这个人怎么样？"

莫日根立刻明白，领导这是征求他对李尚银的看法，这个时候说话可一定要谨慎，千万不能乱说。他沉吟了一阵，才开口说道："李尚银业务能力挺强，为人也算是廉洁自律，在粤海县老百姓中还是有些口碑的，只是以前和段志魁书记走得比较近。"

赵长风"嗯"了一声，没有说话，伸手拿过一份文件看了起来。莫日根又坐了一会儿，见他没有别的话问，就悄悄地退了出来。

方天雷下榻在羊城军区深州长城大酒店。酒宴就设在距离长城酒店不远的海港大酒楼，这间酒楼擅长烹调燕窝、鱼翅和鲍鱼，尤其是鲍鱼，在深州市可称为一绝。

赵长风赶到的时候，方天雷已经在海港大酒楼三楼的小包间里等候了，赵长风带着方忠海进去，见只有方天雷端坐在那里，就连忙上前问好，嘴里说道："天雷哥，可想坏我了！"

方天雷伸出大手在赵长风的肩膀上用力拍了两下，笑着说："你小子就是嘴甜，要不佳怡怎么能被你骗到手？"

说着方天雷伸手拿出一个包装精美的盒子递给赵长风："佳怡知道你离不开信阳毛尖，特地托我给你带过来一盒。"

赵长风一脸幸福地接过盒子，嘴里却埋怨道："佳怡也真是的，信阳毛尖在哪里买不到？还专程让你大老远地带过来。"然后又问道，"天雷哥，佳怡还好吧？"

"放心，佳怡不错，你妈天天在身边侍候着，把佳怡养得白白胖胖的，她最近一个劲地嚷嚷着要减肥呢！"方天雷说，"佳怡说了，茶叶还是从家里带过来正宗。"

赵长风嘿嘿笑着，把盒子拿在手中端详了一阵，这才交给方忠海。

"天雷哥，怎么就你一个人？"赵长风笑着问道，"一个人能喝多少酒？是不是想替我省钱？"

“长风，怪不得佳怡一直叫你赵老抠呢！现在是堂堂的县太爷了，就这一点肚量？告诉你，今天你想省钱，门都没有！”方天雷说，“我还约了几个客人，马上就到！”

赵长风笑嘻嘻地听着，他知道大舅哥绝对不会无缘无故地约客人过来的，天雷哥肯定是借着这次到深州出差，为他铺一下路，介绍几个关系给他。

正说着，门外传来一阵脚步声。

“先生，这里就是三个八包间。”酒楼的迎宾小姐领着三个人走了进来，方天雷一看到这三个人就站了起来，笑着迎了上去：“老伙计，你们可是姗姗来迟啊！”

三个人亲热地和方天雷握着手，其中一个矮胖子打趣道：“老方，怎么升了参谋长以后说话也这么文质彬彬了？忘记咱们当初一块站在马路牙子上往路边撒尿了？”

“朱胖子，你说话还是这么不着调啊！”方天雷假装生气地给了朱胖子一拳，和这个人嘻嘻哈哈地闹着，哪里有一点师参谋长的威严？

把三个人让到座位上，方天雷把赵长风拉过来说：“长风，这几位都是我的老战友，来，我替你介绍一下。”他指着矮胖子对赵长风介绍道：“这位是朱大军，深州进出口公司的副总经理。这位是我妹夫赵长风，粤海县县长。”

赵长风连忙伸出手来说：“朱哥好，以后还请您多多关照。”

朱大军握住赵长风的手笑嘻嘻地说：“不错不错，年纪轻轻就当了县长，比老方有出息。小伙子好好干！”

方天雷又指着朱大军旁边那个身材魁梧的黑脸汉子说：“这位是王志强，深州天鹏房地产公司的老总。”

“王哥好，请多多关照。”赵长风连忙说道。

“这位是张宝国，深州市公安局副局长。”方天雷指着最后一个一脸文气的战友说道。

“张哥好，请多多关照。”赵长风依旧热情地上前说道。

方天雷把三个战友介绍一遍后，这才对他们说：“老伙计，长风刚从中原省调过来，人生地不熟的。我远在中原，也顾不上他，我今天就把他交给你们了，有什么事情你们一定要帮忙。”

朱大军、张宝国和王志强都说道：“老方你客气啥？既然是咱妹夫，这话还用你交代吗？以后妹夫要是有什么事，跟我们打声招呼，能办的我们坚决给办，不能办的创造条件也要给办！”

“多谢几位哥哥。”赵长风连忙掏出香烟，依次敬了过去，“那以后有什么事，我可真的厚着脸皮求上门了啊！”这三个人虽然不是什么非常显赫的人物，但是可以看出和方天雷的感情绝不一般，所以赵长风才这么不见外。

见几位战友点上了香烟，方天雷看了看手表，说道：“老师长也该到了吧？”

话音未落，外面传来一阵脚步声，迎宾小姐在前面带路，领进来一位中年人。这个中年人一身便装，身材略微发福，气度十分威严。

几个人扔掉手中的香烟，立刻站了起来。

方天雷双脚并拢，向这个中年人敬了一个军礼。

那个中年人也还了一个军礼，动作干净利落，标准得无可挑剔。

朱大军、王志强和张宝国也跟着方天雷一起敬礼，赵长风在旁边看着，感觉这气氛好像是身处军营里一般。

“师长，两年多没见，您看起来反而又年轻了呢！”方天雷笑着说。

“天雷，你就会逗人开心啊！”中年人笑了笑，问道，“司令员身体还好吧？”

方天雷说：“老爷子身体挺好呢！爬起山来年轻人都跟不上他。他知道我来深州，还特意让我问问你的情况呢！”

“天雷，你向司令员汇报，就说我李惠民在深州干得很好，没有给司令员丢脸！”中年人显然对方振华感情很深。

方天雷连连点头。

这时李惠民发现了站在一旁的赵长风，就问道：“天雷，怎么不介绍一下，这位是……”

“嘿嘿，师长，我见您一激动，把这茬忘了。”方天雷挠了一下脑袋，不好意思地笑了笑，把赵长风叫到了身边，向李惠民介绍道，“长风，这就是我的老师长李惠民，目前是深州海关的关长。”然后又对李惠民说：

“老师长，他是我的妹夫赵长风，两个月前刚调到粤海县担任县长。”

“李关长好！”赵长风恭恭敬敬地对李惠民说。他还真不知道，大舅哥方天雷在深州还有这么强大的一个关系。这时候赵长风忽然想起了李尚银汇报的情况。粤海县也属于深州海关的关区，有了李惠民这层关系，去调查一下钱云枫和常自鸣是否涉及走私不是非常便利吗？

李惠民亲热地拉着赵长风的手打量着，笑呵呵地对方天雷说：“司令员眼光不错，找了这么出色的一位女婿。”

赵长风面色有些赧然，他好长时间没有被人这样打量过了。

李惠民松开赵长风的手，看见大家都还站着，就大手一挥，说道：“都站着干什么，坐下啊！”然后又对赵长风说：“小赵是吧？也坐。你既然到了深州，我今天可要考验一下你，看看你的酒量能否配得上司令员的眼光。”

赵长风听说考验酒量心中就暗笑，他知道部队出身的干部说话都喜欢直来直去，他嘴上也不谦虚，说道：“李关长，希望我的酒量不会让你失望。”

李惠民一听赵长风的话就心中喜欢，说道：“哟嗬，现在的年轻人了不得啊，待会儿喝醉了可别钻桌子！”

簇拥着李惠民入了座，服务员送上了热毛巾，擦过手之后，方天雷拿过手包，从里面掏出一条烟塞到李惠民手里：“师长，这是老爷子专程让我给你带过来的。”

李惠民接过来一看，原来是特制的大熊猫，这种香烟是特供的，没有想到老司令出手这么大方，一送就是一整条。

看到朱大军、张宝国和王志强三个老战友眼巴巴地望着李惠民手中的特制大熊猫，眼里羡慕得就要冒出火来，方天雷不由得心中暗笑，他伸手从手包里又拿出三盒特制大熊猫，给朱胖子、张宝国和王志强每人手里塞了一盒，嘴里说道：“来，我这里还有三盒存货，你们三个分了吧！”

朱大军、张宝国和王志强心中大喜，一把抓过方天雷塞过来的烟盒，嘴里连连说道：“老方够兄弟，够意思！”要知道，这种特供香烟可是身份的象征，没有到一定的地位，花再多钱也买不来。

有了这个小插曲，酒菜送上来之后，气氛就更加热烈起来。不用老师长做动员，朱大军、张宝国和王志强三个人端着酒就去招待赵长风了。按照部队的规矩，招待客人就一定要招待好，而招待好的标志之一就是把客人喝倒。连方忠海一个小小的退伍特种兵都知道那么多劝酒的规矩，可想而知方天雷的三个老战友懂得多少劝酒的花招。

李惠民这边拉着方天雷，防止他立场不坚定，关键时刻站到妹夫那边去。方天雷见了这阵势心中暗笑，妹夫的酒量究竟有多大，方天雷到现在也没有个概念，喝过这多次酒，从来就没有见赵长风醉过。因为心中有底，方天雷乐得看朱胖子三个人表演，心说让妹夫露两手，镇一镇场面也好。

果然，赵长风来者不拒，不多一会儿的工夫，已经和朱胖子等人喝下了六瓶五粮液。朱胖子、王志强和张宝国三个人面面相觑，咱这个小妹夫喝酒像喝白开水一样，这样下去，恐怕小妹夫没有醉，咱们先醉了吧？

李惠民见朱胖子三个人有点畏缩，就一拍桌子，亲自上阵。赵长风心中暗笑，我就等着你亲自上场呢！

果然，一阵激烈的交锋之后，李惠民和赵长风两个人又喝下三瓶酒。李惠民的眼神就有点发直，顶不住了。朱胖子、王志强、张宝国三个人连忙又顶上。

就这样喝来喝去，成了一场混战，服务员在一旁看着一只接着一只的空酒瓶都看醉了。

“行！司令员眼光果然厉害，小赵配当咱们部队的女婿！”李惠民酒意上涌，他拉住赵长风一个劲地夸赞。

赵长风看时机到了，就倒了一杯酒捧到李惠民面前，准备开口。

“李关长，我敬您一杯。”赵长风换上了大号的玻璃杯子，倒了足有半斤五粮液，双手举着对李惠民说，“您随意，我干了！”

李惠民低头看了看手中的小酒杯，苦笑着摇了摇头。今天一比四的情况下没有干翻小赵，反而被他灌得七荤八素，老司令听到这个消息，肯定会骂他们没有用的。

“自古英雄出少年啊，我是好汉不提当年勇，今天就占你的便宜了啊！”李关长举起酒杯和赵长风的大号玻璃杯碰了一下。

赵长风谦虚地笑着说：“李关长，您太客气了。今天你们是看在老爷子的面子上有意照顾我呢!”说着一仰脖，把一大杯白酒干了。

李惠民暗自咋舌，他把杯中酒干完，就冲旁边的方天雷说：“天雷，你小子越来越坏了，竟然跟我打埋伏，咱妹夫酒量这么好，你也不提前打声招呼。”

方天雷哈哈大笑道：“师长，没想到你也有投降的时候啊!”

李惠民哼了一声，懒得搭理方天雷，扭过身亲热地拍了拍赵长风的肩膀，认真地说：“妹夫，以后深州就是你的家，有什么麻烦事，跟我言语一声。”

“多谢李哥!”赵长风连忙说道，李惠民主动和他称兄道弟，他当然不会错过这个机会。

这时旁边传来很响的鼾声，扭头一看，原来朱大军不知道什么时候已经趴在桌子上睡着了。再看王志强，也靠在椅子上，头枕着靠背发出轻微的鼾声。倒是一脸文气的张宝国还能保持几分清醒，端着杯子不住地喝茶。

“这两个家伙，净给我丢人!”李惠民板着脸骂了一句。

方天雷偷偷瞪了赵长风一眼，意思是说他不知道收敛，弄得方天雷第二场节目都没有办法安排。

李惠民扶着椅子摇摇晃晃地要站起来，赵长风和方天雷连忙去扶。

“没事，你们哥俩继续喝，我上一下洗手间。”李惠民明明站都站不稳了，还兀自逞强。

“师长，正好我也要去。”方天雷朝赵长风使了一个眼色，让赵长风坐回去，他搀扶着李惠民走了几步，来到洗手间门口。海港大酒楼的贵宾包间里都设有独立的卫生间，方便客人使用。

方天雷把门打开，把李惠民扶进去，转身出门，替李惠民把门带上。他回到桌子旁又狠狠地瞪了赵长风一眼，说道：“你小子今天来劲啊，看看你灌倒了几个?”

“天雷哥，不是你说让我尽情发挥吗?”赵长风委屈地说，“况且是一比四啊!”说着偷眼看了一下旁边的张宝国。张宝国两眼发直，一个劲地喝茶，根本没注意到方天雷和赵长风在说什么。

方天雷“哼”了一声，没有理睬赵长风，赵长风把椅子往方天雷身边挪了挪，低声问道："天雷哥，李关长人不错啊，怎么以前没有听你说起过？"

"师长以前在老爷子手下当兵，是老爷子一手把他提拔起来的。"方天雷说，"后来我又在他手下当兵，他念着老爷子的好处，没少照顾我。这次你来粤海，我都提前向师长、还有我这几个战友打过招呼，只是没有告诉你而已。"

赵长风听着方天雷的话，心中很是感激。说起来大舅哥方天雷对他比老爷子方振华对他还要照顾得多。对于他的事情，方振华大多数时候是不闻不问、放手让他锻炼，而方天雷则经常给他提供一些帮助。

方天雷又和赵长风聊了一会儿，还不见李惠民从洗手间出来，他心里就些纳闷，来到洗手间门口一听，里面传来一阵阵鼾声，方天雷连忙推开门，看到李惠民竟然坐在马桶盖上睡着了。

对于这样的场面，方天雷啼笑皆非。师长当初在部队里也是有名的海量，真是岁月不饶人啊！想来师长回头酒醒后，对妹夫赵长风的印象一定特别深刻。

李惠民和朱大军、王志强、张宝国都是自己开车过来的，老部下、老战友之间的聚会一般不带尾巴。现在四个人醉了两对，方天雷没有办法，只好和赵长风一起把老师长、老战友弄回长城大酒店。

刚忙完，赵长风的手机就响了起来，拿起电话，却是县委书记办公室的号码。赵长风接通电话，里面传来卫建国的声音："长风吗？我是卫建国。"

"卫书记，是我。您有什么事吗？"赵长风在卫建国面前保持着一如既往的尊重。

"是有事要和你商量。"卫建国说，"刚才财政局龙强涛局长过来汇报，说省财政厅把我们历年来累积的拖欠款全部从拨款中扣下了。再过七八天就要发工资了，现在财政局账面上只有不到五百万元……"

"什么？怎么会这样？"赵长风吃了一惊，他也知道粤海县历年累积下来拖欠省财政厅两千多万元，但是按照惯例，省财政厅最多也就是发问催缴，很少动真格地去在财政拨款中扣下。即使要扣，也会提前打个招呼，分几次逐步扣除，哪里有这样一下子全部扣下呢？

“具体情况龙强涛也在了解之中。”卫建国说，“长风，你现在能赶回来吗？我们商量一下对策。”

赵长风看了看手表，对卫建国说：“好，卫书记，我两个小时后赶回县里，等见了面再详谈。”

挂了电话，赵长风对方天雷说：“天雷哥，我现在有事必须要赶回去！”

方天雷说：“长风，事情很紧要吗？不紧要就留下来，晚上师长酒醒了，再热闹热闹。”

“天雷哥，恐怕不行，我必须赶回县里。李关长他们这里就拜托您帮我说一声了。”赵长风说。

方天雷关心地问道：“什么事这么十万火急？”

赵长风摆了摆手，说道：“天雷哥，您就别担心了。没有什么，我能搞定。”说着他叫方忠海开车，匆匆忙忙地返回粤海县。

赶到县委书记办公室，卫建国正闷头坐在沙发上抽烟，见到赵长风进来，卫建国就站起来迎了上来，伸出手说：“长风县长，辛苦了。大老远地把你叫回来。”

赵长风和卫建国握了一下手，问道：“卫书记，现在情况怎么样？”

“来，坐下慢慢说！”卫书记喊来秘书曹一兵，让他为赵长风倒了一杯茶，然后才对赵长风说，“龙强涛已经向省财政厅打过电话，财政厅的人态度很不好，说粤海县这些拖欠款早该上缴，拖了这么久才扣下算是很照顾粤海县了。”

赵长风沉吟着，没有说话。

卫建国递给赵长风一根烟，斟酌着说：“长风县长，我说一句违反原则的话啊，这件事大有问题。”

赵长风接过烟来点着火，不说话，默默地看着卫建国。

卫建国说：“说起拖欠款，现在哪个地县没有拖欠款呢？这是一个很普遍的现象。再说，这些陈年积账，省财政厅早不扣晚不扣，偏偏在这个时候扣，而且要一下子扣完，这不是很蹊跷吗？”

说到这里，卫建国瞟了瞟赵长风，说道：“长风县长，我看这件事是有人在背后搞鬼，八成是冲着你来的。”

其实这个问题卫建国不说，赵长风也已经想到了。尤其是他上次得罪了市财政局的张晓强，对方早晚是要发难的。但是单单一个张晓强就能有这么大的能量，让省财政厅把粤海县历年的拖欠款一下子全部扣下，似乎又有点夸张。

“卫书记，谢谢您，如果不是您的提醒，我还真想不到这一点。”赵长风说，“您觉得这件事会和那些人有关?”

“长风县长，咱们两个都是外来户，你和我客气什么?”卫建国不动声色地点出了他和赵长风的共同点，拉赵长风结盟的意味很浓，“至于说是什么人，我还真拿不准。长风县长，你想一想，来粤海这段时间都得罪了什么人?”

赵长风沉吟着，思忖着卫建国话里的含义。他来粤海县这段时间得罪的人太多了，但要是从职务高低上来说，似乎这些人都还没有到可以左右财政厅的地步。即使是海州市财政局国库科科长张晓强，也不过是在海州市财政局有点影响，想要到省财政厅去说话，即使是海州市财政局局长李明生也不一定有这个能量。

卫建国慢条斯理地品着茶，任由赵长风在那里想着。看看火候差不多了，卫建国这边放下茶杯，一拍大腿说道：“哦，对了，长风县长，我猛然想起来，省财政厅钱万有副厅长十几年以前担任过咱们粤海县的县长，又是钱书记的族叔。长风县长，要不咱们把钱书记叫过来商量一下，让钱书记到省里找钱厅长做一下工作?”卫建国这就是所谓的正话反说，看似说是让钱云枫过来帮忙，其实是点醒赵长风，这件事情上谁的嫌疑最大。

原来竟然是钱云枫搞的鬼。赵长风心中冷笑一下，是啊，算起来钱云枫也该反击了，只是没有想到，这钱云枫反击的力度竟然会这么大。

赵长风摇了摇头，说道：“卫书记，即使钱书记过去做工作，也需要一个过程吧？我们只有几天的时间了，我看是不是先找银行想一想办法，贷出一笔款子应应急?”

卫建国沉吟一下，说道：“现在银行放贷权力都收归了市行，县里银行自主权很小。现在工资缺口有近两千万，必须到海州市去想办法。”

说到这里，卫建国望着赵长风，恳切地说：“长风县长，这样吧，我到粤海有一年半了，比你熟悉一些情况，到海州市银行跑贷款的事情就交给我了。你这边还是想一想办法，到省里活动一下，让财政厅通融通融，我们双管齐下，争取把这个难关渡过。”

赵长风没有想到卫建国对工资的事这么上心。按理说政府主管经济，如果这次工资发不下去，干部职工闹了起来，矛头只会指向当县长的赵长风，骂他这个新来的县长无能，对卫建国这个书记影响倒是不大。

“卫书记，感谢的话我就不说了，能遇到你这样胸怀开阔的班长，我很荣幸。”赵长风伸出手去。

卫建国连忙伸出手来和赵长风握在一起，说道：“长风县长，我说了不要见外嘛！在粤海县我们都是外来户，想站稳脚跟不容易啊！”

当下两个人决定分头行动，卫建国到海州市去找银行贷款，赵长风则到省里去跑财政厅的关系。

赵长风先回到县长办公室，通知莫日根叫上龙强涛，一起到省财政厅去。龙强涛听说赵长风要带他一起去财政厅，心中也很有一些忐忑。听说小赵县长在省里背景非常强大，如果这次他到省财政厅顺利地把事情解决了，钱书记这一招非但没有打击到赵长风的威信，反而会让赵长风在全县干部职工面前威风大涨。想一想看，省财政厅把历年积累下来的拖欠款扣除了，小赵县长一出马就轻松搞定，那么小赵县长该有多大能量啊？

其实对于普通的干部职工来说，他们并不关心上层领导之间的权力斗争，他们只关心鼻子下面的一点点看得见的实际利益，那就是工资会不会按时发，奖金是不是比上个月又丰厚了一点。只要能保证他们按时按点拿到工资和奖金，无论是谁当粤海县的领导都没有问题，他们会举着双手高呼同意。

钱云枫因为后沙镇党委书记宣天荣的事又丢了面子之后，终于下定决心，要动用族叔钱万有的关系来对付赵长风。只要省财政厅把粤海县的拖欠款一次性扣下，粤海县财政上没有足够的钱来发工资，粤海县这些干部职工肯定会跳起脚来骂娘。他们才不管这些被扣下来的拖欠款是以前欠下来的，赵长风只是替前几任领导来填这个黑窟窿，他们只会考虑，为什么这个月的工资没有发下来？只要见不到这一点钱，管你有天大的理由，他们都会站出来骂街，当然是骂新任县长赵长风无能。

龙强涛是钱云枫的铁杆心腹，对他的计划当然了解。此时听说小赵县长要带他一起去省财政厅，心中难免有点为钱云枫书记担心。

赵长风带着莫日根下了楼，龙强涛就站在一楼大厅等着。见赵长风出了电梯，龙强涛连忙迎了上去，恭敬地招呼道："县长。"

赵长风淡淡地说："走吧，有什么话到羊城再说。"然后径直出了大厅，上了停在台阶上的粤海县二号车。

龙强涛愣了一下，心想小赵县长就是拽啊，连基本情况也不问一下，就直接去省财政厅，有这样办事的吗？他心里嘀咕着，脚下却不敢怠慢，跟着出了大厅，进了他的专车，跟在粤海县二号车后面向羊城驶去。

赵长风坐进了车里，拨通了黄秘书的电话："黄哥，我是长风。您现在忙吗？"此时赵强已经结束了党校的学习，出任粤东省省委副书记、代省长。黄秘书也跟着赵强一起到了粤东。

"我没有什么事，省长在和一号谈话，我正好清闲下来。"黄秘书口中的一号自然是省委书记杜红军，他问道，"长风，你有什么事？"

赵长风说："是这样的，财政厅一下子把我们县历年累积的拖欠款一下子都扣下了，现在县里没有钱发工资，我准备找一下财政厅里的大老爷们求求情。"

黄秘书沉吟了一下，他跟着赵强来到粤海县才半个月，对省里的情况还不熟悉。赵强还没有去财政厅调研，黄秘书在财政厅也没有搭上线，如果他贸然给财政厅领导打电话，财政厅领导答应了还好，如果不答应，岂不是塌了赵强的面子？虽然赵强是新上任的省长，而且按照年龄趋势，很快就会接上老一杜红军的班，财政厅领导未必有胆子拒绝黄秘书的电话，但是万一财政厅的领导不开眼呢？

"长风，这样吧，我看还是让秘书长出马吧。"黄秘书说，"秘书长对省里情况熟悉，该找谁他拿捏得准。"

"不要麻烦秘书长了吧？"赵长风说，"黄哥，实话跟你说吧，我压根也没有指望能从财政厅里把这钱要回来。我只是做一个样子给下面人看看。"

赵长风这话一出口，坐在副驾驶座位上的莫日根心中就是一震。压根没有指望把钱从财政厅里要回来？这是什么意思？难道小赵县长不知道，到时候发不下工资究竟会对他产生多大的影响吗？

黄秘书笑了起来："长风，说说看，你究竟是打什么鬼主意？"

"黄哥，我那点鬼心思还能瞒得住你吗？"赵长风微笑着说，"反正今天晚上你帮我找一个普通的关系，能够把财政厅预算处处长约出来吃个饭就行了。"

"这个啊，好办！"黄秘书想了一下说，"省委组织部干部处副处长肖平和我是校友。我让他帮你约一下预算处处长出来吃个饭应该没有什么问题。我先帮你联系一下，一会儿给你电话。"

工夫不大，黄秘书的电话就打了过来，他说："长风，运气不错，肖平和预算处处长杨思清今天晚上都有空。这样吧，你到省政府来，我先帮你介绍一下肖平处长，然后再让肖平处长陪你一起去见杨思清。"

快到羊城的时候，莫日根的电话响了起来，他接通电话之后嗯了几声，放下电话对赵长风说："领导，驻省办高望山主任说地方都安排好了，是白云大酒店最豪华的包间，富贵轩。"

赵长风点头道："好，你让龙局长先过去和高主任会合，到包间里等着。"

莫日根就拨通了龙强涛的电话："龙局长，县长说了，让你先去和驻省办主任高望山会合，到酒店去等着。"

龙强涛听了莫日根的话心中就恼火，心想自己好歹也是实权在握的粤海县财政局局长，你小赵县长架子再大，也不能老让莫日根在中间传话吧？

强压着心中的怒火，龙强涛又问道："莫主任，知道县长今天晚上邀请了哪一位大人物吗？"

莫日根明明在一旁把赵长风的电话听得清清楚楚，此时却和龙强涛打着马虎眼，说道："这个县长没有说，我也不敢问，要不你打个电话问问县长？"

"呵呵，你莫大主任都不敢问，我这一个小小的局长又怎么敢问？"龙强涛回敬了莫日根一句，悻悻地挂断了电话。

放下电话，龙强涛立即拨通了钱云枫的手机："钱书记，赵长风那边好像已经联系好了人，具体是谁，我还不知道。他让我和驻省办高主任一起到酒店包间里先等着。"

"还能有谁?"钱云枫冷笑道,"有我叔叔站在那里,我就不信财政厅有哪个不开眼的东西敢去赴粤海县的宴请。"

龙强涛却不像钱云枫那么乐观,在县里,公安局、财政局是两个最重要的实权部门。对于这两个部门的一把手,县长县委书记都要刻意笼络,一般都是亲自打电话和这两个局的局长联系。可是赵长风今天摆明了故意冷落他,非但没有直接和他通过一句话,而且也不向他了解财政厅扣了款项究竟是怎么回事,如果赵长风不是胸有成竹,能这么嚣张吗?

赵长风的车开到省政府就被武警拦住了,粤海县的二号车在省政府当然不好使。黄秘书的电话很快打了过来,武警听了黄秘书的电话后,对赵长风的态度立刻和蔼了很多,让开道路,让黑色公爵王开了进去。

黄秘书的办公室虚掩着。赵长风推开了门,黄秘书正坐在沙发上陪一个三十五六岁的紫衣男子说话,看到赵长风进来,黄秘书立刻快步迎了上来:"长风,两个月不见,你又潇洒多了啊!"

赵长风紧紧握住黄秘书的手,笑着说:"黄哥才是风度翩翩呢,如果我能赶上黄哥的一半潇洒,就心满意足了!"

黄秘书拉着赵长风的手来到那个紫衣男子面前介绍道:"长风,我来给你介绍一下,这位就是省委组织部干部处肖平处长,当初调你去粤海,肖处长没少帮忙。"

赵长风连忙伸出手来说:"肖处长,感谢你的帮助。我一直听黄哥在我面前提起你,就是没有机会。今天终于见到你了,真是荣幸啊!"

肖平早就听说赵长风和省长赵强之间关系非同一般,他想这么一个少年得志的人,即使修养再深,也难免有些轻狂。可是今天一见面,没有想到赵长风这么谦逊,心中的好感顿时大增,他紧紧摇晃着赵长风的手说:"赵县长,你真是客气!调你到粤海县担任县长,完全是组织上的决定,我不过是具体经办人而已,怎么当得起你这么感谢?当初看了你的资料之后,我就觉得组织上的决定非常正确,你的确是粤海县县长最合适的人选。今天见了你本人之后,更是坚定了我这种感觉啊!"

黄秘书见两个人投缘,心里更是高兴,拉着两个人坐到沙发上,交谈起来。

肖平见黄秘书对赵长风的亲热态度，越发觉得赵长风前途无量，否则以黄秘书眼高于顶的性格，又怎么会轻易对一个人如此亲热呢？于是肖平决定要趁着这个机会和赵长风拉近关系。他搞了十几年组织工作，察看风向向来很准，他知道粤东省将来肯定是赵强的天下，就冲赵长风和赵强的关系，此时攀上赵长风，将来就多了一个得力的朋友。

“长风，我托大一点，叫你一声老弟。”肖平说，“黄老弟把粤海的情况给我简单介绍了一下，但不是很详细。你能再跟我说说，究竟是怎么回事吗？”

赵长风就把财政厅扣下拖欠款的情况向肖平复述了一下。让肖平感到意外的是，他在赵长风这里并没有得到更多的消息，赵长风的复述和黄秘书的介绍相差无几。

其实这也并不奇怪，赵长风对情况的了解本来就不多，和肖平只是第一次见面，赵长风又不可能把县里的斗争情况告诉肖平，说这拖欠款被扣下，很可能是钱云枫的族叔、财政厅副厅长钱万有搞的鬼。

肖平心中感到有些蹊跷，表面上却是不动声色，他沉吟一下，说道：“老弟，这件事如果只是预算处卡住了，那么无论如何杨思清都要卖我几分面子。如果是上边人的意思，那么杨思清恐怕也不怎么好说话。”

赵长风说：“肖哥，只要让我和杨思清见一面就行，其他的事先不考虑。”

肖平看了黄秘书一眼，见黄秘书递过来一个肯定的眼神，肖平顿时放下心来，他笑着说：“这个好办，杨思清平时虽然软硬不吃，但是我的面子他还是要给几分的。今天晚上他本来有约，但是我一个电话，他立刻就推了别人。”

“是啊，堂堂的组织部干部处处长，杨思清如果不长眼，还想不想进步了？”黄秘书故意说道。其实肖平只是干部处副处长，虽然实权在握，但是杨思清也是财政厅权力最大的预算处处长，和肖平地位相当。肖平这个副处长对杨思清进步的道路影响有限。

“黄老弟，你就喜欢骗你哥。”肖平假装生气，伸手虚点着黄秘书。

黄秘书笑了两声，说道：“我怎么敢骗肖哥呢？”他扭头对赵长风说：

"长风，时候不早了，你就陪肖哥一起去吧。领导正和一号在上面谈话，我要在这里候着，要不我也陪你们一起去了。"

赵长风站起来和黄秘书握了握手，说道："黄哥，你先忙，改天你有空了，咱们约上肖哥，喝个痛快。"

黄秘书也笑着说："一定一定。"说着把赵长风和肖平两个人送出了门外。

到了楼下，肖平拍了拍赵长风的肩膀，问道："老弟，晚上定在什么地方?"

"白云大酒店，富贵轩包间。"赵长风说。

肖平点了点头，说："你先过去，我去把杨思清叫上，到酒店去找你。"

赵长风来到白云大酒店门口，莫日根、龙强涛和驻省办主任高望山正在门外等着，见赵长风过来，连忙迎了上去，热情地打着招呼。

赵长风听莫日根说过，高望山和段志魁走得比较近，相比起钱云枫来，算是可以团结的人。他微笑着冲高望山点了点头。至于财政局局长龙强涛，赵长风只是淡淡地一眼扫过，并没有说什么。

龙强涛内心又是愤怒又是心虚。他愤怒的是，他自从当上财政局局长之后，还从来没有在书记县长面前受到过如此轻视，赵长风如此轻视他，简直是欺人太甚。而龙强涛心虚的是，赵长风既然这样做了，说明他在心里已经不自己他当一回事了。以赵长风在省里的背景，如果真的在粤海县得势了，那么他这个财政局局长的位置能不能保住，很难说啊！

＼

白云大酒店内部装修富丽堂皇，很上档次。而富贵轩包间里的装修更是极尽奢华之能事，这个"最豪华"的称谓果然当得起。

赵长风坐着，莫日根为他端上一杯茶，赵长风还没有入口，就嗅到了信阳毛尖特有的香气。他心里暗自点头，莫日根倒是很会琢磨他的心思和习惯。粤东的酒店很少准备有信阳毛尖，白云大酒店想来也不例外。这茶如此醇正清香，正是顶级的信阳毛尖，看来是莫日根特意带过来的。

一杯茶还没有喝完，肖平已经领着一位戴眼镜的中年男子来到富贵轩包间。这个中年男子脸型瘦长，偏偏挺着一个圆滚滚的大肚腩，看起来比例很不协调。

“啊……”龙强涛一看到这个中年男子，心中不由得一震，手一抖，茶杯都差点摔了，他心中暗叫：小赵县长果然是手眼通天。杨思清虽然只是一个处长，但是向来眼高于顶，别说是普通的县委书记、县长，就是下面的市委书记、市长想约他吃饭，也不见得他会赴约。没想到小赵县长一出马，这么难请的财神爷也到场了。而且龙强涛知道，今天的事情发生得非常突然，赵长风临时知道这个消息，事到临头去请杨思清比提前预约又不知道要难上多少倍。他不由自主地站了起来，一脸讨好地望着杨思清。

“杨处长，这位就是粤海县县长赵长风。”肖平亲热地为两个人介绍：“长风，这位就是我经常向你提起的财政厅预算处处长杨思清。”

赵长风站起身，不卑不亢地说：“杨处长，你好。”

杨思清一边打量着赵长风，一边客气地说：“赵县长，肖老弟一路上不住地夸你，说你是咱们粤东省最年轻的县长，现在一见，果然是名不虚传啊。”

赵长风笑道：“那是肖哥太客气了，杨处长是省城有名的财神爷，今天肯赏光过来，我实在是感激不尽啊!”

这时龙强涛挤了过来，点头哈腰地对杨思清说：“杨处长，我是粤海县财政局局长龙强涛。我去年听过你讲的课，在省财政干部培训中心。”

杨思清面无表情地看了龙强涛一眼，说：“去年？是在财政干部培训班上吗?”

龙强涛连连点头，脸上堆着殷切的笑容：“是啊，当时你还拿着我的论文评讲过呢!”

“噢，噢，我想起来了。”杨思清点了点头，“你的文章写得不错，很有潜力。”

龙强涛心中暗喜，杨处长能记得自己的文章，不正从侧面说明自己的能力不错吗？他眼巴巴地还想说话，赵长风横了他一眼，心想看来这个龙强涛是必须拿下了，且不说他的工作能力如何，单是这样不懂规矩，这样的干部就要不得。

肖平也盯了龙强涛一眼，他还真没有见过如此不长眼的干部，竟然在客人面前坍赵长风的台。看来这个财政局局长是真的不想进步了啊！

杨思清每日迎来送往的都是市委书记、市长，又或者是各地市财政局局长。平时连下面的县委书记、县长的宴请都懒得赴约，纵使他曾经见过龙强涛一两次，又怎么会把小小的粤海县财政局局长放在心上？至于他说想起来了，纯粹是应景的话。不过杨思清见了这个场面，对肖平介绍过来的这个年轻县长心中又轻视了一分，一个县长连自己的下属都驾驭不了，其能力就可想而知了。

分宾主落座后，杨思清和赵长风云天雾地地聊着，赵长风也仿佛压根没有想到要询问被扣拖欠款的事。

肖平坐着看了半天，寻思这样聊下去也不是个办法，尤其是想到黄秘书对赵长风的态度，于是他就主动开口说："老杨，我这位小老弟今天主要是为粤海县财政拨款来的，听说财政厅一下子把历年的拖欠款都扣下了，你能不能想个办法，让厅里通融一下？"

杨思清慢条斯理地掸了掸烟灰，说："肖老弟，这件事很难办啊！厅里这次下定了决心要解决下面地县的拖欠款问题，还划下了硬杠杠，现在正处于风口浪尖，我这个小处长说话也起不了什么作用。"他瞟了赵长风一眼，说道："对了，赵县长，听说钱厅长就是你们粤海县出来的老领导，要不你去找一下钱厅长？他是副厅长，说一句话顶我这个小处长说一万句。"

肖平还要说话，赵长风却给他递了一个眼色，接过杨思清的话头说："杨处长，正因为钱厅长是我们粤海县的老领导，我们反而不好去找他。越是老领导对我们要求越严格嘛！杨处长，这件事还要请你多多帮忙。这次我们从县里来得仓促，只带了一点土特产，是一个小小的意思，希望杨处长不要笑话我们寒酸。"

杨思清心中冷笑，原来你早就知道船在什么地方弯着啊？不错，如果不是钱厅长对你们"严格"要求，这次拖欠款也不会扣得一干二净。这样也好，省得自己再费什么口舌了。

其实杨思清一听肖平说粤海县县长有请，他就知道是什么事了。但是他又驳不了肖平的面子，肖平是省委组织部干部处副处长，眼看就要升为处长了，手握着省管干部的考察大权，尤其是负责考察了解厅级后备干部的使用情况。杨思清现在是处长，心思已经往厅级干部的位置上努力了，如果他现在得罪了肖平，将来干部处考察他的时候，多添上那么一两句，那就得不偿失了。

杨思清一边拨打着心中的算盘，一边打着哈哈说："赵县长，你是肖老弟的兄弟，送东西就太见外了吧？"

肖平见状，拿着电话起身出门，装着要打电话。

莫日根抓住这个机会，连忙起身过来拿着茶壶为杨思清添茶，另一只手已经拿了一张银行卡要在桌子底下往杨思清裤兜里塞。

"哎，你这是干什么？"杨思清一下推开了莫日根的手，拉下脸对赵长风说："赵县长，你如果再这样搞，可别怪我不给面子了。"

龙强涛在一旁暗笑，他本来以为赵长风有多大能耐呢，原来也不过是塞钱跑关系这老一套啊。

赵长风叹了一口气，说："杨处长，我不是也没有办法吗？全县几万干部等着发工资，如果他们见不到工资闹了起来，这个责任我担不起啊！"

杨思清板着脸说："这件事我无能为力。"顿了一顿，他缓和了一下口气，"你们去找一下钱厅长，或许还有些办法。"说着他看了看手表，"我还有点急事，就失陪了。"他起身就往外走，正好迎面碰上肖平回来。

"老杨，你这是到哪里去？"肖平故作惊讶地问道。

"肖老弟，对不起。今天这事不是我不办，而是实在超出了我的能力范围。无功不受禄，这顿饭我是不好意思吃下去了。"

赵长风追过来说："杨处长，只是吃一个便饭，交一个朋友，没有别的意思。你给个面子吧。"

"赵县长，你也别在我这里耽误工夫。你现在想办法走一走钱厅长的关系，说不定时间还来得及。"杨思清拒绝了赵长风，伸手拍了一下肖平的肩膀，说道："肖老弟，这话我是冲着你的面子才说的。今天算是我失礼了，改天我做东，你带赵县长过来，我向你赔罪。"说着他夹着手包下楼去了。

肖平看着杨思清的背影，问道："长风，刚才你对他做什么了？"

“没有什么。”赵长风摊了摊手，“我只是说了我的苦衷，县里几万干部等着我拿钱回去发工资呢!”

肖平叹一口气道：“唉，这事办的！黄老弟肯定要埋怨我了。”

“肖哥，你说哪里话？你今天为了我的事忙前忙后的，黄哥他感谢你还来不及，又怎么会埋怨你呢?”赵长风拉着肖平的手，“来，肖哥，先不想那么多，咱们先吃饭!”

一顿饭没滋没味地吃完，肖平还是觉得很不好意思。赵长风把肖平送到车上时，肖平转身对赵长风说：“赵老弟，要不我找我们部长说一说，约钱厅长见个面?”

赵长风心中一阵感动，初次和肖平见面，他就能为了自己的事这么下力气，这位老大哥还真是不错。赵长风紧紧拉着肖平的手说：“肖哥，你对兄弟我太够意思了。感激的话我也不多说了。今天时间仓促，你有空到粤海县视察工作，我好好陪陪肖哥，咱哥俩一醉方休!”顿了一顿，他又说，“这件事肖哥就别费心了，我今天只是要求见杨思清一面，见到他了，事情就办成了。肖哥你就放心吧。”

“好，有机会我一定去粤海。”肖平见赵长风眉眼开朗，丝毫没有担心发不下工资满腹愁肠的样子，他就放心了不少，“老弟，以后遇到什么难事，记得跟我说一声。大忙我可能帮不上，帮你出个主意啥的还能行。”拍了拍赵长风的肩膀，肖平上车离开了。

莫日根和龙强涛站在十来步远的地方不敢上前，见肖平上车离去，他们才迈步上来，莫日根问道：“县长，下面该怎么办?”

“先回县里再说。”赵长风冷冷地撂下一句。

龙强涛站在莫日根身旁暗想，原来小赵县长也是银样焟枪头啊，看着厉害，其实屁事不顶。这次风风火火地从粤海来到羊城，看着气势汹汹很是骇人，没想到一个回合下来就蔫了，什么收获都没有，就这么灰溜溜地回粤海。

莫日根跟着赵长风上了车，沉默了几分钟，终于忍不住还是问道：“我们真的就这么回去吗?”

赵长风微微一笑道：“不这么回去，还去干吗?”

“我是担心……”莫日根的话没有说完。

赵长风笑了一笑，说：“老莫，放心吧，天塌不下来。我就是要给别人一个机会，让他们都蹦出来。”

一边说着，赵长风一边拿过手包，掏出手机准备打电话，可是他刚一拿出手机，手机却响了起来，把赵长风弄了个措手不及。他看了一下号码，很陌生，就把手机递给了莫日根，示意他来接电话。

莫日根接通了电话，问道：“你好，哪位？”

“我是财政厅预算处的杨思清，请问赵长风县长在吗？”

“哦，杨处长啊，您好您好。您稍等一下，我让我们县长听电话啊。”说着莫日根捂着手机递给了赵长风，小声说道：“财政厅的杨处长。”

赵长风微微一愣，杨思清打电话过来是什么意思？他把电话放到耳边，轻声说：“杨处长，您好，我是赵长风。”

“赵县长，您好。”电话里传来杨思清的声音，“我刚才和处里其他领导协调了一下，挤出了三百万机动资金，明天就拨给你们。”

“杨处长，太感谢您了。”赵长风有点喜出望外。

“谢什么啊！肖老弟介绍过来的人，我怎么也要给面子不是？”杨思清说，“当然这三百万是杯水车薪，解决不了什么大问题，但这已经是我的最大能力了，其他方面你恐怕还需要找钱厅长。”

挂了电话，赵长风心里热热的，肖平大哥人真是不错，肯定是回去后又给杨思清施压了，要不杨思清怎么会主动拨三百万下来？

想到这里，赵长风立刻拨通了肖平的电话：“肖哥，我真不知道该怎么感谢您。”

“说那么多废话干吗？”肖平说，“就冲你叫我一声哥，我也得帮忙不是？这三百万你先解一下燃眉之急。实在不行了，你再来找我，我看看能不能托部长出面去找一下那个老钱。”

莫日根在前面听着电话，脸上也满是喜色。小赵县长果然厉害，杨思清一顿饭都没有吃，就乖乖地拨了三百万下来，跟着这样的领导干，就是提气啊！

赵长风本来就没有计划从财政厅弄到一分钱，但是既然杨思清大方，送了三百万过来，他自然也乐得笑纳。他拨通了卫建国的号码。

“卫书记，我是长风。您那边情况怎么样了？”赵长风轻声问道。

“长风县长，我刚从夜总会出来，正要给你打电话呢。”卫建国说，“情况不乐观啊！我跑了几家银行，他们都拒绝贷款给我们粤海县。有些银行说上面控制贷款规模，卡得很死，最近这段时间不好办，等过了这一段时间再说；有些银行干脆就说粤海县的支柱产业制鞋业最近很不景气，肯定对粤海县的财政收入有重大影响。粤海县的还款能力很不乐观，所以要再考察才能决定是否发放贷款给我们。”

“其实这些都是借口。”卫建国愤愤地说，“我私下里听说，市财政的张晓强给这些银行打过招呼，说如果谁敢贷款给我们粤海，以后就休想从财政局拉到一毛钱存款！”

赵长风淡淡一笑，果然和他预料的一样，卫建国在海州市也不会有什么收获。

卫建国又问道：“长风县长，财政厅那边是什么情况？”

“情况也不乐观啊。”赵长风说，“还真让卫书记猜对了，就是钱万有搞的鬼啊。预算处杨思清处长也不敢得罪钱万有，最后只答应拨了三百万下来，明天到账。”

“三百万？”卫建国感叹道，“长风县长就是比我本领大啊，一出马就弄到了三百万，相比之下，我真是有点惭愧了。”

“卫书记，您太谦虚了。只不过是机缘凑巧而已。”赵长风说，自从遇到蔡国洪和刘驰两位强势班长，对于卫建国书记一直在他面前维持低姿态，赵长风还是有点不大适应。

“长风县长，要不明天召开个常委会，把这件事放在常委会上讨论一下？”卫建国问道，“你今天晚上回来吗？我想咱们碰一个头比较好。”

“我就在回去的路上，估计还要一个半小时。”赵长风看了一下手表。

“那好，我在家里等你。”卫建国挂断了电话。

龙强涛的黑色奥迪紧紧跟在赵长风的专车后面，他也拿着手机向钱云枫汇报情况：“钱书记，你是没有见到，当时赵长风有多狼狈。预算处杨思清处长根本没有留下来吃饭，愣是把那个肖处长和赵长风晾在了那里。”

“肖处长？”钱云枫皱了皱眉，能够把预算处处长杨思清约出来，这个肖处长肯定不是一般人，他问道，“老龙，这个肖处长是什么来历啊？”

“弄不清楚。赵长风语焉不详的，我向肖处长敬了酒，想盘一下底，可是姓肖的口风很紧。”其实龙强涛敬酒的时候，肖平根本连理都没理他，这种不懂规矩的人，肖平没兴趣搭理。龙强涛想起那一幕，心里就有些不平衡，他愤愤地说：“看样子也不会有太大来历，要不杨思清处长会连饭都不吃？”

钱云枫思索了一会儿，觉得龙强涛说得有几分道理，但他还是板着脸说：“老龙，下次遇到这种情况，一定要想办法打听清楚！哪有吃了一顿饭，连吃饭的对象是谁都搞不清楚的？”

“是，是，我知道了，下次一定注意。”龙强涛放下电话，擦了一下额头上的汗，心中对钱云枫也有些不满。什么钱副书记？只会窝里横，对自己人发脾气，有本事对赵长风发去！

赵长风来到东湖别墅一号，刚进院子，卫建国就从门里迎了出来：“长风县长，辛苦了，辛苦了！”

赵长风握着卫建国的手客气地说：“卫书记，劳您久等了。”

卫建国把赵长风让进会客室，小保姆端上来一杯茶水，又送上来两盘水果，就低眉顺眼地退了出去。

卫建国伸手抓起茶几上的烟，让给赵长风一根，然后又往嘴里塞了一根。赵长风摸出打火机探身为卫建国点烟，卫建国避让了两下，还是让赵长风把烟点上了。赵长风又自己点上了烟，把打火机扔在桌上，靠在沙发上悠闲自得地抽了起来。

卫建国见一支烟快抽完，赵长风还不开口，就有些沉不住气，他把烟头在烟灰缸里摁灭，开口问道：“长风县长，你认为该怎么办？”

赵长风笑了笑，说：“我想先听听卫书记的。”

卫建国说：“那只有在常委会上发动大家的力量了。发工资也不是书记和县长的事，其他人也有责任，再说这拖欠款也不是今年才欠下来的，这都是好几年的旧账了。”

赵长风明白卫建国的意思，就是不能让其他常委太清闲、袖手旁观，来看他们两个人的笑话。他沉吟一下，问道："卫书记，你认为其他常委有办法吗？"

卫建国看了赵长风一眼，说："不管其他常委有没有办法，都要把这件事撂到台面上，大家心里都有一杆秤。"

赵长风没有说话，又抽了两口烟，忽然问道："卫书记，您觉得龙强涛这个人怎么样？"

卫建国迟疑了一下，知道赵长风这是在征求他的意见。他的手在下巴上摸了一会儿，轻声说道："办事能力没有一点，溜须拍马倒有一套。这几年来拖欠了省里这么多款项，财政局的责任首当其冲！"

卫建国这话说得杀气腾腾的，如果能借着这件事把龙强涛撤掉，那么赵长风背一个黑锅也值了。

赵长风轻轻摇了摇头，说："欲速则不达。我看我们倒是可以先成立一个财经工作领导小组，把全县的财经工作统管起来。"

卫建国眼睛一亮，一下子明白赵长风的意思了。以现在常委会的局势，想要撤掉龙强涛恐怕不那么容易，但是成立了财经工作领导小组，可以直接干预财政局的工作。这就是釜底抽薪之计，一下子让龙强涛成为一个傀儡。